경험주의자의 시계

경험주의자의 시계

조 강 석 평 론 집

문학동네

책머리에

언젠가는 형식주의자 소리를 들어도 기꺼이 감수하겠다더니 이제는 경험주의자의 시계를 만져보는 걸 보면 아직도 1인칭으로 말하지 못하고 제 이름으로 주어를 대신하는 미욱함을 떨치지 못한 듯하다. 그러나 여기 쓰인 글들에 골몰하는 동안 시계(視界)의 협소함에 대한 우려를 잊게 해준 것이 귀납의 양감임은 틀림없는 사실이다.

문학은 어떤 경우에도 연역적으로 작동하지 않는다고 믿고 있다. 문학에 대한 담론은 귀납으로부터 연역, 그리고 종내에는 다시 귀납으로 귀결되는 삶을 사는 것이 아닐까? 보편과 연역을 지상가치로 삼는 문학 담론들은 근사하지만 보통은 제 귀가 빠져나온 곳을 잊고 산다. 우리 자신들이 그렇듯, 문학 담론이라는 것도 기실 영광된 이데아의 자손일 뿐만 아니라 진흙의 아이들이기도 했다는 사실을 언제든 기억하자는 열망이 여기 묶인 글들의 동인이다.

그 작품이 무엇을 말하고 있는가에 기울이는 관심의 반만이라도 그 작품이 어떻게 말하고 있는가에 기울이라고 혹자는 이야기했지만, 실은 바로 그 지점에 99퍼센트의 노력을 기울이면 1퍼센트와 더불어 전체가 살아올 수 있다는 믿음으로 문학을 하고 있다. 문학 담론들이 '무엇'의 주술에 (여전히) 빠져 있을 때, 저 '어떻게'의 시시함을 들고, 문학을 내적으로 종주하려는 욕망을 굽히지 않는 문학을 할 수 있다면, 어쩌면 '저'도 '나'도 아직은 조금 더 청년을 붙잡을 수 있지 않을까 숨을 쉬며 무릎을 세워본다.

그러니까, 바그너와 사이가 멀어진 후의 일이다. 니체는 비제의 〈카르멘〉에 흠뻑 빠져 있었다. 니체는 바그너를 들으면 바그너 스스로가 한없이 높아져서 그 음악을 듣고 있는 사람을 세상에서 가장 초라한 사람처럼 느끼게 만들지만 〈카르멘〉을 듣고 있으면 마치 자신이 세계 최상의 철학자인 것처럼 느끼게 된다고 적었다. 꼭 그와 같은 것을 좋은 작품들을 읽으면서 얻었다면 과장일까? 저 스스로가 높아진 문학과 읽는 이를 높이는 문학 중에서 후자를 택해서 내가 얻은 에너지를 독자에게도 전하고자 애는 써보았다. 지금껏 겨우 이 정도 다듬은 내 감각과 사유에 전체로 촉을 켜며 육박하는 작품들을 읽으면서 나는 증명의 도전에 대해 향유의 전권으로 응대했다. 감각과 자료가 척지는 자리에서 늘 길을 잃는 미욱한 사유가 청년의 루쉰과 완숙의 아도르노 사이를 다소곳하게 걸어가기를 바랐다. 실러의 먼 미래와 로르카의 아침 사이에서 조금은 큰 시계에 작품을 올려놓을 수 있기를 바랐다. 초밤별에 부치는 나의 뜻 향초는 몰라주어도 사랑하는 독서에 근시를 바치기를 바랐던 것이 이 책의 이력이다.

애초 하나의 체계의지에 의해 묶인 글이 아니기 때문에 사후적 구성을 하는 일은 피했다. 각 부의 부제를 달지 않은 이유다. 다만, 각 부를 나눈 것에 대한 설명은 없을 수 없겠다. 1부의 글들은 구체적 작품 해석 작업이 아니라 일종의 총론들이다. 글 안에 고스란히 나의 문학적 지향과 입장이 드러나기 때문에 부제를 붙이는 것은 버겁다. 2부의 글들은 주로 언어와 존재의 문제에 대해 사유한 시인들의 작품을 다루었다. 3부에는 나를 고양시킨 젊은 시인들의 시세계의 시적 특질을 해명해보기 위한 글들이 실렸으며, 4부는 눈을 씻고 삶을 다시 생각해보게 하는 시인들의 시에 대한 글들을 담고 있다. 5부의 글들이야말로 부제로 묶일 자격이 없는 낱낱의 것들이다. 그러나 부제가 없으면 어떤가, 각 편들이 쓰이던 시간의 열기를 일부라도 전할 수만 있다면……

　첫 평론집을 묶을 때 놀이터에서 놀던 아이들이 이제는 운동장에서 뛰논다. 내 키도 다시 그만큼 자랐으면 싶다. 초등학교와 담을 맞댄 집에 사는 낙은 저것들 쉬는 시간이 모두 내 것 같다는 것이다. 아이들의 쉬는 시간을 도둑질하며 다시 글을 읽는다.

2010년 8월
일산 저동초등학교 후문가에서
조강석

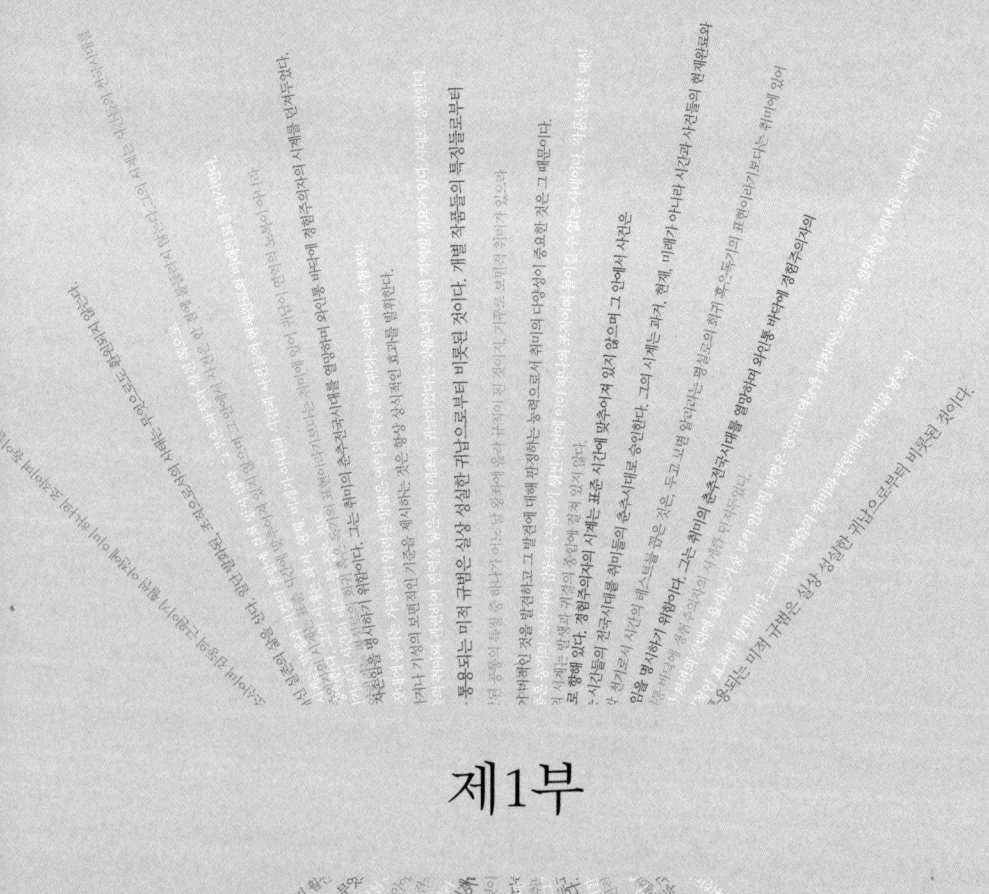

제1부

말하라 그대들이 본 것이 무엇인가를!

1. 좌초된 혁명

2000년대의 젊은 시인들은 조금 더 근원적인 질문 앞에 놓여 있다. '이것이 시인가?'라는 질문이 그것이다. 물론 이 질문의 함의는 '이것도 시라고 할 수 있는가?'이다. 쉽게 떠오르는 응답의 방식은 이렇다. 우선 이 질문에 대해 '그렇다/아니다'로 응대하는 것이 가장 쉬운 일이 될 것이다. '이것은 시가 아니다'라는 쪽이라면 '이것'과는 다른 방식으로 시를 쓰면 그뿐이다. 문제는 '이것은 시이다'라는 쪽인데, 이들의 응대는 상반되는 두 개의 태도를 양쪽의 경계로 삼을 수밖에 없다. 긍정을 위해 '이것' 속에서 '시'(라고 알려진 어떤 것)의 속성과 함량을 계량해 내는 데 성공하든가 아니면 '이것'이 출몰할 때마다 매번 '시'(로 기능하는 어떤 것)의 외연을 확장하는 방식으로 시에 대한 기존의 정의를 고쳐나가면서 실질적으로 기존의 정의를 무화시키는 방법이 가능하다.

전자는 미래와, 후자는 딜레마와 싸운다. 새로운 모든 것들을 부정하지는 않는다는 입장은 항시 과거와 현재의 예각 안으로 진입하는 미래에 대해선 너그럽게 맞아줄 준비가 되어 있다고 '이것'의 귀환을 종용한다. 종용에 넘어가느냐 그렇지 않으냐가 중요한 것이 아니다. 이런 입장에 선 이들에겐 종용되는 것들만이 오늘의 미래일 따름이라는 사실이 중요하다.

사정은 딜레마와 싸우는 쪽이 더 다급한데 그 딜레마는 일찍이 이렇게 예견된 바 있다.

> 이 혁명의 진정한 본성은 앞 장에서 드러났듯이 예술이 예술 외적 힘을 표준으로 삼거나 스스로 자율화하면서 그 자율화의 마지막 단계에 이르러서는 비예술적인 것으로 해체되어버린 데 있다. (……) 예술 외적인 것이란 위장한 채 나타나는 과학적 또는 비판적 정신일 수도 있고, 기하학이나 기술일 수도 있으며, 우연(다다이즘처럼)일 수도 있고, 무의식 또는 미쳐버린 외부세계(초현실주의처럼)의 혼란한 세계일 수도 있다.[1]

한스 제들마이어는 (20세기 초·중반에 이루어진) '현대예술의 혁명'이 뒤샹의 '변기'에서와 같이 예술 외적 힘을 표준으로 삼게 되는 경우와 말레비치의 사각형에서처럼 "자율화의 마지막 단계"를 경계로 삼다가 훌쩍 그 경계를 넘어서버리는 경우로 귀결된다고 진단한다. 예술이 예술 외적인 것으로 여겨지던 오브제의 힘에 이끌리고 또 기하학적인 순수 형식을 통해 존재의 질서와 가치의 질서로부터 독립하는 쾌적함을 맘껏 구가하면서 기꺼이 자신이 아닌 것들 속으로 해소되었다는 것이

---

1) 한스 제들마이어, 『현대예술의 혁명』, 남상식 옮김, 한길사, 2004, 188쪽.

제들마이어의 판단이다. 그러니 그가 보기에 20세기 현대예술의 1차 혁명은 예술이 예술 외적인 질서의 영역에까지 자신의 헤게모니를 관철시키지 못하고 오히려 예술 외적인 것들에게 스스로의 자치권마저 모두 내어준 채 끝이 난 좌초된 혁명에 불과하다. 그로부터 독립하고자 하는 대상에게 오히려 자치권마저 내어준 결과로 귀결된 이 혁명의 패인을 제들마이어는 예술이라는 새로운 망명 정부의 허약성과 불가능한 순수주의에 대한 열망에서 찾고 있다. 이런 판단에 따르자면 현대예술은 성가를 구가하면서 해소되었다. 웃으며 자진한 것이 경계를 넘어간 예술의 운명이라는 것이다.

그런가?

예술 외적인 것에의 굴복과 고립된 영역 내에서의 자율적 피지배가 현대예술 혁명의 운명이었을까? 굴복과 고립인가, 삼투와 자치인가?

2. 딜레마의 환생

20세기 초에 한바탕 꿈을 꾸었던 예술의 삶이 시의 몸으로 2000년대 한국 문단에 도래했다. '이것'이 이미 한 번 일어난 일을 반복하는, 같은 딜레마를 재상연하는 희극 극장의 사건이 되지 않기를 젊은 시인들은 꿈꾸었다. 한 세기가 채 되지 않아 환생한 딜레마는 두 가지 질문으로 양태를 달리해 나타났다.

1) 현대시는 어떻게 존재의 질서와 가치의 질서를 자치정부의 행정부 내에 둘 것인가?
2) 주관적인 것은 어떻게 보편성을 획득하는가?

오래 있어온, 시인들이 오래 앓아온 이 질문이 비로소 처음 맞는 국면에 들어섰다. 2000년대 한국시는 1930년대의 '시의 모던화', 1950년대의 '서정 변혁'의 기치 그리고 1980년대의 '시적인 것'의 열기와는 다른 방식으로 결정적인 국면에 들어섰다. 이것이 결정적이면서(critical) 동시에 위기의(critical) 국면이 되는 까닭은, 저 딜레마의 환생으로 인해 이제는 여차하면 현대시 전체가 종결의 운명과 결부될 수 있기 때문이다. 우리 시는 아직 현대예술의 저 딜레마를 몸으로 살아본 적이 없다. 시가 비시(非詩)적인 것에 유인되어 해소되거나 자율성을 무한대로 구가하다가 자치지구를 안전하게 보장받는 방식으로 고립되는 역사를 우리 시는 지녀본 적이 없다. 무엇보다도 비시적인 것에 견인될 정도로 우리 시가 자신 바깥에 놓여 있는 것들에 강하게 매혹되어본 적이 없으며 존재의 질서와 가치의 질서로부터 마음 놓고 자율성을 구가해본 적도 없기 때문이다. 행복의 절정에 풍화의 위기가 걸려 있다. '이것'은 결정적이다(It's critical)!

　현대예술의 딜레마가 시의 몸으로 환생하며 심술궂게 던진 저 질문 두 가지를 메타적으로 검토하는 데에도 꽤 오랜 시간이 필요할 것이다. 아마도 상상력과 오성의 자유로운 유희, 반성적 판단력과 공통 감각의 문제 등을 위시한 근현대 미학의 주요 논제들을 오래 훑어야 할 것이며 주관-객관의 관계를 둘러싼 여러 논의들까지 거듭 살펴보아야 할 것이다. 그러나 이 문제들에 대한 원론적 해답을 구하는 것은 별도의 지면을 요구한다. 이에 대한 진중한 모색은 현 단계에서 반드시 필요한 것이지만 이 글의 취지는 해법의 모색이 아니라 현상의 진단이다. 문제에 대한 분석과 탐구 그리고 이를 통한 논리적 해법의 도출을 우선은 조금 미뤄두고 여기서는 '이것' 자체의 면모를 조금 더 세심하게 살펴보는 것이 과제이다─따라서 '이것'이라고 표현한 것은 의도적이다. 이 글의 취지가 '이것'이 무엇이었는지를 그 현상의 차원에서 다시 돌아보는 것이기 때문이다.

이 글은 가치평가 대신 기술을 택한다. 그렇기 때문에 이 글은 2000년대의 시문학 전체에 대한 지형도를 그리는 것을 목표로 하지 않는다. 또한 시적인 성취를 순서로 삼아 시인들을 언급하는 것과도 거리가 있다. '이것'이 어떻게 생성되었는지를 원인과 본질의 차원에서 규명하는 것을 잠시 미루고 현상을 기술하는 방식으로 사태를 살펴보고자 한다. 따라서 이 글에서는 2000년대 우리 시와 관련하여 복잡다기하게 전개된 여러 현상들이 귀속되는 세 가지 근원 현상들을 검토하고 필요한 경우 부분 현상들까지 살펴보는 방식을 취하고자 한다. 이것은 한스 제들마이어의 방법으로 그에게 답해보려는 의도 때문만은 아니다. 난마처럼 얽힌 현상들을 그 근원에서 파생시키는 몇몇의 주요 현상들과 그에 귀속되는 부분 현상으로 나누어 살펴보는 것이 문제를 단순화할 우려는 있으나 사태를 조금 더 명료하게 일별하는 데 도움이 되리라는 기대 때문이다.

3. 비시(非詩)의 무화(無化)

사실 '이것이 시인가?' 하는 질문을 가장 무력하게 만드는 답변은 '이것도 시이다'가 아니다. 정색하고 질문자를 바라보는 이승원은 쳇소리 섞인 음성을 다양한 방식으로 시 안에 끌어들이며 형식 실험을 감행하는데 그것은 굳센 답변은 되지만 면밀한 답변은 되지 못한다. 시에 대한 기존의 규범을 위배한다든가 시의 경계를 넘나드는 현장을 보여준다든가 시에 대한 기존의 정의를 고쳐쓰는 방식은 새로운 시가 도래했음을 웅변하는 효과는 있지만 그것을 기정사실로 간주하게 만드는 데는 언제나 실패한다. 매번 스리피트(three-feet)를 벗어나는 방식으로 주루를 하면서 스리피트 룰을 위반한다고 해서 야구의 룰이 바뀌는 것은 아니다. 오히려 그런 룰이 있었음을 모르는 이들에게 잘 알려지지 않은 룰을 알려주며 야구란 경기가 얼마나 정교하게 계획된 경기인지를 보여주는 결과로 귀결되기 때문이다.

정재학 이후 시인의 첫 주자인 정재학은 단단한 관념과 유연한 이미지를 능숙하게 부리는 역량을 일찍부터 보여주었다. 그러나 너무 일찍 온 정재학의 시는 이전의 시와 연관관계를 읽어내는 데 실패한 독자들로 하여금 그에게 늘 초현실주의라는 선배를 짝지어주게 만들었다. 이것은 정재학 1기 시인의 비극이 아닐 수 없다—그런 의미에서 정재학 1기의 시인은 정재학뿐이다. 조금 더 정당하게 대우받을 이유가 충분함에도 불구하고 안타깝게도 정재학은 자신의 의도와는 완전히 상반된 결과를 낳았다. 그는 위반과 일탈과 변태(變態)가 도래했음을 두루 고지했다.

미끄러지는 데 능한 오은은 현재까지 알려진 바로는, 새로운 세대가 관심을 쏟는 사상(事象)을 조탁하며 이미지를 운동시키는 정재학 좌파와 이미지의 운동을 중심으로 기성관념을 일신하는 데 힘을 쏟는 정재학 우파 중 우파의 적자이자 막내가 된다. 그는 사태를 돌파하기보다 미끄러지는 데 힘을 쏟는다. 오은의 반동(反動)이 우리 시의 새로운 흐름의 시작이 될 것은 틀림없다. 물론 그전에 그는 탄성이 다할 때까지 미끄러질 의무가 있다. 말놀이와 이미지 놀이가 일탈이 되지 않는 시점에 새로 이 운동을 개시한 이의 자기항변을 그는 달성해야 할 의무가 있다. 그러니 아마도 현재로서는 지성과 감각의 랑데부를 도모하는 김언이 정재학 좌파의 적자가 될 확률이 가장 높다고 할 수 있을 것이다. 그러나 엄밀한 의미에서 아직 정재학 좌파의 자리는 비어 있다고 할 수 있다.

다시 말하지만, 위반과 일탈과 변태의 탈(脫)놀이는 새로운 것이 도래했다는 것보다는 위기가 도래했음을 먼저 고지한다. 마땅히 시는 바로 그것이어야 한다는 규정을 완롱하면서 저 마땅함을 흔드는 시인들은 경계를 넘어가는 현장을 적시함으로써 그 운동의 탁본 아래에 경계를 새긴다. 감각의 규방에 있는 강정이 그의 시에 일탈을 고시하지 않는 것은 그의 '나쁜 취향'이 목적인을 지닌 것이 아님을 스스로 알고 있기 때문일 것이다. 시집 『키스』(문학과지성사, 2008)는 위반과 일탈의 기세로 곤두선 이들을 달래고 탈주 자체를 일상으로 안착시키고자 하는 부드러운 위로를 담고 있다. 대개 가장 독한 경우는 이런 쪽에 있기 마련이다. 『키스』는 부드럽지만 불온한 책임이 틀림없다. 위반과 일탈이 아니라 세계의 리셋을 목표로 하기 때문이다.

조금 더 발 빠른 시인들이 있다. 이들은 시에 대한 기존의 정의를 유연하게 만들거나 확장시키거나 뒤집는 방식이 아니라 시에 대한 정의 자체를 무화시킨다. 두뇌적으로 의뭉스러운 이준규의 시는 표현과 묘사와 진술의 역사를 아랑곳하지 않고 직접 사건이 된다. 그는 사건을 묘사하거나 사건에 대해 진술하는 대신 언어적 사건을 만든다. 그러니까, 그의 시는 대상을 향하지 않는다. 그 자체로 사건이 되기를 고집한다. 아마도 비시(非詩)라는 어휘를 사용해야 한다면 이준규의 시를 논할 때가 아닌가 싶다. 기존의 시들에 사용된 발화법을 요소적으로 환원시켜 발화 대신 사건이 발생하게 만든다는 의미에서 그는 비시로 시를 쓴다고 할 수 있다. 틀림없이 그의 시는 시에 대한 기존의 모든 정의를 교란한다.

발 빠르기로 이야기하자면 반환점을 찍고 일등으로 도착한 이보다 그 자리를 지키고 있는 사람만 한 이가 없다. 역설이겠으나 2000년대 우리 시에 바로 이 역설이 실감 있게 도래했음을 알려주는 시인들이 있다. 어떤 시인들은 시에 대한 기존의 통념을 깨뜨리거나 관습적 정의를 교란시키는 대신 비시(非詩)를 무화시키는 방식으로 자신의 시를 정위치시켰다. 수줍어서 끝까지 가는 황병승이 『여장남자 시코쿠』(랜덤하우스코리아, 2005)에서 한 일은 하위문화를 시에 끌어들여 시의 정의를 바꾼 것이 아니라, 시가 아닌 것을 없앤 것이었다. 그는 '이것이 시인가?'라는 질문을 원인무효로 만들었다. 도달한 좋은 시가 하는 일은 미지와 의심의 전사(前事)를 기정사실로 만드는 것이다. 그는 시가 아니라 시가 아닌 것을 무화시켰다. 그렇게 해서 황병승은 비시적인 힘에 이끌려 시의 몸을 비시에 내어주는 대신 시를 속속들이 터뜨려버렸다. 아마도 2000년대 우리 시의 가장 화려한 현장이 바로 여기에 있을 것이되, 그렇기 때문에 그가 두번째 시집에서 그토록 조심스럽게 서정시를 자신의 자리에서 재통합시키려 했을 때 발생한 실패가 뼈아프다. 시적인 것은 어디에나 있다던 황지우의 발언을 물증으로 보여준 것이 그가 아닌가. 비시를 무화시킴으로써 시를 작법으로부터 해방시킨 이가 작법에도 능함을 증명해야 할 이유도 의무도 없는 것이다. 김수영은 시를 쓰는 것이 배반을 배반하는 것이며 다음 시를 쓰기 위해서는 그때까지의 시에 대한 사변을 모조리 파산시켜야 한다고 말한 바 있다. 이는 배반이나 파산이라는 어휘가 보유한 의미론적 자질들 중에서 과거의 모멘트보다 미래의 모멘트를 강조하기 위한 것이다. 모든 것을 증명해야 할 이유도 시간도 없다. 그저 걸어가며 길을 내는 것이 비시를 무화시킨 시인의 숙명이 아닐까?

반대 방향의 길에서 '배반'을 통해 '파산'─전적으로 김수영적인 의미에서이다─을 맞은 시인이 있다. 문장의 한가운데에 소용돌이를 빚는 데 능한 김경주는 첫 시집에서 생의 구석구석을 문장으로 일신하겠다는 보기 드문 에너지를 보여주었다. 아니, 김경주의 첫 시집은 에너지 그 자체였다. 이것이 어떤 그릇에 담길 것인지 모두를 긴장시키는 에너지를 그의 첫 시집은 보유하고 있었다. 두번째 시집 『기담』(문학과지성사, 2008)에서 그는 그 자생적 에너지를 구성의 기하학에 내어주어 휘발시켰다. 이 경로는 황병승의 그것과 정확히 반대되는 경로이다. 황병승이 비시를 무화시키고 제가 앉은 자리가 원래 시의 자리임을 굳이 선언할 필요도 없이 의뭉스럽게 앉아 있다가 문득 뒤를 돌아보는 순간에 작법의 함정에 빠져든 것과는 정반대 방향에서 김경주는 곤경에 빠지게 되었다. 첫 시집에서 그는 우리 시의 문장을 일신했다. 두번째 시집에서 그는 비시를 되살려놓았다. 오해하지 말자. 두번째 시집에 실린 그의 시들이 비시라는 것이 아니다. 에너지를 기하학적 구성의 계산에 내어주면서 그가 20세기 초반에 한 번 도래한 적 있는 '비시의 추억'을 떠올리게 했다는 것이다. 시가 아니라 비시를 무화시킴으로써 무혈입성에 성공한 '혁명'을 밀고 가는 대신 섣부른 연정을 시도하다가 황병승은 '일단' 패퇴했다. 힘을 과신했다가 김경주는 비시의 반격을 '잠시' 허용했다. 아방가르드의 실패 자체가 복권되었다.

4. 자치지구의 딜레마

일군의 시인들은 목적과 대상의 속박에서 벗어나려는 열정에 몸을 맡기었다. 그들은 지시와 상징을 거부하고 시의 내적 현실의 자치지구를 확보했다. 그리고 자치구는 해방구이자 유배지였다.

이들은 시의 언어가 지시하는 외적 대상을 탐문하고자 하는 의지를 시의에 뒤떨어지는 낡은 탐문 방식으로 보이도록 하는 데 성공했다. '님'을 조국으로—나라도 없었다—읽어야 하는 수사 방식에서 조국은 님의 전과다. 님은 전과 목록 안에서만 수배된다. 주지하듯 과학수사는 이런 방식으로 이루어지지 않는다. 무엇보다도 현장의 흔적에 충실할 뿐이다. 일군의 시인들은 시의 언어가 지시하는 외부의 현실 대신 우선적으로 시의 내적 현실 혹은 시 내부의 현실에 관심을 기울이기를 요구하며 사건을 발생시킨다. 시 외부의 현실에 대한 지시는 미필적으로 우연히 그리고 결과적으로만 간혹 성립될 뿐이다. 그러나 시가 쓰여지는 모든 자리에서 시의 내적 현실은 반드시 발생한다. 문제는 이 자치구가 해방구인가 유배지인가 하는 것이다. 외적 현실에 대한 단순 모사만큼 꿈이나 자유연상에 의한 착상을 단순 재생하는 것도 기계적이긴 마찬가지이다. 두 가지 기계주의의 유혹을 피하는 방법이 우리의 눈길을 끈다.

자치지구의 통치 원리로 순수주의와 구성주의가 눈에 띈다. 시를 대상과 의미의 속박으로부터 해방시키되 언어의 개진과 함께 동시적으로 세계를 개진시키려는 두 열망이 하나의 힘점에서 만난다. 중심점을 같이하되 상반된 벡터를 지닌 운동을 두 시인이 보여주었다. 다시 김수영의 표현을 빌리자면 여직까지 없었던 세계가 펼쳐지는 현장을, 즉 이미 있는 세계들 사이로 얼굴을 내미는 세계, 이미 완전히 전개된 세계들의 틈새에서 막 자라나는 가능세계의 모습을 포착하는 데 능한 시인이 있다. 이미지를 탄주하는 언어적 운지법에 능한 조연호가 한 경계를 점하고 있다. 그는 우리가 일상적으로 접하는 세계로부터 멀지 않은 곳에서, 아니 우리가 일상적으로 접하는 사태들 사이에서 일상적 지각 능력으로 감지하기 어려운 사태들과 세계들을 감지해내고 그 세계의 가장 원초적 양상을 모두 리듬으로 변주하여 시를 쓴다. 조연호는 간세계(間世界)의 리듬을 읽는다. 그는 우리의 지각이 경험적으로 답지하는 기성의 대륙들 사이에서 지각 작용의 선험적 조건들을 탐구한다. 그의 시가 절대음악이 되는 이유는 대상과 의미로부터 자유로운 언어적 구성으로 이루어져 있기 때문이기도 하지만 그보다는 언어와 이미지를 마치 표제 없는 노래의 음표 쓰듯 리듬감 있게 다루고 있기 때문이라고 할 수 있다. 그의 시에 등장하는 통상적 소재들로부터 항상 새로운 리듬이 흘러나오는데 그 리듬의 진원지는 일상적 지각이 더듬는 세계들의 사이이다. 간세계에서 저절로 새어나오는 리듬의 채보를 위해 그는 기호와 의미가 처음 결합하던 순간에까지 소급하여 통상의 기표와 기의 사이를 최대한 벌려놓는다. 그러나 그의 시에서 이 둘은 결코 처음 손을 잡던 때의 약속을 완전히 파기하지 않는다. 오히려 양자가 처음 동거를 합의하던 때의 두근거림이 그의 시의 리듬감의 또 다른 비밀이다. 음표나 선과 색 그리고 면이 아니라 언어가 감행하는 절대주의의 극한은 언어 고유의 특성상 저 최초의 합의를 넘어설 수 없다. 그것이 언어를 택한 예술가의 숙명이다. 그 이상의 모험심은 다시 비시(非詩)를 소환할 것이다. 김춘수의 무의미가 고통의 또다른 표현이며 사물시의 극한이 사물이 아니라 사물을 들여다보는 시계(視界)의 노출로 귀결될 수밖에 없는 것이 언어적 모험의 숙명이다. 그렇다면 조연호는 우리 시의 한 극한을 이미 점하고 있다고 할 수 있을 것이다. 『저녁의 기원』(랜덤하우스코리아, 2007)은 저녁을 지시하는 말들의 합의의 기원이라고 고쳐써볼 수 있을 것이다. 그러니까 조연호는 황병승이나 김경주처럼 시가 아니라 비시를 원인무효로 돌리며 의뭉스럽게 시를 진군시키는 시인은 아니다. 조연호는 오히려 황병승과 김경주보다 까무룩한 자리에 놓여 있다. 저 최초의 합의를 백지화하는 순간 여차하면 비시, 까딱하면 비시……로 떨어질 수 있다. 현재의 언어를 최초의 합의시점까지(만) 되돌려보내며 최대한 간극을 벌리는 리듬으로 이루어진 시를 원시주의라 할까 순수주의라 할까 조연호주의라 할까?

조연호의 대척점에 구성주의가 있다. 구성으로 창조를 대신하려는 것이 아니라 구성이 창조임을 보여주는 시가 있다. 시의 공간도형을 구성해 보여준 장석원의 첫번째 시집 『아나키스트』(문학과지성사, 2005)는 시의 시간성을 하이퍼텍스트적 공간성에 의해 극복하려는 시도를 보여주었다. 그는 한 사태의 여러 국면들을 도면에 죄 부려놓는다. 물론, 이 작업은 20세기 초반의 많은 시인들에 의해 여러 차례 시도된 작업이니 새로울 것은 없다. 그러나 그가 이 사태에 대한 진술과 주석들과 전거들─왕왕 가상의 것들─로 이루어진 평면도를 회전시키기 시작하는 순간, 평면은 공간 속에서 일어선다. 우리 시에서 오랜 시간 위세를 떨쳐온 시간성에 대해 공간이 반란을 감행하는 현장이 바로 여기이다. 평면에서 설명과 주석 들은 보족적인 장식품일 따름이다. 그러나 그것이 공간의 도형으로 화할 때 이것들은 한 사태의 서까래가 되기도 하고 주춧돌이 되기도 하고 용마루가 되기도 한다. 평면에서의 부속이 공간에서 요소가 된다. 시에서 시간성의 오랜 권세를 통렬하게 논박하는 이 공간의 일어섬은 우리 시에서 보기 드문 현상이다. 평면도형을 공간의 집으로 일으켜 세움으로써 그는 '두뇌적' 작업을 육체적 노동의 실감으로 전화시킨다. 1950년대 초반 '후반기' 동인을 위시한 일군의 시인들이 열망했던 시적 '조형성'은 이 시집에서 비로소 알리바이를 획득한다. 방법에 대해서는 필요 없는 절제를 진술에 대해 발휘한다면 장석원은 구성주의의 앞머리에 서 있는 시인으로 기억될 것이다. 그가 첫 시집에서 획득한 시의 입체적 조형성을 감상풍의 짧은 시들에서도 어떻게든 다른 방식으로 유지할 수 있다면 그것은 우리 시의 축복이다. 그의 시가 다시 평면으로 돌아와 난삽해지거나 시간성에 선편을 넘겨주어 감미로워진다면 그것은 우리 시가 '혁명'을 길들이는 유연성을 충분히 확보하고 있음을 보여주는 또다른 증거가 될 것이다.

순수주의와 구성주의 사이에 여러 갈래의 신표현주의가 놓여 있다. 설정과 배치와 행마(行馬)를 통해 대상과 사상(事象)을 환등기처럼 부려놓는 시들이 여기에 속한다. 분위기의 경황을 투사하여 내면의 여러 움직임을 표현하는 강성은의 시가 아마도 비교적 순수주의 쪽에 가 있다고 할 수 있다면 묘사나 진술로 지시되는 외적 사건 대신 그와 결부된 심리적 실재의 정당한 독립권을 주장하는 이민하의 시가 이 새로운 표현주의의 중심에 있다고 할 수 있을 것이다. 내면보다 사건이나 사상(事象)을 위해 엽편(葉篇)의 이야기를 만드는 데 관심을 쏟는 김성규의 시는 내면의 표현보다는 사건의 구성 쪽에 가까운 표현주의라고 할 수 있다. 그는 자신의 내면을 표현하기보다 포착한 사상(事象)을 표현하기 위해 플롯을 빌려온다.

시적 언어의 영도를 검출해보려는 쪽이나 시적 조형성을 조성하려는 쪽이나 내면과 사건의 표현을 시도하는 시인들이 자치지구 내의 행정구역을 분할해 관할한다. 그런데 오래 열망해온 시의 자치지구가 주어지자 대번 한 가지 문제가 명료해졌다. 독립 다음은 외교라는 사실이다. 시의 언어가 개진되는 순간 발생하는 내적 현실들로 이루어진 이 자치구가 주변 국가들과 단교를 선언해야 하는지 연락사무소 개설 정도의 외교를 해야 하는지 정식 외교관계를 맺거나 전략적 동반자 관계 수준을 유지해야 하는지 그도 아니면 연방관계로의 재편을 모색해도 좋은지 등이 이들의 과제가 될 것이다. 시의 언어가 독립과 자치를 확보해야 한다는 것의 정당성은 그것이 외재적 요인들에 의해 오래 훼손되어왔다는 20세기의 경험적 사실로부터 얻어진다. 2000년대 일군의 젊은 시인들은 무엇보다도 외재적 요인들에 의해 훼손된 시의 언어가 자치를 이룰 수 있을 정도의 독립을 얻기를 갈망해왔다. 그리고 이들은 마침내 자치지구를 얻어내는 데 성공했다. 그러나 독립과 자치는 곧 대등한 외교의 시발점이 된다. 어쩌면 시의 외재적 요소들이라고 배제되어온 가치들이 시 언어의 혁명성을 자치지구 내에 가두어두는 데 성공했는지도 모른다. 독립과 자치는 안도 대신 더 많은 과제를 남겨주었다. 지배와 종속 관계를 면한다고 해서 독립이 완전해지는 것은 아니다. 해방구는 곧 분리지구로 전락할 수 있다. 고립인가 외교인가, 분할인가 연동인가 하는 문제에 대한 모색을 중심으로 자치지구의 정치를 시작해야 할 시점이다.

5. 취미(taste)의 대두와 미학적 유명론

시가 존재론적 질서와 가치론적 질서로부터 자율성을 요구하면서 본격적으로 취미(입맛, taste)의 문제가 불거졌다. 진리와 선의지를 보유하기 때문에 시가 즐거움을 준다는 인식 대신 즐거운 것을 판별하여 그것을 즐길 수 있게 해주기 때문에 시가 아름다울 수 있다는 판단을 일군의 시인들은 보여준다.

칸트를 질색하게 만들 취미판단을 보여주는 이근화의 시는 취미와 보편성 사이의 오랜 딜레마에 아랑곳하지 않는 태도를 보여준다. 시인이 책임질 것이 미학이 아니라 '입맛'임은 어찌 보면 당연한 것일 수 있으나 그것을 이렇게 가볍게 실연해 보이는 시인 역시 흔치 않다. 이근화의 시에는 두 가지 성분이 있다. 취미판단의 주관성과 주관적 취미판단을 공유하는 집단의 이념으로서의 조합주의(corporatism)가 그것이다. 이근화는 시 곳곳에서 공공연하게 그 자신의 입맛을 공표하고 완전히 주관적인 그 입맛을 공유할 '우리'를 상정한다. 이근화의 시에 자주 등장하는 '우리'라는 기호가 반영하는 열망은 취미로 이루어진, 낮은 단위의 결사와 협의로 이루어진 공동체를 위한 것이다. 사실, 근대 이후 많은 논자들이 취미의 주관성과 취미판단의 보편성 문제를 두고 고민해왔다. 지각 경험의 공통적 기반이 저 보편성의 기초가 된다거나 판단 자체는 이성적 행위이므로 취미에 대한 판단은 결국 이성적 기준의 객관성에 의해 보편성의 기초를 확보하게 된다는 주장이 없었던 것은 아니다. 그러나 이근화는 딜레마를 밀고 가거나 해소하는 대신 자신의 취향을 말하고 사람들로 하여금 그것에 대해 말하게 한다. 냉소주의에 대해 언급한 누군가의 말처럼 계몽되었지만 무감각해진 이들에게 우리 삶의 실감을 '입맛'의 차원에서 복권시켜나감으로써 선험적 형식에 의해 전제되는 보편성 대신 작용과 효과와 수량에 의해 누적되어가는 보편성을 퍼뜨리는 데 그는 힘을 쏟는다. 입맛 공개, 정당성의 근거 제시와 판단 유보, 공감 규합의 방식으로 세를 넓혀나가는 이 조합주의를 취미연대조합주의라고 부를 수 있을 것이다. 문제는 해소되지 않지만 동의의 영역이 넓어져간다. 그리고 그는 그것을 진화라고 부른다(『우리들의 진화』, 문학과지성사, 2009).

취미판단의 문제에 있어 이근화가 작용과 효과에 의해 선점하고 규합하는 방식으로 조합의 '정치'를 구사한다면 이보다 좀더 근본적 층위에서 미적 판단과 보편성의 문제에 대해 사유하는 시인들도 있다. 조근조근 과격한 김행숙은 감각의 기하학이라는 모순을 감행한다. 그의 시는 동의와 규합을 구하는 언어라기보다는 발견과 이해를 통해 공감의 재편을 모색한다는 점에서 좀더 근본적(radical)이며 과격(radical)하다. 그는 우선, 바로 코앞의 청자를 상정하는 듯 낮고 다감한 어조로 말함으로써 독자로 하여금 그의 시에 바짝 다가앉게 한다. 그리고 이내, 당겨 앉는 김에 자신이 감각을 통해 발견한 세계를 세심히 들여다보기를 마저 청한다. 그에겐 형이상학이 없다. 그는 무엇을 전혀 경과(meta)하지 않는다. 진술을 최대한 배제하는 그의 화법은 독자로 하여금 발견 행위에 가담하게 만드는 효과가 있다. 낮은 소리로 불러 그가 발견한 세계를 함께 세심히 들여다보기를 권하는 그의 시가 구하는 것은 세계가 감각의 편에서 그런 방식으로도 있다는 것에 대한 이해이다. 그런 점에서 그의 시는 조연호의 시와 공유하는 바가 있다고 할 수 있을 것이다. 그러나 동행을 부추기는 김행숙의 탐문은 정서적 공감보

다는, 종국에는, 이해를 구하는 쪽이다. 그러니까, 김행숙의 취미판단
은 애초 감각에 의해 이루어지지만 종국에는 이성적 동의를 구하고 있
다는 점에서 좀더 근원적 지점을 겨냥한다. 세계를 탐문하는 감각의
활달함(혹은 무분별함)과 그렇게 발견된 세계를 다시 요소적으로 재구
성할 때의 형식적 엄정함이 팽팽히 양립할 때 그의 시는 깊은 이해와
공감을 구하는 데 성공한다.

　지구의 축이 기울어져 있다는 것을 매순간 느끼고 있지 않을까 할
정도로 세계의 연동에 대해 누구보다 예민한 의식을 드러내는 진은영
은 『우리는 매일매일』(문학과지성사, 2008)에 실린 시 「앤솔러지」에서
"서툰 시 한 줄을 축으로 세계가 낯선 자전을 시작한다"라고 2000년대
시인 선언의 기초를 작성했다. 이근화와 마찬가지로 진은영 역시 "우
리"라는 어사를 종종 사용하는데 진은영의 '우리'라는 어사는 광물성이
다. 그의 시집 어디를 펴보아도 툭툭 불거지는 이미지들은 결코 외계
에서 온 것이 아니라 대지로부터 온 것이다. 그것들은 별빛처럼 공중
에서 쏟아진 것이라기보다는 광물처럼 대지로부터 캐어진 것이다. 진
은영이 우리 시단에 도착한 파블로 네루다로 불릴 수 있는 것은 그의
시에 나타나는 이미지의 편폭 때문만도, 과장 없이 열기를 전하는 서
늘한 문장들 때문만도 아니다. 어느 시에서 네루다는 "하루에 얼마나
많은 일들이 일어나는가" 하고 물은 적이 있다. "우리는 매일매일" 이미
지들을 캐낸다고 진은영은 대답한다. 그의 시선이 가닿는 곳에서 모든
일상이 광물성 이미지로 불거진다. 매일매일 얼마나 많은 반짝임들이
캐내어지는가? 시인으로 인해 일상의 땅이 얼마나 풍부한 천연자원들
의 보고가 되는가? 아름다움을 판별하는 능력의 기초를 감각 형식의
초기 조건들 때문이라고 하건 공통감각 때문이라고 하건 이성적 판단
능력 때문이라고 하건 상관없다. 취미판단의 보편성에는 선험적 기초
가 전제되어 있기 때문이라는 것은 어떤 변설에도 불구하고 결국 사후

적으로 승인되는 명제일 수밖에 없다. 그리고 역설적인 상황 즉 선험적 조건들에 대한 사후적 승인이 가능해지는 것은 우리의 미적 경험의 지평을 최대한 넓혀놓은 어떤 사건들로 인한 것임을 미학사는 목격해왔다.

까다롭지만 재기에 넘치던 경험론자 데이비드 흄이 「취미 기준론*Of the Standard of Taste*」에서 궁구하던, 미적 판단에 대한 '경험적 보편성'의 기준—이 말 자체가 형용모순을 이룰 수 있으되, 그만큼 다채로운 미적 판단에 대한 보편적 기준을 마련하려는 시도가 얼마나 지난한 일인가를 적시하는 것이 아닐 수 없다—은 결국 경험 안에서 주어질 수밖에 없는 것이다. 두루 아름다움을 경험하게 할 수 있는 개별적인 특수한 사건들을 통해서 경험적 보편성은 지분을 늘려간다. 흄은 섬세한 정서를 수반하는 강한 분별력을 취미판단의 기준으로 제시하면서 이 분별력이 미적 판단의 기준이 되기 위한 필수조건 항목에 '실천에 의해 도야된(improved by practice)'이라는 조항을 붙였다. 실천에 의해 도야된 판단력은 선험적 조건이 아니라 개별적 사건들에 의해 지평을 넓혀가는 방식으로 보편을 지향한다. 보편에 기여하는 구체적 계기들이 있다는 것이다. 인류의 역사 전체를 관통하는 것이 아니라 당대의 국면에서 가장 포괄적인 미적 준거를 형성하게 만드는 경험(즉 실천)이라는 의미를 덧붙여 우리는 이런 방식으로 형성되는 취미판단의 보편성을 다시 경험적·역사적 보편성이라고 불러볼 수 있을 것이다. 당대인의 미적 감수성을 획기적으로 확장시키는 (시적) 사건을 계기로 지평을 넓혀가는 보편성, 또다시 형용모순을 사용하자면 이 탄력적인 보편성에 대한 믿음을 굳건하게 만드는 사건을, 네루다가 그랬듯이, 진은영이 만들고 있다. 이들은 지리상의 대척점에 서서 하나의 대지를 발견한다. 이런 시인들로 인해 세계의 "낯선 자전"이 시작된다. 저 '낯선' 자전에는 새로운 이미지들을 캐내는 시인들의 운동에 동승한 이들이 모두 연동이다. 경험적 보편성이라는 것은 바로 이를 두고 하는 말이 아니겠는가? 간단하다, 시의 새로운 대지의 지평을 넓히고 그 대지위의 존재자들이 연동하도록 세계를 돌리면 된다. 우리의 삶을 아름다움에 대한 체험으로 묶는 이, 묶어 연동시키는 이, 그렇게 하여 미적 판단에 대한 공감의 지평을 넓히는 전거를 만들어가는 이, 그는 시인이 아니겠는가.

일군의 시인들은 선험적 형식에 의해 규정되는 항구적 보편을 명목으로 돌리고 시의 본질과 기능 등에 대한 의제 전반에 걸쳐 경험주의적 태도를 개진시킨다. 이들은 조건의 보편성을 재확인하는 대신 계기적 실천에 의한 검증을 택한다. 미적 기준의 문제에 있어 보편은 명목이다. 그것은 선험적으로 전제되는 대신 누적된다. 미학적 유명론(nominalism)은 새로운 길을 열어가는 시인들이 확보한 자치지구가 분리지구로 전락하지 않고 대등한 외교를 개시할 수 있게 하는 정치·외교적 기초를 제공한다. 시인들은 생래적으로 구체성의 정치를, 특수한 경험들의 외교를 불문율 삼는 사람들이 아니겠는가. 그러니 시인들이여 다시 한번, 말하라 그대들이 본 것이 무엇인가를!

경험주의자의 시계

1. 흄의 열쇠

　마을 사람들이 떠들썩하게 모여 와인이 담긴 큰 통을 바라보고 있었다. 좋은 품종의 포도로 숙성시켰기 때문에 당연히 이 와인은 훌륭한 맛을 낼 것이라고 사람들은 모두 기대하고 있었다. 취미(taste), 즉 글자 그대로 입맛의 감식안에 대해서라면 남다른 유전인자를 가졌다고 자부하는 집안의 두 전문가가 떠들썩한 대중과 커다란 와인통 앞에 서 있다. 그중 한 명이 조심스럽게 와인을 맛보고는 이렇게 말했다. "좋군요, 가죽 맛이 약간 나는 것만 아니라면 더 좋았을 텐데……" 사람들은 고개를 갸우뚱했다. 이번에는 다른 한 명이 와인을 마셔보고는 이렇게 말했다. "음, 역시 좋아요. 다만, 약간 쇠 맛이 섞인 것이 흠이라면 흠이랄까……" 그러자 사람들은 조소를 터뜨렸다. 그리고 두 전문가의 터무니없는 입맛을 한참 비웃으며 자기 방식대로 와인을 즐겼다. 그러나 와인통이 거의 다 비었을 때 사람들은 모두 조소를 그쳐야만 했다. 와인통의 바닥에서 가죽끈이 달린 열쇠가 발견되었기 때문이다.

이 장면은 『돈키호테』에서 산초 판사가 자기 집안의 일화를 말하는 장면을 재구성해본 것이다. 이 자체로 흥미로운 이야기가 아닐 수 없지만 이 일화가 더욱 유명해진 데에는 흄의 공이 크다. 흄은 「취미 기준론」에서 이 일화를 들어 취미의 섬세함과 세련됨에 대해 논한다. 그런데, 이 일화에서처럼 자기 입맛의 식별력을 논란의 현장에서 바로 감식해줄 증거로서 가죽과 열쇠가 눈앞에 드러나는 경우가 아니라면 문제는 어떻게 되는가? 입맛의 정확성을, 특정 취미의 수월함을 최종 판결해줄 결정적인 물증이 예술적 취미, 즉 미를 판별하고 감상하는 능력으로서의 바로 그 취미의 경우에도 있을 수 있는 것인가? 경험주의자 흄이 마주한 아포리아가 바로 이것이었다. 경험의 테두리 내에서 해결될 수 없는 취미의 보편성과 객관성 문제를 끝내 경험이라는 저울 위에서 다루어보고자 위의 짧은 이야기 안에서 그는 분주하다.

흄은 취미와 관련된 논쟁은 무용하다는 영국의 속담이 예술의 영역에는 적용될 수 없다고 전제한 뒤 예술의 영역에서 가죽끈 달린 열쇠가 되어줄 물증을 찾기 위해 노력한다. 취미의 문제를 보편의 잣대에 올리는 가장 널리 알려진 방법은 연역의 역능을 발휘하는 것이다. 선험적인 개념을 전제하거나 기성의 보편적인 기준을 제시하는 것은 항상 상식적인 효과를 발휘한다. 그러나 예술의 취미와 관련하여 연역을 낳은 것이 애초에 귀납이었다는 것을 다시 한번 기억할 필요가 있다. 현재 두루 통용되는 미적 규범은 실상 성실한 귀납으로부터 비롯된 것이다. 개별 작품들의 특징들로부터 추상된 공통의 특질 중 하나가 어느 날 왕좌에 올라 규칙이 된 것이지, 거꾸로 보편적 취미가 있으라 하매 태초에 규칙이 있어 일곱 날 동안 제 물리적 실증으로서 작품들을 낳게 된 것은 아닐 게다. 예술에 있어 미적인 것을 발견하고 그 발견에 대해 판정하는 능력으로서 취미의 다양성이 중요한 것은 그 때문이다. 유년기의 귀납을 잊은 연역이 문제 되는 이유는 그 귀납이 항상 회귀하기 때문이다. 발생기의 다양성 문제를 숙고하지 않는 굳건한 연역은 종종 사태를 바로 옳고 그름의 문제로 변질시킨다. 그리고 그것은 위험천만한 일이다. 개별자들을 대할 때마다 선험적으로 주어졌다고 전제된—자신의 태생을 잊고 말이다—보편적 취미 기준으로부터 얼마나 멀어져 있는지를 측정하는 이에게는 흄의 열쇠와 같은 것이 필요한 것이 아니고 계량과 (넓은 의미에서) 단죄의 수단인 눈금자가 필요할 따름이다. 예술사에서 열쇠 대신 눈금자를 든 이에 의해 호되게 손등을 맞은 이들이 시간을 걸고 취미의 앙갚음(?)을 하는 예들을 우리는 많이 보아왔다. 1863년 낙선전에서 홍역을 치른 마네의 〈풀밭 위의 점심〉이 그랬고 세잔의 초기 정물화가 그랬고 마티스, 뒤샹, 브라크 등의 오해와 상호충돌이 그랬다. 문제가 됐던 것은 역시 연역의 눈금자들이었다. 진흙 태생을 잊은 눈금자는 전전반측하지 않는다. 도덕이, 합의가, 정의가, 대세가 그리고 미의 이데아갸 눈꺼풀 위에 잠의 모래를 솔솔 뿌려주기 때문이다. 자면서 이들은 측량한다.

눈금자들은 개별 사건의 현장에서 취미의 기준을 마련해보려는 존중할 만한 탐문 수사를 왕왕 원인무효로 만든다. 기실 영국에서 18세기에 취미의 문제가 본격적으로 대두된 것 역시, 선험적으로 역능을 부여받은 이성의 연역에 의해 마련된 규칙들로 개별 작품들의 발생 근거를 따지는 눈금자의 시계(視界)를 작품의 발생과 종결 전후로부터 작품 내부로 끌어오기 위한 기투의 일환이었다. 말하자면 이는 이성의 법칙이니 자연의 모방이니 도덕률에의 부합이니 등등 기성 규칙으로 개별 작품의 성취를 판별하는 연역적 태도에 대한 문제의식에서 비롯된 것이다. 다시 말해 취미의 대두는 예술을 생산하고 감상하는 관행 자체에 관심을 기울이는 발생적 규범(genetic norm) 대신 작품을 구성하는 요소들 자체에 관심을 기울이는 내적 규범(internal norm)에 입각해 작품을 귀납적으로 감상하고 평가하려는 새로운 태도로부터 비롯된 것이라고 할 수 있다. 발생적 규범에서 중요한 것은 '이 작품을 낳은 동기는 무엇인가?' '이 작품이 호소하고 있는 것은 무엇인가?' '이 작품이 우리에게 의미하는 것은 무엇인가?' 등이다. 이때 작품은 소산(所産), 즉 '태어난 바'이다. 민족중흥의 역사적 사명을 안고 태어날 리는 없지만 발생적 규범의 시계에 들어온 작품은 전형의, 서정의, 윤리의, 도덕의 자궁에서 태어나 리얼의, 조화의, 정치적 올바름의 관례(冠禮)를 치러야 하도록, 그렇게 '태어난 바' 대로 살 것으로 기대된다. 반면 작품의 내적 규범을 중시하는 귀납적 취미 판단의 시계에 작품이 들어왔을 때 우리의 관심은 '왜 우리가 다른 작품보다 이 작품에 더 관심을 가져야 하나?'에 집중된다. 다시 말하자면, 시론의 시계에서 중요한 것은 발생의 동기와 감동의 출처이며 취미의 시계에서 중요한 것은 작품의 짜임과 그것의 변별력이다. 시학이나 시론이 아니라 취미를 문제 삼는 이는, 형용모순을 사용하자면, 근본적으로 반본질주의적 입장에 서게 된다. 취미의 기준을 묻는 이는 예컨대, '모든 것이 신성하다'고 말하는 대신 '아무것도 신성하지 않은 것은 없다'고 말한다. 두 문장은 표상하는 태도뿐만이 아니라 짜임이 다르다. 작품 역시 마찬가지이다. 하나의 작품은 동기의 소산이며 감동의 근원이기 훨씬 이전에 이미 하나의 조직이며 돌이킬 수 없는 사태이다. 작품은 본질 대신 실존의 삶을 산다. 일단 발화된, 조직으로서의 사태는 무엇으로도 환원되지 않는다.

2. 경험주의자의 시계

그렇기 때문에 흄의 고투는 다시 한번 흥미로운 사유를 자극한다. 발생적 규범에 의존하는 연역적 시학은 방계를 수시로 제압함으로써 방계로부터 탈취한 에너지로 설득과 합의를 충전시킨다. 촘촘한 연역의 그물에 걸려든 방계와 이물은 프로크루스테스의 침대 위에서 미래를 내어주고 합의에 이른다. 그 결과 방계와 이물은 애초보다 증강된 조소 앞에 서게 되고, 합의는 소문과 스캔들의 역사에 잠시 혹했음을 부끄러워하며 다시 나선형으로 증폭된다.

아마도 예술에 있어 경험주의적 태도를 견지하려는 이가 이와 같은 보편을 추구할 수는 없는 노릇이었을 게다. 흄은 취미의 문제에 있어서 보편적 합의가 가능하리라는 기대를 버리지 않았다. 그러나 그것이 보편적 연역의 방식으로 이루어지는 것을 택할 수는 없었다. 그렇다면, 취미 문제에 있어 이성이나 규칙과 같은 만능열쇠를 사용하지 않고 어떻게 개별적 취미들의 보편적 합의가 가능할 것인가? 흄은 경험을 시간에 내어주는 방식을 제시했다. 즉 그는 시차(時差)를 밀고 가는 방식을 택했다. 이 점은 대단히 흥미롭다. 시계(視界)를 시계(時計)의 문제로 변환하는 기술이 담겨 있기 때문이다. 이는 무슨 의미인가?

흄은 이상적인 비평가가 갖추어야 할 것으로 강한 분별력(strong sense)을 꼽았다. 그에게 취미의 문제는 식별력의 문제가 된다. 중요한 것은 이 분별력이 어떻게 형성되는가에 대해 그가 단서 조항들을 달았다는 것이다. 흄은, 강한 분별력은 섬세한 정서(감수성, delicate senti- ment)와 결합되고 실천에 의해 도야된(improved by practice) 것이어야 하며, 비교에 의해 완성되고(perfected by comparison) 모든 편견을 벗어버린 것이어야 한다고 강조했다. 흄의 말마따나 경험의 시학에서 중요한 것은 선험적 관념이 아니라 강한 분별력이다. 다시 말해 작품을 동기와 발생의 시계(視界)에 포섭시키는 것이 아니라 내적 특질에 대한 해명과 비교의 시계 속에서 관찰하는 것이 중요하다는 것이다. 취미의 기준을 설명함에 있어 궁극적으로는 경험적 비교에 의해 형성되는 분별력이 중요하며 더군다나 그것이 끊임없는 실천에 의해 도야되는 것이라는 흄의 지적은 흥미롭다. 그것은 모든 합의된 (것으로 간주되는) 기성의 미적 판단 준거들이 애초에 귀납의 전사(前史)를 지님을 적절하게 상기시키기 때문이다. 우리는 종종 이를 잊는다. 우리가 지닌 작품의 수월성에 대한 보편적(으로 간주되는) 기준이 경험으로부터 수립되었다는 사실 자체를 선험적으로 받아들이기 때문이다. 그러나 작품의 실존은 본질에 선행한다.

물론, 흄이라고 해서 누구나 실천에 의해 도야되고 비교에 의해 완성되는 미적 분별력을 지니게 될 것이라고 믿지는 않았다. 그렇기 때문에 그는 이상적 비평가를 상정한다. 그러나 주의할 것은 '이상적'이라는 말의 어의와는 달리 그가 이상적 비평가를 상정하는 것 자체가 이미 귀납과 경험에 입각한 취미의 기준을 강조한다는 점이다. 이상적 비평가는 기성의 기준에 의해 완성된, 과거로부터 소환된 감상자가 아니라 경험과 귀납에 의해, 즉 구체적 실천에 의해 도야된 식별력을 지니게 될 감상자이다. 현재의 것을 과거의 이상에 비추는, 과거나 현재의 한 시점에 붙박인 감상자가 아니라 과거부터 현재까지 지속되며 현재부터 미래까지 지속될 경험의 지평에서 취미를 단련해나가는, 현재완료와 미래완료형의 감상자야말로 실천에 의해 부단히 도야되는 이상적 감상자의 모습이다.

작가와 비평가는 결국 시간을 걸고 마주 선 존재자들이다. 피카소의 예를 들어보자. 젊은 시절 피카소는 작가 거트루드 스타인의 초상화를 그린 적이 있다. 스타인은 수십 번씩 모델이 되어 의자에 앉아주었지만 때로 수시간에 걸친 작업에 불만을 토로하기도 했다. 스스로도 그림에 만족하지 못하던 피카소 역시 좀처럼 작업을 끝내지 못했다. 우여곡절 끝에 마침내 피카소가 그림을 완성했을 때(〈거트루드 스타인의 초상〉, 1906) 스타인뿐만 아니라 사람들은 잔뜩 기대하고 그의 화폭을 들여다보았다. 그러나 모두 이내 실망하고 말았다. 그 그림 속 인물은 스타인을 전혀 닮지 않았기 때문이다. 그러나 오랜 고투 끝에 이미 새로운 방법을 얻은 피카소는 마치 시간을 축지법으로 사는 양 이렇게 말했다고 한다. "중요한 것은 앞으로 닮게 될 것이라는 점입니다."

초기입체주의의 면모를 잘 보여주는 이 그림 속 인물은 참으로 묘하게도 스타인을 닮아 있다. 그림 속 인물은 거트루드 스타인과 하나도 안 닮았지만 틀림없이 거트루드 스타인이다. 이것이 방법의 마술이다. 피카소는 시간을 걸었다. 이 작품에 발생적 규범을 통해 접근하는 것은 아무런 실익이 없다. 그러나 내적 규범, 즉 작품이 이루어지는 방식 자체의 수월성을 가늠하는 분별력을 통해 비평가는 피카소가 내건 시간을 감정한다. 〈거트루드 스타인의 초상〉은 재현에 충실한 초상화는 아니지만 대담한 선과 구상에 의해 어떤 의미에서는 하나의 스타인을 낳았다고 할 수 있다. 피카소는 과거 어느 시점에서 시작하여 현재를 경유하고 미래 언젠가는 완료가 될 초상화를 그렸다. 피카소의 말 속에서 '닮다'라는 말의 시제는 과거형도 현재형도 아니고 미래완료형으로만 해석될 수 있다. 그는 시간의 테스트를 통과했다.

경험주의자의 시계(視界)는 발생과 귀결의 종합에 걸쳐 있지 않다. 그것은 과정과 실천 쪽으로 향해 있다. 경험주의자의 시계(時計)는 표준 시간에 맞추어져 있지 않으며 그 안에서 사건은 한 점에 붙들리지 않는다. 그의 시계는 시간들의 전국시대를 취미들의 춘추시대로 승인한다. 그의 시계는 과거, 현재, 미래가 아니라 시간과 사건들의 현재완료와 미래완료를 지시한다. 흄이 마지막 전거로서 시간의 테스트를 꼽은 것은, 두고 보면 알리라는 평설로의 회귀 혹은 독기의 표현이라기보다는 취미에 있어 귀납이 연역의 노복이 아니라 연역이 귀납의 자손임을 명시하기 위함이다. 그는 취미의 춘추전국시대를 열망하며 와인 통 바닥에 경험주의자의 시계를 던져두었다.

3. 간극의 정치

비평가만 간극을 사는 것은 아니다. 시인 역시 간극을 산다. 아마도 이즈음 가장 문제되는 간극은 시민으로서의 삶과 시인으로서의 삶 사이인 듯하다. 언어 바깥을 둘러보지 않아도 좋을지, 이렇게 마냥 내부로의 활강을 감행해도 좋을지 두근거리며 언어를 폭발시킨 이들이 짧은 기간 동안 벌여낸 잔치가 있었다. 그러나 파국은 외려 언어 내부에서 시작되었다. 우리 근현대 시사에서 유례없을 정도로 경계가 확장되었던 시인들의 언어적 자치지구 내에서 가치의 세계에 대한 진지한 고민이 채 시작되기도 전에 언어 내부의 볼모가 생겨나기 시작했다. 가장 먼저 희생당한 것은 소통과 녹색이었고, 다음으로 반성과 실용이 기호의 터미널에 봉착했다. 시인의 삶이 시민의 삶의 원주 내부에 자리 잡을 수밖에 없다는 인식과 작품 자체가 실존이라는 판단이 충돌했다. 언어 쪽으로 접혔던 간극이 언어 내부의 탈색으로 인해 다시 양감을 얻는 데 성공했다. 이것은 자치지구를 얻기 위한 싸움과는 또다른 형태의 장기전을 예고하는 것이었다.

문제는 시민과 시인의 삶의 대립이 아니다. 문제는 시민과 마찬가지로 개별 작품도 그 자체로 실존을 앓게 된다는 것이다. 두 개의 삶이 각자의 인생에 대해 최대치를 요구하고 있다는 것이다. 이미 미래완료형 시를 쓰고 있는 한 시인의 말마따나 지게꾼이 지게꾼의 언어로 삶을 말하는 시와 지게꾼의 삶을 다룬 시 사이가 멀게만 보이게 되었다는 것이다. 물론, 지게꾼은 지게꾼의 언어로 말할 수밖에 없다. 그리고 바로 그 시인이 든 전거인 김수영의 「생활현실과 시」에 제시된 것처럼, 언젠가 사회적 상황이 나아졌을 때, 지게꾼이 자기 삶에 대해 시를 쓰는 것이 전혀 거추장스럽지 않게 읽힐 수 있는 때는 꼭 올 것이다. 그런데 그의 시계는 조금 더 미래로 확장되는 것이 좋았을 것이다. 그는 김수영이 바랐던 미래가 우리 사회의 한편에는 도달했다고 말했다. 적어도 노동자들이 자기의 언어로 쓴 시들이 발표되고 읽히기 때문이다. 그러나 조금 더 바랄 수는 없을까?

김수영의 「생활현실과 시」라는 산문은 그 제목이나 글의 소재에서 짐작되는 것과는 상당히 다른 함의를 담고 있다. 신동엽이 지게꾼이 느끼는 절박한 현실을 대변하는 시를 요청한 것에 대해 김수영이 지게꾼의 현실을 대변하는 시가 아니라 바로 지게꾼의 시라는 답안을 내보인 것처럼 보이지만 실상 여기서 김수영의 의도는 지게꾼의 시 쪽을 겨냥한 것이라기보다는 시의 언어적 한계조건을 들어 신동엽을 달래는 쪽에 가깝다. 김수영은 지게꾼의 시도 좋고 부르주아의 시도 좋고 서민적 경향도 좋고 실험적 경향도 좋으니 — 김수영이 이렇게 열거하는 것은 특정한 기법이나 경향을 겨냥한 것이 아니라 시 일반을 지칭하기 위함이다 — '시다운 시가 하나라도 나오는 것이 우선이라고 명료하게 답했다. 심지어 김수영은 같은 글의 후반부에 "믿을 수 있는 작품! 사상은 그 다음이다"라고 명언하고 있다. 시가 현실과의 불협화를 표현하고 그것을 극복하고자 하는 동경을 보여줄 수 있지만 그것은 시 언어 고유의 문법 안에서의 일이며, 우선적으로 힘을 쏟아야 할 지점도 바로 그것임을 김수영은 명기하고 있는 셈이다.

그렇다면 김수영이 지게꾼의 시에 대해 둔 유보조항, 즉 지게꾼의 시가 나오지 않는 것은 여러 가지 사회적 조건이 결여되어 있기 때문이며, 이는 장구한 시간이 필요한 자유로운 사회의 실현과 결부되는 문제라고 말한 것은 글 전체의 요지인 작품 자체에 대한 강조와 어떤 관계를 지니는가?

이상적인 비평가를 상정하는 것이 현실에서의 부단한 도야를 위한 것이듯이 이상적인 시인을 상정하는 것 역시 한편으로는 도야를 촉구하면서도 한편으로는 간극이 만져지도록 하기 위한 것이다. 김수영의 의도는 바로 이 양자에 걸쳐 있다. 정확히 말하자면, 김수영은 가랑이를 드러내는 현재의 작업에 충실함으로써 '오늘의 시'의 소명을 다하자고 말하고 있다. 주지하듯, 김수영은 혁명은 상대적 완전을, 시는 절대적 완전을 수행한다고 말한 바 있다. 프리드리히 실러의 미적 국가를 떠올리게 하는 이 언명 역시 정확히 간극 그 자체를 겨냥한 것이다. 프랑스 혁명의 이념적 토대를 제공한 당사자로서 혁명에 열광했던 실러가 혁명에 실망하고 미적 교육의 필요성을 설파한 것으로 잘 알려진 『인간의 미적 교육에 관한 편지』를 떠올려보자. 실러는 인간의 무한도야에 대한 믿음 자체를 놓지 않았다. 대신 그는 도정을 생각했다. 그는 감각적인 인간을 이성적인 인간으로 만들기 위해서는 우선 미적으로 만들 수밖에 없다고 주장하며 자연 국가와 윤리적 국가 사이의 왕국, 즉 미적 국가를 꿈꾸었다. 물론, '별이 아스라이 멀듯이' 저 '그리운 나라'는 너무나 멀리 있다. 그러나 멀지만 있다! 복사씨와 살구씨가 언젠가 한 번은 미쳐 날뛸 날은 언제나 미래완료 시제로만 쓰일 수 있다. 그리고 그것이 시적 언어의 특권이다. 4·19혁명의 변질과 좌절을 목도한 김수영이 다시 절대적 완전을 향해 고개를 들게 되는 것은 미적인 것 특유의 영구 혁명을 미래완료형으로 받아들였기 때문이다. 그렇기 때문에 그는 시인이다. 김수영은 「사랑의 변주곡」에서, 실러의 미래를 현재의 간극으로부터 개시되는 미래완료로 만들어버렸다. 시가 아니라면 그것이 어떻게 가능하겠는가? 물론 김수영은 지게꾼의 시를 내심 소망했다. 그러나 그것은, 김수영의 표현 그대로 "장구한 시간이 필요한 자유로운 사회의 실현과 결부되는 문제"이되 틀림없이 '언어적 한계' 안의 사태임을 이 글은 명시하고 있다. 이때 김수영이 꿈꾼 자유가 어찌 검열이 없는 상태에 국한되겠는가? 장구한 시간 뒤에 올 자유, 그것은 단순 미래가 아니라 현재부터 계속되어 언젠가는 완료될 미래완료형 자유이며 시가 수행할 절대적 완전과 함께 오는 자유이다.

그러나 김수영을 아직 이상의 편에 넘겨주지는 말자. 바로 그와 같은 자유가 만개한 시간의 이상적 시인을 상정함으로써 김수영은 미래완료의 시작으로서 현재에 불거지는 간극을 눈에 넣었다. 김수영의 시에 그렇게 많은 '의자가 걸리는' 이유가 바로 이 때문이다. 현실의 혁명으로도 해소되지 않는 저 수동적 물질충동의 땅을 완전한 자유로 견인할 나라, 복사씨와 살구씨가 언젠가 한 번은 미쳐 날뛸 나라가 한 번은 반드시 올 것이되 오히려 그 열망이 클수록 물질로 실감되는 것은 바로 현재와의 간극 자체이다.

김수영은 간극의 정치 혹은 아이러니의 정치를 실현하고 있다. 실러의 이상, 미적 영구 혁명, 김수영이 꿈꿨던 나라, 그것은 현실에서 아이러니로 남는다. 지게꾼이 시를 쓰는 것 자체로 절대적 완전이 도래한 것이 아니다. 물론, 언젠가 장구한 시간에 걸쳐 자유가 도래할 때, 인간이 무한히 도야되어 낚시하듯 노동하고, 노동하듯 낚시할 때 지게꾼뿐만이 아니라 만인이 자신의 삶을 술회하는 것으로도 이미 충분한 시가 될 수 있는 시절이 반드시 한 번은 올 것이다. 그러나 그것은 이상적 시인의 나라이다. 그 상태까지 간극을 밀고 가면서 간극을 사는 것, 섣불리 시민의 삶과 시인의 삶의 종합을 시도하지 않으며 그 간극 자체를 드러내고 간극을 견디는 것, 그래서 무엇보다도 그 간극이 우선 만져지게 만드는 것, 즉 시민으로서의 삶과 시인으로서의 삶의 아이러니를 견디고 그 아이러니 자체를 시로 사는 것, 그것이 현실의 시인에게 가능한 미학의 정치이다.

4. 당신의 취미를 양보하지 말라

궁지에 몰린 세입자들에게 행해진 '합법적인' 물권 행사의 폭력성에 분개하고, 살아 있는 강을 구태여 도로 살린다는 기획에 반대하는 목소리를 내기 위해 단체를 결성하거나 선언을 하거나 시민단체에 참가하거나 글을 써서 부당함을 알리는 활동을 하는 것과 미학적으로 전위적인 시를 쓰는 것, 혹은 소시민적 혹은 부르주아적 취미를 드러내는 시를 쓰는 것은 양립 가능한가? 리처드 로티 같은 이는 아예 '공적 윤리'와 '사적 윤리'를 구분할 것을 제안하기도 했다. 진정한 자아는 없다는 비본질주의적 입장에서 '자기 확장'과 '자기 창조'를 위한 유력한 삶의 방식으로서 그가 제기하는 미적 삶이란 '스스로를 넓히려는 욕망'에 기인하며 '새로운 경험과 새로운 언어에 대한 미적 모색'을 추구하는 삶이다. 로티는 이런 삶의 대표자로 호기심 많은 지적 아이러니스트와 굳건한(?) 시인을 꼽는다. 왜냐하면 이들은 형이상학적 종착점을 따로 설정하지 않고 항상 변화하는 언어로 자신의 삶을 기술하기 때문이다. 물론 그 역시 인간 평등을 실현하기 위한 자유주의를 공적 도덕의 이상으로 여기며 공적 영역에서의 사회적 연대를 강조한다. 그러나 흥미롭게도 로티는 삶의 공적 영역과 사적 영역 사이에 체계적인 연관성이 반드시 있어야 한다고 생각하지 않는다. 그는 심미적 차원의 문제—로티의 경우 여기에는 이론적 작업까지 포함된다—는 사적인 영역에 한정시킨다. 그리고 공적인 차원의 문제는 법과 제도 등을 통해 실천적으로 해결되어야 한다고 설명한다. 물론, 양자 사이의 '유의미한 상관관계' 따위는 우연적인 것일 따름이다. 자유주의 아이러니스트에 대한 로티의 이런 옹호는 때로 심각한 비판의 대상이 되는 것이 사실이다. 그러나 우리가 '눈 딱 감고' 눈앞의 정합성을 잠시 유보할 수 있다면, 로티의 논의를 그대로 반복하는 것이 아닌 방식으로 흥미로운 생각을 덧붙일 수 있다.

두 개의 아이러니를 사는 시인의 삶을 생각해보자. 궁극적으로 미적인 것과 정치적인 것이 정합될 미래완료형 도시의 시민인 이상적 시인과, 정치적으로 낙후되었고 미적으로 정체된 현재의 도시에서 정치와 미적 삶의 동시적 개변을 모색하는 현실의 시인 사이의 간극이 항상 미끄러지는 형식으로서의 아이러니 하나를 낳는다. 그리고 정치적인 문제와 미학적인 문제의 부정합 때문에 고뇌하되 이 부정합을 승인하는 대신 미적인 것은 미적인 방식으로 정치적인 것은 폭넓은 의미에서의 현실정치의 방식으로 궁극까지 밀고 가면서 이원론을 감수하는 시인의 아이러니가 있다. 물론 두 개의 간극이 한 번에 일소될 수만 있다면 시인은 얼마나 달콤하게 잠들겠는가? 그러나 하나는 장구한 시간을 필요로 하고 또하나는 양날의 칼이 되기 쉽다. 매번 '마지막 어휘'를 바꾸며 버전을 달리해 제기된 문학과 정치의 정합론은 현실적 영향력과 미적 성취의 문제에 있어 여전히 양자에게 흠을 남길까봐 전전긍긍이다. 정합 대신 개입과 간섭은 어떻겠는가? 법과 제도로 해결될 문제에 대해서 성실한 시민의 삶을 살고 동시에 언어의 자기 개변을 위해 잠시도 속도를 늦출 수 없는 처지라면 그 방향으로 전속력으로 가보는 시인은 어떤가? 그리고 그 결과 그 간극이 정치와 언어, 시민과 시인의 삶을 동시에 위협하는 단계에까지 이르러 도저히 그 간극을 버틸 수 없을 때에는 비로소 바로 그 간극이 정합보다 더 치열한 정치를 마련해줄 것은 아닌가? 어쩌면 법과 제도로 해결될 문제를 언어의 문제로 해결하려는 느긋함이나 언어적 혁신을 정치적 진보로 대신하려는 안일마저 두 개의 별개의 삶이 확보되어야 시계에 들어오는 것은 아닐까? 시민의 삶의 장은 제도이며 전장은 정치이다. 시인의 삶의 장은 미학이며 전장은 언어이다.

하나의 가능성이 있다. 두 삶을 모두 밀고 가서 부딪치게 될 취미라는 벽이 그것이다. 두 삶이 정합되는 것이 아니라 두 전장이 시인의 전장에서 수렴된다. 두 전장은 시민의 삶이 아니라 시인의 삶 속에서, 가치의 전장이 아니라 취미의 전장으로 수렴된다. 시인의 전장은 법과 제도가 아니라 취미의 전장이다. 부르디외식 '구분 짓기'이든, 랑시에르식 '근거 지음'이든 결국 취미 안에서 시인의 모든 사태는 벌어진다. 사적인 영역에서의 정치는 취미를 둘러싼 정치이다. 두 개의 아이러니를 통해 발생하는 미학의 정치, 간극의 정치의 유력한 전장은 바로 취미의 전장이다. 만인이 만인의 취미에 대해 백가쟁명하는 취미의 전국시대가 미적 삶의 일상에 자리 잡고 있다. 어제 일인 시위에 참여하고 온 시인이 오늘은 취미의 보수성 문제를 마주할 수 있다. 그러나 다시 그것을 시위 현장에서 수습할 수는 없는 것이다. 당신은 일인 시위를 이어가고 취미의 전장에서 조금도 양보하지 않고 당신의 취미로 맞선다. 취미에 대해 논쟁하는 것은 무용한 것이 아니다. 당신의 정치적 견해에 대해 시 속에서 논쟁하는 것은 무용하다. 그러나 합의와 보편을 도달해야 할 상태로 밀어놓고서 부단히 현재를 도야하는 경험주의자는, 공표되고 감지된 취미 안에서 모든 것을 논쟁할 수 있다. 당신의 시의 취미는 이미 당신의 정당이기 때문이다. 당신의 취미를 양보하지 말라!

'서정'이라는 '마지막 어휘(final vocabulary)'

햄 자네 부친을 기억하나?

클로브 (우울하게) 똑같은 대답이죠. (사이) 당신은 제게 이런 질문들을 몇 백
만 번이나 했으니까요.

햄 나는 오래된 질문들을 사랑해. (열렬히) 아, 오래된 질문들, 오래된 대답들,
그런 것들과 같은 것은 세상에 없거든!

—사뮈엘 베케트, 「엔드게임*Endgame*」 중에서

1

최근 들어 가장 힘겨운 삶을 사는 기호는 '녹색'과 '소통'이다. 녹색
은 하필이면 성장과 한방을 쓰고 소통은 하필이면 위원회와 함께 살고
있다. 녹색과 소통이 반대자들과 함께 출몰하게 된 것은 이 기호가 반
대자들인 성장주의나 위원회 정치마저 열망하는 대상이기 때문이다.
강을 파헤치는 녹색성장이 가능해지고 벙커 안에서 소통을 장려하는
일이 가능한 것은 성장주의와 닫힌 정치가 '녹색'과 '소통'을 '가야 하고
또 갈 수 있는 길' 자체가 아니라 그것의 이정표로 치환하는 데 성공했
기 때문이다. '녹색'과 '소통'은 반대 방향의 이정표가 되었다. 도원(桃
園)을 일러주고 길을 가르쳐주지 않는 방법보다 훨씬 더 윗길에 있는
통치 방식은 도원의 꿈을 전용하는 것이다. 이 전용이 치명적인 이유
는 실상을 기호로 대체하면서 반대 토론을 무력화시키기 때문이다.

'녹색성장'이나 '국민소통위원회'식 언술이 흔쾌히 맞이하는 것은 '진정한' 혹은 '본래적 의미의' 혹은 '근본적으로'라는 수식어를 붙여오는 반론들이다. 본디 '녹색'이라는 것은, 진정한 소통이란, 혹은 근본적으로 소통한다는 것은…… 등등으로 시작되는 반론은 이제 실천의 영역이 아니라 해석의 전장으로 안전하게 인도된다. 다시 말하자면 '녹색성장'과 '소통위원회'가 치명적인 이유는 이것이 '녹색'과 '소통'을 '현대의 신화'(롤랑 바르트)로 만들기 때문이다. 그리고 그것이 결코 '신화'가 아님을 항의의 논리로 삼는 사람들은 자신들이 어느새 이 기호들을 태도의 결백을 보증하는 '마지막 어휘(final vocabulary)'(리처드 로티)로 삼는 식의 '형이상학적' 지형에 몰렸음을 알지 못한 채 거듭 이정표를 쓰다듬을 뿐이다. 이런 방식으로 전장은 '신화' 안에 자리 잡는다.

2

리처드 로티는 『우연성 아이러니 연대성』이라는 책에서 '마지막 어휘'라는 흥미로운 개념을 끌어들여 형이상학자와 아이러니스트의 태도를 비교한다. 조금 길지만 이 대목을 인용해보자.

모든 인간 존재는 그들의 행위, 그들의 신념, 그들의 인생을 정당화하기 위해 채용하는 일련의 낱말들을 갖고 있다. 그것들은 친구들에 대한 칭찬, 적들에 대한 욕설, 장기적인 프로젝트, 가장 심오한 자기 의심 그리고 가장 고결한 희망 등을 담은 낱말들이다. 그것들은 우리가 때로는 앞을 내다보면서 때로는 뒤를 돌아다보면서 우리의 삶에 대해 이야기하는 낱말들이다. 나는 그러한 낱말들을 "마지막 어휘(final vocabulary)"라고 부르겠다.

그것이 "마지막"이라는 것은, 만일에 그러한 낱말들의 값어치를 의심한다면 그 낱말의 사용자는 의존할 비순환적인 논변을 전혀 갖지 못한다는 뜻이다. 그 낱말들은 사용자가 언어와 더불어 끝까지 함께하는 것이며, 그것들 너머에는 오직 어찌할 수 없는 피동성, 혹은 힘에의 호소만 있을 따름이다. 마지막 어휘의 비교적 작은 부분은 "참이다" "좋다" "옳다" "아름답다" 등과 같은 엷고도, 유연하며, 어디에나 있는 용어들로 이루어져 있다. 더 큰 부분은 가령 "그리스도" "잉글랜드" "전문적 기준들" "고상함" "친절" "혁명" "교회" "진보적" "엄밀하다" "창의적이다" 등과 같이 더 두텁고, 더 고정적이며, 더 편협한 용어들을 포함하고 있다.[1]

반표상주의적 입장에서 근대 인식론을 비판하고 있는 로티는 "마지막 어휘"에 대해 이렇게 설명한 후에 "자신의 마지막 어휘 속에 어떤 용어가 현재한다는 것이 곧 그 용어가 진정한 본질을 〈가진〉 어떤 것을 지시한다는 확신을 준다고 가정"[2]하는 사람을 형이상학자로 규정했다. 로티에 의하면 이들은 이 "마지막 어휘"의 진릿값이 현상들의 배후에 있으리라고 가정된 유일한 영속적 실재에 의해 보증된다고 믿는다는 것이다. 반면, 명목론과 역사주의적 입장에서 자신이 현재 사용하는 마지막 어휘에 대해 근본적이고도 지속적인 의심을 지니며 자신의 현재 어휘 목록으로 구성된 논변이 언제나 의문에 붙여질 수 있고 또한 자신의 어휘가 다른 것들보다 실재에 더 가깝다고 생각하지 않는 이들을 아이러니스트라고 규정한다. 덧붙여 로티는 형이상학자들과 달리 아이러니스트는 마지막 어휘 목록 사이에 위계와 선택의 준규를 만들고자 하는 시도를 포기하고 오히려 낡은 것과 결별하며 새로운 것

---

1) 리처드 로티, 『우연성 아이러니 연대성』, 김동식·이유선 옮김, 민음사, 1996, 145~146쪽.
2) 같은 책, 148쪽.

과 놀이함으로써 끊임없는 재서술을 시도한다고 설명한다. 이를 풀자면 결국, 아이러니스트와 형이상학자의 태도에 있어 결정적 차이는 형이상학자와 달리 아이러니스트들은 "마지막 어휘"의 진릿값으로 돌아가자고 주장하며 목록의 절대성을 고수하는 대신 그것이 언제나 잠정적이고 역사적인 것이며 항상 갱신의 대상이 될 수 있음을 인정한다는 것이다. 그러니, 문제는 '돌아갈 것인가 나아갈 것인가'라고 할 수 있다.

'녹색성장'과 위원회가 장려하는 소통에 맞서 "그것은 내가 알고 있는 '녹색'이 아니다"와 "그것은 내가 믿는 '소통'이 아니다"라고 응대하는 것은 기호에 붙박인 논리의 전장에 소환됨으로써 미필적으로 "마지막 어휘"를 승인하는 것이다. 이는 실천의 영역에서 기호의 실정성에 대해 검토하는 대신 논증하는 주체의 외부에 어떤 (가정된) 실재가 있어 그것이 내 논증을 보증하리라는 태도를 고수하는 것으로 귀결된다는 것이 로티식 진단이다. "마지막 어휘"들 간의 대립을 통해 개념적 실재를 불러들여 보증의 정도를 따지는 것은 논증을 통한 태도의 계량적 분별 ─ 예컨대, 완전성의 정도에 따라 개념의 객관적 실재를 가늠하는 ─ 의 일환이 될 수 있을 것이나 동시에 그것은 반대자와의 '어휘 다툼'으로 인해 공히 실물에 눈먼 싸움이 된다. 실재론자들의 추론의 권리능력 한계를 둘러싼 전장에 반대자들을 끌어들이는 논변은 이처럼 치명적이다.

3

최근 들어 시단에서 "마지막 어휘"로 재등장한 것이 바로 '서정'이다. 그 배경에는 "아우슈비츠 이후 서정시는 야만이다"라는 아도르노의 명제와 관련된 현대시의 중요한 아포리아 하나가 놓여 있다고 할 수 있을 것이다. 아도르노의 언명 이후에도 계속해서 야만의 도를 더해온 것은 서정시가 아니라 현실이다. 녹색성장과 위원회 방식 소통, 그리고 얼마 전 용산에서 있었던 참사 앞에서 서정은 무색하다.

용산 이후, 시를 통해서 세상이 아름답다고 말할 수는 없다. 그러나 그렇다고 해서 세상이 아름답지 않다고만 말할 수도 없다. 고통의 고해만으로 시가 이루어진다면 어떤 일이 일어날까? 우리는 어떤 부채 때문에 시를 통해 고통의 백화점을 일람해야 하는 것일까? 두루 고해진 고통이 고통의 연대를 낳으리라는 기대 때문이라면 시를 읽는 것보다 직접 머리띠를 다시 묶는 것이 훨씬 더 의미 있는 일이 될 것이다. 본래 앞서 언급한 아도르노의 언명은 화해적 가상이 깨어진 후의 예술의 지위와 소명(?)에 대해 묻고 답해보기 위한 것이었다. 그는 고통스러운 현실에 눈감고 화해적 태도를 취하는 것과 더불어 고통스러운 현실을 고스란히 재현하는 것도 반대했다. 아도르노는 현대예술이 결코 "재앙에 대한 사진술이나 거짓된 축복"[3]이 될 수 없다고 강조했다. 따라서 아도르노의 저 유명한 언명은 서정시의 용도폐기를 겨냥한 것이나 서정시가 현실의 고통을 고스란히 모사해야 한다는 의미를 강조하기 위한 것이 아니다. 아도르노의 취지는 현실이 전래의 예술 형식을 용인하지 않을 때 예술의 형식은 어떻게 개변되어야 하며 이때 예술의 내용과 형식은 어떻게 매개되며 새로운 관계 속에서 정립돼야 하는가에 대한 문제의식을 표명하는 것이었다. 예컨대, 본래 사뮈엘 베케트에게 헌정될 예정이었던 『미학이론』의 첫 문장은 "예술에 관한 한 이제는 아무것도 자명한 것이 없다는 사실이 자명해졌다"[4]로 시작된다. 그는 이 문장 뒤에 계속해서 이렇게 썼다. "즉 예술 자체로서도, 사회 전

3) T. W. 아도르노, 『미학이론』, 홍승용 옮김, 문학과지성사, 2005, 40쪽.
4) 같은 책, 11쪽.

체에 대한 예술의 관계에 있어서도, 심지어 그 존재 근거에 있어서조차도 자명한 것은 아무것도 없게 되었다. 무반성적으로, 혹은 아무런 문제가 없는 듯이 다루어지던 것들이 사라지게 되었는데, 그렇다 해서 그것이 반성을 통해 가능해진 무한한 것들을 통해 보상되지는 않고 있다." 그러니, 만약 세상이 아름답지 않다고 말하려면 문제는 고통의 고해가 아니라 고해의 형식이다. 아도르노가 석명한 것처럼 고통의 무매개적 고해는 고통의 사진술적 재생일 뿐이다.

'현대 생활의 시인'에게 곤경은 그것만 있는 것이 아니다. 오히려 더 심각한 곤경은 말하는 방식에 있다. 세상이 아름답다고 여기건 혹은 고통의 연속이라고 여기건 간에 시인은 그것에 대해 '아름답게만' 말할 수도 없다는 것이 더 심각한 곤경이다. 세상이 아름답지 않다면 아름답지 않은 세상에 대해 전래의 아름다운 언어로 말하는 것은 비정합성을 떠나 거의 현실적 죄악에 가깝다. '녹색성장'과 하등 다를 바 없는 발화 방식의 시들이 '현대 생활의 시인들'의 언어적 권리능력을 신장시킬 것이라고 기대할 수는 없다. 이것은 시라기보다 "마지막 어휘"들의 성찬이 될 가능성이 높다. 그것이 하는 일이란 대상을 부동화시키고 현재를 최상의 것으로 간주하게 만드는 것이 되기 때문이다. '행복한' 팡글로스조차 이런 방식의 태도를 고수하지는 않았다. 심지어 용산 이후의 시인임에야……

그렇다면 만약, 그럼에도 불구하고 세상이 여전히 아름답다고 판단한다면 이에 대해 아름답게 말해도 좋은 것일까? 지음(知音)을 부르지 못하는 떠돌이 악사에게 팡글로스의 여유마저 허락하지 않는다면 너무나 가혹한 처사가 될지도 모른다. 그의 음률은 지상의 것이 아니라 예정된 최선의 세계에 속한 것일 따름이니, 누구도 그의 세계를 넘보아서는 안 된다. 그것이 그의, 본래적 의미와는 다른 방식의 '시적 정의'이니까. 따라서 이런 태도로 '서정'을 이야기하는 그 누구에 대해서도 반대할 수는 없다. 만약, 누군가가 이것을 '서정'이라고 말한다면 그것을 '서정'이라고 규정하는 데 반대할 용의가 전혀 없다. 왜냐하면 그것이 자기 방식의 '시적 정의'라는 "마지막 어휘"이기 때문이다. 다만, '정의'라는 기호를 그와 같이 전용하는 시인에게 똑같은 방식으로 정의에 대해 언급한 한 경험주의자의 말을 들려줄 수는 있을 것이다. 세상에 정의가 존재한다는 표시가 있느냐고 물은 데이비드 흄은 만약 여러분들이 그렇다고 대답한다면, 그것은 정의 자체가 여기서 위력을 발휘하고 있기 때문이며 만일 아니라고 답한다면 그것은 우리가 사용하는 의미에서의 정의라는 것이 초월자에게 부여될 이유가 없는 것이라고 답했다. 혹시 누군가가 신들의 정의는 현재 부분적으로만 실행되었을 뿐 전체적으로 실행된 것은 아니라고 말한다면 현재 실현된 정의를 제외하고 어떤 특정한 범위를 신들의 정의에 부여하겠느냐고 『인간 오성의 탐구』에서 경험론자 데이비드 흄은 따져 물었다.

또 하나의 곤경이 남는다. 아름다운 세상을 아름답지 않은 언어로 말할 수도 없다는 것이다. 아름다운 세상을 아름답지 않은 언어로 말하는 것은 심연에 묻혀 좀처럼 가늠되지 않으나 분명히 현세에 존재하는 아름다움을 발견하려는 이의 언어로 행하는 천로역정이 될 것이나, 이는 두 개의 이해를 필요로 한다. 이것은 목소리의 이율배반을 혜량할 독자를 전제로 하며, 따라서 그 아이러니가 현세의 긍정이라는 한 지점에 정박하기까지의 오랜(불가능해 보이는) 여정을 누군가는 묵묵히 지켜봐줄 것을 요구한다. 즉 아름답지 않은 언어의 운용 방식을, 계산의 고역을 감수하면서까지 묵묵히 지켜봐줄 이를 필요로 한다는 것이다. 또한 동시에 그는 그렇게 힘들여 도달한 끝에 구하는 것이 결국, 아름다운 삶에서 배어나는 쓰디쓴 지혜라는 허망함을 감당할 굳센 정신이어야 한다. 그러니 이런 방식으로 쓰인 시는 아름다움보다는 의지의 소관이 될 가능성이 높다. 현대시를 중세적 의지에 인계할 수도 없는 노릇이다.

그렇다면, 세상이 아름답지 않으므로 아름답지 않게 말하는 것은, 즉 못난 얼굴을 거친 붓으로 그리는 것은 어떤가? 이 미학적 이중고를 감당할 독자야말로 독한 독자일 것이다. 거친 붓의 의중까지 헤아리고 그것이 미숙한 것이 아니라 미움함을 빌린 것일 뿐이라고 자신을 다독이고 거친 붓의 결이 모두 어떤 계획에 의한 것이라고 스스로를 설득하며 그는 독하게 읽는다. 만약, 그 거친 결의 방법론이 가리키는 지점이 세상의 벼랑이나 번개처럼 금이 간 얼굴이라도 그는 견디겠는가?

4

좀 장황하게 부연했지만 '서정'이 새삼 문제가 되는 까닭을 헤아려보자면 바로 이런 사정들 때문일 것이다. 대체로 난경을 타개하기 위해 '서정'에 대해 다시 검토하는 논리를 살펴보면 세 가지 갈래의 서정론이 전개되고 있음을 확인할 수 있다. 첫번째 방법은 '서정'의 어원과 용례를 밝히고 본래적 의미의 '서정'에 대해 그 실체와 속성을 규정하여 이 실체적 '서정'의 틀에 맞지 않는 것은 제외하면서 서정이라는 진지를 고수하는 방법이다. 본래 서정이란 자아의 세계화라거나 자기동일성의 발현이라거나 혹은 회억의 형식이라거나 하는 방식으로 규정하며 서정시를 예컨대 '서정적 자아의 개별 발화'와 같은 엄밀한 개념 규정을 통해 정의하는 방식이 여기에 속한다. 이를 서정에 대한 실체론적 규정이라고 할 수 있을 것이다. 실체론적 관점에서 중요한 것은 속성과 함량이다. 따라서 이 방식은 속성과 함량을 기준으로 작품을 바라보고 잘못된 부분을 교정하는 처방적(prescriptive) 관점과 필연적으로 통할 수밖에 없다. 이 방식에서라면 '서정'은 다른 방식의 정의를 허용하지 않는 규범적인 "마지막 어휘"가 된다.

두번째 방식은 서정의 외연을 넓히며 서정으로의 복귀를 호소하는 방식이다. 현대적 서정은 현대적 삶의 다양한 부면에 대한 시적 주체의 복잡다기한 발화를 포괄한다는 것이다. 이런 방식으로 재차 서정에 호소하는 이들은 '생태' '환경' '여성 문제' '노동 문제' '디아스포라' '유목주의' '하위문화' 등등 시에서 언급되는 모든 소재가 현대적 서정시의 관심 영역 안에 있다고 설명한다. 따라서 이런 방식의 새로운 서정론은 서정을 규정하는 데 있어 중요한 것은 소재가 아니라 발화의 방식이라는 견해로 귀결된다. 그러고 나선 발화의 방식에 대해서는 말을 아낀다. 그도 그럴 것이 기존의 서정시가 다루지 않았던 소재를 기존의 방식이 아니라 새로운 방식으로 다루는 것이 새로운 서정시라고 말한다면 왜 굳이 '서정'으로의 회귀를 말해야 하는지 설명할 수 없기 때문이다. 이 경우라면 '현대시'로 충분하다. 따라서 '서정'이라는 기호를 고수하기 위해서는 새로운 소재에 대해 기존의 방식으로 발화하는 것이 현대적 서정시라고 설명할 수밖에 없다. 다시 말하지만, '서정'이라는 "마지막 어휘"를 고수하기 위해서는 말이다. 그 취지에 맞추어서 이 경우를 아마도 '변형생성 서정론'이라고 할 수 있을 것이다. 한 뿌리에서 일정한 규칙에 따라 발생하되 수량적으로 무궁하게 확장되는 수형도(樹形圖)를 떠올리게 하기 때문이다. 그러나 아도르노의 예에서도 잠시 언급한 것처럼, 새로운 환경과 소재도 중요하지만 문제는 매개와 정합이다. 주지하듯, 형식은 침전된 내용이라는 것이 아도르노의 중요한 명제이다. 여러 갈래의 소재들에 관심을 가지고 그것을 시에 수용하기 위해서는 새로운 방식의 매개가 필요하다. 즉 새로운 형식의 침전이 필요하다. 그것 없이 소재에 대한 관심의 확대를 두고 '서정'의 확장이라고 말하는 것은 '서정'이라는 "마지막 어휘"에 대한 (로티적 의미에서의) 형이상학적 집착 이상의 것이 아니다.[5]

세번째 방식이 있다. 서정의 외연을 확장하는 것이 아니라 서정의 개념을 유연하게 적용하는 것으로 서정을 매번 경우에 따라 재정의하는 방식이다. 이것은 앞서 살펴본 두 개의 태도보다는 열린 방식의 접근법이라고 할 수 있을 것이다. 그러나 다양하게 전개되는 시적 현상에 대해 정의를 거듭 고쳐쓰려는 정당한 의지에도 불구하고 그 다기한 현상들의 국면 하나하나를 모두 서정이라는 용어로 포괄하려는 태도를 통해 '서정'은 일물 일물의 개별 시편들로부터 일반적 가치형태를 추상하는 화폐와도 같이 기능한다. 여기서는 고유의 존재이유를 지니는 모든 개별 작품들이 '서정'과 교환된다. 따라서 우리는 이 방식에 대해 '화폐 형태의 서정론' 혹은 '대가족 서정론'이라고 말할 수 있을 것이다. 이런 방식에서라면 이론적으로 n개의 시에 대해 n개의 형용사를 지닌 n개의 규정이 가능하며 그것이 모두 '서정'으로 치환되기 때문이다. 이런 방식에서는 덥고 따뜻한 것뿐만이 아니라 길고 짧고 맵고 쓰고 단 서정이 가능하며 심지어 '비서정적' 서정조차 가능해진다. 여기서 서정은 화폐만큼 만능이다. 화폐 형태의 서정론에서는 연극적이고 하위문화적이고 비동일적이고 비시적인 서정까지 모두 가능하다. 그러나 어떤 삶을 살든 개별 성원들은 반드시 서정이라는 대가족의 구성원이어야 한다. 어떤 의미에서는 가장 유연한 태도이지만 가장 집요하게 "마지막 어휘"를 고수하는 방식이라고 할 수 있겠다. 그러니, 여기에 이르면 이제 서정은 '신화'가 된다.

---

5) 대개 이 방식의 서정론에서 반드시 등장하는 것이 바로 '소통'이다. 이때, '소통' 역시 같은 이유로 "마지막 어휘"로 기능하며 동시에 아래에서 살펴볼 의미로 "신화"가 된다. 이에 대해서는 별도의 논의가 필요할 것이다.

5

"마지막 어휘"에 대한 향수를 고집하는 한, 즉 복잡다단한 삶 속에서 다양하게 전개되는 현상들을 다양한 방법으로 표현하는 시 작품들을 '서정'이라는 완강한 정의에 의해 배제하거나, 전래의 발화 방식으로 다양한 소재를 다룬 시들을 서정의 외연 확장이라는 이름으로 모두 수용하거나, 매번 경우에 따라 유연하게 정의를 바꾸어가면서 서정 개념을 환유의 운동 속에 던져두면서도 이 기표를 고수하려는 시도를 거듭하는 한 '서정'이라는 "마지막 어휘"는 또하나의 현대의 '신화'로 기능한다. 그것은 정확히 이런 의미에서다.

바로 이 이동 속에서 우리는 신화를 다시 한번 발견하게 된다. 기호학을 통해 우리는 신화의 임무가 역사적인 의도를 자연화하고 우연성을 영원성인 것처럼 보이게 하는 것이라는 사실을 이해했다. 지금, 이러한 과정은 정확하게 부르주아 이데올로기 안에서 일어나고 있는 것이다. 만약 객관적으로 볼 때 우리의 사회가 신화적 의미작용의 특권화된 장이라고 할 수 있다면, 그것은 형식적인 측면에서 신화가 우리 사회의 본질이라 할 수 있는 이데올로기적 전도에 가장 적당한 도구이기 때문이다. 인간이 벌이는 모든 수준의 의사소통 안에서, 신화는 반자연(anti-nature)을 의사자연(pseudo-nature)으로 전도시킨다.[6]

서정을 실체론적으로 규정하거나 그것의 외연을 확장하려 하거나 혹은 매번 그것을 달리 정의하면서도 고집스럽게 '서정'이라는 울타리를 고수하는 논의들이 결국 호소하는 것은 '서정으로의 복귀'이다. 그

6) 롤랑 바르트, 『신화론』, 정현 옮김, 현대미학사, 1995, 69쪽.

렇지 않고서야 이미 자신들의 논의 속에서 논리적으로 용도폐기한 개념을 프랑켄슈타인처럼 재생시킬 이유가 없는 것이다. '서정'이 "마지막 어휘"로 기능함으로써 그것은 롤랑 바르트가 오래전 규정한 바대로의 '현대의 신화'가 된다.[7] 롤랑 바르트는 현대의 신화가 이차적인 기호학적 체계로 기능한다고 설명한다. 다시 말해 시니피앙과 시니피에의 결합인 기호가 이차적 국면에서는 다시 형식(forme)인 시니피앙이 되며 이것이 개념(concept)으로 이루어진 시니피에와 결합하여 의미작용(signification)을 낳는데 바로 이때 신화가 형성된다는 것이다. 즉 신화는 시니피앙과 시니피에의 결합으로 이루어진 기호에서 의미 부분에 빈자리를 만들고—보다 정확하게는 바로 그 의미를 왜곡하여—그곳에 정치, 경제, 문화적 맥락을 부여받은 의미들이 채워져 만들어진다는 것이다. 그런데 이렇게 이차적인 기호체계에 따른 의미작용으로 형성된 신화들의 기능은 역사적 현실을 세계에 대한 이미지로, 불변하는 (의사)자연으로 전도시키는 것이다. 결국 신화의 기능은 현실을 사라지게 만드는 것이다. 바르트는 "이것은 말 그대로 끝없는 유출, 출혈, 증발이며 한마디로 말해서, 감지할 수 있는 부재(absence)"[8]라고 설명하고 있다.

"마지막 어휘"로서의 서정이 바로 이런 의미의 '신화'가 되는 까닭은 역사적으로 발생하는 문학적 현상들을 전래의 기호를 고집하며 '자연화' 하기 때문이다. 그렇게 함으로써 '서정' 개념은 "신화적 의미작용의 특권화된 장"을 형성한다. 바로 이 과정을 통해 '서정'은 '의사자연'이 되고 역사성 대신 '보편성'을 획득하게 된다. 바르트는 세계가 신화에 제공하는 것은 현실인데 신화가 세계에 되돌려주는 것은 이 현실에 대

---

7) 롤랑 바르트의 『신화론』에 대한 설명은 졸고 「불귀 오디세우스 희희낙락 페넬로페」(『자음과 모음』 2008년 겨울호)에서 개진해본 관점을 재차 정리한 것이다.
8) 롤랑 바르트, 같은 책, 70쪽.

한 자연스러운 이미지라고 설명한다.[9] 바르트는 '현대의 신화' 목록에 "포도주와 우유" "가르보의 얼굴" "아인슈타인의 두뇌" 등과 더불어 "양비적 비평" "인간의 위대한 가족"이라는 항목을 포함시켰다. 반대 항들을 무조건적으로 아우르거나 양자에 대해 짐짓 가치중립적 자세를 취하는 태도, 다양한 현실의 '역사적인' 인간 군상을 "인간 가족" 안에 모두 '자연스럽게' 끌어들이는 태도 역시 '신화적' 태도이다.

그리고 나는 이 모든 아담주의(adamisme)의 최종적인 정당화가 '지혜'와 '서정성(lyrique)'을 통해 세계의 부동성을 보증하지나 않을까 다소 염려스럽다. 사실, 그 '지혜'와 '서정성'이 인간의 행위들을 영원화하는 것은 단지 그 몸짓들을 사전에 더 잘 예방하기 위한 것일 뿐이다.[10]

프랑켄슈타인처럼 재생된 '서정' 개념은 현재 생산되고 있는 작품들의 현실태를 다시 가능태로 되돌려놓고 그 가능태의 미래에 '서정'을 새겨넣는다. 이것이 이차적 기호체계의 작업이다. 문제는 바로 이런 방식으로 이차적 기호체계의 공정에서 다양한 '개념'으로 채워진 '서정'이라는 '신화'가 본래의 의도와 상관없이 "이데올로기적 전도에 가장 적당한 도구"로 기능하게 된다는 것이다. 왜냐하면 이렇게 형성된 '서정의 신화'는 당대 현실에 대한 탐구에 기반한 새로운 형식의 출현에 대해 "예방접종(vaccine)"이 되며 동시에 새로운 형태의 시가 갖는 전복의 에너지를 "동어반복(tautologie)"과 "기정사실(constant)"이라는 수사로 순치시키는 역할을 수행하기 때문이다. 바로 이것이 롤랑 바르트가 '현대의 신화'의 정치적 효과에 대해 경고한 바가 아니고 무엇이겠는가.

9) 같은 책, 69~70쪽.
10) 같은 책, 230쪽.

1) 이런 시는 '서정' 시가 아니다.

2) 이런 시도 '서정' 시다.

3) 이런 것, 저런 것, 이랬던 것, 저랬던 것, 이럴 것까지 모두 '서정' 시이다.

"서정"이라는 "마지막 어휘"를 고집함으로써 결과적으로 이런 언술들이 수행하는 정치적 효과는 '못 살겠다 갈아보자'를 '바꿔봐야 별거 없다'로 순치시키는 것이다.

6

'녹색'과 '소통'을 어떻게 성장주의와 위원회로부터 구할 것인가? 이정표 대신 길을 봐야 한다.

불귀 오디세우스 희희낙락 페넬로페

프리휴먼(prehuman)의 시

1

오디세우스의 항해는 주체가 비인격적(非人格的) 힘들로부터 빠져
나오는 과정을 생생하게 보여준다. 오디세우스의 귀향은 신화적 힘들
로부터 도망쳐서 인간 혹은 인격이 기반하는 본래의 땅(ground, 기반)
과 그 귀속물들로의—수많은 구혼자들을 뿌리치면서 오디세우스를
기다리는 페넬로페 역시 인격이라기보다는 소유물에 가깝다—귀환이
다.[1] 주지하듯, 『계몽의 변증법』의 저자들은 이를 두고 "주체가 신화적
힘들로부터 빠져나오는 도정"[2]이며 "자아가 싹트기 이전의 세계"로부
터 "'자아'가 신화를 통과하는"[3] 여정으로 규정하며 오디세우스가 행

---

1) T. W. 아도르노·M. 호르크하이머, 『계몽의 변증법』, 김유동 옮김, 문학과지성사, 2001,
   84~85쪽 참조.
2) 같은 책, 84쪽.

하는 모든 모험이 "확고부동한 '논리'의 궤도로부터 자아를 일탈하도록 유혹하는 위험"[4]으로부터의 탈출이라고 설명했다. 이런 관점에 따르면, 오디세우스의 바닷길은 통일성을 부정하는 다양성 속에서 동일성이 태어나는 산도와 다름없다. 그렇기에 이들은 근대적 자아의 원형적 모습이 17~18세기의 유럽 철학이 아니라 이미 신화 속에서 드러나고 있다고 설명한다. 그런데 정작 흥미로운 것은 고향과 소유물이라는 근거(ground)에 대한 귀속 의지로 형성되는 호메로스의 이 '동일적 자아'가 인간 내부의 자연(Die Natur des Menschen)에 대한 지배를 통해 비로소 얻어진다는 것이다. "외부의 자연과 다른 인간들을 지배하기 위한 자아의 적대감은 인간 내부에 있는 자연도 부정해야 하는 대가를 치러야 하기 때문이다."[5]

예컨대, 세이렌의 유혹 장면은 인간이 자신의 내적 자연을 부정하면서 동시에 상상력의 통제를 통해 어떻게 다른 인간을 지배하게 되는가를 잘 보여준다. 오디세우스는 선원들에게는 귀를 막게 하고 자신은 귀를 열어둔 채 돛대에 몸을 묶게 한다. 선원들은 어떤 유혹에도 굴하지 않는 주체가 될 자격도 부여받지 못하고, 어떤 유혹이 있는지도 알지 못한 채 유혹의 풍문으로 유혹을 대신하는 존재들로 전락한다. 이들은 귀를 막고 끊임없이 노를 젓는다. 이들에게 유혹은 견디고 극복해야 할 어떤 것이 아니라 마주치지 말아야 할 어떤 것, 즉 선고된 금기이다. 반면, 오디세우스는 자연에 대한 지배를 관철하기 위해 자연에 노출되는 유일한 대상이다. 그는 귀를 막지 않았고 그렇기 때문에 노래의 아름다움을 몸소 체험하는 유일한 존재이다. 따라서 오디세우스에게 세이렌의 노래는 유혹이자 위압이다.

---

3) 같은 책, 85쪽.
4) 같은 책, 85쪽.
5) 같은 책, 94~95쪽.

돛대에 단단히 몸을 묶음으로써 오디세우스는 유혹을 중화시킨다. 그는 유혹을 기꺼이 '감내'하는 대신 위압을 길들인다. 근대 이래, 위압이 미(美)가 되는 것은 바로 이렇게 안전한 자리에서 자신에게 엄습하는 위압을 유혹으로 바꿀 때이다.[6] 오디세우스는 듣고 견딘다. 선원들은 듣지 않고 위로부터 말씀이 주어진 대로 상상한다. 오디세우스는 자신의 몸을 돛대에 묶는 대가로 자신의 내적 자연을 포기하고 사회적 지배를 획득한다. 선원들은 유혹으로부터 벗어나고 보호받는 대신 사회적 지배를 승인한다. 자연으로부터 비롯된 경험의 직접성 대신 단속된 체험이 자연이 되는 사태가 바로 여기서 비롯된다. 세이렌의 비극은 관습화된 감정연습과 채보된 노동가요의 비극이다. 허나 어쩌랴, 길은 가야 하고…… 오디세우스에 의해 채보된 노래의 복제를 기다리는 이들이 있는 집으로, 고향 앞으로!

2

현대인의 하루가 오디세우스의 항해와 다르지 않다는 것을 보여준 이는 제임스 조이스였지만 그 하루가 신화들로 가득 차 있는 것이라는 걸 설명한 이는 롤랑 바르트였다. 호메로스의 신화가 자연의 유혹자들로 가득한 세계에서 계몽된 주체가 탄생하는 장면을 담고 있는 반면, 현대의 신화는 의사자연과 선원들의 후예들의 드라마를 담고 있다. 바르트가 보기에 (현대의) 신화는 "파롤(parole)"[7]이며 "반자연(anti-nature)을 의사자연(pseudo-nature)으로 전도"[8]시키는 기능을 수행하

---

6) 주지하듯, 후일 이를 체계화한 것은 에드먼드 버크이다.
7) 롤랑 바르트, 『신화론』, 정현 옮김, 현대미학사, 1995, 15쪽.
8) 같은 책, 69쪽.

고 "신화들의 최종 목적은 바로 세계를 부동화하는 것"[9]이다.

현대의 신화가 파롤이라는 말로 바르트가 설명하고 있는 것은 현대의 신화가 이차적인 기호학적 체계라는 것이다. 다시 말해 언어학적 차원에서 시니피앙과 시니피에의 결합으로 간주되는 기호가 이차적 국면에서는 다시 형식(forme)인 시니피앙이 되며 이것이 개념(concept)으로 이루어진 시니피에와 결합하여 의미작용(signification)을 낳는데 바로 이때 신화가 형성된다는 것이다. 바르트는 이에 대해 신화란 그것의 표면적인 의미에 의해서가 아니라 그것의 의도에 의해 결정된 파롤 양식이라고 설명한다.[10] 다시 말해, 신화는 시니피앙과 시니피에의 결합으로 이루어진 기존의 기호에서 의미 부분에 빈자리를 만들고—보다 정확하게는 바로 그 의미를 왜곡하여—그곳에 정치, 경제, 문화적 맥락을 부여받은 의미들이 채워져 만들어진다는 것이다. 그렇기 때문에, 바르트가 들고 있는 많은 예처럼 비단 언어뿐만이 아니라 모든 기호가 신화가 될 수 있다. 바르트는 캐치(프랑스식 프로레슬링), 영화 속의 로마인들, 가루비누와 합성세제, 장난감, 가르보의 얼굴, 포도주와 우유, 비프스테이크와 감자튀김, 아인슈타인의 두뇌, 양비적 비평, 스트립쇼, 플라스틱 등을 예로 들며 이를 증명한다. "어떤 하루를 가정해보자. 정말로 아무것도 의미하지 않는 것을 얼마나 발견할 수 있을까? 정말이지 거의 발견할 수 없을 것이며, 어떤 때는 하나도 발견하지 못할 것이다. (……) 깃발, 슬로건, 간판, 의복, 심지어는 그을린 피부까지도 나에게 많은 의미를 전달한다."[11]

그런데 이렇게 이차적인 기호체계에 따른 의미작용으로 형성된 신화들의 기능은 역사적 현실을 세계에 대한 이미지로, 불변하는 (의사)

---

9) 같은 책, 89쪽.
10) 같은 책, 40쪽.
11) 같은 책, 21쪽.

자연으로 전도시키는 것이다. "이제 신화가 세계에 되돌려주는 것은 이 현실에 대한 자연스러운 이미지이다. (……) 신화의 마법적인 속임수에 의해 현실은 뒤집어지고, 역사가 사라지고, 자연이 들어와 앉았다. (……) 결국 신화의 기능은 현실을 사라지게 만드는 것이다. 이것은 말 그대로 끝없는 유출, 출혈, 증발이며 한마디로 말해서, 감지할 수 있는 부재(absence)이다."[12]

따라서 이 과정에서 우선적으로 소실되는 것은 현실의 '역사적' 인간이다. 현대의 신화는 "불변하는 인간성이라는 전도된 이미지"[13]를 생산하면서 보편적이며 영원한 인간, 마치 오디세우스처럼 돛대에 묶인 채 꿈쩍 않는 부동의 인간이라는 상을 현실로 만든다. 「인간의 위대한 가족」에서 바르트는 인간이 지닌 '형태론적인 차이'들에도 불구하고 각각의 종족 안에는 동일한 '자연적인 본성(nature)'이 내재되어 있다는 "인간 '공동체' 신화" 혹은 "인간 '조건'의 신화"—다시 한번 '조건'이다. 오디세이는 결국 인간이 인간의 땅(ground, 인간 조건)으로 귀환하는 이야기이다. 이런 맥락에서라면 일상의 의사자연 속을 항해하는 현대의 율리시스 역시 동일한 땅으로 귀환한다. 바로 근대적 인간이라는 조건으로—에 대해 비판한다. 그리고 여기서 그는 의미심장하게도 다음과 같이 결론짓는다.

그리고 나는 이 모든 아담주의(adamisme)의 최종적인 정당화가 '지혜'와 '서정성(lyrique)'을 통해 세계의 부동성을 보증하지나 않을까 다소 염려스럽다. 사실, 그 '지혜'와 '서정성'이 인간의 행위들을 영원화하는 것은 단지 그 몸짓들을 사전에 더 잘 예방하기 위한 것일 뿐이다.[14]

---

12) 같은 책, 70쪽.
13) 같은 책, 69쪽.
14) 같은 책, 230쪽.

그러니까, 그것이 고대의 것이건 현대의 것이건 신화는 세계의 의미를 고정시키면서 동시에 그것을 역사가 아닌 자연의 과정으로 받아들이게 한다. 신화는 인간의, 인간에 의한 인간됨을 갖춘 '영원한 인간(Homme Eternel)'을 바로 그 자연 속에 거주하는 참다운 인간의 모습으로 제시하면서 세계와 인간의 존재 근거를 확정짓는다. 의사자연 속에서 합리성을 신봉하는 보편적 인간이 출몰하는 현대 신화의 최종 목적은 바로 세계를 부동화하는 것이다.

그러니, '지혜'와 '서정성'이 의사자연 속에서 인간의 활동을 규범화하고 '인간의 땅'으로의 귀향을 항구적으로 호소하는 수단이라면, 그리고 이것이 파도치는 바다의 유혹자들을 길들이고 세계를 부동화하는 미약이라면 우리는 잠언이나 동일성의 시학을 로터스(lotus) 삼아 실재를 망각할 수 없다. 시인들이 신화에 의해 박제된 현실이 소용돌이치며 유혹하는 바다로 뛰어드는 기사들[15]이 될 수밖에 없는 사정은 위와 같다. 시에서라면, 최근에 화제가 되고 있는 포스트휴먼보다 먼저 신화 이전, 의사자연 이전의 인간, 과거에 근거를 두지만 과거에는 아직 없는 미래의 프리휴먼(prehuman, 前人)의 모습을 생각해보아야 하는 것 역시 바로 이런 사정들 때문이다.

3

지혜와 서정성이 '인간의 위대한 가족'을 상기시키며 아담주의를 정당화하는 방편이 되고 결과적으로 세계를 부동화하는 기능을 수행한다는 지적은 여러 번 곱씹어볼 만한 가치가 있다. 바로 이런 이유로 시

---

15) 이 표현은 아일랜드의 작가 J. M. 싱(J. M. Synge)의 희곡 *Riders to the Sea*에서 빌려왔다.

에 있어서 잠언이나 교훈적 일화가 부동화되기 이전 세계의 모습을 죄다 망각하게 만드는 로터스가 되며, 또한 사물의 목소리를 입은 것을 자처하는 자기동일성에 대한 지나친 강조가 궁극적으로는 지금의 세계를 논리적으로 가능한 최상의 세계로 간주하게 만드는 서정적 신화로 귀결될 수밖에 없기 때문이다. 잠언과 자기동일성은 시에 있어서 미학적 입장과 관련된 선택지에 속한다기보다는 결국 시를 배반하는 신화로 귀착된다. 물결치는 세계를 이차적 의미작용이 작동하는 신화의 베일로 감싸는 일이 되기 때문이다.

시에서 인간중심주의는 자기동일성만큼 신화다. 잠언과 자기동일성은 서로를 배척하는 암초들처럼 보이지만 인간이 세계에 대한 헤게모니를 쥐고 있다는 원리를 실현하는 신화적 복화술의 소산이다. 바르트의 지적처럼 신화는 신화를 생산하는 자나 신화를 분석하는 신화학자의 손으로는 허물어지지 않는다. 그것은 신화 안에서 신화의 논리를 몸에 익힌 신화의 독자가 부동화된 세계의 베일을 찢고 세계와 직접 대면하려는 노력에 의해서만 흔들릴 수 있다. 위로부터의 보편성을 거듭 강조하는 것은 세계에 지혜의 베일을 씌우는 것이다. 그와 마찬가지로, 사물의 편에서 세계를 읽고 있다는 거짓 환영에 안주하는 것 역시 인간의 언어가 시계(視界)를 지닐 수밖에 없다는 것을 주관적으로 부정하는 것이다. 신화학자가 신화를 해체하기에 부적격인 이유가 바로 그 때문이다. 독자의 편에서, 일상의 온갖 신화 속에서 바로 그 신화를 거슬러 일상의 다기한 신화들에 의해 부동화된 세계의 결빙을 녹이는 것, 즉 유동하는 세계 속으로 뛰어드는 모험만이, 현대 시인의 이름에 값하는 기투이다. 다행이다, 두 시인이 인간중심주의와 자기동일성이라는 신화를 거스르는 일상의 뱃길을 열고 있다.

4

(1)
사물들은 올리브유의 초록처럼
내내 투명했다
다른 시간 속에서 활활 타오를 것 같았다
(……)

티베트어로 묘사된 달밤, 세계는 읽을 수 없이 아름다워
천 개의 팔에 불안의 아이들을 안고
날아가는 천사와 같았다

—「주어主語」 중에서

(2)
흰 셔츠 윗주머니에
버찌를 가득 넣고
우리는 매일 넘어졌지

높이 던진 푸른 토마토
오후 다섯 시의 공중에서 붉게 익어
흘러내린다

우리는 너무 오래 생각했다
틀린 것을 말하기 위해
열쇠 잃은 흑단상자 속 어둠을 흔든다

우리의 사계절
시큼하게 잘린 네 조각 오렌지

터지는 향기의 파이프 길게 빨며 우리는 매일매일
—「우리는 매일매일」 전문

진은영의 시에 없는 것이 인간중심주의와 자기동일성만은 아니다. 그의 시에는 과장도 엄살도 자기복제도 형식 홀대도 없다. 그의 시는 마치 네루다의 시처럼 자생적 이미지들로 풍성하다. 그의 시집 『우리는 매일매일』(문학과지성사, 2008)은 저 스스로 차고 넘치는 이미지들의 보고(寶庫)다. 이 시집을 읽고 있자면 우리는 이 이미지들이 초기화된 세계의 표면을 다시 스캔하는 영민한 감각에 의해 포착된 것들이라는 사실마저 쉽게 잊고 독자의 발아래에 자발적으로 부복해오는 이미지들의 횡재에 탄복한다. 네루다 시의 이미지들이 글자 그대로의 의미에서 광물적인 것이라고 말할 수 있다면, 진은영 시의 이미지 역시 최초의 탐문에 나선 이의 발에 절로 채이며 여기저기 온갖 사방에 '굴러다닌다'는 의미에서 역시 그렇다고 할 수 있다, 요 이기적인 이미지들!

시 (1)에서 진은영은 사물들이 "올리브유의 초록처럼" 투명하다고 말하고 있다. 또한 세계는 "티베트어로 묘사된 달밤"처럼 독해 불가능한 미지의 무엇이되 "읽을 수 없이 아름다워" 오히려 "천 개의 팔에" "아이들을 안고/날아가는 천사"처럼 불안하다고 말하고 있다. 텔로스(telos)가 없는 세계, 그리고 세계를 설명할 로고스(logos)가 없는—그런 로고스를 '말씀'으로 세우는 것을 탐탁지 않게 여기는—주체가 있다. 한눈에 읽히지 않는 세계, 글자 그대로 '형언'할 수 없는 달밤과 같은 세계는 아름다워서 불안하다. 텔로스와 로고스가 없는 즉자적 세계에서 사물들은 '투명하게 타오르는' 불꽃이다. 보다 정확하게 말하자면 이 세계에서 유유자적인 것은 '쨍—' 하고 눈가를 번쩍이는 저 이미지들일 뿐이다. 인간의 것도 사물의 것도 아닌 난데없는 이미지들로 한 세계가 축성된다. 시인은 이제 이미지들의 바다에 그물만 던지면 된다—물론 그렇게 보일 뿐이다. 그것이 진은영의 월등한 기량이다.

시 (2)에서 저 스스로 영측(盈昃)을 거듭하는 영특한 이미지들을 보라. 독자가 이런 식으로 일상을 갖게 되는 것은 온전히 이 시인의 재기 덕분이다. 오후 다섯시, 또 하루가 기우는 시간, 약간의 꿈과 양식을 주머니에 지닌 채 한 번 더 일상의 내적 · 외적 삶이 매일의 작은 좌절과 칠전팔기를 거듭하는 시간, 석양은 우리들의 일상적 재기(再起)의 배경으로 '흐른다'. 버찌로 계량되는 시간을 소(小)시간, 토마토의 일주로 측정되는 시간을 대(大)시간이라고 할 수 있을까? 일상의 소소한 깜냥거리들과 시간이 모두 붉다. 그런가 하면 해독과 해석과 기안과 답변에 골몰하는 '두뇌적 시간'은 깜깜하다. "열쇠 잃은 흑단상자"를 아무리 흔들어도 상자는 열리지 않을 뿐더러 열린다 해도 결과적 용법에 의해 틀린 것으로 판명될 오랜 사유들이 그 안의 어둠으로부터 길어오는 것은 기껏해야 어둠뿐이다. 반면, 시간의 편에서 버찌와 토마토의 단위인 "우리의 사계절"은 '쩍' 갈라진 "네 조각 오렌지"처럼 '시큼하다'. 터지는 오렌지 향기의 파이프를 "길게 빨며" "우리는 매일매일" 오래 궁리한 오답처럼 바싹 마른 사유 대신 절로 배어나는 취미로 '택(tactics)'을 짜며 하루하루를 맞는다, 취미의 연대!

　　데카르트의 점
　　폐곡선 안의 점
　　아무리 모아도 넓이를 가진 이면지가 되지 않는 점
　　유일무이한 점

너의 콧등 위의 점

박하 잎 가득 담은 양가죽주머니를 쥐고 하얀 하늘로 달아난 흰 올빼
미의 발톱 같은 점

내가 사랑하는 권태로운 점

우주의 콧속에 떠도는 별의 후추씨

가벼운 재채기같이

네 얼굴 신비한 기하학의 하얀 무화과

—「점」 전문

어떤 수학자가 1, 3, 6, 11, 20이라는 숫자를 볼 때, 그는 이 특수자
들의 관계를 밝히기 위해 애쓸 것이다. 다시 말해 이 변량들을 산출할
그릇을 마련해보기 위해 그는 자신이 동원할 수 있는 모든 신을 동원
한다—"내가 신이라는 말을 쓸 때는 언제나 이 말을 '자연의 수학적 질
서'라는 말로 바꿔 써도 좋다"라고 말한 이는 르네 데카르트였다. 1, 3,
6, 11, 20이라는 특수자들이 벌여놓은 판을 읽는 것이 수학자의 눈이
다. 그리고 이 숫자들을 x축과 y축상의 좌표로 존재변이시켜 각각의
변량들 사이의 관계에 Y=X+2x라는 대수학적 언어의 틀, 즉 일정한
범주를 부과하는 것이 수학자의 일이다. 주지하듯, 데카르트는 바로
이 좌표 개념을 발견하여 해석기하학의 기초를 제공한 장본인이다. 그
에게 모든 점은 좌표다. 타원과 같은 폐곡선 안의 점들이 일정한 관계
안에 놓인다는 것을 발견하는 것이 바로 대수학적 언어를 사용하는 해
석기하학자의 작업이다. 달리 말하자면, 이런 작업은 연속체를 구조로
투사하는 작업이라고 할 수 있다.[16] 즉 이것은 특수자를 보편에 편입시
키는 일과 관계 깊다. 벤야민과 폴 드 만이 힘주어 강조한 것처럼, 문
학의 경우 오랫동안 이런 일을 담당한 것은 상징의 몫이었다. 다시 말

하자면 문학에 있어서 상징은 경험에 주어진 특수자들을 주어진 보편, 즉 상징이 지시하는 어떤 관념들에 대비시키는 역할을 오랫동안 수행해왔다. 그러는 사이 상징이 지시하는 관념들에는 인간적 이해의 더께가 쌓여왔으며 그렇게 오랜 세월 누적된 의미의 더께로 인해 상징 역시 애초 특수한 상황에 대한 특수한 용례들의 자의적 결합으로부터 비롯된 것이라는 사실은 왕왕 잊혀졌다. 그리고 급기야 어떤 상징들에선 기표와 기의 사이에 개념의 찌끼들이 쌓여 양자는 더이상 떼낼 수 없는 것이 되었다. 바로 이것이 신화가 아니고 무엇이겠는가. 상징과 관련된 위로부터의 의미작용은 연속체를 구조로 투사시키려는 의지의 과잉에서 비롯된다. 물론, 좋은 시는 그것에 저항한다. 그것을 현대적 의미의 알레고리의 복권이라고 부르든 뭐라고 부르든 상관없다. 지금의 시에서 중요한 것은 특수자들의 관계를 실체로 파악하려는 의지에 담긴 욕망을 거부하는 것이다. 그것이 시에서 의사자연을 거부하고 신화를 거부하는 일이기 때문이다. 줄거리 대신 쇼트를 선택하는 것에는 '감각의 논리'가 물론 내장되어 있을 수 있으되, 그보다 중요한 것은 저 수열이 어떤 논리에 의해 양산된다는 사실보다 수열 자체가 영원히 계속될 수 있다는 사실이다. 점들은 점들이다. 점들을 모아 자취를 만들고 자취를 구해 면적을 구하는 일은 수학자들에게 맡기고 그저 이 연쇄를 즐길 따름이다. 즐긴다고? 이것에 불만을 품을 수도 있는 이들

---

16) 여기서 들고 있는 예는 다음과 같은 발언에서 원용한 것이다. "어떤 수학자가 1, 3, 6, 11, 20이라는 수를 볼 때, 그는 이 수열의 '의미'가 X의 범위에 어떤 제한을 둔 X+2x라는 공식의 대수학적 언어로 다시 표현될 수 있다는 것을 인식할 수도 있을 것이다. 경험이 없는 사람에게는 제멋대로의 수열일 수도 있는 것이 수학자에게는 의미 있는 것이 된다. 그 수열이 영원히 계속될 수 있다는 점을 명심하자. 이것은 거의 모든 알레고리들에 나타나는 상황과 유사하다."(Angus Fletcher, *Allegory: The Theory of a Symbolic Mode,* Ithaca, New York: Cornell University Press, 1964, pp.279~303) 여기서는 크레이그 오웬스, 「알레고리적 충동」, 이삼출 옮김, 『포스트모더니즘과 문화』, 권택영 편, 문예출판사, 1991, 237쪽에서 재인용.

에게 위엄을 갖춰 이 말을 다시 진술한다면 연쇄를 연쇄로 읽는 것은 인간중심주의적 대수학이나 상징적 동일시의 서정을 거부한다는 것이며 이는, 의사자연의 신화를 거부하는 것이다. 보라, 좋은 시가 행한 일을!

데카르트의 점, 그리고 폐곡선 안의 점들을 아무리 모아도 그것은 면을 이루지 못한다. 자취들이 면으로 형질변화를 겪는 것은 구조를 투사하는 이들—종종 해석자들—의 작업의 결과이지만 시인에게 점들은 또다른 연쇄를 낳는 트리거일 뿐이다. 점들에게는 어떤 기성의 보편도 주어지지 않는다. 여기엔 위가 아니라 아래에서의 유희가 있을 뿐이다. 점들은 구조의 일부가 아니다. 점이란 점은 모두 "유일무이한 점"이다. 시인은 시의 마지막 부분에서 다소 아이러니한 어법으로 "너의 콧등 위의 점"을 설명할 자취 혹은 방정식을 구해보고자 상상력의 유희를 거듭한다. 물론 이때 필요한 기하학은 해석기하학이 아니라 "네 얼굴 신비한 기하학"일 따름이다. 방정식? 구하자면 못 구할 것도 없다. 너의 콧등 위의 점=내가 사랑하는 권태×(하얀 하늘로 달아난 흰 올빼미의 발톱+우주의 콧속에 떠도는 별의 후추씨+네 얼굴의 하얀 무화과) 정도면 충분하며 이 방정식의 결과로 산출되는 좌표들은 무한하다. 그러나 이것이 다 무슨 소란이란 말인가? 우리는 이 체계의 지를 뒤로하고서도 충분히 점과 기호와 이미지의 연쇄를 즐길 수 있다. 머리 위에 손바닥이 없는 하늘은 얼마나 쾌활한가.

너는 나의 목덜미를 어루만졌다
어제 백리향의 작은 잎들을 문지르던 손가락으로.
나는 너의 잠을 지킨다
부드러운 모래로 갓 지어진 우리의 무덤을
낯선 동물이 파헤치지 못하도록.

해변의 따스한 자갈, 해초들
입 벌린 조가비의 분홍빛 혀 속에 깊숙이 집어넣었던
하얀 발가락으로
우리는 세계의 배꼽 위를 걷는다

그리고 우리는 서로의 존재를 포옹한다
수요일의 텅 빈 체육관, 홀로, 되돌아오는 샌드백을 껴안고
노오란 땀을 흘리며 주저앉는 권투선수처럼
—「연애의 법칙」 전문

똑같은 원리를 연애에도 적용할 수 있겠다. 연애와 관련된 모든 의사자연적 표현은 잊는 게 좋다. 신화를 벗어난 연애는 매번 새롭게, 그리고 연쇄적으로 분절된다. 사실 그 무엇보다도 언제든 상식과 상징과 기성의 의미작용의 틀로 복귀할 준비를 갖춘 것이 연애와 사랑에 관한 말들이다. 그러나 진은영에 이르러 연애는 비로소 신화를 벗어난다. 인용된 시를 보라. 우리는 진은영을 통해 이런 사랑을 처음 갖게 되지만 그것을 또다른 신화에 포섭하고 싶은 어떤 욕심도 품지 않는다. 처음 갖게 되는 연애를 또다른 연쇄의 트리거로 읽자면, 그것으로 충분하다. n개의 연애들 중 처음 보는 표본이 태어난다. 연애는 늘 개체발생이다. 진은영은 그 안에서 계통발생을 찾지 말라고 말하는 시인이다. 시를 보라. "어제 백리향의 작은 잎들을 문지르던 손가락으로" '내' 목덜미를 어루만지는 '네 손'의 감촉이 둘만이 전부인 "무덤"을 낳는다. 낯선 어떤 것도 감촉으로 지어진, 그 감촉의 고리 바깥과 단절한 무덤 안을 넘보지 못한다. 그리고 이들은 그 원주 안에서, 해변의 온기를 느끼는 아이의 하얀 발가락들처럼 예민한 감각으로, 감각의 바깥과 격절된 무덤에서 갓 태어난 세계의 배꼽 위를 걷는다.

시상은 2연에서 한 번 전환된다. 감촉의 차원에서 한 세계를 낳는 연애가 존재의 차원에서는 부재증명을 낳는다. 롤랑 바르트는 "사랑을 사랑할 뿐"이라고 말했지만 사실 불안해서 사랑하는 것이 아니라 사랑해서 불안한 것이 아닌가. 시인은 포옹과 클린치를 연쇄시키고 다시 대상의 자리에 수요일의 텅 빈 체육관에서 흔들리는 샌드백을 놓는다. 존재론적 차원에서 '그대'는 사랑의 부재원인이다.

그러니, 아직도 연애의 법칙을 방정식이나 자취의 형태로 갖고 싶은가? 그렇다면, 처음부터 다시……, "오디세우스의 항해는……"

5

시에 있어서 인간중심주의와 자기동일성이 '지혜'와 '서정성'이라는 명분을 바탕으로 신화화되는 것을 용인하지 않는다는 점에서 강정과 진은영의 시는 공통점을 지닌다. 그러나 이들이 인공의 신화를 넘어서는 방식은 확연히 다르다. 얼핏 보면, 감각적인 이미지들이 병치된다는 측면에서 강정의 시와 진은영의 시가 비슷하게 읽힐 수도 있을지 모르나, 사실 이들의 이미지들은 오히려 상반된 모멘트를 지닌다고 할 수 있을 것이다. 진은영이 이미지를 연쇄시키는 방식이 원심적이라면 강정의 방식은 구심적이다. 비유컨대, 진은영이 세계라는 바다를 매순간 새로 발견하면서 외유한다면 강정은 오히려 세계와 우주를 제 몸 안으로 끌어들이면서 감각의 규방을 고수한다. 비유컨대, 진은영을 이미지의 연쇄를 통해 새롭게 탄생하는 세계들로의 외유에서 돌아오지 않는 불귀의 오디세우스라고 할 수 있다면 강정은 굳이 돌아오지 않는 세계들을 기다리지 않고 또다른 세계들을 불러들여 희희낙락하는 페넬로페라고 할 수 있다. 시집 『키스』(문학과지성사, 2008)에 실린 다음과 같은 구절들은 단적으로 강정이 자신의 감각의 규방으로, 굳이 집 나간 것과는 다른 세계들을 불러들이고 있다는 예가 될 것이다.

지구 밖의 시간을 떨어뜨렸다
—「고등어 연인」 중에서

어느덧 세상 밖이 발아래 놓였다
—「한낮, 정사는 푸르러」 중에서

대기권 밖의 기별들을 생중계해줄 핏줄의 신선도만 믿어볼 뿐
—「티브이 시저caesar」 중에서

먼 바다가 뒤척이는 건 내 마음이 이미 지구 밑동을 서성대며
세상의 모든 풍경을 바꾸려 했기 때문이다
—「풍경 속의 비명」 중에서

먼 곳의 사연들로 가득한 이 몸은 곧 폭발할 것이다
—「텔레비전」 중에서

홀연히 한 세계가 닫힌 문 뒤로 사라졌다
—「침입자」 중에서

곱게곱게 실성한 코끼리 두어 걸음에 세계의 단층이 뒤바뀐다
—「코끼리 간다」 중에서

거꾸로 조감하는 세상의 또 다른 바깥

　　　　　　　　　　　　　　　　　　—「무덤이 떠올라 별이 되니 세상은 한참이나 적막하더라」 중에서

푸르스름한 공기의 결마다
지구 밖의 기별이 지문처럼 묻어 있거늘
　　　　　　　　　　　　　　　　　　　　　　　　—「血便을 보며」 중에서

　사실, 이쯤 되면 문을 열고 너무나 궁금한 저 세상 속으로 막 가자는
거다. 그러나 강정은 세계 속으로 항해를 떠나는 대신 몸 안으로 인간
의 것과는 또다른 우주를 끌어들인다. 따라서 그는 통상 인간의 것이
라고 하기 어려운 감각들을 단련시키며—왜냐하면 인간의 이해 범위
내에서 포착되는 세계를 굳이 다시 몸 안에 끌어들일 필요는 없으므
로—그렇게 끌어들인 "몸 안의 분명한 외계"(「血便을 보며」)를 전인(前
人)의 언어로 풀어낸다. 그는 이 시집의 표사에서 이렇게 말한다.

　　터져라, 내시경 안에 붙들린 세계의 장막이여.
　　가라앉아라, 물 위에 띄운 수천 수백 일의 고단한 戀書들이여.

　이 주문은 분별에 능하고 정체를 확립하는 데 기민한 현세의 신화적
인간, 즉 통칭 휴먼(human)이라고 지칭되는 지혜로운 인간, 즉 호모사
피엔스사피엔스의 것은 아니다. 이것은 오히려 전인(前人, prehuman)
의 것이다. "세계의 장막"이 터지면 감각의 규방에 불러들인 "분명한
외계"들이 봇물 터지듯 쏟아질 것이다. 그래도 시인은 사랑의 말들만
은 거기에 휩쓸리지 않고 침잠하기를 바란다. 감지된 "외계"의 기별들
은 모두 쏟아내고 그 기별들을 낳은 감각의 단초들은 고스란히 몸에
남아 세계들의 송신과 수신 들을 거듭하기를 그는 소망한다.

오래전 한 편의 詩가 끝나고 바람이 불었다
사람들이 짐승의 거죽을 뒤집어쓴 채 민둥산의 태양을 끌어내렸다

불타는 시간들은 그대로 숲이 된다
인간이 인간 바깥으로 떠돌아 짐승의 마음을 허공에 쓴다
—「死後의 바람」전문

　이 시집의 처음과 끝에 실린 시의 제목은 공히 「死後의 바람」이다. 각각의 시는 "오래전 한 편의 詩가 끝나고 바람이 불었다"로 시작해서 "펄럭이는 파도 끝 자락에 마지막 詩가 불붙는다"로 끝난다. 즉, 이 두 편의 시는 이번 시집에 실린 시들이 이런 모양이 될 수밖에 없었던 사정에 대한 전말기라고 할 수 있을 것이다. 마지막 시는 뒤에 살펴보기로 하고 우선 시집의 맨 앞에 실린 이 시를 먼저 보자. 제목이 「死後의 바람」인데 첫 줄이 "바람이 불었다"라고 되어 있다. 사후의 바람이 불었다는 것일 게다. 사후(死後)란 무언가의 죽음 이후라는 뜻이므로 동시에 사후(事後)가 된다. 즉, 한 사태의 종결을 의미할 수도 있을 것이다. 무언가 죽었고 거기서 한 편의 시가 끝났으며 이로써 한 사태가 종결되었다. 고요한 인간의 세상에 인간적 이해가 점철되던 민둥한 한 시대가 마감되었다. 인간주의가 봉인한 짐승의 마음과 감각의 마감이 풀리자 민둥한 세계가 불타서 오히려 새로운 숲을 낳는다. 시인은 이제 민둥한 기성의 언어 대신 "외계"의 새로운 말이 탄생할 것이며 그 말들이 새로운 숲을 이룰 것이라고 호기롭게 말하고 있다. "인간이 인간 바깥으로 떠돌아 짐승의 마음을 허공에 쓴다"라고 하였다. 그것이 가능한 까닭은 본래 오디세우스의 항해 이전, 저 스스로를 휴먼이라고 선언함으로써 자신 안의 내적 자연을 추방하기 이전에 인간은 이미 감각의 편에서 남다른 "짐승"이었기 때문이다. 그 감각의 짐승을 복원하는

것이 강정의 새 시집의 주요 관심사이다. 그렇기에, 비유컨대 강정의 새 시집을 너무나 인간적인 오디세우스와는 다른 경로의 모험을 꿈꾸는, 내적 자연을 잃은 오디세우스가 인간으로서, 가부장으로서 신화적 세계의 유혹을 통과하며 저 스스로 신화가 되어 귀환하는 것을 기다리지 않고 새로운 세계란 세계의 청혼은 죄다 허용하면서 낯선 것들을 기꺼이 끌어들이는 희희낙락 페넬로페의 규방 오디세이라고 할 수 있을 것이다.

시 「낯선 짐승의 시간」의 한 대목을 보라.

냄새로 사물을 식별하는 건 비단 네발짐승의 장기만이 아니다
지워진 너의 냄새가 사방 분분한 낙엽의 마지막 숨결에서 배어 나온다
이 친밀도 높은 인분의 기척을 나는 인간에 대한
또 다른 전망으로 읽는다
인간이 사랑을 멈추지 않는 까닭은
이미 퇴화한 감각에 대한 질긴 향수 때문이다.

따로 설명이 더 필요 없다. 오디세우스가 훼손한 인간 안의 내적 자연을 복원하는 것이 "인간에 대한 또 다른 전망"이다. 오디세우스는 내적 자연을 인간성(humanity)과 사회적 지배와 교환했다. 그리고 세이렌의 노래를 독점했다. 선원들의 귀를 열고 내적 자연을 복권시켜 신화가 된 인간성을 거부하고 퇴화한 감각을 복원하는 것이 "인간에 대한 또 다른 전망"이다. 그것이 "사랑"의 유일 원인일 따름이다.

이별은 그러니까 내가 고기를 먹는 날이다
소위 인간보다 저능한 것들의 살을 씹으며

    인간이기를 방면하려고 애쓰는 건
    내 몸 안에서 죽지 않은 누군가의 심장이 짐짓 예술적으로 교태를 부
리며
    이 몸 바깥의 어떤 사물을 만지려 하기 때문이다

  사랑이 몸 안의 짐승을 불러내는 일이라면 이별은 육식동물의 습속
을 되새기며 인간을 방면하는 일이다. 이런 사랑 노래를 들어본 적이
있는가?

    고기를 먹고 나서 거울을 보고
    거울에 담긴 서글픈 눈알을 탐하며
    지구 멸망의 마지막 스위치를 내리듯 수음에 몰두한다
    그 순간 머릿속은 너무도 시적으로 파악해버린 현대물리학 이론의
집성장이다
    시와 초가 분방하게 경계를 넘으며 한 평 반 남짓 화장실 공간이
    수천만 人馬가 살상된 채 까마귀 떼를 호리는
    저 먼 당송 시대쯤의 격전장으로 변한다
    마지막 한 방울까지 토해내면 나는 인간의 정념 바깥으로 나갈 수 있
을까

  아마 그러지 못할 게다. 짐승 속에 인간이 든 세월이 너무도 오래되
었기 때문이다.

    짐짓 다른 표정을 바꿔 쓰며 코를 씽긋거리는 이 몸이
    어느덧 벌써 다른 짐승의 육체,
    고기 냄새를 풍기고 온 날이면 어김없이

내 손길을 피하는 안방 고양이의 새침한 눈알 속이다
이제야 알겠다
살을 부빈 시간이 많을수록 네가 내가 되고 나는 그 어디에도 안 보
이는 바람이 되어버리던 까닭을

참으로 곡진한 이별가가 아닐 수 없다. 사랑하고 이별하는 그 모든
것을 못 본 척 눈감으며 외면할 수 없는 까닭은 사랑이 양자의 몸속 짐
승을 깨우는 일이기 때문이다. 이별 뒤에도 그렇게 깨어난 둘만의 감
각의 흔적, 둘만의 짐승은 고스란히 몸에 남는다. "살을 부빈 시간이 많
을수록 네가 내가 되고 나는 그 어디에도 안 보이는 바람이 되어버리
던 까닭"은 일단 이성이 아니라 살 속에서 그렇게 깨어난 감각의 짐승
이 왕성한 섭생을 멈추지 않기 때문이다. 이것이 리얼리즘이 아니고
무엇이겠는가, 신화 이전의 실재(the real)에 가닿는 리얼리즘 말이다.

너는 문을 닫고 키스한다 문은 작지만 문 안의 세상은 넓다 너의 문
으로 들어간 나는 너의 심장을 만지고 내 혀가 닿은 문 안의 세상은 뱀
의 노정처럼 굴곡진 그림들을 낳는다 내가 인류의 다음 체형에 대해 숙
고하는 동안 비는 점점 푸른빛과 노란빛을 섞는다 나무들이 숨은 눈을
뜨는 장면은 오래전에 읽었던 동화가 현실화되는 순간이다 미래는 시간
의 이동에 의한 게 아니라 시간의 소멸에 의한 잠정적 결론, 너의 문 안
에서 나는 모든 사랑이 체험하는 종말의 예언을 저작한다 너는 내 혀에
서 음악과 시의 법칙을 섭취하려 든다 나는 네게서 아름다운 유방의 원
형과 심리적 근친상간의 전형성을 확인하려 든다 그러니까 이 키스는
약물중독과 무관한 고도의 유희와 엄밀성의 접촉이다 너의 문은 나의
키스에 의해 열리고 나의 키스에 의해 영원히 닫힌다 나는 너의 마지막
남자다 그러나 네게 나는 최초의 남자다 너의 문 안에서 궁극은 극단의

임사 체험으로 연결된다 흡혈의 미학을 전경화한 너의 덧니엔 관 뚜껑
을 닫는 맛, 이라는 시어가 씌어졌다 지워진다 살짝 혀를 빼는 순간, 내
혓바닥에 어느 불우한 가족사가 크로키로 그려져 있다
―「키스」 전문

이 시에도 사랑을 통해 예민한 짐승이 깨어나는 실증이 제시되어 있
다. 키스는 감각에 불을 놓아 너와 나의 몸속에 있는 감각의 제왕을 부
르는 행위이다. 이 시에 제시된, 키스가 열어놓는 감각의 경로를 일일
이 다른 언어로 푸는 것조차 구차해 보일 정도로 시어들은 생생하다.
감각을 통해 서로의 모든 경험과 취미와 역사가 전송된다. 그것은 합
리적 이성으로는 이룰 수 없는 일이다. 키스는 "너의 문으로 들어간"
나의 감각이 척후병에서 장군으로 승격하는 일을 가능케 한다. 그것은
감각의 탐사와 탐문을 담당한 초병이 작전권을 비롯한 모든 자율성을
얻게 되는 과정이다. 규방에서 꿈꾸는 오디세이가 아닐 수 없다.

번개가 문지방을 기어 넘어온다
추락한 형이상학의 마지막 형상을 판독하는 밤
갑자기 이가 가렵다
몸 밖으로 뛰쳐나가려는 늙은 神의 마지막 꼬리에 혀를 베인다
사랑의 법칙을 試演하던 밤의 공장이 빠르게 밝아온다
아이를 배지 못한 미래가 문턱에서
생면부지의 음악들을 흘려놓으며 저 홀로 범람한다
입을 열면 문득 새 생명이 과거의 얼굴을 들고 튀어나올 것 같다
나는 아마도 최후의 지구를 최초로 임신한 사내가 된다
깨진 번개가 방바닥에 드러눕는다
이 사소한 우주의 기별을 만지기 위해

나는 오래도록 굶은 것이다

헐 대로 헌 위장이 사뭇 따뜻해진다

잘못 나온 새끼를 도로 삼키는 육식동물의 염결성과 근성을 곧 회복

하자

천둥도 없이 실수로 떨어진 번개가

내 육체의 회로에 상실된 기억을 주사한다

깡마른 구름의 이마를 꿰뚫고 내려온

번개는 만 년 전의 나를 기억한다

이 차고 뜨거운 손 안에서 수천 번 엄마를 바꿨던 적이 있다

하늘에서 번쩍 갈라진 번개의 크기는

원근법과 아무 상관없다

내가 본 그대로의 모습과 크기로

지구의 틈이 벌어진다

또 이가 가렵다

최초거나 최후거나

나는 분명 처음과 끝을 한 번의 포효로 발설하는 인류의 조상을 임신

한 것이다

번개가 빠져나간 항문,

내 턱이 지구의 문지방에서 깊게, 출혈 중이다

—「번개를 깨물고」 전문

이 시는 한번 개방된 감각이 얼마나 많은 세계를 몸속에 들일 수 있
는지를 여실히 보여준다. 시의 마지막 부분에 있는 지시사항으로 봐서
이 시의 정황은 생리적 현상과 관계 깊은 것임을 짐작할 수는 있다. 그
러나 그것보다 흥미로운 것은 우주가 몸속을 관통하는 것을 지각하게
된 감각의 활보이다. 이 시에는 현생 인류가 전생 인류에게 헤게모니

를 넘겨주는 순간이 생생하게 기록되어 있다. 대개, 번개가 치는 날, 그 무슨 짐승들이 탄생하지 않는가 말이다.

"번개가 문지방을 기어 넘어" 규방으로 들어오자 "사랑의 법칙을 시연하던 밤의 공장이 빠르게 밝아온다". 사랑의 법칙에 관해선 앞서 살펴본 그대로이다. 번개가 감각을 깨운다. 이렇게 점등된 감각을 통해 "문득 새 생명이 과거의 얼굴을 들고 튀어나올 것 같다". 감각의 개화를 매개로 새로 태어나는 생명이 과거의 얼굴을 들고 나올 것 같은 이유는 거기서 태어나는 생명이 완전한 미지의 것이라기보다는 그동안 몸속에 숨어 있던 전인(前人, prehuman)이기 때문이다. 앞서 「死後의 바람」에서 시인이 민둥한 세계가 불타고 새로운 세계가 솟는다고 말한 것을 기억해본다면 그가 "최후의 지구를 최초로 임신한 사내가 된다"고 자처하는 까닭도 짐작하기 어렵지 않다. 물론, 이 대목도 "헐 대로 헌 위장이 사뭇 따뜻해진다/잘못 나온 새끼를 도로 삼키는 육식동물의 염결성과 근성을 곧 회복하자"라는 표현으로 미루어 짐작컨대, 특정한 생리 현상과 관계있는 것일 터, 그러나 다시 말하지만, 여기서 보다 중요한 것은 지시대상이라기보다 사물의 생리를 '짐승의 감각'을 통해 새로 익히는 과정이다. 감각의 오디세이를 지시대상과 교환하는 것은 독자의 편에서 볼 때 너무나 큰 손실이기 때문이다.

시인은 호기롭게도 "천둥도 없이 실수로 떨어진 번개가/내 육체의 회로에 상실된 기억을 주사"하여 "번개는 만 년 전의 나를 기억"하게 한다고 말하고 있다. 그리고 다시 특정한 생리와 관계된 표현이 이어진다―이 역시 여기서 굳이 풀 필요가 없다. 그러니까, 번개는 몸이 특정한 생리적 현상을 겪는 일들과 관계 깊은 것이겠지만 시인은 이를 "인류의 조상을 임신"하는 일이라고 말하고 있다. 그것이 감각 위에 오래 쌓인 더께를 덜어내고 최초의 생물학적 인간을 복원하는 일이기 때문이다. 시인은 전인(前人)의 용종(龍種)을 잉태하는 소임을 자처한다. "인간이 인간 바깥으로 떠돌아 짐승의 마음을 허공에" 쓰기를 자처한 바 있으니 그 용종이 원초적 감각이 번개처럼 일주하는 몸의 새로운 시어로 회임된 것은 틀림없는 사실일 터, 그 과정은 다소 번잡하달 수 있지만 본래 새로운 것들의 탄생에 관한 이야기는 구구절절한 것이다.

이 오래된 바람의 내력엔 서로 피를 나눠 먹던 종족의 역사가 흐른다
강물의 붉은색은 노을에 닿아 바다가 되고
발끝에 묻은 파도의 소금기가 지문으로 번질 때
기필코 사람은 지느러미와 날개를 갖는다

또 다른 궤를 그리며 땅속에 덮이는 하늘
맨발로 뛰쳐나가 생의 지도를 다시 찍으니
펄럭이는 파도 끝 자락에 마지막 詩가 불붙는다
—「死後의 바람」 전문

그러니 이것은 "기필코" "지느러미와 날개"를 갖게 된 전인(前人)과 새로운 시의 탄생 설화가 아닐 수 없다. 세계는 이제 "또 다른 궤"를 그린다. 그것을 못 견디는 이는 휴먼 즉 전인(全人)의 귀향을 기다릴 필요 없이 규방을 개방하고 "맨발로 뛰쳐나가" "생의 지도"를 직접 "다시 찍으니" "펄럭이는 파도 끝 자락에" 먼 길 떠난 님의 기별 대신 "분명한 외계"의 기별을 전할 궁극의 언어가 불붙는다. 인간도 세계도 언어도 모두 신화를 거슬러 최초의 제 소임으로 돌아갔다. 시란 무엇인가?

제2부

사물의 양감과 언어의 시계(視界)

오규원의 후기 시를 중심으로

오규원의 후기 시를 그의 시론에 대한 배려와 함께 읽는 것은 오히려 그가 그토록 염오해 마지않던 '인간중심주의'를 오규원 고유의 세계에 드리우는 것이며, 예컨대 "뜰 앞의 잣나무"가 이루는 한 '우주'에 거듭 관념과 인간적 이해관계를 덧칠하는 일이 될 것이다. 날이미지도 환유도 마다하고 그의 시를 읽어야 할 이유는 이미 시인이 제시하고 있다. 그가 사물을 바라볼 때 거두어들이려 했던 것을 시라는 또하나의 사물을 바라보는 독자가 그의 시에 드리우는 것은 이 경우 전혀 미덕이 아니다. 그러니 우리 앞에 다만 두 겹의 사물이 있을 뿐이라고 말해야겠다. 그의 시선이 가닿는 세계, 아니 그를 응시한 사물의 세계가 있고 그의 시언어가 구성하는 제2의 사물계가 있다. 중요한 것은 이 두 사물 세계가 평형을 이루는 것이 아님을 확인하는 것이다. 이 점을 잊으면 잣나무의 우주는커녕 오규원 고유의 시언어의 옷자락도 스치지 못할 수 있다. 독자는 두 겹의 사물을 본다. 이때 이 두 사물계의 합동을 포기해야 오규원의 후기 시가 눈앞에 열린다. 우리는 시 속에서 사물의 본원적 양태를 읽어내야 하는 운명을 감당할 길이 없다. 우리는 오직 시인의 의식작용이 사물을 어떻게 드러내 보이는지를 읽어야 할 처지에 놓여 있기 때문이다. 그러니 우선 사물의 윤곽을 조형적으로 드러내는 이런 시들부터 읽어보자.

(1)
쥐똥나무 울타리 밑
키 작은 양지꽃 한 포기 옆에 돌멩이 하나
키 작은 양지꽃 한 포기 옆에 돌멩이 하나 그림자
키 작은 양지꽃 한 포기 그림자 옆에 빈자리 하나
키 작은 양지꽃 한 포기 그림자 옆에 빈자리 지나
키 작은 양지꽃 한 포기 옆에 새가 밟는 새의 길 하나
키 작은 양지꽃 한 포기 옆에 바스락거리는 은박지 하나
　　　　　　　　　　　　　　　　—「양지꽃과 은박지」 전문[1]

(2)
꽃을 떨군 들찔레의 가지에
꽃 대신 줄줄이
빈자리가 달려 있다
줄줄이 빈자리가 달려도 들찔레의
가지는 가볍고
멍석딸기는 그늘에서
여전히 붉다

1) 오규원, 『오규원 시전집 2』, 문학과지성사, 2002. 이하 별도의 언급이 없으면 출처 동일.

(3)
식탁 위 과일 바구니에는
포도 두 송이
오렌지 셋
그리고
딸기 한 줌

창밖의 파란 하늘에는
해가 하나 노랗게 물러 있고

식탁 위 과일 바구니에는
주렁 두 개와
둥글 셋
그리고
우툴 한 줌

창밖의 뜰 한쪽에는
비비추꽃이 질 때도 보랏빛이고

―「식탁과 비비추―정물 a」 전문

오규원의 후기 시는 두 가지 의지에 의해 추동된 것으로 보인다. 즉 고유의 두께를 지닌 사물을 부감의 언어로 평면에 압착시키는 것을 피하고 동시에 관념에 의해 사물의 깊이를 휘발시키는 것을 피하려는 의지가 그의 후기 시를 낳았다고 할 수 있다. 인용한 세 편의 시는 오규원 후기 시의 기본 계획을 가장 최소 단위에서 실증한다. 곧 이 시들은 언어를 통해 사물의 두께와 음영을 복원하려는 계획의 밑그림을 보여준다고 할 수 있겠다. 우리가 우선 염두에 두어야 할 것은 그의 이런 시도가 애초 사물에 대한 습관적 인식을 괄호 치고 상상적으로 가정된 사물 본연의 세계에 이르려는, 따라서 의도와 완전히 상반되게도 결국은 관념의 모험으로 귀결되기 마련인 계획에 기초해 있으되 '다행스럽게도' 그 모험은 실재를 더듬으려는 관념의 담대한 모험을 스스로 배신하는 소묘로부터 착수된다는 것이다. 곧 그가 일종의 밑그림이 되는 이 시들 속에서 우선적으로 환기하고 있는 것은 저 사물들의 실재라기보다는 사물의 표면이라는 것을 확인하는 것이 중요하다. 메를로퐁티가 여러 번 지적했던 것처럼 혹시 회화라면 색을 통해 가능했을지 모르는 저 실재에 대한 환기는 언어적 양상에 있어서는 우선 표면과 윤곽, 그리고 음영을 통해 사물을 지면으로부터 부풀려 세움으로써 개시되며 이 개시가 곧바로 마감이 될 수도 있다는 것이다. 달리 말하자면, 실재의 부분 대상으로서 사물의 표면과 윤곽을 조형적으로 묘사하는 데까지가 실재를 불러내는 데 있어 언어에 주어진 몫이라는 걸 후기 시의 밑그림에서 오규원은 이미 보여주고 있다는 것이다. 그러니까, 인용된 세 편의 시는 오규원 후기 시 계획의 밑그림이자 동시에 반(反)계획이다.

(1)에서 우리는 사물의 참모습을 보고 싶어하는 시선이 표면의 완강한 저항에 부딪치는 소리를 듣는다. 쥐똥나무 울타리의 윤곽과 그 아래 있는 양지꽃 한 포기 그리고 돌멩이 하나의 음영이 이 시의 언어가 사물에 대해 환기하는 최대한의 실감이다. 거듭 덧댄 언어적 안감에 의해 "키 작은 양지꽃 한 포기"와 "돌멩이"의 양감이 부조되면서 사물들은 "그림자"와 "빈자리"를 통해 음영과 공간을 얻는다. 그리고 사물의 세계를 향하는 맹렬한 시선과 차가운 언어가 확보한—오규원 시인

은 언젠가 "차갑게 불타는 꽃"이라는 말로 이를 표현한 바 있다—사물 공간에 대한 실감은 "바스락거리는 은박지" 소리를 통해 더욱 커진다. 음영의 빛과 바스락거리는 소리를 통한 이 실감은 사물을 맹렬히 바라보는 시선에 대해 안분지족을 일깨우기에 충분하다. 공간과 사물의 양감이 저 사물 고유 세계의 부분 대상이 아니고 무엇이겠는가. 사물의 응시는 저를 꿰뚫겠다는 맹렬한 시선보다 완강하다. 이미 얻은 것이 많으니 그만 돌아감이 어떤가 하는 소리가 들림직도 하다.

(2)도 사정은 마찬가지이다. 다만, 이 시의 탄력은 4행의 "빈자리가 달려도"에 있다는 것을 지적해야겠다. 이 "달려도"야말로 시인이 색 대신 언어로 부단히 도모하는 사물의 양감에 대한 숙려의 결과물이 아닐 수 없다. 아마도 보통의 경우라면 이 자리에 '달렸기에'나 '달려 있으므로'가 오는 것이 정상일 것이다. 그러나 시인은 "달려도"를 택한다. "들찔레의 가지"가 텅 비었기에 그 가지가 가벼워진다는 것이 아니라 없는 무언가—곧 "빈자리"—를 "줄줄이" 달고 있어도, "빈자리"가 가지에 낭창 "달려도" 가지는 오히려 가볍다는 표현이 대번 환기하는 것은 공간에 대한 실감과 사물의 양감이다. 세잔이 색을 통해 도모한 것을 언어로 도모하는 일은 이처럼 좀더 섬세한 과정을 필요로 한다.

(3)은 좀더 직접적으로 (1)과 (2)에서 시인이 무엇을 꾀하고 있는지를 보여준다. 시각과 촉각의 동시개진이 의도하는 바는 단지 지각에 의해 포착되는 사물의 표면이 다면적이라는 것을 보여주기 위함만은 아니다. 지각의 다발이 사물의 여러 측면에 닿을 때 사물은 입체적으로 자신을 드러내며 그렇기 때문에 이 역시 사물의 공간과 음영 그리고 결과적으로 양감의 문제와 관련된다. 여전히 문제는 양감이다. 「눈과 마음」이나 「세잔의 회의」에서 메를로퐁티가 거듭 설명하고 있는 것처럼 혹시 색과 면이 순간적으로 환기할 수도 있을지 모를 저 사물의 실재를 언어적으로 구현하자면 관념에 눌린 언어가 재차 사물을 종이

에 압착시키는 것을 피해 사물의 양감을 되살려 보여주는 일이 우선이 아닐 수 없겠다. 오규원의 후기 시 여러 편에서 "……의 옆은 (여전히) 비어 있다"와 같은 구절을 그렇게 자주 발견하게 되는 까닭은 여기에 있다.

(1)
사루비아를 땅에 심었다 꼿꼿하게
선 그 위에 둥근 해가 달라붙었다
사루비아 옆은 여전히 비어 있어
모두 길이다

—「사루비아와 길」 전문

(2)
투명한 햇살 창창 떨어지는 봄날
새 한 마리 햇살에 찔리며 붉나무에 앉아 있더니
허공을 힘차게 위로 위로 솟구치더니
하늘을 열고 들어가
뚫고 들어가
그곳에서
파랗게 하늘이 되었습니다
오늘 생긴
하늘의 또 다른 두께가 되었습니다

—「하늘과 두께」 전문[2]

---

2) 오규원, 『새와 나무와 새똥 그리고 돌멩이』, 문학과지성사, 2005. 이하 본문에 인용할 경우 『새와 나무』로 표기.

(3)

잔물결 일으키는 고기를 낚아채 어망에 넣고

호수가 다시 호수가 되도록 기다리는

한 사내가 물가에 앉아 있다

그 옆에서 높이로 서 있던 나무가

어느새 물속에 와서 깊이로 다시 서 있다

—「호수와 나무—서시」 전문, 『새와 나무』

　(1)에서처럼 시인이 후기의 여러 시편에서 사물이 뻗어 있는 말단부
와 사물이 가닿지 않는 빈 곳을 동시적으로 묘사하는 이유는 역시 양
감 때문이다. 사물의 양감과 세계의 밀도를 동시적으로 보여주기 위해
반드시 전제되어야 하는 것은 빈 곳의 기입이다. 마치 화가 쿠르베가
그러했듯 사물의 부풀어 있는 충만함을 보여주기 위해 작가가 세심하
게 배려해야 할 것은 바로 빈 공간이다. 사물이 압착되지 않고 부풀어
있음을 실감 있게 보여주기 위해서는 이 앞에서 살펴본 것처럼 사물
주변의 음영을 보여줌과 동시에 비어 있는 부분 역시 충분히 드러내
보여야 하기 때문이다. 한 가지 미리 말해두자면, 그러니까 이런 표현
을 통해 우리는 이미 오규원의 후기 시에서 주관의 위치가 중요함을
말하고 있는 것이되, 이에 대해서는 뒤에 살펴보기로 하고 우선은 좀
더 이 양감의 문제에 집중해보자. 오규원 후기 시에 나타난 가장 인상
적인 시어 중 하나일 '허공'의 발견은 이런 맥락과 관계 깊다.

　(2)에 잘 나타나 있듯 오규원은 후기 시에서 새와 나무 그리고 허공
이라는 소재를 종종 사용한다. 아마도 길이와 너비 그리고 무게와 높
이라는 연상성을 뚜렷한 시각적 소재로 표현함으로써 풍경의 구도를
평면에 입체적으로 담는 시도를 보여주는 집과 길 관련 시편들에 대해
서도 비슷한 이야기가 가능할 것이지만, '허공'의 발견, 그러니까 오규

원 후기 시의 또다른 주제어로 이를 바꿔 말하자면 '사이'의 발견은 우선적으로 존재의 양감과 관련된다고 할 수 있다. 그런데 여기서 또 우리가 눈여겨볼 중요한 국면은 정물이 풍경으로 바뀌면서 주관의 개입이 점차 직접적으로 눈에 띄기 시작한다는 것이다. (2) 역시 풍경에 대한 즉물적 묘사로 이루어진 시임은 확실하나 여기서 우리는 주관의 자취를 조금 더 확실히 눈치챌 수 있다. 허공으로 솟은 새가 한 겹 더 깊어진 하늘의 두께를 이룬다는 진술은 지각 연합에 의한 묘사라기보다 직관에 의한 것에 가깝다. 이 직관은 본연의 사물들이 이루는 세계를 투시하겠다는 의지가 조금 더 강화된 형태의 시선이다. 따라서 우리는 이제, 다시 메를로퐁티식으로 이야기하자면, 보는 것의 시선과 보이는 것의 응시가 언어를 통해— 색과 면이 아니라—조우하는 현장에 조금 더 가까이 와 있다. 그러나 그 접점의 사태를 살펴보기 전에 (3)을 먼저 읽을 필요가 있다.

아마도 우리는 (3)에 인용한 시를, 오규원이 새로운 시적 모색을 개시하면서 이에 대한 주해로 쓴 것으로 여겨지는 작품인 「안락의자와 시」와 비교해볼 수 있을 것이다. 이 시는 시인의 눈앞에 놓인 안락의자에 대해 여러모로 기술 방식을 바꿔가면서 묘사하는 것이 그 내용이다. 시인은 묘사의 태도를 바꿀 때마다 직접 "나는 인간적인 편견에서 벗어나 다시 쓴다" "나는 아니다 아니다라며 낭만적인 관점을 버린다" "좀더 현상에 충실하자" "오 이것은 수천 년이나 계속되는 관념적인 세계 읽기이다 관점을 다시 바꾸자" "이건 어느새 낡은 의고주의적 편견이다"라고 그 태도 변경에 대한 설명을 달고 있다. 그리고 최종적으로는 "아니 나는 지금 시를 쓰고 있지 않다 안락의자의 시를 보고 있다"라고 말하고 있다. 그러니까 그는 지금 사물에 대한 시를 쓰고 있는 것이 아니라 사물의 시를 보고 있다는 것이다. 이는 시인 스스로도 여러 번 언급한 바 있는 세잔의 말, 즉 "풍경은 내 속에서 자기를 생각한다. 나는 풍경의 의식이다"라는 말을 상기시킨다. 이 말은 얼핏 보아 주관의 자리를 비우는 자의 무욕의 표현처럼 들리지만, 실은 또다른 함의를 담고 있다. 이 말은 세잔이라면 색을 통해, 그리고 시인이라면 언어를 통해 바로 저 사물 본연의 세계, 곧 존재자들의 존재됨 혹은 반대로 무(nothing)의 무됨(a nothingness) 자체를, 그리하여 결국 저 실재의 세계를 고스란히 각자의 캔버스에 옮길 수 있다는 굳센 믿음에 기초한 것이 아닐 수 없다. 시인이 세잔의 말을 원용해 "이미지의 의식"을 자처하는 것도 바로 이 때문일 것이다. 그러나 언어의 현실에서 풍경은 '나'를 뚫고 간 흔적을 남기기 마련이다. 시적 언어의 현실에서 이미지는 주관을 꿰뚫은 자취를 남기기 마련이다. 세잔의 저 언급이 인용된 「눈과 마음」에는 또다른 중요한 진술이 인용되어 있다. 그 인용에 따르면 앙드레 마르샹은 이와 관련해서 바로 이렇게 말했다. "화가는 우주에 의해 꿰뚫어져야지 우주를 꿰뚫으려 해서는 안 된다."

매개는 무매개가 될 수 없다. 꿰뚫린 자리에 시계(視界)가 남는다. '시계'란 머리 위치에 따라 우리가 볼 수 있는 범위를 뜻한다. 20세기 초반의 과학자 에른스트 마흐가 처음 연구를 개시한 이래 마음과 세계의 접점으로서 '시계'에 대한 연구가 활발히 이루어졌다. 이 연구 내력을 여기서 정리할 수는 없겠지만 우리가 간취해야 할 요지는 저 사물의 우주가 화가를 꿰뚫을 때 바로 이 시계를 남긴다는 것이다. 이 시계에 대한 생각은 사물의 세계를 캔버스에 불러들이려는 이들의 마음을 한결 누그러뜨린다. 그도 그럴 것이 사물 세계에 대한 완전한 시계, 즉 빈틈없는 시계란 상상의 것, 가능세계의 것일 뿐이며 현실에서 관찰자는 꿰뚫린 자리의 상처를 제한된 시계의 형식으로 내밀 수밖에 없다는 걸, '불감청이언정 고소원'의 심사로 인정할 수밖에 없겠기에 그런다는 것이다. 결국, 작품의 현실적 구도와 형식은 이런 인정으로부터 비롯되는 것이 아닌가. (3)은 「안락의자와 시」와 가능성-현실성의 관계를 이룬다. 이 시에서는 이례적으로 대상보다 대상을 "낚아채 어망에 넣"
으려고 물가에 앉아 있는 주체의 모습이 먼저 눈에 들어온다. 의지가
곤혹과 '고소원'에 언어의 캔버스를 넘긴다. 이제 사건이 시계에 들어
올 것이다.

(1)
묵묵히 강을 따라가는 길에 서서 한 사내

끝을 지우는 길 하나를 보고 있다

끝을 숨기는 길 하나를 보고 있다

끝을 몸 안으로 말아 넣는 길 하나를 보고 있다

끝을 몸 안으로 말아 넣은 길 하나가

몸을 저녁 밑자락에 묻는 것을 보고 있다
　　　　　　　　　　　　　　　—「강과 사내」 전문, 『새와 나무』

(2)
　강과 둑 사이 강의 물과 둑의 길 사이 강의 물과 강의 물소리 사이 그
림자를 내려놓고 있는 미루나무와 미루나무의 그림자를 붙이고 있는 둑
사이 미루나무에 붙어서 강으로 가는 길을 보고 있는 한 사내와 강물을
지그시 밟고서 강 건너의 길을 보고 있는 망아지 사이 망아지와 낭미초
사이 낭미초와 들찔레 사이 들찔레 위의 허공과 물 위의 허공 사이 그림
자가 먼저 가 있는 강 건너를 향해 퍼득퍼득 날고 있는 새 두 마리와 허

덕허덕 강을 건너오는 나비 한 마리 사이

—「강과 둑」 전문, 『새와 나무』

(1)과 (2)의 차이는 "보고 있다"는 것을 보고 있는 것과 보고 있는 것의 차이이다. 재차 비유를 사용하자면 풍경이 시 (1)을 꿰뚫고 시 (2)의 사내의 시계를 매개로 시 (2)를 낳았다는 의미에서 이때 시인은 풍경의 의식이라고 할 수 있겠다. 그리고 이제야 비로소 사물의 양감과 함께 언어의 양감도 드러난다. 시를 통해, 강가의 길 끝에서 웅숭대는 사물의 양감이 드러남과 동시에 사물이 웅숭대는 것을 직관하는 주관이 드러남에 따라 언어의 양감도 더불어 드러난다. 다시 한번 서두의 발언을 상기하고 이를 보충해가며 반복해보자. 우리는 시 속에서 사물 세계의 본원적 양태를 읽어내야 하는 운명을 감당할 길이 없다. 대신 우리는 시계를 통해 사물의 양감을 전달하는 언어의 양감을 동시적으로 느낄 수 있다. 우리는 오직 시인의 의식작용이 사물을 어떻게 드러내 보이는지를 읽어야 할 처지에 놓여 있기 때문이다. 그러니 이제 한결 편해져서 다음과 같은 시를 읽을 수 있겠다.

김종택의 집을 지나 이순식의 집과 정진수의 집을 지나 박일의 집 담을 지나 이말청의 집 담장과 심호대의 집 담장을 지나 박무남의 집 담벽과 송수걸의 집 담벽과 이한의 집 담벽을 지나 강수철의 집 벽과 천길순의 집 벽을 지나 (……) 김말영의 벽 권오항의 벽 남희선의 벽을 지나

—「사람과 집」 중에서, 『새와 나무』

이 시계(視界)는 걸음에 의해 만들어지며 사물의 인접성을 계량한다.

그 방에 들어가려면 벽에 걸려 있는 밥그릇부터 보아야 한다 無用이

그런 그 밥그릇 하나는 전지 반 장의 아래쪽 한구석에서 오른쪽으로 기울어 있다 그래도 담긴 밥이 쏟아지지 않는다 안심하고 오른쪽으로 기운 방향의 앞에 CATHAY PACIFIC이 이곳까지 보낸 달력이 있다

　　　　　　　　　　　　　　　　　　　　　　—「밥그릇과 모래」 중에서

이 시계는 머리의 위치에 따라 만들어지며 사물의 연장성을 개괄한다. 그리고……

　　어제 내린 눈이 어제에 있지 않고
　　오늘 위에 쌓여 있습니다
　　눈은 그래도 여전히 희고 부드럽고
　　개나리 울타리 근처에서 찍히는
　　새의 발자국에는 깊이가 생기고 있습니다
　　어제의 새들은 그러나 발자국만
　　오늘 위에 있고 몸은
　　어제 위의 눈에서 거닐고 있습니다
　　작은 돌들은 아직도 여기에
　　있었다거나 있다거나 하지 않고
　　나무들은 모두 눈을 뚫고 서서
　　잎 하나 없는 가지를 가지의 허공과
　　허공의 가지 사이에 집어넣고 있습니다

　　　　　　　　　　　　　　　　—「새와 나무」 전문, 『새와 나무』

급기야 이 시계는 시간을 계량한다. 시계를 승인하면 주어진 각도만큼 사물 세계로부터 주관에 주어진 시간이나 깊이 같은 것들을 비로소 계량할 수 있다. 그것이 독자에게 주어진 제2사물계에서 벌어지는 일

이다. 존재와 주관은 감각의 사실관계를 통해 만나며 시인은 직관을 통해 사물 세계에서 길어올린 사실관계의 내력을 고한다. 시간은 사물의 양감만으로 계측되지 않는다. 사물과 사물 사이의 시간은 주관이 꿰뚫린 자리에 생긴 시계를 통해서 계측된다. 그러니까 인용된 이 시는 고유의 양감을 지닌 언어의 시계에 계측된 시간을 그려 보이고 있다고 할 수 있다. 시간에 대한 형이상학 없이 사물의 양감을 보여주는 언어를 통해 시간을 불러내는 것은 시간에 대한 '인간중심주의'적 이해와는 전혀 다른 것이다. 시를 보자.

윌리엄 칼로스 윌리엄스는 「사물 *The Thing*」이라는 시에서 "사물이 울릴 때마다/나는 그것이 나를 찾는 것"이라고 생각했지만 "그것은 그저 울릴 뿐"이라는 표현을 쓴 바 있다. 이런 관점에 의하면 사물은 자연히 울리고 누가 보아주지 않아도 때때로 소위 '비은폐(aletheia)'를 드러낸다. 눈이 오는 날만큼 사물의 '비은폐'가 잘 드러나는 때가 또 있을까? 「눈 위의 발자국」이란 산문에서 오규원은 눈이 오는 날에야말로 숨겨져 있던 세계의 일부가 그 모습을 선명히 드러내며 사물들이 스스로 빛을 분출한다고 표현한 바 있다. 인용한 시는 저절로 터지는 '사물의 빛'과 '비은폐'의 개진이라는 관점에서 설명할 수 있다. 어제의 새들의 몸짓과 소리는 오늘의 발자국, 정확히 하자면 눈 위에서 오늘 '내'가 발견한 발자국을 통해 드러나고 있으며, 나무 역시 어제와 오늘 사이에서 홀연 우뚝 솟아 있다. 어제와 오늘 사이의 시차를 통해 부재로부터 현존이 가늠되고 사물이 제 존재를 선명히 드러내는 '사건(Ereignis, occurrence)'이 발생한다. '사물의 종소리'가 이처럼 공감각적으로 자연히 울려오는 것은 물론 어제 내린 눈 위에 서 있는 '나'를 위한 것은 아니다. 사물은 그저 스스로 울리고 스스로 빛을 터뜨릴 뿐이다. 그러나 이 종소리와 빛을 통한 사물의 응시에 눈 위에서 시선을 맞추는 것은 바로, '시간'을 발견의 조건으로 삼는 주관이다. 윌리스 스티븐스가 『필요한 천사*The necessary angel*』에서 "시의 언어는 언어 없이는 존재하지 않는 사물의 성질을 띤다"라고 말할 때 염두에 두고 있었던 '언어 사물계'를 우리 맥락에 끌어들여 생각해보자면 두 개의 양감, 즉 사물의 양감과 언어의 양감은 두 개의 사물계를 관통하는 언어의 시계에 의해 시에 동시에 드러난다고 할 수 있겠다. 사물과 사물 사이의 "허공"과 어제와 오늘의 "사이"가 두 개의 양감을 부조한다. 그렇기 때문에 사물의 종소리가 울리고 빛이 터지고 '비은폐'가 솟는 것은 반드시 응시와 시선의 조응을 필요로 한다. 오규원이 고흐의 그림에 대해 언급했던 것을 원용해 말해보자면 이 사태는 새들이 눈 위를 종종거리고 들과 나무 위에 눈이 쌓이는 것을 시인이 묘사했기 때문이 아니라 두 계의 사물이 고유의 양감을 얻는 바로 그 순간을 시인이 살고 있었기 때문에 발생한다. 그리고 그것이 바로 시에 있어서 시계(視界)의 기능이다.

뜰 앞의 잣나무로 한 무리의 새가

날아와 자리를 잡고 앉는다

그래도 잣나무는 잣나무로 서 있고

잣나무 앞에서 나는 피가 붉다

발가락이 간지럽다

뒷짐 진 손에 단추가 들어 있다

내 앞에서 눈이 눈이 온다

잣나무 앞에서 나는 몸이 따뜻하다

잣나무 앞에서 나는 입이 있다

—「잣나무와 나」 전문[3]

　유고시집 『두두』에 실린 시 중에서도 '물물' 편에 실린 시들은 시인이 생전에 출간한 마지막 시집 『새와 나무』 이후 쓴 시들을 묶은 것이라고 한다. 여기에는 시인이 존재의 양감과 언어의 시계를 동시적으로 드러내는 것에 대해 더이상 불편함을 느끼지 않고 있음을 보여주는 시들이 있다. 인용한 시에서 그 일단을 엿볼 수 있다. 시집 『길, 골목, 호텔 그리고 강물소리』(문학과지성사, 1995) 이후 이렇게 직접 '나'가 드러나는 시가 또 있는지 모르겠다. 새와 잣나무와 '나'가 더불어 풍경을 이루고 있다. 풍경이 '나'를 꿰뚫고 지나가도 그만, 피가 돌고 몸이 따뜻한 '내'가 스스로 종소리를 내도 그만인 세계가 있다. 오해의 여지도 없이 이것은 일체감이나 혼융의 정서와는 거리가 멀다. "잣나무는 잣나무로 서 있다"와 "잣나무 앞에서 나는 입이 있다" 사이에 그렇게 오랜 내력이 필요했나보다.

3) 오규원, 『두두』, 문학과지성사, 2008.

어루만짐을 어루만지다

1. 구체적 부재

불가능한 사랑에 손을 내미는 시인들이 있다. 사물에 대한 인간적 이해관계를 모두 벗어버리려는 시인도, 순수 관념에 도달하려는 시인도 모두 절대라는 사랑에 탐미의 몸을 내어준 구애자들이다. 그러나 하필이면 이런 불가능이랴…… 재현을 뚫고 실재에 이르고자 하는 모험을 하필이면 언어로 감행하는 이의 사랑은 구체적으로 불가능하다. 언어로 재현의 막을 치고 다시 그것을 뚫어야 하는 모순된 운동이 그의 작업이기 때문이다. 우선, 언어에 탐닉한 뒤 언어를 타고 넘어야 하는 것이 이 사랑의 줄거리, 그러니 가닿을 수 없는 것에 언어의 베일을 드리우고—아니, 언어의 베일 때문에 더욱 가닿을 수 없는 것이 되고—그 베일에 시선 대신 손을 담그는 시인이 있다면 그의 이 기획을 에로틱 형이상학이라고 할까, 형이상학적 에로스라고 할까? 21세기의 존 던이 따로 없다. 그는 물리적인 것, 혹은 육체적인 것(physics)을 경과하여(meta) 재차 언어로 환기되는 것 너머의 것들을 손에 쥐려 한다.

> 물의 살에 손을 집어넣을 때
> 차갑고 부드러운 감촉, 일렁이는 물결,
> 일그러지는 글자들
> 아직도 가라앉아 있는 돌들
> 투명한 당신의 가슴 안에
> 손을 집어넣어 물고기처럼 퍼덕대는
> 마음을 거머쥐듯
> 강물에서 돌을 따낼 것이다.
> (……)
>
> 멀리 있어 보이지 않는 당신
> 신경의 흥분과 육체의 떨림을
> 이곳에서 편지의 글자를 낚아챈
> 손으로 생생하게 감지한다.
>
> ―「강물의 심장」 중에서[1]

우선, 언어가 위세를 드높이는 현장을 확인하자. 소쉬르 이후 지시 대상과 분연히 결별한 언어는 시어의 장에서 여전히 실재의 편린을 실어 나르고자 한다. 이론의 장에서 언어는 대상의 현존과 무관하게 되었지만 시어는 본질적으로 현존의 꿈을 지닌다. 보라, 이 시에서 절실히 소명을 얻고 있는 저 언어의 시대착오적(anachronic) 꿈을. '당신'은

<hr>

1) 채호기, 『손가락이 뜨겁다』, 문학과지성사, 2009. 이하 별도의 언급이 없으면 출처 동일.

멀리 있고 '당신'의 마음은 무형이라 화자는 직접 그 마음을 읽을 수 없다. 그러나 물밑에 가라앉아 있는 돌들을 하나씩 어루만지며, 전언을 통해 당신의 마음을 거머쥘 수 있으리라는 기대를 버릴 수는 없다. 그뿐만이 아니다. 언어를 움켜쥐는 손에 '당신'의 "떨림"이 생생하게 감지된다. 언어를 움켜쥐면 '당신'이 움찔한다. 이 현장에서 언어는 베일이 아니라 현존의 힘줄이다. 아마도 시집 『손가락이 뜨겁다』를 통틀어서 가장 낙관적인 전망이 이 시에 담겨 있다고 할 수도 있을 것이다. 그러나 똑같은 운동을 담고 있는 다음 시를 보라.

> 당신의 놀라운 물에 손을
> 집어넣고 살갗 아래 딱딱한
> 돌들을 만져보았습니다.
>
> 햇빛을 반사하는 재빠른 물고기
> 내 손끝을 빠져나간 충격이
> 당신의 물결 안에 소용돌이칩니다.
>
> 물고기가 숨은 돌에 부딪쳐 물방울은
> 물살을 거스르며 튀어 오릅니다.
> 햇빛이 당신의 육체를 관통하는 한낮
>
> 부드럽고 시원한 간지럼이 내
> 팔목에 부딪쳐 부서집니다. 바닥까지
> 훤한데도 당신의 육체는 어둡습니다.
>
> ─「물결」 중에서

물 '살'의 흐름을 더듬는 손, 언어라는 힘줄을 통해 멀리 있는 그대와의 구체적 사랑에 탐닉하는 손이 물결 아래에서 돌들을 휘젓는다. 거기서 햇빛을 반사하는 물고기들이 언어를 휘젓는 손을 울리고 미끄러진다. 물결 아래서 수런거리는 기운들, 그 기운에 힘입어 잠시 얼굴을 드러내는 당신의 마음이 물살을 어루만지는 손에 와 부드럽게 부딪치고 재빠르게 가라앉는다. 그러니, 말 속에 아무것도 없다고 말하지 못한다. 말 속에 아무것도 없어서야 말로 그대를 더듬으려는 마음이 내켰을 리 없다. 그러나 문제는 여전히 그것이 '당신'의 현존과는 무관한 운동이라는 것이다. 여전히 그대는 물밑 어둠 속에 있다. 말들을 어루만지는 손 때문에 "바닥까지 훤한데도" 말의 어떤 권능도 당신의 '육체'를 현존시키지 못한다. 이것이 자명하다. 당신의 육체는 여전히 어둠 속에 있다. 물살을 어루만질 때 손에 잡히는 것은 구체적인 부재이다.

당신은 보이지 않습니다.
키 큰 나무에 작은 잎들이 반짝일 때
당신의 숨소리가 들렸다고 하더군요.
(……)

당신은 바라보는 눈길도 없이
매만지는 손가락의 감촉도 없이
휑한 슬픔을 관통하며 흩어집니다.
당신은 보이지 않습니다. 당신은
멀리 내 인생의 바깥에 머뭅니다.

하지만 다리 가는 짐승이 숲 가 샘물을
기웃거릴 때 검은 유리처럼 반짝이는 물의

동공 속에 희미하게 당신이 비친다고 하더군요.
─「그녀 1」 중에서(강조는 인용자)

그러니 아마도 이 시집에서 우선적으로 눈에 띄는 것은 바로 이 구체적 부재일 것이다. 그런 의미에서 볼 때 에로틱한 사랑이라는 이 시집의 스투디움(studium) 한쪽에서 독자의 눈을 찔러오는 다음 한 구절은 이 사랑의 풍크툼(punctum)으로 기능한다고 할 수 있다.

당신이 없어서 더욱 그런 거지만,

시 「개양귀비」의 한구석에 놓인 이 구절은 시집의 한가운데에 놓여 있다. 채호기의 시집 『손가락이 뜨겁다』는 바로 이 짧은 탄성의 울림으로 가득하다. 마치 테네시의 단지 하나가 사위를 장악하듯 저 짧은 탄성은 기저음으로 작용하며 시집 전체의 리듬을 관장한다고 할 수 있다. 당신은 없다. 이것은 실제 상황이다.
당신은 없다. 그러나 존재하지 않는 것이 아니다. 당신은 여기 없어 보이지 않으나…… ……작용한다. 강조한 부분을 보라. '작은' 잎들이 반짝일 때에야, 그리고 '다리 가는' 짐승이 숲 가 샘물을 조용히 '기웃거릴 때'에야 그 모든 미세한 울림 속에서만 당신은 자신의 부재를 현존시킨다. 당신은 구체적으로 부재한다.

(……) 하얀 손이 물에 닿을 때 거울은 깨지고
영상은 흩어지고 (……)
─「돌의 메아리─마이산」 중에서

감은 눈을 뜨는 순간 사랑은 빛깔 속으로 흩어지고 만다.

그러니 시어 속에 있는 것이 절대부재가 아니라 바로 이 아슬아슬한 부재이기 때문에 그것은 자꾸만 불가능한 운동을 부추긴다. 언어를 통해서만 환기되는 부재를 현존으로 바꾸려는 모험이 그것이다. 물에 손을 담그고 물속에 잠긴 돌을 어루만져보고 그 돌이 울릴 때 '당신의 심장'이 뛰는 것을 확인하려는 시도는 이 감질나게 하는 부재로부터 비롯된 것이다. '당신'은 좀처럼 말을 타고 오지 않으며 말과의 어떤 에로스로도 사랑은 환원되지 않는다. 그리고 여러 시에서 이 환원 불가능은 어둠으로 은유된다.

2. 비가시계와 언어의 교환

앞서 언급한 시들에도 직접 언급되고 있지만 우리는 시집 곳곳에서 '당신'은 어둠 속에 놓여 있다거나 '당신'이 보이지 않는다는 호소를 들을 수 있다.

밤이 여전히 그대를 감싸고 있다.

―「발가벗겨진 과일」 중에서

밤이 그대를 덮고 있다.

―「밤이 그대를 덮고 있다」 중에서

그녀는 새카맣게 타버린 숯, 앞이 보이지 않는 밤이다.

―「그녀 2」 중에서

네 안의 꿈쩍 않는
깊은 어둠 (……)

—「바다」 중에서

반투명으로 흐릿해 보이는 베일에 가려진
당신 얼굴 바다처럼 광막한 베일

—「입김」 중에서

　　그러니까, 이렇게 시의 여러 곳에서 표상되는 어둠은 '그녀'의 존재
조건이 된다. 다시 말해 이 어둠은 언어의 흔적들 속에 표상되는 구체
적 부재의 바탕이 된다. 따라서 이제 이 어둠은 눈에 보이지는 않으나
존재하며 작용하는 비가시계의 은유가 된다. 어디에서나 여일하게 '당
신'의 존재조건이 되는 어둠을 비가시계의 보편적 조건으로 볼 수 있다
면 시 안에서 언어로 구축되는 구체적 부재를 보편적 부재의 부분들이
라고 할 수 있을 것이다. 이를테면, '그녀'는 여기 없다. 그러나 그녀는
어둠 속에서 작용한다. 그리고 시는 그 보편적 부재 혹은 여일한 부재
조건을 구체적 부재로 구축하는 언어 작업(linguistic works)이다. '당
신'은 예컨대, 앞서 보았듯이 다리 가는 짐승이 숲 가 샘물을 조용히 기
웃거릴 때에야, 혹은 바로 그런 개별적 현장 낱낱을 언어로 구축할 때
에야 비로소 미세하게 자신의 고동을 전해오며 손길을 끈다.

　　밤은 불빛을 호명하고
　　불빛은 강물을 유혹한다.

　　포근한 밤의 껍질!
　　오돌도돌한 감귤 껍질!

밤 안에 당신

감귤 속에 나.

— 「밤」 전문

호명되는 것은 호명하는 것의 부분집합이다. 밤이 불빛을 호명하는 까닭은 이를 통해 자신을 드러내기 위함이다. 밤은 스스로를 드러낼 다른 방법이 없다. 밤은 불빛의 배경이자 조건으로 인지될 때에야 자신이 작용하고 있음을 고지할 뿐이다. 밤은 강물로 자신을 드러낸다. 비가시계의 어둠이 가시계의 대리인을 보냈다. 강물은 어둠 대신 얼굴을 내민다. 사정은 2연에서도 마찬가지이다. 눈에 보이고 내민 손에 감촉되는 감귤 껍질의 표면을 통해서만 밤은 제 살을 드러낸다. 메를로 퐁티를 원용하자면, '내'가 어둠을 들여다보는 것이 아니라 어둠이 '나'를 들여다보는 형국이다. 나는 감귤을 살펴보고 눈으로 그 표면을 어루만진다. 그러나 오히려 이것은 밤의 계획 안에 있다. 밤은 불빛을 호명하여 감귤의 표면을 가시계에 내밀어놓았다. 감귤을 바라보는 '나'를 통해 밤은 자신을 들여다본다. 바로 그것이 어둠 속에 있는 '당신'과 '나'의 사랑의 원리이다.

'당신'이 밤 안에, '내'가 감귤 속에 있는 이유 역시 이 때문이다. 부재하며 작용하는 '당신'은 '나'를 통해 자신을 들여다본다. 비가시계가 '나'를 통해 시각을 얻는다. 그것이 사랑이다. '그대'를 갖거나 부재를 되돌릴 수 없지만 '당신'은 어둠 속에서 여전히 '나'를 통해 자신을 어루만진다. '나'는 비가시계와 언어를 교환함으로써 언어 속에서 부재하는 당신의 몸을 세운다. 이것은 시가 낯선 실재를 외부에서 수혈하여 재현하기 때문이 아니라 시어가 그 자신 속에서 발생하는, 아도르노의 표현을 빌리자면, 바로 그런 의미에서의 내재적(immanent) 실재를 지니고 있기 때문이다. 아니, 좀더 정확히 말하자면 이런 사랑이 가능한 이유는 언어 자신이 아니라 언어 작업이 내재적 실재를 지니기 때문이다. 시는 언어 속에 이미 깃든 실재를 끄집어내는 것이 아니라 언어 작업을 통해 그 과정에서 실재를 시의 내부에 발생시키기 때문이다. 서두에 이중의 작업에 대해 이야기했다. 그러나 지평이 실은 그와 다름을 확인한다. 언어로 재현 너머의 외재적 실재에 가닿는 작업이 문제가 아니라 언어 작업을 통해 구체적 부재를 시 속에 발생시키고 그것을 통해 내재적 실재를 구축할 수 있는가가 관건이다. 내재성을 매개로 한 비가시계와 언어의 교환을 통해 '나'는 '당신'을 어루만진다. 그러니, 시는 실재의 거울이 아니라 열심히 실재를 낳는 입김이다.

> 꽃이 없는 책에서 당신은 꽃을 보고 만지고
> 향기 맡고 애무하고, 마침내 언어와의
> 격렬한 정사를 통해 사랑을 수태한다.
> ─「당신은 누구인가?」 중에서

부재하는 당신이 사랑을 수태하는 방법은 이것뿐이다. "언어와의 / 격렬한 정사"를 통해, 언어 작업을 하는 이의 손을 통해 당신은 자신의 사랑을 발견한다.

> 사랑한다 당신을.
> 당신을 껴안는다.
> 당신은 없다.
>
> 백지 위에
> 당신
> 이 남았다.

당신
을 떼어내
주머니에 넣고 다니며
쓰다듬었다.
동글동글하고 말랑말랑한 당신.

당신을 읽는 순간
당신을 맛볼 수 있다.
동글동글하고 말랑말랑한 당신의 살.

사랑한다 당신을.
당신은 없다.
백지 위에
당신
을 쓴다.
당신을 머릿속에 떠올리며
당신
을 써서
남긴다.

　　　　　　　　　　　　　　　　　—「당신」 전문(강조는 인용자)

　이 시는 비가시계와 언어가 교환되는 현장을 잘 보여준다. 부재와 현존이 내재성을 매개로 언어작용을 통해 교환되는 현장이 이 시의 내부가 아닐 수 없다. 언어로 재현된 실재를 언어 너머에서 접촉하는 것은 불가능하다. "당신"은 언어의 바깥에서 어둠이다. '당신'을 껴안으려 해도 '당신'은 없다. 그러나 '당신'은 "백지 위에" 남았다. 만약, 언어로 재현된 외재적 실재의 그림자라면 '당신'은 백지 위에 홀로그램으로 있을 것이다. 홀로그램은 어루만질 수 없다. '당신'은 재현되어서가 아니라 시의 언어 조직(작업, 노동, linguistic works)을 통해 시 내부에 내재적으로 실재함으로써 살을 지닌다. 마치 눈이 없는 비가시계가 저를 들여다보는 눈을 통해 감귤의 껍질에서 시각을 수습하듯이 몸이 없는 '당신'이 '나'의 언어 작업을 통해 "동글동글하고 말랑말랑한" 살을 얻는다. '나'는 '당신'이 호명하는 것에 응해 '당신'을 언어 내부에서 빚음으로써 '당신'을 어루만질 수 있다. '나'는 언어를 통해 당신을 어루만진다. 아니, '나'는 어루만짐을 어루만진다. 시는 언어 바깥의 당신을 지시하는 대신 어루만짐을 어루만지게 함으로써 '당신'이 언어를 통해 수태한 사랑에 '나'를 연루시킨다.

하늘의 별은 뜨겁다. 밤은 차갑다. 벌거벗은 네 등은 차갑다. 내 손은 뜨겁다. 비가 오고 들판에서 피어오르는 뿌연 수증기. 내 손가락들이 수증기에 갇힌다. 물렁물렁해진 진흙에 발이 빠지듯 네 등을 산책하는 손가락들이 빠져든다. 네 등에 손톱 끝으로 고랑을 내며 글씨를 쓴다. 씨앗을 뿌린다.

흙이 글자를 끌어당긴다. 네 등에 묻힌 글자에서 싹이 돋고, 들꽃들이 피어났다. 밤은 뜨겁다. 꽃은 뜨겁다. 꽃의 향기는 시가 되어 손가락 끝에 만져진다. 네 등에 보이지 않은 무엇이 영원히 새겨졌다. 별은 뜨겁다. 손가락도 뜨겁다.

—「손가락이 뜨겁다」 전문(강조는 인용자)

이 에로스는 메타-피지컬(metaphysical)하다. 이 시에 담긴 운동이 실재와 감촉하는 '손-장난'이기 때문이다. 이제 우리는 강조된 부분에서 이루어지는 것이 구체적인 언어 작업, 그야말로 언어를 통한 노동

(재차 linguistic works)임을 확인할 수 있다. 밤은 차갑다. 밤이 호명한 빛은 뜨겁다. 부재는 차갑다. 비가시계가 밀어낸 별은 뜨겁다. 부재하여 비가시계에 속한 '당신'은 차갑다. 당신을 반영하거나 재현하거나 수혈하는 대신 언어 안에서 빚어내는, 구체적으로 노동하는 손은 뜨겁다. 비가시계와 언어를 교환하는 구체적 노역을 통해 '당신'은 시 내부에서 움튼다. 손가락이 뜨거운 이유는 바로 그 손가락이 외재적 실재를 향해 뻗은 것이 아니라 내재적으로 실재하는 당신을 어루만져 빚는 언어를 어루만지기 때문이다. 어루만짐을 어루만지는 손가락은 뜨겁다.

3. 내재적 실재의 융기

주지하듯, 채호기 시인은 이전 시집에서 뿌리는 물속에 둔 채 물 밖으로 꽃을 피워내는 수련에 주목한 바 있다. 그에게 수련이 문제적이었던 것은 그것이 한 몸에 두 세계의 속성을 공유하고 있기 때문이었다. 그에게 수련은 "물속 비밀을 물 밖 세계에 알리는 메신저"(「수련 1」[2])였다. 그에게 수면 밑의 세계가 존재한다는 것은 수면 위의 세계가 존재한다는 것만큼 자명한 것이었다. 시인은 수련을 "언제나, 홀연히 어디 다른 곳으로 나를 데려가는" "단단한 세계의 헐린 틈새"(「거리에서」, 『수련』)로, 즉 비가시적 실재로의 통로로 간주하며 이 꽃에 주목했다. 수련 하나만을 소재로 60여 편의 시가 쓰인 이유이다. 그런데 이때, 우리가 주목해야 할 것은 그가 '수련'의 이미지와 시에 있어서의 언어의 기능을 포개놓았다는 것이다. 채호기는 여러 시를 통해 연못 위에 핀

---

2) 채호기, 『수련』, 문학과지성사, 2002.

수련이 종이 위에 적힌 글자의 운명을 집중적으로 보여주는 이미지라는 것을 말하고 있다. 예컨대 "잔잔한 수면 위에 목만 내민 수련처럼 / 물결 없는 종이 위에 피어 있는 글자"(「글자」, 『수련』)라든가 "종이 위에 '수련'이란 글자를 쓰자마자 / 종이는 연못이 되어 출렁이고 자음과 모음은 꽃잎과 꽃술이 되어 피어난다"(「수련의 비밀 1」, 『수련』)와 같은 대목에서 우리는 이 사실을 확인할 수 있었다. 시에 있어서 언어의 기능과 수면 위의 수련의 이미지를 겹쳐놓으며 그는 "저 흰 수련이 종이 위에서 필 수 있을까?" 하고 물었다. 그러고는 이렇게 답한 바 있다.

너를 갖기 위해선
글자의 무덤을 파헤쳐야 한다.

—「수련」 중에서, 『수련』

이 짧은 시구는 사물을 있는 그대로 환기하고 싶은 시인의 원초적 욕망과 언어를 통한 사물의 재현이 갖는 근본적 한계를 고스란히 보여준다. 여기서 그의 일관된 관심은 선뜻 파악되지 않는 실재를 시 속에 환기시키는 것이었다. 그는 일련의 수련 연작을 통해 사물이 언어를 통해 환기될 때 필연적으로 발생하는 간극을 확대해 보여줌으로써 자기동일성이라는 서정시 일반의 '불가능한' 이상 실현이 끝없이 유예되는 현장을 거듭 지목한 셈이다.

그러나 이제 그의 지평은 조금 달라졌다. 이제 환기가 문제가 아니라 발생이 문제다. 채호기 시인의 관심은 물 위에 꽃을 피운 수련이 아니라 앞서 살펴본 몇몇 시에서처럼 물속에 잠긴 돌에게로 집중되다가 급기야 돌로 이루어진 산 하나에 집중된다. 비유컨대 그의 붓은 수련이 환기하는 두 세계의 간극과 그것이 이미지화에 주목하는 모네의 손으로부터 마치 수면 아래의 비가시적 세계가 문득 사물로 생성되어 우

뚝 일어선 듯 생 빅투아르 산을 그려놓은 세잔의 손으로 옮겨졌다고
할 수 있을 것이다. 이제 간극의 환기와 불가능한 재현이 문제가 아니
라 언어의 화폭 안에서 내재적으로 실재를 생성해내는 작업이 관건이
다. 다음의 두 시는 수면 아래의 돌들이 모여 산을 이루는 풍경과 그것
이 언어-화폭의 가시계 속에 일어나 우뚝 솟는 양상을 마치 실재의 음
화(negative)와 양화(positive)의 짝처럼 보여준다.

(1)
당신이 가본 적 없는 내 마음의
먼 산에도 눈은 쌓이겠지요.
나는 도심의 한가운데서
흰곰처럼 웅크린 먼 산을 바라봅니다.
(……)

사랑의 함박눈이 내리고
내가 가본 적 없는 당신 마음의
먼 산에도 눈은 쌓이겠지요.

당신과 내가 이렇게
함께 따뜻해도
눈이 쌓일수록 깊어가는 고요뿐
당신과 내가 가본 적 없는
먼 산에 눈은 쌓이겠지요.

—「눈」 중에서

(2)
까맣고 노랗고 희고 푸른 모래들은 얼마나
긴 세월과 수많은 비바람을 압축하여
저 거대한 말의 덩어리가 되었나.
반짝이다 사라지고 흐려지다 나타나는
먼지들, 입김들은 허공중에 떠도는 얼마나
강한 사랑의 접착력과 서로 교배하는 음절들의 악력으로
하나의 우뚝 선 음악이 되었나.
구름처럼 시시각각 모이고 흩어지는 우연의 형상,

거무튀튀하고 단단한 쪼개질 수 없는 차갑게 식은
별이면서 그 속에 한숨과 동굴과 오솔길과 생각과
미로와 감촉과 계곡과 우주의 감정을 감추고 있는
결빙된 태양의 재, 그녀 앞에 그녀가 비치지 않는 돌.
(……)

그녀가 읽는 단어들이 나무로 우뚝하고
그녀가 읽는 문장들이 이끼로 미끄러운
그녀를 유혹하는 숲의 오솔길을 걷다가
그녀는 길을 가로막고 선 돌을 만났다.
각지고 둥그스름한 돌, 그녀는 돌을
펼쳤다, 문장 안에 그녀가 어룽거리며
비쳤다, 그녀 안에서 돌이 매혹적인 목소리로
울렸다.

숲 속의 밝은 햇빛이 눈동자에 머물렀다.

그녀가 물가에 섰을 때, 물에 비친 건
　　돌의 메아리, 검은 글자들이었다.
　　　　　　　　　　　　　　　—「돌의 메아리—마이산」 중에서

　앞에 인용한 「눈」은 뒤에 인용한 「돌의 메아리—마이산」의 음화이다. 「눈」이 내력이라면 「돌의 메아리—마이산」은 사건이다. 「눈」을 보라. 읽을 수 없는 마음은 미답의 산이다. 사랑은 '나'와 '당신'이 만드는 산, 그것은 '내'가 가본 적 없고, '당신'이 가닿지 못하는 미답지에 태연하게 있다. 그 사랑은 아직 형태와 색채를 얻지 못하고 있다. 그저 작용하나 현존하지 않는 구체적 부재의 표상으로 "먼 산"은 있다.
　한편, 마이산은 돌산이다. 돌로 이루어진 산이다. "돌은/시/눈으로/읽을 수 없는/당신/가슴에 빠트린/시 (……) 손바닥에 감싸인/당신의 심장/읽지 않아도 두근거리는/시"(「당신의 심장」)라고 시인은 말한 바 있다. 돌은 읽을 수 없는 마음을 만질 수 있는 심장으로 바꾸는 현존의 힘줄이다. 그렇다, 환기하거나 재현할 수 없는 것에 절망하지 않고 내부에서 새로운 실재를 생성시키는 것이 바로 시의 말이다. 보이지 않는 사랑의 먼 산, 비가시계는 책이 아니라 심장으로 시 속에서 스스로를 빚는다. 다시 한번 구체적 '언어 작업(노동)'을 잊지 말자. 비가시계를 재현하는 것이 아니라 구체적 언어 노동을 통해 비가시계와 언어의 교환을 만들고 거기서 내재적 실재가 호흡을 시작하게 하는 것, 그것이 관건이다. 이제 그의 시는 수련이 아니라 산이다. 구체적으로 말로 빚어진 산 하나가 시 내부에 우뚝 서 있다. 세잔이 색으로 행한 일을 이 시인은 언어로 행하고 있다. 그것은 사물이 스스로를 생성하고 구축한다는 사실의 고지이다. '나'를 통해, '내' 말을 통해 "그녀가 읽는 단어"들은 우뚝 나무를 세우고, "그녀가 읽는 문장들"은 세세한 이끼를 깐다. 그러나 여기에 드라마가 없는 것이 아니다. 본래 돌은 부동이다. 그녀 앞을 가로막고 있던 것은 "완고하게 닫힌 돌"(「검은 돌 앞에서」)이었다. "그녀가 비치지 않는 돌" 앞에서 재현의 실마리를 찾는 일은 번거롭다. 대신 '내' 언어를 빌려 그녀는 "각지고 둥그스름한 돌"을 "펼쳤다". 그녀는 '내' 언어를 자신을 비추는 거울로 삼는 대신 그것을 풀고 그것에 맥박을 주었다. 그러자 "그녀 안에서 돌이 매혹적인 목소리로" 울리기 시작한다. 그녀는 부동을 유동으로 풀어 스스로를 '내' 말 안에서 생성하고 구축한다. 시가 사물과 새로운 계약을 맺었다. 시는 이제 스스로를 어루만져 사물을 빚는다. 저 부동을 어루만지는 손은 오래된 재현의 규약을 해지하고 자신을 돌본다. 세잔은 끝내 생 빅투아르 산에 이르지 못했을 것이다. 그러나 세잔은 생 빅투아르 산을 낳았다. 채호기의 손은 물에 빠진 돌들을 일으켜 마이산을 우뚝 세웠다. 거리가 사라진 것이 아니다. 거리를 고스란히 일으켜 세움으로써 이제 저 손은 어루만짐을 어루만진다.

고요의 마법이 풀리고 돌로 굳어버린 내
입이 말하기 시작하면서 저 돌의 귀는 마침내
돌의 부동을 풀고 물이 되어 유동할까?

—「마이산」 중에서

물질과 의지의 시적 평행론

1. 풍경과 야생의 언어학

허만하 시인은 시작 활동 초기부터 우리 시가 전통적 서정에 갇혀버린 것을 비판하며 이를 극복하고자 노력해왔다. 서정적 화자의 자기 위안을 위해 자연을 자동적으로 시에 도입하는 관행을 극복하는 방편으로 그는 오랜 모색 끝에 고유의 '풍경'과 '야생'을 분절시킨다. '서정적 자연'의 허만하적 "전신(轉身)"의 결과물이라고 할 수 있는 '풍경'은 통상 감상이나 일체감의 대상인 탈속적 경치와 시인이 세계 속에서 발견하는 '의미(Sinn)'가 결합되어 탄생한다. 이때 주목할 만한 것은 그의 시에서 보편적 타자의 지위를 상실한 자연이 오히려 이제야 본연의 얼굴로, 저 스스로의 두께와 '불가항력적 밀도'를 가진 하나의 온전한 세계로 육박해온다는 것이다. 허만하 시인의 시에 제시된 풍경은 서정적 화자가 자연에 상처를 고하고 그로부터 다시 위안을 돌려받는 장면들로 구성되지 않는다. 오히려 허만하의 시세계에서 종종 자연은 주체에게 자신의 낯선 얼굴을 불쑥 내밀곤 한다. 이때 경치는 의미와 함께 풍경으로 전화하지만 풍경은 언어의 상징적 베일이 지시하지 못하는 '맨얼굴'을 드러낸다. 풍경의 근저에 사는 '야생'의 얼굴이 바로 그것이다.

그러니까, 우리가 허만하의 시에서 주목해야 할 것은 단지 경치로부터 풍경이 분절되는 국면만이 아니다. 우리가 한 번 더 주목해야 할 것은 그의 시에서 풍경이 분절되는 순간 언어로도 의미화되지 못하는 지대가 남겨진다는 것이다. 풍경은 시적 의미화 작용과 더불어 분절되며 야생은 시에서 풍경이 분절되면서 동시에 불거지는 낙차와 더불어 사후적으로 발생한다. 허만하 특유의 야생은 언어의 의미화 작용에 따라 경치로부터 분절된 풍경을 통해 역으로 추적이 가능한, 즉 언어의 의미화 작용의 여백에 대한 사유를 통해 요청되는 기저(underlying) 세계로 구성된다. 풍경은 발화된 야생이요, 야생은 풍경의 음운론적 질서이다.

이런 맥락에서 볼 때, 허만하 시인이 시작 활동 초기부터 예민하게 인지하고 있던 시적 언어의 역설은 이제 그대로 야생의 역설이 된다. 그러니까, 단순한 경치가 아니라 풍경과 야생을 생각할 때 시인은 경치에 대한 언어의 의미화 작용을 통해 세계의 표면과 깊이를 동시에 드러낸다. 이때, 자연을 서정적 화자를 동화시키는 보편적 타자로 지목하는 대신 시적 언어를 통해 경치에 의미를 부여하고 이를 통해 자연과 마주 봄으로써 전통적인 서정의 문법을 벗어나는 것이 그의 시에서 이루어지는 첫번째 작업이지만, 야생에 가닿기 위해 그의 언어는 이 목적을 달성한 즉시 세계를 다시 의미로부터 해방시켜야 하는 국면을 맞는다. 이전 시집에 실린 다음 시는 바로 이 국면의 난경을 단적으로 드러낸다.

의미에서 풀려난 소리는 비로소 아름답다. 숲 속에서 새의 지저귐 소리 들어보라. 물에 비친 가지 끝 섬세한 떨림을 보라. 의미는 스스로를 노출하지 않는다. 말이 되기 이전의 의미를 그대로 머금고 있는 꽃나무. 지는 꽃잎은 소리를 가지지 않는다. 침묵의 배후에 펼쳐지는 끝없이 넓은 들녘을 보라. 사람의 시선이 머문 적 없는 야생의 꽃들이 피어 있다. (……) 바람에 흩날리는 씨앗을 보라. 목숨은 역사 이후의 다른 별까지 날아간다. 지구가 사라진 뒤의 낯선 천체 위에서 꽃들은 바람도 없이 온몸을 흔들고 있을 것이다. 불멸의 언어처럼 여린 몸짓으로 인류를 추억할 것이다.

—「야생의 꽃」 중에서[1]

인용된 시에는 전사(前事)가 생략되어 있다. 즉 경치로부터 풍경이 분절되는 과정이 생략되어 있다. 다시 말해 인용한 시는 사후적으로 야생이 구축되는 과정을 보여준다. 언어는 의미화하면서 동시에 필연적으로 여백을 남긴다. 세계를 재차 의미화 작용 이전의 상태로 돌려놓으려는 작업이 바로 야생의 상상적 발견의 과정이다. 숲속의 새와 꽃나무 등은 인간적 이해관계에 의해 상징적 의미를 부여받기 이전, 언어의 지시대상이기 훨씬 이전부터 이미 나름의 원리와 습속을, 고유한 본연의 "의미"를 지니고 있다. 그것은 "말이 되기 이전의 의미를 그대로 머금고" 있다. 이제 언어는 의미하면서 의미를 덜어내야 하는 곤경에 처한다. 그리고 바로 이 곤경 때문에 시에서 언어는 수직으로 선다("수직으로 서서 번득이는 시의 목소리", 「바위 벼랑 어루만지며」[2]). 그리고 이렇게 시에서 언어가 수직으로 일어섬으로써 이제 시어는 발화된 풍경과 기저의 야생이라는 두 표고를 동시적으로 지목하고 그 낙차

1) 허만하, 『야생의 꽃』, 솔, 2006.
2) 허만하, 『바다의 성분』, 솔, 2009. 이하 별도의 언급이 없으면 출처 동일.

를 계시한다. 허만하의 이전 시집이 여타 서정시에서와는 다른 방식으로 자연을 바라보는 태도를 드러내고 그 일환으로 서정적 자연의 허만하적 전신인 풍경과 야생을 발견하는 과정을 생생하게 보여주는 것이었다면 이제 그의 새 시집은 풍경과 야생의 사이 혹은 틈을 선뜻 드러내 보인다. 그러니 이제 허만하의 시세계는 발화와 유출의 자초지종보다는 풍경의 기저에 놓인 '음운구조'와 야생을 풍경으로 발화시킨 '음운론적 규칙' 쪽으로 더욱 관심이 기울고 있다.

2. 시어의 의미화 작용과 풍경의 분절─풍경의 음성학

눈이 시린 정오의 바다는 거울처럼 번득이는 수면 밑에 검푸른 깊이를 숨기고 있다. 시의 눈은 세계의 깊이를 본다. 시꺼먼 석탄 속에 잠겨 있는 백만 년 전 숲 냄새처럼 나는 지금 풍경의 지층 밑에 살아 있는 야생의 언어다.

──「안과 바깥」 중에서

인용한 이 짧은 구절은 지금껏 얘기한 바가 무엇인지를 압축적으로 도해해 보여주고 있다. 앞서 언급한 바를 정리하자면 이렇다. 경치는 말이 없지만 풍경은 말을 건다는 것이다. 말을 걸어오는 풍경에 응하는 것이 바로 시의 언어인데 그것은 풍경이 스스로 걸어오는 말에 응하는 유력하고 유일한 수단이지만 시어가 발화되는 순간 세계는 의미화 작용에 의해 포괄되지 않는 잉여를 남긴다. 그리고 언어의 잉여, 의미화의 잉여는 이 상징의 표면(surface) 위로 자신을 밀어올린, 저 근저(underlying)의 야생을 떠올리게 한다는 것이다.

인용한 시를 보라. 까마득하게 내려다보이는 한낮의 바다는 그것을 바라보는 이를 위안하고자 거기 있는 것이 아니다. 오히려 그것은 자꾸만 "말이 되기 이전의 의미"를 고하고자 바다를 바라보는 이에게 말을 건넨다. 한갓 경치를 말을 건네는 풍경으로 바꾸며 "시의 눈은 세계의 깊이를 본다". 시는 바로 그 자리에서 의미 대신 깊이를 지시한다. 시어는 풍경의 말에 응하는 유일한 방편이지만 "풍경의 지층 밑에 살아 있는 야생"에까지 가닿기에는 무력하다. 언어는 수직으로 서서 풍경과 야생의 표고(標高)를 각각 지시할 뿐이다. 바다는 이렇게 제 깊이를 들여다보는 이를 통해 제 안의 야생을 푼다. 경치로서 바다는 주객 동일성의 증거 이외에 아무것도 아닌 독백일 뿐이다. 반면, 풍경은 오히려 이 동일성으로부터 자꾸만 이탈하면서 계속해서 말을 건다. 그것은 대화적 자연이다. 그러나 대화가 개시되는 순간, 바다가 풀고자 했던 자신의 '의미'는 언어의 상징적 베일 밑으로 가라앉아 야생의 일단이 된다. 우리는 바로 이런 메커니즘을 허만하 시의 역학(dynamics)이라고 할 수 있을 것인데 이는 다른 시에서 바로 다음과 같이 간명한 정식으로 표현된다.

> 낯익은 풍경은 나에게서 멀어지고
> 낯선 언어가 내 앞으로 다가선다
> 언어는 머물지 않고 지난다
>
> ─「자전自轉」 중에서

아마도 우리는 이 시집의 한가운데에 놓였다 할 수 있을 이 세 줄의 정식에 앞뒤로 내용을 조금 덧붙여 다음과 같은 새로운 역학을 얻을 수 있을 것이다.

①낯선 경치가 눈에 들어오고 그 순간 '의미'가 발생하여 그것은 풍

경으로 전화한다.)

　② 낯익은 풍경은 자신의 '의미'를 풀어주기를 호소하며 말을 건네고 멀어진다.

　③ 풍경 위로 시어가 나타나 풍경의 '의미'를 풀기 위한 의미화 작용을 거듭한다.

　④ 시어는 풍경 고유의 '의미'와 부분적으로 관계하지만 해석의 결여를 남긴다.

　(⑤ 언어가 포획하지 못한 '의미'가 풍경의 근저에 쌓이고 그것은 '야생'을 환기한다.)

　풍경을 다룬 시에서 시어는 일정한 깊이가 감지되도록, 즉 "풍경의 지층 밑에 살아 있는 야생"을 발견하도록 기능한다. 그러니까 시에서 언어는 수평적 지시 대신 수직성을 택함으로써 표면의 풍경과 저 깊은 곳에 놓인 근저의 야생 혹은 시원의 야생의 틈을 우리에게 현시한다. 다시 말해 허만하의 시에서 시어는 독자로 하여금 일차적으로 경치가 아니라 풍경을 발견하게 하고 이차적으로 그 풍경조차 표면임을 눈치 채게 한다. 그것은 '의미'를 해독하는 척도가 되기보다 스스로 깊이를 가늠하게 하는 자(尺)가 되어 표면의 풍경과 근저의 야생의 위상차를 보여준다. 허만하의 시는 태연한 경치로부터 우선 풍경을 분절시키고 재차 그 풍경조차 홀연 들떠 보이게 만듦으로써 우리에게 근저의 시원을, 그리고 동시에 이 시집에 자주 등장하는 표현으로 말하자면 '언어 이전의 순수'를 생각하게 한다.

　　1
　하늘과 땅이 처음 태어날 때
　나는 오염을 모르는 물질이었다

나는 무지개 이전의 빛깔이었다
야생의 숲을 건너는 바람 소리
밤바다 모래 쓸리는 소리처럼
나는 벌써 물질이 아니었다
말을 타고 지나는 나그네여
세계를 이름 없는 그대로 두라
말의 감옥에서 세계를 풀어주라

(……)

　3
눈 내리는 소리처럼 고인 시간이
물결치는 지층이 되는 일
땅을 파고드는 여린 실뿌리가
눈부신 가지 끝 출렁임이 되는 일
바위가 기억의 은모래로 돌아가는 일
온도가 불이 되고 얼음이 되는 일
나의 내부를 들여다보는 일
세계의 일부가 시가 되는 일은
무서운 일이다
소용돌이치는 캄캄한 성운
궁극을 보는 일은 무서운 일이다
나는 보기 위하여 눈을 감는다
궁극을 바로 보는 눈은 언제나
화상을 입는다

　　　　　　　　　　　—「빙하에서 피는 꽃」 중에서

흙이 없는 빙하에 꽃이 하나 피어 있다. 눈길을 끄는 경관이다. 이것이 물질의 순수인가, 순수의 물질인가를 묻는 순간 그것은 풍경이 된다. 그것은 "오염을 모르는 물질"이며 "무지개 이전의 빛깔"로 형언되다가 그 번거로움조차 벗고 '물질조차 아닌 것'이 된다. 그것은 언어의 포대에 덮이지 않는 꽃이다. 이를 모르고 무심히 그 곁을 지나는 나그네에게 시인은 "세계를 이름 없는 그대로 두라 / 말의 감옥에서 세계를 풀어 주라"라고 말하고 있다. 풍경은 다시 기저의 야생으로 풀려나야 한다는 바람이 아니겠는가? 시인은 궁극적으로 "세계의 일부가 시가 되는 일은 / 무서운 일"이라고 말하고 있다. "궁극을 바로 보는 눈"은 "화상"을 입기 때문이다. 시는 무엇을 하는가? 시는 세계가 풍경으로부터 야생으로 돌아가는 현장을 목격하며 "세계의 일부"만을 언어로 덮는다. 풍경이 야생으로 돌아간 자리에서 언어의 자취는 늘 끊기고 그 자리에서, 보이는 세계가 아닌 기저를 바라보는 눈, '인식의 바깥'을 바라보는 눈은 볼 수 없는 것을 보고자 하는 부질없는 욕망에 눈을 덴다. 세계의 일부만을 품은 언어 때문에 "시는 치유가 아니라 상처"(「아무르에서 눈을 만나다」)요 야생은 인식의 디옵터 바깥의 영역이라 보고자 하는 이의 눈을 덧나게 한다.

마지막 철새 사라진
썰렁한 하늘에서
무게도 없이 발치에 떨어진
기러기 울음소리

사람 발자국 모르는
태고의 시베리아
자작나무숲을 건너던

눈바람 소리
자욱한 눈보라를
피로의 극한까지
날개 젓던 한 마리 기러기

생명이 한 번도 그곳에 이른 적 없는
인식의 바깥
아득한 구름 위에서
구성지게 한 번 울렸던
최초의 기러기 울음소리

땅에 떨어지기 직전
기러기가 보았던 것이
먼 노을 저쪽인지
어둠의 저쪽인지

아득한 높이에서
마른번개처럼 번득였던
최초의 기러기 울음소리

—「주남저수지 어느 날」전문

　이 시는 구체적 사물에 대한 지각으로부터 우리를 "인식의 바깥"으로 인도한다. 주남저수지 한편에 기러기 한 마리가 떨어져 있다. 이것이 우리의 시계(視界) 안에 놓인 표면적 사실관계의 전부이다. 그리고 거기에 눈길이 머물자 살아서 삶 바깥을 넘보던 한 마리 기러기의 울음소리가 들리고 이내 사위는 풍경으로 전화한다. "마지막 철새"가 울고 간 빈 하늘에 "기러기 울음소리" 하나만 남아 자신의 '의미' 쪽으로 풍경을 발견한 이의 언어를 재촉한다. "극한까지/날개 젓던 한 마리 기러기"는 이제 풍경의 언어를 통해 "아득한 높이에서/마른번개처럼 번득였던/최초의 기러기"로 다시 산다. 죽음은 저 최초의 울음으로의 귀환이자 "생명이 한 번도 그곳에 이른 적 없는/인식의 바깥"으로의 잠몰(潛沒)이라는 '의미'로 읽힌다. 산책길에 발견한, 땅에 떨어진 기러기의 몸이 시의 의미화 작용에 의해 최초와 최후의 울음으로 거듭나고 이에 따라 죽음은 "인식의 바깥"으로 잠몰한다. 언어가 가닿는 곳은 바로 여기까지이다. 언어 역시 "인식의 바깥"을 넘볼 수 없다. 언어는, 이 시집에 빈번하게 등장하는 어휘를 원용해 말하자면, 경계와 틈을 현시하고 계면까지 경치를 풍경으로 밀어간다. 그 '바깥'은 가시적 풍경을 밀어올린 기저의 영역, 바로 야생의 영역이다. 다시금 허만하 시인은 기러기가 사라진 선명한 하늘을 초월론적(transcendental) 사유의 영역으로 발견한다. 이런 의미에서 야생은 이미 구조이다.

3. 의지와 물질의 평행론—야생의 음운론적 규칙

허만하 시인이 풍경을 표면 발화로, 야생을 구조와 기저로 발견한다고 했을 때, 그렇다면 기저를 표면으로 내미는 작업, 구조를 발화로 분절시키는 '음운론적 규칙'은 무엇일까? 맥락을 달리해 우리는 이 문제를 허만하 시인의 시에 제시되는 물질과 의지의 문제로 생각해볼 필요가 있다. 이제는 범주를 달리해 이렇게 묻자. 시에서 언어가 물질과 의지 사이의 송과선이 될 수 있을까? 시어가 경치에 의미를 더해 그것을 풍경으로 분절시킨다는 것은 대상으로 주어진 세계에 의지의 낙관을 찍는 것 이상이 될 수 있을까? 경치를 풍경으로 분절시키고 그것의 기원을 묻는 것은 인간의 상처와 고뇌를 짊어진 경치로부터 인간적 이해 관계를 덜어내는 작업이었을진대, 여기에 '의미(Sinn)'에 대한 진술이 부과되는 형식이라면 그것이 세계를 평면으로부터 두께로 돌려놓는 작업이 될 수 있을까?

사다리는 혼자 서지 못한다. 처마나 벽이나 먼저 서 있는 높이에 기 댄다. 태양의 높이를 사항하는 나팔꽃은 나선형 여린 손끝을 말아 꼬챙 이를 집고 일어서지만, 기댈 곳 없는 사다리는 침침한 곳간 구석에 누워 있다. 뜻을 전달한 뒤의 언어가 죽데기 소리이듯, 소임을 다한 사다리는 벌써 사다리가 아니다. 호명되기를 벤치에서 기다리는 후보선수처럼, 사다리는 그늘진 자리에서 호명을 기다리는 적막한 도구다.
　　　　　　　　　　　　　　　　　　—「비트겐슈타인의 사다리」 중에서

말이 의미를 부린 흔적을 더는 일이 언어의 구성물인 시에서 어떻게 가능할 것인가? 시어가 단순히 풍경의 세계와 의미의 세계를 잇는 송 과선이 되는 일을 어떻게 피할 수 있을까? 우리는 종종 저 송과선이 세 계를 지우거나 개체의 의지를 묵살하는 경우를 시에서 목도할 수 있 다. 경치와 감상은 있으되 세계는 없고 개체의 자기 위안만 남은 시, 아니면 사물이 의지의 알리바이로만 얼굴을 내미는 시를 우리는 쉽게 열거할 수 있을 것이다. 그런가 하면 마치 "말의 감옥을 벗어나려는 시 의 몸부림"(「미시령 터널」)을 '헛소동'으로 간주하며 태연자약하는 '서 경시(敍景詩)'들을 만나는 것도 드문 일이 아니다. 시어가 물질과 의 지, 풍경과 의미 사이의 송과선을 자임하는 한 이런 운명들을 쉽게 피 할 길은 없어 보인다. 의미가 시어를 타고 풍경에 흘러들어가거나 물 질이 시어를 통해 의지의 추상명사로 돌변하는 일은 한 번쯤은 신기한 경관일 수 있으나 필경 이 현장의 주인공은 경치에 주의적 의지를 부과하는 데 소용되는 송과선 자체이기 마련이다. 시에서 언어는 결국 소임을 다한 사다리처럼 적막한 도구임을 시작(詩作)의 초기부터 예민하게 인식하고 있었던 시인으로서 허만하의 해결책이 시에 송과선을 부과하는 것이 될 수는 없었을 것이다.

> 강렬한 햇빛이 만드는 그늘의 깊이
> 그늘처럼 표면에 드러나 있지 않는
> 인식의 외로움을
> 눈부심에 길든 허영은 보지 못한다
> 하늘을 횡단하는 새 한 마리
> 외로움은 의지가 되어야 한다
> 사라지는 계절의 뒷모습을 보듯
> 사람들은 떠나는 정신의 역광을 본다
> 근원은 다가서는 풍경 뒤에 스며 있다
> 나는 나의 한계 바깥을 예감한다
> 바람은 미래 쪽에서 불어온다
> 나는 끊임없이 새로운 풍경을 이별하는
> 먼 들길의 앞가슴 같은 시작이다
>
> ―「뒷모습은 의지다」 중에서

경치와 의미는 송과선을 통해 접선하지 않는다. 기저는 송과선을 통해 표면을 내민 것이 아니다. 야생은 단순히 경치에 의미를 덧붙여 풍경을 발화하지 않는다. 야생은 주체가 아니라 기저의 구조이다. 혹은, 허만하의 시에서 야생은 자기원인으로서의 실체이다. 구조이자 실체인 불가사의로서 야생은 이미 발화된 풍경의 표면에서 사후적으로 추론되어 구성되고 요청된 것이다. 그것 없이는 표면의 논리가 성립하지 않는 어떤 것이다. 야생은 미지수 X이다. 우리는 자기원인을 속성과 함량으로 설명할 수 없다. 그것은 눈에 보이는 표면이 있기 위해서는 반드시 전제되고 요청되는 어떤 것이다.

시를 보라. 허만하적 묘사의 비밀은 "하늘을 횡단하는 새 한 마리"를 의지나 외로움으로 푸는 것이 아니라—그것은 송과선의 작업일 터— 의지와 외로움이 나는 것과 새가 나는 것이 한 몸에서 이루어지는 것 으로 그리는 데 있다. 새 한 마리가 하늘 끝에서 사라지는 것을 "떠나 는 정신의 역광"으로 해석하는 것이 아니라 하늘 끝에, 한 몸인 새와 정 신이 속성의 차원에서 평행인 물질과 의지의 이차선을 타고 사라지는 것으로 그리는 것이다. 본래 한 몸인 새와 의지(혹은 외로움)는 감각과 사유라는 별개의 속성을 통해 평행하게 유출된다. 해석을 덧입히는 게 아니라 속성의 양화와 음화를 통해 한 몸을 그려 보이는 것이 허만하 의 필법이다. 어디로부터 발원하는가? 그는 "근원은 다가서는 풍경 뒤 에 스며 있다" "나는 나의 한계 바깥을 예감한다"라고 했다. 그것은 "근 원"과 "한계 바깥"으로부터 발원한다. 바로 그 자리에 요청되는 것이 허만하적 야생이다.

풍경은 경치이자 의미이다. 감각에 지각되는 바로 그것은 야생이 자 신을 감각의 속성을 통해 표면에 밀어올린, 눈에 띄고 귀에 드는 풍광 이다. 그것은 물질이다. 그런가 하면 그것은 야생이 자신을 사유의 속 성을 통해 표면에 밀어올린 의미이다. 즉 이때 풍경은 경치에 일방적 으로 의미가 덧붙여진 결과로 발생하는 것이 아니라 감각과 사유의 측 면에서 평행하게 유출된 사태이다. 야생이 주체 없는 구조인 까닭은 바로 이 때문이다. 허만하 시인은 풍경을 인간적 이해관계와 전통 서 정시의 문법에서 벗어나게 하기 위해 송과선 대신 평행론을 택했다. 야생은 바로 그렇게 요청된, "인식의 바깥"에 놓인 실재 혹은 미지수 X 이다. 그것은 역학을 지니며 작동한다. /야생/은 바로 이 감각과 사유

혹은 물질과 의지의 평행론이라는 음운론적 규칙에 의해 〔풍경〕으로 발화된다.

1

지는 꽃잎 한 조각의 무게를 계측하는 저울의 정밀성은 젖은 눈에서 떨어지는 짭짤한 물 한 방울에 경악한다. 별빛보다 맑은 물이 머금고 있는 태고의 바다.

2

꽃잎이 바람에 밀리고 있다. 바람에 몸무게를 맡기는 순간 꽃잎은 얼음이 될 때의 물처럼 몹시 긴장했을 것이다. 꽃잎이 땅바닥에 떨어지는 것은 눈송이처럼 하늘에 떠 있는 지구가 꽃잎을 끌어당기기 때문이 아니다. 극약보다 미량이라 눈에 보이지 않지만, 지구도 그때 지는 꽃잎 쪽으로 끌려든다. 이론과 현실의 틈새는 아득하다. 꽃잎이 바람에 밀리고 있다. 거리를 사이에 둔 사물이 서로를 끌어당기는 것은 외로움 때문이다. 육체가 없는 물질이 머금고 있는 그늘진 외로움. 외로움의 극한에서 물질은 행동한다. 하르르 지는 꽃잎과 지구 사이에 서려 있는 아득한 그리움을 시는 본다. 그리움은 틀림없는 물질이다.
　　　　　　　　　　　—「그리움은 물질이다 — 아이작 뉴턴에게」 전문

그러니까, 나는 새의 뒷모습이 의지인 것과 똑같은 원리로 그리움은 물질이다. 이것은 새를 의지로 해석하고 그리움을 물질적 비유로 표현하는 것과는 다른 차원의 진술이다. 해석과 표현 이전에 이미 물질과 의지는 나란히 있다. 꽃잎 하나가 바닷바람에 밀려 떨어진다. 그게 전부다. 그런데 이 장면이 세계에 가득 찬 물질들 사이의 인력과 척력의 관계로 바뀌는 순간 이 장면의 에스키스는 야생이라는 근저의 구조가 풍경이라는 사태로 현현하는 현장에 대한 엑스레이(X-ray)로 전화한다. 물질로 가득한 세계 안에서 일어나는 무수한 작용과 반작용은 그리움의 그것과 평행이다. 이 시 안에서 이루어지는 일은 사태가 해석을 구하는 것이 아니라 물질과 의지, 감각과 사유가 동시에 발생하는 현장의 발견이다. 꽃잎 하나가 바람에 흔들리는 장면을 그 근저로 환원할 때 그리움은 연장(延長)의 속성에 비추어 인력을 지닌 물질이다. 그리고 그와 똑같이 물질은 사유의 속성상 먼 것을 가깝게 원려하는 그리움이다. 이 시의 구조적 특징은 바로 이 평행관계를 고스란히 드러낸다. 1연의 소묘와 2연의 풍경의 유출과정에 대한 투시도는 이미 그것들 사이에서 평행을 이룬다.

> 인간의 눈이 교활하게 반짝이는 때
> 표범의 눈은 야생의 순수 그 자체다
> 표범은 낯익은 풍경에 동화하지 않는다
> 표범의 질주는 육감적이다
> 은하수 물길에 목을 축이려
> 무너지는 너덜을 혼자서 건넌 목마름
> 지도가 쓸모없는 길을
> 다부진 발목으로 추락을 저항하며
> 낯익은 풀밭에서 사슴을 쫓듯
> 미지의 풍경을 찾아 나선 최후의 야성
>
> 시인이 세계의 고독에 대해서
> 결론을 내리지 못하고 헤매고 있을 때
> 햇빛과 바람이 함께 얼어붙는
> 킬리만자로 산정에서

한 마리 표범은 얼어죽고 있었다

　　　　　　　　　　　　　　　—「킬리만자로의 시」 중에서

　　인용된 시를 보자. 동물의 눈을 들여다본다는 것은 인간의 오성에
의해 규정되고 범주지어지는 바로서의 자연을 본래의 것으로 재출현
시키고 싶은 이가 양자의 저 아득한 '사이'를 들여다본다는 것이다. 킬
리만자로의 경치가 있다. 그것이 자신을 들여다보는 이에게 말을 거는
순간 경치는 풍경으로 분절된다. 그리고 거기에, 풍경에서 재차 의미
를 덜어내고 싶은 이가 추적하는 (음운으로서의) /야생/이 있다. /야생/
은 분절된 풍경의 기저에 있다. 인식 바깥의 /야생/은 의미의 생성과
발견이라는 분절규칙을 따라 우리의 가시계에 풍경을 내밀었다. 그리
고 바로 그 풍경에 속한 표범이 비로소 눈에 띈다. 표범은 자신의 눈에
비친 (발화된) [풍경]을 끌고 산정 높이 오른다. 시인의 풍경 속에서 표
범은 "미지의 풍경을 찾아 나선 최후의 야성"이 된다. "미지의 풍경" 곧
"인식의 바깥"(「주남저수지 어느 날」)에 놓인 풍경은 발화되지 않은 풍
경, 곧 /야생/이다. 표범이 찾는 것, 혹은 표범의 눈에서 시인이 거듭
열망하는 것 역시 바로 이 미지의 /야생/이다. 표범은 우리 눈에 비치
는, 발화된 [풍경]을 근저의 /야생/에 대기 위해 산을 오른다. "세계의
고독"은 바로 이 지향성의 속없음으로부터 발원한다. 시인은 풍경을 분
절시키고 그 풍경 안에서 표범 하나가 [풍경]을 /야생/에 이르게 하
기 위해 도달할 수 없는 산정을 향하다가 얼어죽는다. 산정과의 조우
는 /야생/이라는 실재와의 대면일 터, 그것은 삶의 현재적 질서 속에
서는 불가능하다. 음운 기호를 벗은 야생은 죽음과 나란히 있다. 허만
하 시인의 의지 안에서 시는 썩은 고기를 먹지 않는다. 시는 경치를 풍
경으로 분절시키고 그렇게 발화된 [풍경]을 기저의 /야생/에게 대어
주려는 불가능한 운동이다. 시어는 그 운동을 나르다 '쨍—'하게 수직

으로 얼어붙는다. 이 명정한 고도로 허만하 시인의 시는 왔다.

노을이 제자리에서 어는 것을 본다. 시는 세계를 얼어붙게 한다. 시는 함박눈처럼 따뜻한 손길이 아니다. 시는 다이아몬드의 칼날이다. 여린 풀잎에 발을 베여본 사람은 시의 아픔을 안다. 영하의 바람 소리가 느닷없이 얼굴을 후려치고 지나는 아득한 설원. 먼 달빛 같다. 시는 치유가 아니라 상처다. 물빛 바람이 제자리에서 얼어붙는 시베리아의 고원에서 언어는 벌써 말하지 않는다. 눈꽃처럼 부신 것으로 천지에 자욱이 서릴 뿐이다.

—「아무르에서 눈을 만나다」 중에서

사물과 정신의 공화적 삶

1. 일상예찬과 입상진의(立象盡意)

　최동호 시인의 새 시집 『불꽃 비단벌레』(서정시학, 2009)에서 선뜻 눈에 띄는 것은 일상과 정신의 삼투이다. 물론, 일상을 다룬 어떤 시들에서 종종 양자가 정신의 우위를 증명하기 위한 알레고리적 풍경화처럼 펼쳐지곤 한다는 것을 우리는 알고 있다. 그러나 최동호 시인의 새 시집에서 일상과 정신은 한쪽이 다른 쪽의 주재자나 본보기가 되기를 완강하게 거부하고 있다. 이 시집에서 양자는 팽팽한 긴장을 유지하면서 탄력이 마모되지 않을 만큼의 거리를 유지하고 있다. 그러니, 이 시집에서 중요한 것은 사상(事象)의 전경화나 관념의 자기전개가 아니라 사상과 관념 그리고 사물 들의 관계이다. 이를 작품이 형성되는 방식을 중심으로 달리 말하자면, 중요한 것은 개별 작품 한 편 한 편에 담긴 의미 구조와 초점화 방식의 관계라고 할 수 있다. 즉 개별 작품의 의미 구조가 어떻게 짜이는지 그리고 작품에서 독자의 시선을 끄는 이미지들은 어떻게 형성되는지 하는 문제를 중심으로 양자의 관계에 주목할 필요가 있다는 것이다. 여기에는 여러 경우가 있을 수 있다. 작품의 의미 구조와 작품에서 독자의 시선을 잡아끄는 이미지가 정확히 일치하는 경우가 있을 수 있으며, 양자가 완전히 어긋나는 경우도 가능하고, 그런가 하면 양자가 미묘하게 엇갈리면서 작품에서 사물과 사상의 관계를 좀더 입체적으로 부각시키는 경우도 있다. 마치 회화에서 테마적 중심과 회화적 중심이 반드시 일치하는 것이 아니라 경우에 따라 여러 관계를 맺을 수 있는 것처럼 시에서도 의미 구조의 중심과 시의 중심 이미지는 일의적이 아니라 다의적 관계를 충분히 맺을 수 있는 것이다. 어쩌면, 일상의 풍경과 정신의 운동을 다룬 시에서 아름다운 것과 도덕적인 것 사이의 관계에 대한 통찰은 바로 이 의미 구조와 이미지의 다의적 관계를 통해서 비로소 실감 있게 드러나는 것이 아닐까? 오래 익은 정신이 자신의 뜻을 펴기 위해 사물을 부리는 것이 아니라 사물이 시 속에서 완강히 그 정신의 귀족주의에 저항하는 이미지의 공화적 삶을 살 수 있을 때, 시는, 사물은, 그리고 이미지는 오히려 비로소 정합의 빈 그릇을 정신의 '죽 한 그릇'으로 충족시킬 수 있지 않을까?

폭설 뒤 긴 가뭄 끝에 내리는 겨울비
좌판 위에 생선들 눈이 짓물러
붉게 물든
얼음 조각들이 뿌옇게 녹아내린다
떡 가게의 처마에 매달린
마른 호박 줄기들이
용수철처럼 비틀어지다가 겨우

한숨 돌리는 축축한 겨울

어물가게 아주머니는 더 춥다고
두꺼운 담요 속으로
달팽이처럼 파고든다
수족관의 개불도
힘없이 늘어져 흐느적거리고
비닐차일은
불룩하던 배에서
주루룩 빗물을 쏟아낸다

좌판 위의 생태가
무거운 눈알을 힘없이 내리깔고 돌아눕자
생선 날비린내가
훅 끼쳐와 나도 모르게
고개를 돌리고
돌부리에 채인 것처럼 발걸음 빨리 놓는
돈암동 시장 골목길
상한 생선 내장처럼 구불퉁한
길바닥을
빗방울처럼 생선비늘이 뒤쫓아 온다

—「돈암동 시장」 전문

　인용된 시에 두드러지게 나타나는 것은 일상과 사물 그 자체이지 관념이 아니다. 이 시에서 빛나는 것은 관념이 아니라 일상의 세목들이다. 바로 이 세목들로 인해 최동호 시인의 시는 관념의 대변인이 되는 대신 작품 스스로를 웅변하는, 일정한 삶의 방식에 대한 찬미가 되는 것이다.

이 시는 돈암동 시장의 풍경을 세세히 다룬 것이다. 이 시에서는 오브제를 응시하는 어떤 태도도 전경화되지 않는다. 여기서 우리의 시선을 끄는 것은 스스로 빛을 발하는 사물들일 뿐이다. 물론, 이 시에 제시된 사물들에는 겨울의 눅진한 분위기가 베일처럼 드리워 있지만 오히려 그것은 사물에 대한 인간적 이해를 보여주기보다는 사물 자체의 음영을 드러내는 데 일조하고 있을 뿐이다. 특히 1연은 시인의 시선이 자신의 태도 대신 사물을 즉물적으로 드러내는 데 얼마나 치중하고 있는지를 잘 보여준다. 대체 1연에 사물 이외에 무엇이 있는가? 우리는 여기서 폭설과 긴 가뭄 끝에 겨울비가 내리는 날의 일상적 풍경을 즉물적으로 떠올릴 수 있다. 이때 우리의 시선은 얼음조각 위에 놓인 좌판과 그 위에 놓인 생선들, 그리고 짓무른 생선의 눈과 처마에 매달린 마른 호박 줄기와 같은 등속들에 머문다. 그리고 그 눈이 계속해서 확인하는 것은 생선의 눈이 짓물러 붉게 물든 얼음 조각들의 선명한 모양이나 처마에 매달린 마른 호박 줄기의 비틀림처럼 차가운 날 유독 명료하게 보이는 사물들의 물성이다.

2연에서도 사정은 별반 다르지 않다. 여기에서도 어떤 관념의 섣부른 개입 없이 인물과 사물들의 자연스러운 움직임이 세밀히 포착되고 있을 뿐이다. 두꺼운 담요 속으로 파고드는 어물가게 아주머니는 수족관의 개불이나 비닐차일에서 흘러내리는 빗물처럼 자연스런 일상 풍경의 일환으로만 등장하고 있다. 물론, 1연의 정적인 포즈와 달리 2연의 세 가지 오브제는 공히 어떤 흐름을 보여주고 있지만 1연과 2연에서 정적인 것과 흐름의 대비보다 눈에 띄는 것은 「돈암동 시장」이라는 화폭의 곳곳에서 우리의 시선을 잡아끄는 세목들의 배치라고 할 수 있을 것이다. 정적과 미세한 흐름이 교차하는 1연과 2연에서 우리는 사건과 관념 대신 잔잔하게 독자의 시선을 끄는 세목들의 자기웅변을 발견할 수 있다. 그리고 3연에 와서야 비로소 우리는 이 화폭의 전체 구도를 얻는다. 우리가 한 걸음 뒤로 물러서자 좌판 위의 생선들과 처마에 매달린 호박 줄기들, 이불 속을 파고드는 어물가게 아주머니, 힘없이 늘어지는 수족관의 개불, 비닐차일 위로 떨어지는 물줄기 등이 구불구불한 돈암동 시장 골목길 풍경의 세부임이 드러난다. 그리고 이때에 이르러서야 비로소 하나의 사상(事象)이 불거진다. 구불구불한 시장 안처럼 우여곡절인 삶은 비 내리는 겨울날 유독 승한 비린내처럼 뒤안길에 남겨질 구차함과 상처들을 지니고 있기 마련이지만 그것 역시 "구불퉁한" 것들이 비장(秘藏)한 피할 수 없는 혹은 '돌이킬 수 없는 생'("내 생애는 돌이킬 수 없어", 「은수저」)의 흔적들임을 부인할 수 없다. 비 내리는 겨울날의 애상이라고 할 수 있을 하나의 사상이 3연에 와서야 비로소 독자의 눈앞에 드러난다.

그러니, 우리는 여기서 독자와 감상자의 차이를 눈여겨봐야 한다. 비오는 겨울날을 배경으로 하고 구불구불한 시장길 마디마디에 펼쳐지는 일상의 풍경들을 담은 화폭에 다가갈 때 감상자로서 우리는 전체 구도를 파악하고 한 걸음 다가가서 그림의 세목들에 주목할 것이다. 그림은 전체와 세목들에 대한 관심을 대개 이런 순서로 환기한다. 그러나 언어의 그림은 다르다. 언어의 화폭에서 지금 이 시가 밟은 순서는 대단히 중요하다. 왜냐하면 이 언어의 화폭의 미덕은 독자로 하여금 세부를 놓치게 하지 않으면서 전체를 드러내는 것이기 때문이다. 만약 우리가 그림 감상의 순서와 같이 3연의 구도를 먼저 접하고 1연과 2연의 세부에 접근하는 순서를 택했다면, 우리는 그림에서처럼 구도와 세부의 순서가 아니라 사물들 대신 태도의 노출에 눈을 빼앗겨 세부의 색과 빛을 지금처럼 세세히 살펴보기 이려웠을 섯임에 틀림없기 때문이다. 달리 말하자면 언어적 묘사의 순서를 달리했을 경우 세부는 태도를 드러내는 전체 구도 속의 부속이 되기 쉬우며 자신들 고유의 빛을 드러내면서 관람자의 시선을 잡아채지 못했을 것이다. 바로 이것이 일상을 다룬 그림과 시의 결정적 차이이다. 입상진의(立象盡意)라고 했던가? 일상이 관념의 알레고리가 아닌 바에야 시에서는 상(象)이 우선이다. 그로부터 진의(眞意)를 파악하는 것은 온전히 독자들 몫이다. 분명한 것은 이처럼 일상을 다룬 시에서라면 상이 우선일 수밖에 없는 이유가 각별하다는 것이다. 일상은 도덕적 태도의 알리바이가 아니라 그 자체로 빛을 발한다. 다음 시에 세워진 노동하는 손이라는 상은 얼마나 핍진한가.

　　담배를 피워 물고 자세히 보니
　　멀리 인수봉과 백운대가 병풍처럼 둘러 서 있는데
　　아파트 벽돌담과 폐품 처리장 사이에
　　조그만 채마밭이 있었다 해질녘 누군가 채마밭에 나와
　　흙을 고르고 물을 뿌리고 있었다
　　폐품 처리장의 한 노동자가
　　찬거리라도 마련할 양으로
　　가을 배추씨를 심고 있었을까

　　이사 첫날 밤 뒤척이는 마음을
　　벽돌담 사이 채마밭 일구는
　　노동자의 손이 다독여 주었다

　　낯선 자리에서 몸을 뒤틀던 책들도 그제서야
　　자리를 잡는 것이었다
　　처음 본 넓은 공터가 아니라

벽돌담 사잇길 조그만 채마밭이
파지처럼 구겨진 마음
흙 속에 갈무리해 주는 것이었다

—「아름다운 손」 전문

역시 일상을 다룬 시이다. 이 시에서 우리가 일상의 번쇄한 마음을
다독이고 정돈하는 것은 결국 노동일 뿐이라는 교훈만을 택한다면 얼
마나 심심한 일이 될 것인가. 태도 대신 "벽돌담 사잇길 조그만 채마
밭" 풍경을 클로즈업하는 언어의 구도(構圖)잡이가 시의 중심에 있고
서야 우리는 비로소 앞서 언급한 삶의 어떤 태도를 생각해볼 수 있는
것이지 그 반대 방향으로 일상에 대한 언어의 화폭이 구성될 수 있는
것은 아니다. 물론, 일상과 노동이라는 소재를 통해 교훈과 도덕적 전
언을 구하고자 한다면 그것은 충분히 '말씀'으로 가능할 수 있으나 시
의 구도는 그렇게 이루어질 수 없다. 시인이 이 시에서 효과적으로 진
의를 전달하고 있다면 그것은 거의 전적으로 바로 이런 방식의 일상에
대한 언어적 구도 잡기 방식의 호소력 때문이지 그 '뜻'의 올바름 때문
이 아니다. 그러니, 시에서 일상을 두고 입상진의를 논할 만한 가치가
있는 것은 이처럼 언어의 적실한 인도를 따르는 구도를 지닌 시들이지
잠언이나 설법 언저리에 가 있는 시들이 아닐 것이다.

2. 테마적 중심과 회화적 중심

사물과 정신이 맺는 공화적 관계를 효과적으로 드러내는 방식에서
우선 눈여겨볼 것은 전체로부터 세목에 이르는 그림의 방식과는 달리
세목에서 전체에 이르는 구도잡이 방식이었음을 살펴보았다. 입상진

의의 현재적 개진과 더불어 우리가 동시에 눈여겨볼 것은 의미 구성과 초점화의 양식이다. 그림에서 테마적 중심과 회화적 중심이 살짝 어긋남으로써 관람자가 그림의 주제뿐만 아니라 그림 고유의 미적 속성들까지 동시에 고려하게 하듯 시에서도 이에 비견할 만한 어긋남을 눈여겨볼 필요가 있겠다.

(1)
모래바람 휘도는 내 마음은
푸른 바닷가 덕장에서 싸락눈 맞으며
줄줄이 꿰어 달려
내장 창시 다 비우고
멈춘 눈동자에 어리는 동해바다
살 말리는 생태 같아라

얼음 섞인 눈물 흰 모래 속에
뚝뚝 떨어뜨리며
찬 바람 날리는
죽지 깊이 파묻고
한 켜씩
살얼음에 굳어가는
붉은 혀끝 끝내 다물지 못해라

풍설에 휩싸인 불면의 밤을 지우려고
손가락에 소금 찍어
잔에 담긴 푸른 바다를 마시다가
싸락눈 때리며

까닭 모르게 솟구치는 모래 바람
울렁거리는 바다 물결에
독한 취기 날려 버리려 해도
소용돌이치는 세상사
모래바람 휘도는 내 마음은
푸른 바닷가 덕장에서 싸락눈 맞으며
살 말리는 생태 같아라
                                    ―「명태의 눈물―「여행수첩」에서」 전문

(2)
돌아가려 마음먹었던 방랑자들도
바람의 손길을 뿌리치지 못하고
모래사장의 둥근 돌 집어
바다 멀리 물수제비 띄워 보낸다
날려버린다는 것은
끝내 되찾지 않는다는 것,

세상으로 돌아가 다시 오지 말라고
고래등 같은 파도가
민박집 들창문을 흔들어 깨운다
                        ―「민박집 들창문―겨울 정동진에 가면 2」 중에서

　　재차 회화의 비유를 사용해보자면 시 (1)에서 테마적 중심은 3연에
있지만 회화적 중심은 단연 1연에 있다. 시를 읽고 있자면, 덧난 상처
에 소금이 와닿는 순간의 고통과 단말마적 탄성마저 "흰 모래 속에" 묻
어두고 "소용돌이치는 세상사/모래바람 휘도는" 마음과 독대하고 있

는 이의 심회가 바닷가 찬바람처럼 절절히 와닿는 듯하다. 상처 없는 생이 없으므로 우리는 상처에 대해서 언제든 전형을 승인할 준비가 되어 있다. 3연에서 좀더 명료하게 불거진 상처는 이 시의 테마적 중심을 구성한다. 그러니까, 3연에 이르러 비로소 이 시의 의미 구성이 완료된다고 할 수 있다. 그러나 우선 중요한 것은 의미 구성이라기보다 초점이다. 이 시의 회화적 중심은 1연에 있다. 시를 읽으며 우리가 타인의 상처에 마음 쓰기도 전에 우리의 시선은 "푸른 바닷가 덕장에서 싸락눈 맞으며" "내장 창시 다 비우고" 살을 말리고 있는 생태에 붙박여 있다. 단언컨대, 주제를 더듬기보다 회화적 요소에 먼저 감응하는 독자의 눈길은 이 강렬한 이미지로부터 한 발짝도 시선을 뗄 수가 없다. 앞의 시가 감상자 독자가 멀리서 시장의 골목과 그 굽이들에 놓여 있는 세목들의 구도를 먼저 파악하고 화폭에 좀더 가까이 갈수록 세목들이 도드라지는 구도를 언어적으로 역으로 구성한 것이라면 이 시는 사정이 다르다. 이 시는 멀리서 보나 가까이서 보나 단 한 곳에 관람자의 시선을 강렬하게 모으고 있다. 이미 이 회화적 중심, 시의 언어로 풀자면 초점을 모으는 시의 중심적 이미지의 강렬함에 이끌린 독자는 3연의 테마적 중심, 즉 의미 구성의 의도를 순하게 용인한다. 아니, 실은 바로 이 회화적 중심을 통해 시인은 시의 의미 구성을 이미 성공적으로 완료한 것이라고도 할 수 있을 것이다. 2연에 제시된 이미지들도 강렬한 것이지만 그것은 이 시의 세부를 이루지 회화적 중심이 되지는 않는다. 어떤 의미에서 그것은 3연에 제시된 테마적 중심의 변용이기 때문이다. 그러나 1연의 이미지는 다르다. 어떤 태도나 관념보다 앞서 있는 것이 바로 이 회화적 중심, 즉 중심 이미지이기 때문이다. 그런 의미에서 보자면 (2)의 시는 테마적 중심과 회화적 중심이 (1)보다 조금 더 가까이에 놓인 경우라고 할 수 있다. 이 시에는 서로 반대 방향의 벡터를 갖는 마음의 두 힘이 한 점에서 작용하는 현장이 들창문의 떨림과 바로 하나가 되어 있다. "돌아가려"는 마음과 물수제비 띄우듯 생을 바람이 이끄는 데로 '날려버리고' 싶은 마음이 민박집에 든 방랑자를 흔든다. 테마적 중심을 이루는 이 마음의 떨림은 고스란히 민박집 들창문의 떨림과 겹쳐진다. 앞의 시와 방법은 다르지만 이 시 역시도 회화적 중심을 앞세우는 예가 될 것이다. 바닷가에서 속을 다 비우고 온 몸을 말리는 생태와 가늘지만 깊게 떨리는 바닷가 민박집의 들창문은 진의를 펴기 위해, 꿰맨 흔적 없이 공교히 세워진 상(象)임은 두말할 필요도 없다.

3. 정신주의 혹은 홍운탁월(烘雲托月)의 시

시인은 시집 앞에 붙인 「시인의 말」에서 정신주의의 구극을 가고 싶었다고 말하고 있다. 그러나 시인이 표명하고 있는 이 정신주의는 지금껏 살펴본 것처럼, 일상을 도덕의 알레고리로 삼고 사물을 태도의 물적 증거로 삼고자 하는 전일적 의지주의와는 관계가 없다. 외려 시인이 천명하고 있는 것은 사물들의 세계에 독자들의 시선의 초점이 자연히 모이게 한다는 점에서 정신의 실증주의요, 세목들에 대한 통찰을 통해 비루한 일상이 자체적으로 빛을 발하게 하는 정신의 리얼리즘임을 간략히 살펴보았다. 관념이 사물을 부리는 흔적을 노정시키면 그것은 왕왕 도덕의 알레고리가 된다. 이때 시는 사물을 의지의 세계로 미는 힘으로 작용하고 사물들은 관념의 기운에 쫓겨 작품 외적인 도덕의 세계로 힘겨운 행군을 해나갈 뿐이다. 이때 낙오되는 것들은 언제든 수급 가능한 다른 사물들로 대체 가능하다. 여기서 사물들은 의지의 고지를 오르는 관념 부대의 군번줄과 같아서 고유의 삶을 지니지 못한다. 이런 식으로 사물을 부리고 그렇게 도열된 사물들을 똑같은 방식으로 정렬된 인물들의 손에 넘겨주면서 그것을 일상이라고 부르는 시는 최동호 시인의 정신주의와 부합하지 않는다. 앞서 살펴보았듯 최동호 시인의 시에서 사물과 일상은 관념과 동등한 대우를 받는다. 바로 그런 의미에서 올곧은 정신주의 시에서 사물과 이미지는 관념과 의미와 동등한 자격을 부여받는다. 그렇기 때문에 참된 정신주의 시의 현장은 세속주의에 현저한 현상에의 경도나 관념주의에서 불거지는 의지와 도덕 세계로의 일방적 경사 대신 현상과 의지 사이에서 작용하는 힘들의 긴장이 이루어지는 곳이다. 다음과 같은 시에서 우리는 최동호 시인이 지향하는 정신주의의 일단을 바로 이런 맥락에서 확인할 수 있다.

인기척에 놀라 단풍잎 흩날리는 가을
망월사 앞마당
구들장을 뒤집어 불의 혀를 말리고 있었다

생솔가지 지피며 눈물 감추던 겨울
돌의 숨결에
침묵의 먹을 갈던 구들장 돌부처

홀연히 그가 밟고 간 먹구름 뒤의
천둥소리
환한 절 마당에 작파해버린 경전들

지옥의 유황불 치달린 가을 말발굽
망월사 앞마당
구들장을 뒤집어 바람의 머리칼을 다듬고 있었다

  통상 정신주의라는 말이 지시할 것으로 여겨지는 관념의 기세가 이 시 어디에 있는가? 사물과 일상 대신 관념과 의지 쪽으로 경도되는 힘의 경사가 이 시 어디에 있는가? 사물과 일상을 관념의 상징으로 만들고야 마는 도덕적 알레고리가 이 시 어디에 있는가? 이 시에는 다만 현상과 의지 사이의 힘의 긴장이 관념 대신 사물을 통해 드러나는 홍운탁월(烘雲托月) 방식의 정신주의가 있을 뿐이다. 시인은 정신의 구극이 무엇인지 또 이를 향하는 정신의 움직임이 어떠한지에 대해 아무런 말도 하지 않고 있다. 그렇지만 시를 읽자면 우리는 긴장을 놓지 않고 두 세계를 동시에 가늠하는 한 정신이 팽팽히 부풀어오르는 현장을 발견한다.

  우선 무엇보다 이 시에는 상반되는 이미지들의 긴장이 눈에 띈다. "불의 혀"와 "침묵의 먹"이 그렇고 "돌의 숨결"과 "바람의 머리칼"이 그렇다. 이 상반된 이미지들의 병렬에 의해 다중으로 펼쳐지는 의미망은 "구들장 돌부처"라는 하나의 이미지를 통해 다시 긴장을 이루며 응축된다. 사실 이 시의 중요한 국면은 여기서 이미 일단락된 것이다. 이 시의 아름다움과 미적 성취는 우선적으로 바로 이런 이미지들의 대립과 긴장 그리고 응축의 운동에 있는 것이지 그것의 의미작용에 있지 않다. 또 한 번 말하자면, 이 시 역시 테마적 중심보다 회화적 중심이 훨씬 전경화된 경우라고 할 수 있다. 가을 어느 날 망월사 앞마당에 널린 구들장들을 보며 즉감하는 불과 물, 돌과 바람의 교차와 응집이 시의 회화적 중심, 즉 이미지의 중심에 견고하게 놓여 있어 그 진의를 풀기도 전에 독자들의 시선을 자꾸만 끄는 경우이다. 이제 어찌 절 마당에 널려 있는 것들을 함부로 보아 님길 것인가 말이다. 더군다나 이 경우에서처럼 열기와 냉기, 응집과 소산이 한 몸에 붙어사는 구들장인 경우에야…… 그러니, 실은 이 시의 언어는 바로 이 층위에서 이미 제 소명을 다했다고 할 수 있다. 시의 의미 구조를 살펴보는 것은 한갓 사후적 수습에 지나지 않는다.

　'지옥의 유황불' 속에서, 정념의 말들에 달구어지던 마음과 그것을 견디며 "침묵의 먹"—침묵을 발화하기 위해 가는 먹이라니!—을 가는 마음이 부처를 만난다. 묵언으로 '불의 혀'를 다스리는 부처가 겨울부터 가을까지의 한 시절을 견디어 깨달음을 얻은 후 이제 인고와 침묵의 경전조차 번거롭다 작파하고 떠난 자리에 남겨진 것이 바로 "구들장"이라고 시인은 말하고 있다. 수행을 끝내고 "먹구름" 밟고 다른 세상에 든 "돌부처" 뒤로 "구들장"만 남아 바람에 물불을 말리고 있다. 구들장은 "구들장 돌부처"이자 부처 떠난 자리에 남겨진 '도로 구들장'이다. 이것이 어찌 긴장으로 뭉쳐진 흙덩이가 아닐 수 있겠는가. 그러니까, 실상 모든 일은 바로 이 이미지의 차원에서 이루어진다. 정신은 좀처럼 흔적을 드러내지 않으며 또 제 쪽으로 물상들을 끌어가려 하지 않는다. '구들장 돌부처'에서 부처 떠난 자리에 남은 '도로 구들장'을 그려두는 것으로 충분하다. 홍운탁월(烘雲托月)이라고 했으니 이에 빗대어 이 시를 홍와탁불(烘瓦托佛)이라 할 수 있을까? 최동호 시인이 언명한 정신주의는 정신이 사태를 주도하는 주의주의가 아니라 사물들의 사태가 정신을 팽팽하게 부풀리는 현장에 우리의 시선을 모으는 공화적 견성주의가 아니겠는가?

제3부

음사(揖寫)된 세계의 문채(文彩)들

1

어느 시인인들 자신만의 세계가 없으랴마는, 조연호의 경우라면 이 것을 비유의 차원이 아니라 실재의 차원에서 다시 생각해볼 필요가 있다. 그의 문장들이 비롯되는 기저세계는 우리가 잘 알고 있는 경험의 세계가 아니라 조연호에 의해 창세기가 쓰인, 따라서 달리 말하자면 조연호식 문법에 따라 새로운 통사적 관계를 맺는 어휘들에 의해 새겨 지는 세계이다. 그 스스로 이 세계를 "우주가 음사(揖寫)된 우리의 세 계"(「아르카디아의 광견」[1])라고 명시하고 있거니와, 그의 시들이 이 음 사된 기저세계의 문채(文彩)들을 다채롭게 드러내는 양상을 보인다는 점에서도 그러하다. 그의 시세계에서는 정서나 감정 그리고 심지어 감

---

1) 조연호, 『천문』, 창비, 2010. 이하 별도의 언급이 없으면 출처 동일.

각조차 중심에 놓이지 않는다. 오히려 그런 것들은 음사된 세계에서 그가 발견한 이채로운 무늬들의 이면에서 따로 낡아갈 뿐이다.

조연호의 시세계를 설명하기 위해 '무늬'라는 말을 사용하는 것은 그것이 그의 문장을 설명하는 데 가장 적합한 표현이기 때문이다. 기실, 조연호의 세번째 시집 『천문』에서 '천문(天文)'이라는 말은 바로 '문(文)'을 '무늬(紋)'로 푸는 동양의 전통적 사유방식을 고스란히 담고 있다. 동양의 관계론적 사유를 문학적으로 전개한 것으로 널리 알려진 『문심조룡文心雕龍』의 첫머리인 「원도原道」 편에서 유협(劉勰)은 "문의 속성은 지극히 포괄적이다. 그것은 천지와 함께 생겨났다"[2]라고 '문'의 의의를 밝히고 있다. 나아가 그는 해와 달, 산과 하천의 형상들이 모두 대자연의 문임을 천명한다. 잘 알려진 '삼재지문(三才之文)'은 바로 이로부터 비롯된 것이다. 천문(天文)과 지문(地文)에 걸맞은 것으로 인간에게는 인문(人文)이 있다는 것이니, 시가 있는 한, 인간의 문장이 가히 하늘과 땅의 천부의 무늬들과 다를 바 없다는 이 사상이 어찌 지나간 시간의 과장된 수사에만 그치랴. 조연호의 문장은 통상의 통사론적 질서에 구속되지도 않고 우리의 경험세계에 대한 일상의 사전에 등재되지도 않은 새로운 시어들을 통해 운용되는데, 그것이 가능한 이유는 그가 문제 삼는 세계가 '우주가 음사된', 다시 말하자면 우주를 음악의 편에서 무늬로 재편한 세계이기 때문이다. 그러므로 조연호의 기저세계에 입사하기 위해서 우선은, 다소 번거로운 일이 될 것이나, 음사된 세계를 수립하는 다음의 정식을 살펴보아야 한다.

정의
1. 문(文)은 문(紋)이다.

---

2) 유협, 『문심조룡』, 최동호 옮김, 민음사, 1994.

공리

1. 우주는 각기 다른 속성에 비추어 여러 양태들로 자신을 드러낸다.

정리

1. 우주는 물질의 속성을 통해 (우리에게 익숙한) 경험세계의 양태로 자신을 드러낸다.

2. 우주는 정신의 속성에 비추어 음사됨으로써 (조연호에 의해 감지된) 또하나의 양태로 자신을 드러낸다.

3. 인문은 천문, 지문에 상응한다.

4. 조연호의 시는 음사된 세계의 무늬들을 다양한 방식으로 드러내는 인문의 하나이다.

'문(文)은 문(紋)이다'라는 정의는 본시 유협의 것이었으되, 조연호에 의해 다시 한번 정의된다. 그런가 하면 '우주는 속성에 따라 각기 다른 양태로 자신을 드러낸다'는 공리는 실체와 속성 그리고 양태에 관한 스피노자의 유출론적 공리를 조연호식으로 변형하여 얻어진 것이다. 이런 정의와 공리는 결국 위에 정리된 네 가지 명제를 얻기 위해 전제되는 것인데, 네 가지 정리에서 드러나는 것은 바로 다음의 두 가지 사실이다. 우선, 조연호의 시에 드러나는 세계는 우주가 우리 경험에 비추어 익숙한 방식으로 자신을 드러내는 바의 세계가 아니라 음사를 통해 자신을 개진해놓은 세계라는 것, 그리고 이때 후자의 세계는 전자의 세계의 반영이나 표현이나 구성이 아니라 우주가 전자와는 다른 속성에 의해 자신을 개진해놓은, 즉 각기 양태를 달리하는 나란한 세계라는 것이다. 둘째로, 조연호의 시는 바로 후자의 세계의 무늬를 드러내는 언어로 이루어져 있으며 후자의 천문과 지문에 값한다는 것이다. 이 두 가지 사실관계를 동시에 기억함으로써 우리는 조연호의 시에서 전자의 세계경험에 비추어 얻은 어휘목록(lexicon)과 문법을 통해 후자의 세계를 조립해보려는 백전백패의 운산을 피할 수 있을 것이다. 또한 그런 우를 피하면서 마치 문법책 없이 외국어를 배우는 이가 개별 발화들의 경험에 의해서만 어휘의 의미와 대상어의 문법을 정립해가는 것과 같은 수고로운 과정이 조연호 시의 독자에게는 필요하다는 사실 역시 확인해둘 필요가 있겠다. 미리 말하지만 조연호 시의 인문(人紋)은 그런 수고에 값한다.

정의와 공리는 다시 증명될 필요가 없는 것이니 이제 우리는 저 네가지 정리를 증명하는 작업에 집중하면 되겠다. 그러나 시가 질식하기전에 이쯤에서 우리는 기하학적 구성과 결별하자. 증명은 기하학적 방식이 아니라 시의 문장들을 탐사하는 필드 워크(field work)에 의해 이루어질 것이다.

2

사실 『천문』에 실린 시에 대한 해설로 다음 문장들만 한 것이 없다.

동물과 식물은 모두 나름의 아름다운 색채와 모양을 지니고 있다. (……) 구름과 노을에 새겨진 화려한 색채는 화가의 교묘한 채색보다 더 뛰어나고, 초목의 꽃들은 굳이 자수(刺繡) 기술자의 신비한 솜씨를 빌리지 않아도 그 자체로서 아름답다. 이러한 모든 것들은 외부에서 가해진 장식에 의한 것이 아니다. 모두 자연스럽게 이루어진 것들이다. 바람이 나무와 숲을 지나쳐가며 내는 소리는 그 조화로움이 마치 피리를 불거나 거문고를 탈 때 나는 소리와 같고, 샘물이 바위에 부딪쳐 나는 소리는 구슬이나 종을 두드릴 때 나는 소리처럼 조화롭다. 그러므로 우리는, 어떤 형체가 확립되면 꾸밈이 있게 되고, 소리가 울려나오게 되자 비로소 문장(文章)이 생겨났음을 알게 된다. 의식이 전혀 없는 사물들에게도 풍부한 문채(文彩)가 있는데, 마음과 영혼을 지닌 인간에게 어찌 문장이 없을 수 있겠는가?

앞서 언급한 『문심조룡』 「원도」 편에 있는 내용이다. 군말이 필요 없이 의미가 명료하다. 조연호 시의 줄기를 동양 고전에 담긴 사유에 대는 것은 어쩌면 생뚱맞게 보일지 모른다. 그러나 조연호가 『문심조룡』의 알리바이가 아니라 『문심조룡』이 조연호의 알리바이임을 기억하면서 '조연호주의' 우주의 천문(天文)과 일주(一周)를 탁본 떠보기로 하자.

> 평광선(平光線)과 횡광선(橫光線) 아래
> 씨앗 망태를 들고
> 위작자의 가장 아름다운 작품을 감상한다
>
> (……)
>
> 자신이 그린 하늘이 자신을 위협한다고 생각하는 게 그의 마지막 화풍이었다
> 밤의 등근육이 흰 똥으로 이 인체를 더럽히고 있었다
>
> 격이 낮은 언니의 밤에
> 때때로 작은 편지들이 내게 돌을 굴려보는 날에
> 노래가 천민의 둥지인 건
> 우주가 음사(音寫)된 우리의 세계이기 때문이고

하나의 영혼이 둘 이상의 신체로 덮여가는 날에

격이 낮은 언니의 밤에

접혀 있는 발이 아코디언처럼 소리를 펼치고 있는 건

밤이 인간의 청동빛 위를 걷고 있기 때문이다

—「아르카디아의 광견」 중에서

　조연호의 음사된 세계에 귀를 잘 기울여본다면 아마도 이 시가 시집 『천문』을 조율하는 기준음이 된다는 것을 발견할 수 있을 것이다. 「아르카디아의 광견」이라는 작품은 위작이다. 시인은 친절하게도 미주를 달아 「아르카디아의 광견」이 어느 시기 누구의 작품인지를 밝히고 있지만 이것은 우리가 이미 보르헤스와 더불어, 그리고 조금 더 멀리는 키르케고르와 더불어 즐기던 재기이다. 그런데 조연호의 재기는 참으로 의뭉스럽게 발휘된다. 실상 이 시에서 가장 돋보이는 장면은 밤하늘을 광견의 몸으로 발견하는 현장이다. 시 안에서 위작을 들여다보고 있는 이의 눈을 따라 우리도 의뭉스럽게 그 그림을 찬찬히 새겨가다보면 놀랍게도 어느 순간 그림틀(parergon)을 잊고 밤을 몸으로 발견하게 된다. 그림 속에서가 아니라 그림을 통해서 우리는 몸인 밤에 접촉한다. 파레르곤 너머의 밤은 곧 몸이다. 그러니까, 실상 이 시에서 조연호의 의뭉스러움은 메타적인 것이다. 이를테면 이 시는 시집 『천문』의 전과이자 수련장이다. 이 시의 방법론을 체득하며 우리는 경험세계와는 다른 양태로 동등하게 존재하는 무늬의 세계에 대한 매직아이를 경험한다. 다시 말해, 위작으로 작은 수선을 떠는 조연호의 키르케고르 놀이(?)는 독자를 자신이 감지한 세계, 즉 '음사된 세계'로 이끄는 매직아이 놀이이다. 왜 우주가 음사된 '우리'의 세계이겠는가? 이 입사식을 치른 이를 전제하지 않고 '우리의 세계'라는 말이 어떻게 가능하겠는가?

'나'는 시를 읽는다. '나'는 '그'가 그림을 바라보고 있는 현장을 발견한다. 그리고 '그림' 속 밤하늘을 찬찬히 들여다본다. 한참을 들여다보고 있노라니 갑자기 낯선 두려움이 살갗에 와닿는다. '자신이 그린 하늘이 자신을 위협한다고 생각하는 게 위작자의 마지막 화풍'임을 깨닫는 순간 밤은 이미 몸이다. 즉 밤하늘은 비로소 천체(天體)다. 밤은 광견처럼 엄습하는 것이 아니라 이미 광견의 근육이다("밤의 등근육"). 밤을 몸으로 발견하는 순간 이미 '나'는 "우주가 음사된 우리의 세계" 안에 있다. "밤이 인간의 청동빛 위를 걷고 있"는 건 밤이 이미 그림 속에 있지 않고 광견의 몸을 입고 있기 때문이다. 바로 이 과정이 이 시의 핵심이다. 조연호의 시는 매번 이런 과정을 독자에게 요구한다. 그의 시는 시가 그려 보이는 세계가 경험세계를 감각적으로 펼쳐놓은 것임을 믿게 하며 우리에게 '불신의 자발적 정지'를 요구하는 것에 자족하지 않는다. 그의 시는 세계'(「닮은 도형 F」의 응용) 속으로 우리를 끌어들인다.

하늘의 문자에서는 분무 살충제를 뒤집어쓴 벌레처럼 소름끼칠 정도로 아름다운 소리가 들려왔다
고전주의자로서의 나는 별의 운동을 스스로 지켜볼 수 있기 때문에 별과 나 사이가 투명하지 않다고 여긴다
전달에 대한 의문은 거기서부터 시작해서
성난 가족의 얼굴을 보는 것만으로도 분노에서는 평화로운 멜로디가 떠올랐다

—「천문」 중에서

별을 하늘의 문자로 읽는 것은 익숙한 진행이지만 거기서 소름 끼칠 정도로 아름다운 소리가 들려왔다는 것은 조금 다른 각도의 전진이다. 이것은 경험을 음역(音譯)하는 방식의 시 쓰기가 어디서 비롯되는지를

넌지시 알려준다. 별의 반짝임이 살충제를 뒤집어쓴 벌레의 필사적인 꿈틀거림으로 변환되었다가 이내 소름 돋게 아름다운 소리로 몸을 뒤집는다. 짧은 문장에 담긴 이 운동은 충분히 눈여겨볼 만하다. 별빛이 고통의 단말마로 표현되는 낯선 사태를 살갗의 실감으로 제시하는 표현 자체도 우리 시사에는 드문 상상력이지만, 그것을 다시 한 문장 안에서 실존의 새로운 방식과 바로 결부하는 것도 충격적이다. 이 문장은 서정과 탈서정의 이항대립을 따돌리면서 이미 철인칠종경기를 감행하고 있다. 보라, 빛은 고통이었다가 소리가 되었다. 명징한 시각적 이미지 하나 혹은 이미 숱한 의미론적 계기들을 보유한 전통적 상징 하나가 낮은 세계─그러니까 앞에 인용한 시 「아르카디아의 광견」을 비롯한 여러 시에서 반복되는 '격이 낮은'이라는 표현은 삶의 방식에 대한 가치판단과 결부된 것이 결코 아니며 오히려 생활세계와 미적인 것 사이의 격으로 간주되어야 할 이유가 충분하다─의 고통을 마치 네거티브 필름처럼 지시하다가 이내 음악의 영역에 든다. 이 문장은 그 자체로 여러 겹이다. 아니, 조연호식으로 말하자면 여러 '격'을 지닌다. 우선 보는 자의 격이 있다. 별은 보는 자의 망막에 반짝이는 대상이다. 그것이 상기하는 것은 그 반짝임을 바라보는 위치에 있는 이의 낮음과 매여 있음─이것을 현존재라는 말로 표현하는 것은 유보해두자─이다. 여기서 그치면 조연호는 상징주의자가 될 것이다. 머나먼 상징이 그의 별이기 때문이다. 그러나 조연호는 그것을 아름다운 소리로 다시 한번 변환한다. 조연호 시의 모든 사태는 바로 여기서 비롯된다. 격을 달리하는 것들인 가시성과 고통의 마주 섬, 그리고 양자가 동시에 음역됨으로써 인식과 윤리를 끌어안고 미적인 것에 투신하는 언어의 운동이 이 한 문장 안에 있다. 검산이 필요한가? 동일한 운동이 같은 연의 나머지 행에서 반복됨을 확인히는 깃은 어렵지 않다. 다음 행들을 보라, 고전주의자에게 별은 거리로 인식된다. 별을 발견하는 것은 별과의 거리를 발견하는 것이다. 그 순간, 별빛이 단말마적 떨림이었던 것과 거의 같은 맥락에서 시각 우위의 고전주의자에게 다시 한번 "성난 가족의 얼굴"이 스쳐간다. 그렇다면 다음 운동은? 충분히 예측 가능하다. 그것은 다시 "평화로운 멜로디"로 음역된다. 그러니까, 인식으로부터 비롯된 사유가 삶의 조건들과 결부된 윤리적인 판단 언저리를 맴돌다가 이내 시적 언어로 음역되는 현장이 바로 조연호 시의 현장—혹은 우리가 지금까지 사용한 말을 다시 쓰자면 음사된 세계의 정경이며, 바로 그런 의미에서 재차 조연호의 문장은 생의 음역을, 음성을 분절하는 음운론적 규칙(phonological rule)으로 삼는 세계의 천문이 된다. 예컨대, 다음과 같은 구절 역시 이런 방식의 운동을 단적으로 보여준다.

> 박(拍)을 가진 것이 되어
> 빈집은 빈집의 악보로 징검다리를 건너고
> 추측에 쏟았어야 할 구름을 확신에 쏟고 산책 떠나는 사람
> ─「결말의 꽃」 중에서

사물들은 "박(拍)을 가진 것"으로 음역된다. 음역은 그런 의미에서 격들 사이의 징검다리이다. 빈집이 박을 가진 빈집이 되면 격절의 징검다리를 건넌다. 빈집의 사연과 내력은 징검다리 너머에 훼손되지 않고 고스란히 안치되되, 동시에 그것은 음역의 징검다리를 건너 다른 격을 입는다. 사정이 이러함에도 굳이 이 징검다리의 효능을 다시 확인해보고 싶다면─징검다리도 두들겨보라!─"구름은 '발이 짓무르고 있는'으로 음역되어야 한다"(「도래할 生」)라고 규정하는 음역사전을 펼쳐보라. "추측에 쏟았어야 할 구름을 확신에 쏟고 산책 떠나는 사람"이라고 읽고 이를 '추측에 발이 짓무른 정념을 확신에 쏟고 마른 발로 산

책 떠나는 사람'으로 음역한다. 징검다리의 힘이다.

이런 방식으로 조연호의 시편들은 자체의 어휘목록을 지니며, 바로 그런 방식으로 그의 문장들은 무궁하게 변형생성된다. 조연호의 시들이 관계론적 맥락에서 읽혀야 하는 이유도 바로 이 때문이다. 한 시의 구절은 다른 시의 구절들에 대한 사전이 된다. 우리는 이런 현장을 이 시집의 여러 곳에서 확인할 수 있다. 어떤 교사도 없이 오로지 새로운 언어에 직접 노출되어 찬찬히 그 새로운 언어를 익혀가는 이에게만 허락된 즐거움이 그의 시를 읽는 독자를 차차 절정에 이르게 한다. 그의 시가 시의 문법을 다시 쓰고 있다는 말은 결코 비유가 아니다.

3

서두에서 조연호가 지닌 세계는 경험세계와는 다른 양태로 드러나는 세계라고 말한 바 있다. 그것은 후자가 전자의 반영이나 표현이 아니라 또다른 방식으로 드러난 우주임을 말하기 위함이었다. 따라서 두 세계는, 전자가 우주의 1호선이라면 후자는 2호선에 비견되는 정도의 유의미성을 지닐 뿐이다. 그러므로 이 시집을 읽는 가장 온당한 방식 중 하나는 2호선에서 1호선의 정거장들을 찾는 것이 아니라 2호선의 경로를 따라 그 행로가 탄주하는 정경들을 채록하는 것이다. 2호선의 경로가 보여주는 세계의 무늬(천문)들을 살펴보는 것이 그 일이 될 것이다. 천문은 세 가지 방식으로 자신을 드러낸다고 앞서 언급한 동양의 고전은 풀고 있다. 자연의 형상과 색채를 통하면 그것은 형문(刑文)이 되고 소리와 음악을 통하면 성문(聲文)이 된다. 그리고 인간의 본성과 통하면 그것은 정문(情文)이 된다(『문심조룡』「정채情彩」편). 조연호의 시 한 편 한 편을 자세히 읽어가며 형문과 성문 낱낱의 문체들을 찬찬히 살펴보는 것은 온전히 독자의 몫으로 두련다. 대개 장시인 조연호의 개별 시편들을 세세히 들여다보는 작업은 필수이기는 하지만 적정한 시간과 공간을 필요로 한다. 따라서 여기서는 다만 그의 우주에 대한 또하나의 입사점을 살펴보고자 한다. 앞서 조연호의 문장이 형문에서 성문에 이르는 운동임을 우리는 살펴본 바 있다. 여기서는 형문에서 성문에 이르는 그 운동이 정문의 차원에서는 하나의 배교자가 미적인 것을 통해 단독으로 서는 과정임을 마저 살펴야 하겠다.

색약인 너는 여름의 초록을 불탄 자리로 바라본다

만약 불타는 숲 앞이었다면 여름이 흔들리고 있다고 말했겠지

소년병은 투구를 안고 있었고 그건 두개골만큼이나 소중하고

저편이 이편처럼 푸르게 보일까봐 눈을 감는다

나는 벌레 먹은 잎의 가장 황홀한 부분이다
—「배교背敎」 전문

조연호의 정문의 특징을 잘 보여주는 「배교자 총서」라는 시를 읽기 위해 앞에서와 마찬가지로 우선 '배교'라는 말이 조연호의 어휘목록에 어떻게 등재되어 있는지 인용된 시를 통해 확인하자. 시의 앞부분에는 적록색약인 '너'가 등장한다. 적록색약이 치명적인 이유는 "여름의 초록"과 "불타는 숲"을 등가로 교환하기 때문이다. 이 점을 염두에 두어야 3연의 소년병의 등장이 이해가 된다. 어찌 보면 이 시에서 3연은 참으로 당돌해 보이지만 지금껏 숙지해온 조연호 전과를 표준 삼아 다시

들여다보면 그 의미가 명료해진다. 그는 이렇게 묻고 있다. 여름의 초록과 불타는 숲의 교환을 제 안에서 승인해보지 않은 소년이 있을까? 당신의 소년은 생성의 푸르름과 소멸적 욕망의 전투 없이 안온했었나? 소년은 생장점과 욕망의 켜가 동시에 자라나는 사태의 와중에 있기 때문에 소년이다. 징검다리를 두드리는 마음으로 소년에 대해서도 다른 시의 어휘목록을 참조하자면, "아버지의 발을 버린 사람"(「같은 씨종의 눈물」)이라는 표현이 도움 될 수 있겠다. 아버지의 발을 버리고 자신의 발로 자라나는 "소년병"이 안고 있는 것이 투구이자 두개골이라는 것도 바로 그런 맥락에서 이해될 수 있다. 서두의 적록색약 이미지와, 성장과 욕망의 피아를 명석하게 분간할 만큼 자라지 않은 소년이 겪는 3연의 전투 상황은 절묘하게 어울린다. 그러니 "저편이 이편처럼 푸르게 보일까봐 눈을 감는" 것은 이 전투를 내면에서 차단하기 위한 것이다. 일종의 정신승리법을 위해 집중이 필요한 순간을 시는 마련한다. 그리고…… 마지막 부분은 후일담이다. 다른 연에 비해 어조상으로 전경화된 마지막 연은 예의 그 정신승리법이 결과적으로 '나'에게 통용되지 않았음을 보여준다. "벌레 먹은 잎의 가장 황홀한 부분"은 적과 청을 분간하기 어려운 혼돈 속에서 욕망을 성장의 계기로조차 받아들이지 않으려 작정한 소년의 정신승리법이 다스리지 못하는 지대이다. 따라서 마지막 행은 성장기에 누구나 겪었음직한, 몸 안에서 동시에 발생하는 성장과 죽음(혹은 욕망)에 대한 소년식 정신승리법을 단번에 되물리는 진술이다. 후일담처럼 진술된 이 문장은 소년식 정신승리법에 대한 배교자 총서 1장 1절의 말씀이 된다. 어라? 우리는 그렇게 자랐다.

그러니까, 「배교자 총서」라는 시가 그 제목과는 달리 본문 없이 '후주' '보유' '색인'이라는 형식으로 이루어진 것은 이 시가 「배교」라는 시의 전말에 대한 덧붙임이자 기우이기 때문이나, 진절한 연호씨!

후주(後註)

(……)
어버이들이 구겨진 곳으로
잔소리뿐인 종이비행기를 날린다
(……)

보유(補遺)

피부호흡을 하는 가늘고 긴 것
갈라지는 체벽의 노래
토한 것으로 땅 밑을 적시고
아이는 자라서 그때의 불경을 용서하지 않는다

측두엽 근처
손저울처럼
우리는 누구보다 많은 저린 손을 거느리고
부끄러운 몸을 더 부끄러운 손바닥으로 가리고
(……)

색인(索引)

천문학자의 관악기는 가장 먼 곳의 음계를 짚는다
효모들이 쏟아진다
별자리, 아니 싸대기들로 얼룩진 현관에 들어서서
죽기 살기로 내 얼굴과 줄달음을 한다

차별이 찾아온다
내 꿈의 침전지에서
동물용 비품으로 목을 채우고
주정꾼을 기다린다

우리는 육일째의 것, 단 하루만 무지한 것
불능한 선친에 대한 우대로
혀는 악보 없이 암보(暗譜)로
사라진 다리와 꼬리를 연주한다

—「배교자 총서」 중에서

　　더 자세한 설명이 필요할까 싶다. 자세히 읽는 즐거움을 잠시 유보하고 우선 이 정문(情文)의 정곡을 톺아보니 그것은 "아이는 자라서 그때의 불경을 용서하지 않는다"와 "부끄러운 몸을 더 부끄러운 손바닥으로 가리고"라는 두 문장 사이에 있다. 「배교」의 마지막 행이 불경에 대한 자백과 상황논리의 전개라면 지금 추린 두 문장은 불경과 상황논리에 대한 윤리적 반성을 핵심으로 한다. 그러나 섣불리 판단하지 말자. 인용된 「배교자 총서」의 '후주' 부분이 배교의 상황논리라면 '보유' 부분은 지금 말한 의미에서, 즉 배교의 이력에 대한 반성이라는 의미에서 상황논리에 대한 방법적 성찰이다. 사태가 여기서 종결된다면 우리는 또하나의 성장기를 얻을 수 있었을 것이다. 아이들은 어떻게든 자라기 마련이니까. 그러나 조연호는 이를 다시 한번 새긴다. 아니 음역한다. '색인'은 성장의 음역이다. 정문은 다시 성문이 된다. 음역의 현장이 항상 그렇듯이 이 시의 '색인' 부분은 다시 '징검다리'를 건너 격을 달리한다.
　　다시 천문을 들여다본다. '나'는 망원경으로 가장 먼 곳의 별을 본다.

아니 천문학자의 관악기로 가장 먼 곳의 음계를 짚는다. 별이 쏟아진다. 아니 성장과 부패의 효모들이 쏟아진다. 별자리, 아니 소년의 욕망이 '싸대기'로 훈계되어 '죄'가 불거지는 현장인 현관에 대한 기억이 황홀한 아픔과 함께 떴다가 사라진다. 탈주다. 탈주는 차별의 결과가 아니라 차별의 발견이다. 그 현관으로부터 까마득히 멀어져 꿈이 침전된 한데서 살아 있기에 필요한 것들을 꾸리며 '주정꾼'을 기다린다. "술 맑은 자는 만물이 더러워서 무물(無物)의 잔치를 치른다"(「술 맑은 자酒者」)라는 어휘목록을 참조하면 '주정꾼'은 '부끄러움을 죄의 세계에 무연한 무늬로 새겨 아름다움의 격을 부여하는 이'로 음역된다. 윤리라는 격에서 '죄'로 풀이되는 것들을 음역의 격에서 정화할 주정꾼을 기다린다. 이때 "사라진 다리와 꼬리를 연주"하는 것이 "불능한 선천에 대한 우대"인 것은 다시 조연호의 어휘목록에 의하면 본래 소년이란 "아버지의 발을 버린 사람"(「같은 씨종의 눈물」)이기 때문이다. 그러니 '싸대기'를 '연주'로 돌려주는 '우대'가 가능한 것은 여러 시에서 눈에 띄게 토로되는 부끄러움과 죄의식조차 저 높은 곳의 이치에서 들여다보면 하나의 무늬로 음역되기 때문이다.

그러니까, 조연호의 정문의 핵심은 부끄러움이다. 이 수오(羞惡)가 이야기로 풀리면 죄에 대한 분별을 낳겠지만 음역되면 우주라는 몸의 무늬가 된다. 바로 이 대목이 조연호 시집 『천문』에 대해서 누군가 '왜?'라고 묻는 것에 대한 답변이 된다. 『천문』의 형문은 음사된 세계의 이편과 저편의 모양을, 성문은 음역의 과정과 방법을, 그리고 정문은 까닭을 보여준다. 부끄러워서 노래한다는 말은 수사가 아니다.

광장의 오후와 사랑의 형식

거리와 광장이 있고 아케이드가 있다. 가파른 경사 구도로 기운 아케이드를 등지고 반은 그늘에 잠긴 채 한쪽으로는 제법 따가운 겨울 햇살을 받고 있는 가부장적인 조각상이 하나 서 있다. 빛과 어둠에 몸을 반씩 담근 채 통상의 원근법을 교란시키는 지점에 서 있는 이 조각상은 화면의 중심에서, 멀리 떨어진 곳에 사라질 듯 작은 모습으로 서 있는 인물을 규율한다. 데 키리코의 〈어느 날의 수수께끼〉라는 그림 얘기다. 할 포스터는 『욕망, 죽음 그리고 아름다움』에서 데 키리코의 〈어느 가을날 오후의 수수께끼〉와 더불어 이 그림이 아버지와 아들 사이에서 발생하는 유혹 환상(the fantasy of seduction)과 거세 환상(the fantasy of castration)을 어떻게 동시적으로 드러내는지 설명하고 있다. 간단히 말하자면, 아버지에게 학대받는다는 환상이 사실은 아버지에게 유혹받고 싶다는 욕망의 전도된 표현일지 모른다는 것이다. 키리코의 그림 〈어느 날의 수수께끼〉에서 아버지의 모습은 비스듬한 그늘에 몸을 가린 채 거리에 우뚝 서 있는 조각상의 모습으로 나타난다. 주체를 항상 감시하며 거리의 질서를 규율하는 아버지의 모습은 주체의 거세 환상을 구성한다. 그러나 흥미로운 것은 이보다 몇 년 전에 그려진 〈어느 가을날 오후의 수수께끼〉에서는 이 입상이 머리가 잘린 채 양성적인 형태로 그려져 있었다는 것이다. 이는 두 가지를 뜻한다. 우선, 거세 환상을 부추기는 아버지의 모습 위로 최초의 성적 자극을 불러일으킨 아버지—어머니가 아니다—의 모습이 겹쳐진다는 것을 의미한다. 이에 대해 할 포스터는 데 키리코가 흔히 알려진 "양성적인(positive)" 오이디푸스 콤플렉스의 측면뿐만이 아니라 "음성적인(negative)" 오이디푸스 콤플렉스의 관점에서 아버지를 질투하기보다는 사랑하는 주체의 모습을 만들어냈다고 설명하고 있다.

위협과 유혹은 종종 동시에 발생한다. 그러나 우리가 그것이 유혹과 함께하는 위협이었다는 것을 승인하는 것은 한참이나 사후의 일이다. 또다른 사후작용(retroaction)이 있고서야 비로소 우리는 이전에 있었던 사건의 의미에 대한 해석을 내린다. 즉 이전 사건의 의미들은 사후작용에 의해 소급적으로 결정되고는 한다. 주지하듯, 라캉의 '누빔점 (point de capiton)' 개념은 바로 이로부터 비롯된 것이다. 문장의 의미이건 사태에 대한 해석이건 그 최종심급의 결정은 어떤 계기를 통해 역방향으로 순차적으로 이루어진다. "당신"이 떠나고 오후 6시의 광장에 비가 내릴 때야 비로소 오전의 그것이 사랑이었음을 불현듯 깨닫게 되듯이, 아뿔싸!

여기 두 개의 원환운동이 있다. 장석원의 새 시집 『태양의 연대기』 (문학과지성사, 2008)에는 두 개의 원환운동이 뚜렷하게 새겨져 있다. "당신"에서 "당신"으로, 그리고 "광장"에서 "광장"으로의 재귀적 운동이 그것이다. 물론, 이것이 차이를 아우르는 동일성을 위한 회귀의 차원에서 이루어지는 운동은 아니다. 오히려 이 환상(環狀)의 움직임은 좀더 근본적인 차원에서 사랑을 뒤늦게 승인하고 그것을 완성하려는 이의 심리적 사실관계(psychical reality)를 드러내는 환상(幻想)과 관련 있다.

1. 몸이 아프다

장석원의 새 시집의 배경이 되는 심리적 현재 시간은 석양이 깔린 오후 6시이며, 공간은 광장이다.

(1)
1,000원 한 장을 구걸하는 남자
떠오른 돌멩이 같은 비둘기들

처음 와본 곳 같다
어떤 명령에 의해 걸음을 멈추었을까
뒤를 돌아본다 움푹 패어 있다
한 움큼 뽑혀나간 듯하다

광장은 쪼개지는 곳
바람이 그러하듯
광장은 중심을 지니지 않는다
바람과 햇빛, 습도와 명암까지 똑같다

지루하고 무한한 한 번의 삶이었지만

걸인이기도 하고 한 그루 나무이기도 하고
첨탑에 걸린 구름이기도 하지만
지워진 얼굴로 여기까지 걸어왔지만

횡단하는 비둘기로 가득 찬 하늘 밑에서
잠을 생각한다, 사랑의 복습을 꿈꾼다
그때 우리는 아무것도 아니었고 또한 아무것이기도 했다

서울역 광장의 남측면에 자리 잡은 매점 앞
6시의 저무는 태양 아래
나는 가만히 서 있다

라디오에서 시보가 흘러나온다
라디오는 모든 것을 삼킨다
배스킨라빈스, 일요신문, 비보이, 달라이라마, KTX, 해양수산부, 아
메리카 인디언, 결혼반지, 모더니즘, 야전교범, 북악터널, 아도르노, 우
리은행, 하이힐, 가창오리, 동호대교, 불심검문, 사발면, 개인택시, 멕시
코만류, 리더스 다이제스트, 콩코스, 옥수수, 서정주, 채털리 부인, 청약
통장, 롯데리아, 문화상품권, 수유리, 기네스, 갤러리아, 코닥필름, 화계
사, 동아운수, 잉여가치, 넥타이, 야간순찰, 라이터, 고리키, 남대문, 글
러브, 안기부, 비정규직 철폐, 유모차, 스타벅스, 막스 베버, 프리즘, 민
노총, 반시대적 고찰……
그리고 어느 금요일 저녁의 거리를 걸어갈 사람들

코스닥 지수가 들려오는 시간이다
밤의 날씨와 모베터 블루스가 이어진다

비는 반드시 내리리라

—「모래로부터 먼지로부터」 전문

(2)
석양에 흡착된 저녁 6시에
나는 열린 구멍이 되었다

나와 무관해진 눈 쌓인 겨울 언덕을
파업 노동자와 머리 숙인 가로수를
나는 믿지 않지

신념은 성가대의 처녀처럼 차가운 것
나를 빈 자루로 만드는 힘
부풀어오르는 어둠의 껍질 같은
분명한 사실만을 나는 믿지
분사되는 석양과 바람 같은 것

모든 것이 너무나 인간적이어서
실패했다네 동정은 마약
어제는 회개를 생각했고
오늘은 미래를 기획했는데
태양이라니, 혁명이라니
나는 피라미에 불과한데
역사 앞에서 흐느적거렸던
겨우 화염병이나 날랐던 관측병이었는데

가을 이후로 나는 낭만에 몰두하였고
낭만은 내 양식이었고 독이었으니
여기 겨울의 마로니에 밑에서
나는 야위어가네 슬슬 지겨워지네
우리에게 어제는 있었을까? 여기는 어딘데?
　　　　　　　　—「무서운 해체의 순간 나는 낡은 사물」 중에서

　시 (1)과 시 (2)에서 엿보이는 멜랑콜리를 '광장의 멜랑콜리'라고 할
수 있을 것이다. 표면적인 회의적 태도와 달리 시인은 이미 '잊어버린'
대상을 '잃어버린' 대상으로 바꾸어서 계속 소유하고 있다. 본래 멜랑
콜리아에 빠진 사람은 잃어버린 대상을 계속해서 무의식 속에 부분적
으로 지니고 있는 주체이다. 시인은 다시 선 광장에서 "사랑의 복습"을
꿈꾸지만 애도를 마치지 못한 주체에게 사랑은 아직 요원하고 멜랑콜
리는 가깝다. 시인은 "6시의 저무는 태양 아래" 광장에 서서 "처음 와본
곳 같다"고 말하고 있다. 물론 이것은 이 광장이 처음 서본 곳이 아니
라는 말이다. "한 움큼 뽑혀나가" 듬성듬성 팬 자리를 보이는 "시간"의
불연속적 단면을 돌아보며 그는 "사랑의 복습"을 꿈꾸지만 광장의 사
랑은 실체를 잃고 부분적으로만 현상한다. 아니, 좀더 정확히 말하자
면 이미 사랑은 '움푹 팬' 시간의 절개지를 '뒤돌아보는' 이의 의식 속
에서만 때때로 현상한다. 광장의 사랑은 이제 광장 어디에도 흔적이
없다. "석양에 흡착된 저녁 6시"는 이제 거리의 왕성한 섭생이 이루어
지는 시간, 배스킨라빈스로부터 콩코스, 콘돔으로부터 넥타이, 잉여가
치로부터 청약통장, 서정주로부터 아도르노 그리고 고리키에 이르기
까지 모두 포화시키는 저 '내부'의 왕성한 섭생은 추호의 소화불량도
만들지 않는다. 사랑과 섭생이 한통속인 광장에 서서 화자는 자꾸만
뒤를 돌아본다. 광장의 시간이 팬 곳에만 고여드는 담액, 멜랑콜

리……

시 (2)에서는 이런 상황이 보다 직설적으로 제시되고 있다. 시간은 역시 오후 6시, 장소 역시 광장. 이 시에서 가장 눈에 띄는 구절은 "나와 무관해진"이라는 대목이다. 흥미롭게도 화자는 애써 절연하지 않아도 '나'와 무관해지며 자연히 냉담해지는 사물과 사태를 굳이 부정한다. "신념" "미래" "혁명" 등은 오전의 광장에 가득 찼던 가치들, 그러나 지금은 "태양"이 성가를 드높이는 '청년'의 시간이 아니라 "저녁 6시" "석양"이 내려앉는 시간, "태양이라니, 혁명이라니"…… 사랑이라니…… 신념도, 미래도, 역사도 모두 다 미욱한 관념일 뿐, "피라미에 불과한" "역사 앞에서 흐느적거렸던" "겨우 화염병이나 날렸던 관측병이었"던 '나'는 "낭만"에 몰두한다. 급기야 그는 "우리에게 어제는 있었을까? 여기는 어딘데?"라고 묻는다. 이것 역시 과거에 대한 회의 속에서도, 아니 오히려 반복되는 회의를 통해 대상을 놓지 못하고 부분적으로 소유하는 멜랑콜리가 아니고 무엇이겠는가?

> 나는 돌아가 과거가 기거하는
> 집 한 채가 되었다
> 입에서 거미줄이 흘러나온다
> 썩지 않는 사랑에 나를 가둔다
>
> —「거미」 중에서

이 수일한 이미지는 오전의 사랑과 그 사랑을 놓지 못하는 멜랑콜리커의 알리바이가 된다. 오전의 사랑이라니? 무슨 일이 있었던 것일까? 대체 사랑이라니?

> 할 수 있는 일은 선해지는 것뿐

나무와 나무 사이 뻗어나간 길을 쳐다보며
우리는 다음 목적지의 스카이라인을 떠올리며
슬픔과 배반과 개그로 소란한 거리를 떠나
우리는 다음 목적지로……

천천히 중심을 해체시키며
저항은 쓸모없고 신념은 고통이라고 주문 걸며
가야 할 먼 길 위에 쏟아지는 별빛
그 허위를 위해 전심전력으로 탈출하기 위해
우리는 지금 다음 목적지로……

늦었지만 그것은 문제가 아니다
목적을 잃어버렸지만 그것도 문제가 아니다
우리는 일요일 오전의 3분 동안
고요해질 거리를 통과하는 중 우리는
통증 없이 지나갈 것이고
다시 하나가 될 수 있을 것이다
옳은 일이기에 이루게 될 것이므로
아무도 없는 듯한 태도로 조금 무심하게
능동적으로 침묵하며 전열을 정비하는 행군대처럼
우리는 다음 목적지로……
                    —「청년 학생들은 무사히 무사히 영원히」 전문

오전은 맹목의 선계(善界)와 작별하는 청년의 시간, 그러나 아직은
여전히 희미한 목적(telos)의 별빛이 이끄는 시간, "목적을 잃어버렸지
만" "아무도 없는 듯한 태도로 조금 무심하게" "다음 목적지로" 습관적

으로 향하는 시간이다. 냉담하고 한가로운 "일요일 오전의 3분 동안"
의 텔로스가 잠시 반짝였다가 사라질 동안 '우리는' 사물과 사태 들이
이내 '우리와' '무관해지도록' 최종 연습을 해두고 '거미처럼' 독기를
짜내야 했었는데…… "청년"들은 아직 어제의 사랑이 추문이 될 줄 모
르고 "고요해질 거리를 통과하는 중", 이들은 "통증 없이 지나갈 것"이
지만 머리에서 한번 잃은 사랑에 대한 기억이 곧 몸에 탈을 낼 것은 정
한 이치, 오전 6시와 오후 6시 사이에서 몸살이 도진다. 아직은 실감이
없는 상실이 이내 몸에 탈을 내기 때문이다. 이 몸살은, 시집에 실린
다른 시들의 정황으로 보아 전적으로 "당신"의 빈자리 때문이라고 할
수 있는데, 기실 이 사랑엔 좀 유별난 데가 있다.

2. 다시

(1)
당신, 측정할 수 없는
쓸쓸한, 바람의 붓질로 생긴
당신 그리고 나의 뼈

당신의 시선이
불러일으키는, 공포
심연 속으로 빠르게

순응하는 공룡의 외로움
어그러진 정합

나의 소멸은 장엄했나
어떤 관념은 슬픔

—「플라테오사우루스 철학」 중에서

(2)
살갗과 거울
금요일 밤은 깊지 않다네 금요일엔 입 닥쳐야 한다네 어둠 속에 공포
스런 내일이 숨어 있다네 당신의 얼굴이 바로 어둠이라네 나는 이제 어
떤 꿈도 꾸어서는 안 된다네 형벌이 기다릴 뿐이라네 나는 멸종될 것이
네 그후에 완벽한 망각이 찾아올 것이므로…… 나,라는 異物

(……)

그것은 과연 누가 한 일일까
나를 제작한 자 누구일까
그때부터 나에게 당도하는 당신의 시선

영혼의 색깔을 옮겨 적는 음악 안으로 들어가
부서지도록
사랑하고 싶어요
부서뜨리고 싶어요

—「식물」 중에서

(3)
당신이 허물어진다

한 귀퉁이에 눈이 생긴다
나는 바깥을 본다
갇힌 동물은 없다
어둠이 나를 핥는다

칠흑을 뿜어내는 음악과
별빛보다 엷은 소음 앞에서

당신에 대하여
당신에 대하여
사랑 후의 떨림에 대하여
당신의 얼굴로 살아갈 다른 오후에 대하여
현명한 노인처럼……

이마에 손차양을 걸고 돌아본다

—「적막」 전문

    광장의 내력과 더불어 이 시집에서 눈에 띄는 것은 바로 '당신'의 존재이다. "당신"은 이 시집의 도처에서 샘솟는다. 시집 어디를 펼쳐보아도 "당신"은 흥건하다. 시 (1)과 시 (2)는 그 예의 일부에 불과하다. 그런데, 눈여겨보라, "당신"이 심상치 않다. 시 (1)에서 "당신"은 이미 오래전 소멸한 '나'의 흔적을 복원하는 존재로 등장한다. 여기서 "당신"은 이미 바람에 실려서만 기별을 전하는 존재로 묘사되고 있지만, 화석처럼 뼈만 남은 '나'를 관통한다. 여기서 "당신의 시선"은 화석처럼 남은 '나'에게 새삼 심연의 공포를 환기시킬 만큼 뚜렷한 것이다. 이렇게 공포를 학습시키는 "당신"의 시선은 어디에나 배어 있다. 이 사실은 시 (1)의 정황이 시 (2)의 예감에 대한 현실이 되고 있다는 점에서도 거듭 확인된다. (2)에서 시인은 "당신"을 이 시집의 곳곳에 등장하는 또다른 어휘인 "어둠" 속에 "할양"한다(「초록들」). 인용된 부분에 명시되어 있듯이 "당신의 시선"은 '내가 제작된 순간'부터 지금까지 항상 '나'를 좇는다. 어둠 속에서 '나'의 욕망을 제어하고 금기를 규율하는 "당신"의 존재 앞에서 '나'는 '꿈을 꾸기'도 전에 "형벌"을 자처한다. 이 강박관념은 너무나 뚜렷한 것이어서 주체로 하여금 차라리, 지금의 '나'가 제작된 시점―곧 "당신"의 응시가 시작되는 시점―을 거슬러서 아예 새로운 존재로, 이물(異物)로 다시 태어나기를 소망하게 할 정도이다. 그러나 소멸과 재탄생은 용이하지 않다. (1)에서 보듯, 소멸까지 응시하는 것이 "당신"의 시선이기 때문이다. "당신"은 그만큼 집요하다. "불안이 날 파먹는다/바람이 날 부식시킨다"(「태양의 연대기」 3부 '침묵의 6월').

"당신"과 '나' 사이에 무슨 일이 있었던 것일까? 시 (3)을 보자. 시집에 실린 첫번째 시인 (3)에서 사태는 자명해진다. 여기서 한 사태의 종결이 문제의 시작임이 분명하게 드러난다. "당신이 허물어진다", 그리고 그로부터 적막이 파생된다. 그러니까, 여기에 실린 시들은 "당신"이 지고 난 자리에서, '사랑'이 지나간 뒤에 생겨나는 "적막"에 관한 것들이다. 왜 적막인가? "당신"이 압도하던 내부와 외부의 '경계'가 느슨해진 뒤에야 '나'에게 고스란히 "바깥"이 "할양"되기 때문이다. '나'는 당신이 허물어진 뒤에 비로소 새로 뜨는 "눈"으로 "바깥"을 내다본다. 어둠만 내비치는 "바깥"엔 아무런 소란도 소음도 없다. "당신"과의 "사랑 후의 떨림"을 감당해야 하는 것은 온전히 '나'의 몫이다. 이제는 "당신의 얼굴로 살아갈", 지금까지와는 "다른 오후"를 읽고 살아내야 할 시간이 도래한다. "이마에 손차양을 걸고" 자꾸만 '돌아봐도' 아무런 메시아도 오지 않는다. "당신"과 작별한 어제로부터 사물과 냉담해지는 오전의 한때를 지나 오후의 시간은 이제 온전히 '나'에게, '내' 소관으로 귀속되기 때문이다. 시인은 이 물리적 현실을 어떻게 심리적으로 증언하는가?

어둠 속의 나무는 따스하지만 또한 나를 찌른다
검은 나무의 폭력에 몸이 열린다
그가 전해주는 검은 사랑을 나는
갉아먹는 환한 꽃으로도
베어내는 칼날로도
부정할 수 없다 내게는 힘이 없다

왜 검은 나무 앞에서 나의 소음을 듣고 있는가

검은 나무가 나를 설명한다
거부된 자이기에 돌아오지 않을 나를 기술하는 검은 나무의 목소리가, 희미한 체취가
빠르게 궤멸되었던 두 감각이
교차되면서 교란되면서
나를 실체라고 주장한다
나는 속기로 작정한다

검은 나무가 걸어온다
나는 어둠이 가득 찬 주머니
그가 내게 손을 대자 나는 주르르 쏟아진다
어둠의 성채로 흘러드는 길이 된다

그물을 펼치고 그의 모든 이미지를 포획하려 한다 그리고
종말을 향해 첫걸음을 떼었다
검은 공포가 서 있다

—「검은 나무」 중에서

"당신의 얼굴이 바로 어둠"이라는 시인의 말을 기억하자. "당신"은 앞서 '형벌' '공포' '불안' '어둠'과 같은 말들과 함께 형언되었다. 사정은 인용한 시에서도 마찬가지이다. 시인은 "어둠 속의 나무는 따스하지만 또한 나를 찌른다"고 말하고 있다. '찌른다'는 속성으로 환원된 "당신"은 여전히 어둠 속에서 '나'를 주시한다. 나무는 찌른다. 뻗치고 찌르는 나무는 대상을 향하는 따가운 응시이다. 그런데 시인은 "따스하지만"이라는 유보조항을 달았다. 사태가 미묘해지고 있다. 시인은 "검은 나무의 폭력"에 몸을 떨지만 "그가 전해주는 검은 사랑"을 부정할 "힘이 없다"고 말하고 있다. 어둠에 할양된 "당신"의 폭력만큼 사랑도 불가항력적이다. 심지어 시인은 "검은 나무가 나를 설명한다"고 말하고 있다. 이는 "나를 제작한 자 누구일까 / 그때부터 나에게 당도하는 당신의 시선"(「식물」)이라는 구절과 바로 통한다. '나'의 탄생과 함께 시작된 저 '검은' 시선의 의지대로 '나'는 기술된다. "나는 어둠이 가득 찬 주머니".

그러니, "검은 공포" "종말"과 같은 어휘는 앞서 살펴본 시의 "멸종"과 "소멸"의 공포와 통한다. "그가 내게 손을 대자 나는 주르르 쏟아진다"고 하지 않는가, 이것이 "어둠"으로 표상된 "당신"에게로의 동화와 흡수가 아니고 무엇이겠으며 그것이 '나'의 멸종과 소멸이 아니고 무엇이겠는가? 위협과 공포는 완강히 저항하는 주체를 넘어뜨릴 수 있을지언정 녹여 흡수할 수 없다. 오히려 주체를 더 곤혹스럽게 만드는 것은 억압과 함께 오는 유혹이다. 억압된 것은 언제고 유혹자와 함께 돌아

온다. 이것이 바로 사후작용의 비밀이다. 그러니 존재 자체를 위협할 정도로 강력한 위력을 발휘하는 이 억압된 것의 회귀라는 사태 앞에 놓인 주체의 반응을 심리적 현실(psychical reality)의 문맥에서 풀면 다음과 같다. "당신의 진리 거짓이에요" "당신이 적이에요" "진리의 말씀으로 유혹하지 마세요"(「태양의 연대기」).

3. 먼 곳으로

잊는다는 것은 아름다워 이제 모두 잊혀질 것 같아서
편안하게 비트에 맞춰 머리를 흔들어 좌우로 좌우로
잊기 위해 노력하는 중 잊혀지기 위해 더 빠르게 무한히
잊혀질 수 있기를 나는 나보다 더 나를 사랑하기 위해
당신을 잊기 위해 나보다 더 나를 사랑하는 당신은
버석이는 알갱이 알갱이 실리카겔처럼 잊혀지기를
한 번의 생각으로 나는 당신과 당신이 흔적 없이 지워지는 순간으로
나는 당신과 함께 나의 생을 뒤로하고 뒤를 지우고 뒤 없는 세계로
당신과 나는 또다시 당신은 동시에 당신과 나의 모든 것은
발밑 세계로 밑이 빠진 어둠 속으로 눈 뜬 침묵 쪽으로
앞으로 살아야 할 나날을 위해 잊혀지는 것은 잊혀지고
잊혀진 것을 위해 잊혀지는 것은 더욱 아름다워지고 나와 당신
잊혀진 모든 것이 아름다워 문득 없어진 모든 것이 입을 벌릴 때
            —「이레이저 헤드」 전문

잊어야 한다면 잊혀지면 좋겠다 '잊는다는 것은 아름답다.' "당신"은 언제나 '나'를 감시하는 눈이며 현존 자체가 '나'에겐 실존적 위협이

되는 존재이다. 또한 당신은 "적"이되 거짓 진리를 고하는 유혹자이다. 그러니 '나'는 "당신"과의 시간은 모두 잊어야 한다. 그러나 위에서 살펴본 시의 구절을 원용해 말해보자면, '어둠 속의 나무는 나를 찌르지만 그것은 따스하다'. 그러니, 이 일을 어쩌랴, 인용된 시는 억압자이자 유혹자인 "당신"의 '엄습'에 대해 주체가 보이는 이중적 태도를 단적으로 보여준다. 잊고자 하는 태도와 간직하고자 하는 태도가 동시적으로 발생하는 것은 다시 돌아온 "당신"이 지닌 억압과 유혹의 이중구조 때문이다. 이미 물리적으로는 산화한 "당신"은 자꾸만 기억 속을 찾아든다. 이 시에서 화자는 "잊기 위해 노력하는 중"이라고 말하고 있다. "앞으로 살아야 할 나날을 위해 잊혀지는 것은 잊혀지고" (이미) "잊혀진 것을 위해" (다시) '잊혀지는 것은 더욱 아름답다'고 그는 말하고 있다.

그런데 문제가 단순하지 않다. 시인은 "당신을 잊기 위해 나보다 더 나를 사랑하는 당신은/버석이는 알갱이 알갱이 실리카겔처럼 잊혀지기를" 소망한다. "나보다 더 나를 사랑하는 당신"이라니…… 이것은 결국 잊어야 할 '그날들'에 대한 것이 아니라 '못 잊겠어요'가 아닌가. "당신이 흔적 없이 지워지는 순간"에 사라지는 것은 "당신"만이 아니다. 시인은, "나는 당신과 함께 나의 생을 뒤로하고" "당신과 나는 또다시" "당신과 나의 모든 것은/발밑 세계로" 떨어진다고 말하고 있다. '내'가 당신을 지우는 순간, "당신"은 동귀어진(同歸於盡)을 꾀한다. 이 시의 제목인 '이레이저 헤드'가 뜻하는 바처럼 "당신"의 머리를 "버석이는 알갱이 알갱이 실리카겔처럼" 지우는 순간, 즉 당신을 거세시켰다고 희희낙락하는 순간, '나' 역시 나락으로 떨어진다. "앞으로 살아야 할 나날을 위해 잊혀지는 것은 잊혀"져야 하고, 오후의 시간을 위해 "당신"을 떠나보내야 할 것이지만, "당신"을 지움으로써 애도가 종결되기는커녕, '나'의 존재기반마저 송두리째 흔들린다. 내부에 밀정이 있음이다. "당신"의 머리를 지움으로써 확인되는 것은 "당신"과 '나'의 근원적 유착관계이다. 이별은 미완이며 거사는 실패다. 그러니 이 사랑의 내력은 참으로 간단치 않다. 한 번만 더 시곗바늘을 돌려보자. 오전 이전의 시간, 어제의 시간으로부터 사태를 추적해보자.

4. 먼 곳에서부터

牛岩목욕탕으로 갔어요 손가방 하나 들고 당신은 담배를 피우며
맛있게 입맛을 다시며 옷을 벗고 옷을 벗기고 장산곶 마루를 흥얼거리며
수증기 속으로 잠입했어요 시야에서 사라졌어요 거품으로
내 등을 가슴을 허벅지를 닦아주었어요 너무나 깨끗하고 상쾌하고
더욱 달아오르고 나는 쇳덩이가 무엇인지 폭발은 왜 일어나는지
알았어요 절정은 오래가지 않았기에 우린 너무 쉽게 헤어졌어요
당신은 안개였나요? 그렇게 멀리 떠나가 부나비처럼 부서지고 싶었나요?
내 엉덩이의 푸른 반점은 당신의 형해 그날의 나는 지워지지 않았어요
(……)

철근을 구부러뜨리듯 당신은 나를 휘어지게 해요 숨이 막혀요
너무 뜨거운 탕에는 넣지 마세요
자꾸 빨개지고 음모처럼 부드러워져요
당신은 옷을 입지 않았어요 목덜미에서 물이 흘러내려요
허리가 운천교의 상판 같아요 그날 나는 뚫린 양말처럼 불안했어요
나는 황소의 아들 下韋가 단단해지고 뿔 하나 자라나요

나도 남자가 되었어요 서글픈 그물을 들고 돌아올 당신을 기다려요
　　　　　　　　　　　　　　　　　　　　　　　—「발열」 중에서

　시인이 여러 시에서 "당신"에 대한 적의를 그토록 적나라하게 드러
냈던 것은 위에 인용한 시에 단적으로 나타나 있는 이 원초적 친교를
공공연하게 드러내 보이고 싶지 않아서이다. "당신"은 억압자이자 동시
에 유혹자이다. "당신"은 나를 맘대로 '휘게' 하며 '숨 막히게' 하는 존
재이면서 동시에 내게 최초의 "절정"을 알려준 존재이다. 마치 "엉덩이
의 푸른 반점"처럼 지워지지 않는 "형해"로 가슴에 보다 깊이 새겨진
것은 위압과 규율이 아니라 "절정", 바로 "뚫린 양말" 같은 "불안"을 동
반한 "절정"이다. 그리고 바로 그 "오래가지 않"은 "절정"이 새겨놓은
결여가 계속해서 주체를 부르고 있으며 바로 이것이 앞서 살펴보았던
오후의 멜랑콜리의 기원이다. "소리 없이 열리는 구멍이 거기 있었고
나는 팽창되고 있었다"(「유리와 돌멩이」).

　　　다스려지는 자의 눈빛으로
　　　적들의 피를 바라보듯 햇빛 너머를 응시한다
　　　죽은 그를 빨아올려 허공에 뱉어낸
　　　나무의 적의를 나는 알 것 같다
　　　젖어 있는 나무의 뿌리를
　　　그를 휘감은 검은 핏줄의 악력을

　　　아버지의 목덜미를 깨물듯 나무에 이를 박는다
　　　단풍의 아가리에 머리를 쑤셔 박는다
　　　그가 나를 사랑한 후에 쏟은 피
　　　빨아 먹힌 후 그 몸은 빈 자루에 불과할 것이다

목 매달린 죄인처럼 바람결에 흔들리면서
확산되는 피의 영역에 갇혀 나는 처단되기를 기다린다

나의 눈구멍으로
모든 것이 빨려든다
거기 고요가 점화된다

붉은 고요에 감염되어 아버지를 기다리며
석양 속에서 나는 존다 빠르게 잊혀지기를 꿈꾼다
어둠이 이마를 만지자 나는 번지듯이 건너간다

가장 근원적인 혁명은 사랑하며 홀로 부패되는 것
그의 먹이가 되는 것 그를 먹이는 것

나를 흡수하여 점점 붉어지는 아버지
밖으로 허물어지면서 몸피를 키우는
소모되고 사라지려는 저 붉음이
사랑이 될 수 있는 유일한 형식

—「적기赤記」전문

　　이 시는 압제자가 어떻게 유혹자와 함께 오는지를 잘 보여준다. "젖
어 있는 나무의 뿌리"가 "그를 휘감은 검은 핏줄의 악력"과 관계되는
사정은 앞서 살펴본 맥락과 같다. 그런데 이제 화자는 "아버지의 목덜
미를 깨물듯 나무에 이를 박는다"고 말한다. 그는 자신의 성체성과 행
동 양식을 규율하고 심지어는 그렇게 규정된 정체성을 흔들기조차 하

는 존재의 "목덜미"를 문다. 이때에도 우리가 주목할 것은 이것이 적의로만 감행되는 모반이 아니라는 것이다. 모반이 적통에 대한 욕망으로만 도모되는 것은 아니다. 기실 모반의 백미는 자신을 억압하고 학대한 자에게, 공중된 방식으로 연민을 표하는 것에 있다. "그가 나를 사랑한 후에 쏟은 피 / 빨아 먹힌 후 그 몸은 빈 자루에 불과할 것이다".

그러나 이 연민은 본래 원초적 친교에 근원을 둔 것이어서 곧 내부의 밀정을 불러들인다. 외부에 놓인 전제(專制)는 적기(赤旗)로 뒤덮을 수 있다. 그러나 이미 내부를 구성하는 공화(共和)의 가담자로서 내부를 혁명하는 것은 난망한 것이다. 이 모반은 필연적으로 실패다. 내부의 공회당이 애초 유혹자의 설계로 건설된 것이며 때문에 내부의 밀정이 압제자와 원초적 친교를 맺게 되는 이상 이 방식의 혁명은 불가능하다. 적기로 외부를 덮는 것은 가능하지만 그것으로 내부를 혁파할 수는 없다. 누구도 "피의 영역" 안에서 설계자의 계획 자체를 말소시킬 수 없기 때문이다. 소멸을 통한 이물(異物)로의 재탄생은 상상적으로나 상징적으로는 가능하되, 실재에서는 불가능하다. 그렇기 때문에 그것은 환상의 영역에 속한다. 적기(赤旗)를 적기(赤記)로 바꾸는 사정은 바로 이로부터 비롯된다. 시시각각 엄습하며 불안과 공포를 조장하는 외부의 습격자는 끌어내리면 그만인 것이나 내부에 그 유혹자의 밀지를 받는 이가 있는 이상, "다스려지는 자"의 모반은 항상 실패다. "목매달린 죄인처럼 바람결에 흔들리면서 / 확산되는 피의 영역에 갇혀 나는 처단되기를 기다린다".

억압보다 유혹에 쩔쩔매는 이 "검은 핏줄"의 가계를 고스란히 두고 이제 그는 전략을 수정한다. 혁명과 사랑의 관계를 재정립하는 것이다. 혁명의 적기(赤旗)를 드는 대신 욕망의 환상을 붉게 기록하는 것(赤記)이 그의 새로운 전략이다. 그 비책의 핵심은 동귀어진이 아니라 양생(養生)이다. 혁명은 동귀어진 혹은 사생결단의 형식, 적을 먹이는 사랑은 양생과 내부의 양위(讓位)의 형식, 굳이 타도하지 않아도 "소모되고 사라지려는" 의지와 속도를 부추겨 그렇게 탕진된 "당신"을 내부로 끌어들이는 것이 "가장 근원적인 혁명"이 될 수 있다. 그러니 양생이란 곧 '먹여치기'가 아니고 무엇일까? 단풍과 석양의 붉음으로부터 비롯된 환상의 전말은 바로 이러하다.

5. 아픈 몸이 아프지 않을 때까지

나를 따라온 길이
어둠이 잠가버린 길이
시간의 계단처럼 박명 속에 묻혀
디딜 곳 없습니다 만신에 멍들어
걸어온 내가 사라진 나를 쳐다봅니다
손가락 사이로 사라진 듯
발자국 밑으로 녹아든 듯
호흡이 단절된 순간마다 부서진 듯
숲에서 길을 잃었습니다

달이 어둠에 빗살을 긋자
떡갈나무 밤나무 입을 벌립니다
죽은 자들이 눈을 뜹니다
피가 돌기 시작합니다
어둠의 사슬을 풀고 아버지가 나를 기다립니다
할아버지 무덤을 찾아가던 그날처럼
소처럼 느릿 걸어갑니다 기울어집니다

나무 아버지 걸어와 환하게
웃으며 나를 만집니다

                                    ─「저녁의 봉인」 전문

이제 광장에 저녁이 온다. "나를 따라온 길"이 어둠에 묻혀 있다. "만
신에 멍"든 '나'는 지나온 길을 모두 잃고 다시금 뒤를 돌아본다. 석양
의 적기(赤記)마저 뒤로하고 밤의 숲에 든 '나'에게 예의 그 "나무 아버
지"가 걸어와 "환하게 / 웃으며" '나를 만진다'. "어둠 속의 나무는 따스
하지만 또한 나를 찌른다"(「검은 나무」)는 구절은 이제 사랑의 형식으로
바뀌어야 한다. 어제의 사랑은 일요일 오전의 3분과 당신의 얼굴로 살
아갈 다른 오후를 경과하면서 청년의 생을 다했다. 혁명은 그것의 로
고스이자 텔로스였고 광장은 그것의 토포스였다. 다시금 사랑이 어디
하나뿐이랴, 사랑이 이제 숲속에서 장년의 생을 시작하려나보다.

플랫폼과 역사 지붕 너머
8시의 은행나무 한 그루 떠올리겠지만
이곳의 당신은 지금 막
나를 지나쳐 흘러가고 있다

안녕 당신
당신은 아직 아무것도 하지 않은 것이다

                                    ─「당신의 형식」 중에서

평면의 음운론과 태도의 아이러니

이장욱론

1. 평면파

하나의 사물이나 사태를 겹눈으로 파악하는 방식을 우리는 알고 있다. 하나의 사물을 여러 시점에서 동시적으로 들여다보고 사태의 복잡다기한 양상을 한 화면에 투시해 보이는 방식에 대해 우리는 복안성(複眼性)의 시학이라는 이름을 붙여줄 수 있을 것이다. 아마도 김기택의 어떤 시들에 이런 이름을 붙여볼 수 있을 것이다. 또한 회화사에서는 입체파의 몇몇 그림들이 바로 이런 기법에 의해 완성된 것임을 우리는 알고 있다. 두말할 것도 없이 이 방식의 장점은 한 사물이나 사태를 다기한 시선에 의해 다각적으로 응시하여 한 단면에 나타내는 집요함에 있다. 이 방식에서는 사물은 고정이요, 그것을 상하좌우에서 일람하고 투시하는 눈이 운동한다.

저 입체파적 복안성을 고스란히 거스르는 시인이 있다. 그는 외려,

눈을 고정시키고 대상을 운동시킨다. 이장욱의 시는 하나의 눈이다. 다만, 집요하게 자신의 시계(視界)에 전지전능을 부여하는 팬옵티콘적 눈이 아니라 하나이되 무심한 눈이다. 그러니까 홑눈인 그의 눈은 상하좌우로 운동하지 않는다. 다만, 저 무신경한 눈에 하나의 사물이나 사태가 아닌 다중 다겹의 사물과 사태, 그야말로 시공의 직조가 하나씩 차려내는 모든 것들이라는 의미에서의 '세계-들'이 파노라마처럼 일람된다.

(1)
내가 한 번도 살아보지 못한 도시가 불타고
우리는 매일 잠 속으로 돌아갔다.
정직한 날씨였다.
가급적 멍하니 존재하기 위해
자세를 낮추는 개가 있고
여름의 잎새들 사이로는
12월의 눈이 내렸다.
우리는 최선을 다해 서로에게서 멀어졌다.
두터운 외투를 입고 아지랑이 속으로 들어가면
바그다드의 폐허를 걸어가는 늙은 펨므가 있고
뜨거운 폭격기가 날아가고
겨울의 아이들이 뛰어다녔다.
　　　　　　　　　—「여름의 인상에 대한 겨울의 메모」 중에서

(2)
그는 한없이 환원된다.
단 하나의 점으로. 필사적으로 수평선을 넘어가는 로빈슨 크루소의

뗏목으로. 국가 대표 양궁 선수가 꼬나보는 최후의 표적으로. 물밑을 투
시하며 정교하게 활강하는

　물새의 시선으로.

─「기하학적 구도」 중에서

　이장욱 시의 이런 특징들을 살펴보기 위해 개별 작품들에 대한 예의
를 잠시 뒤로하고 특유의 이미지들을 우선 살펴보자. 인용된 두 시에
는 이장욱의 시에서 대상과 시선이 어떤 관계로 정렬되는지가 단적으
로 제시되어 있다. 시 (1)에서는 시간착오와 공간착오가 발생한다. "여
름의 잎새들 사이"로 내리는 "12월의 눈" "내가 한 번도 살아보지 못한
도시" "아지랑이" 속에서 날아가는 "뜨거운 폭격기" "바그다드의 폐허
를 걸어가는 늙은 팸므" 등의 이미지는 통상 단일한 시간과 단일한 공
간 속에서 한곳을 바라보는 눈에는 보이지 않는 것이다. 그러나 이장
욱은 시간착오와 공간착오를 통해 다른 시간과 다른 공간의 일을 눈앞
에 현전하게 한다. 일종의 아나크로니즘(anarchronism)과 그에 대응할
만한 공간착오가 동시에 발생하면서 "여러 세계"에 속한 것일 이력들
이 한 평면에 줄을 선다. 단일 시간대에 어울리는 배경과 바로 그 장소
에 있을 법한 사건들을 만들어야 한다는 원칙쯤이야 선조성과 부피를
잃고 나란히 포개어진 시공들 앞에서 무색할 따름이다. 그러니까 시
(1)은 부피를 잃고 동시적으로 평면에 늘어선 이미지들을 부리는 이장
욱의 기예를 단적으로 보여주는 예가 된다. 여기에는 시간착오와 공간
착오만 있는 것이 아니다. "가급적 멍하니 존재하기 위해/자세를 낮추
는 개"에서 보듯 그는 눈과 대상의 이해관계를 뒤바꾸며 그것을 태연
한 현실로 간주하는 위상착오를 종종 사용한다. 시 (2)는 이 위상착오
의 시연(試演)이다. 현저히 적합성(decorum)을 위반하는 이 위상착오
의 변신담 역시 이장욱 시의 주된 방법론 중 하나이다. 인용된 부분에

서 그는 다른 시들에서와 달리 이 과정을 친절하게 시연해 보이고 있는 중이다. 여타의 시들에선 이렇게 착오된 위상에 속한 세계의 목소리가 시연과정 없이 바로 전개될 뿐이다.

그러니까, 시 (1)과 시 (2)는 이장욱 특유의 파노라마가 어떻게 만들어지는지를 단적으로 보여준다. 그것은 시간과 공간 그리고 위상의 착오를 통해서 만들어진다. 그리고 그는 이렇게 착오를 통해 모여든 세계들로부터 깊이와 부피를 덜어내고 이를 죄 평면에 부려놓는다. 아니 좀더 엄밀히 말하자면 그의 눈에 세계들은 이미 부피 0인 상태의 덩어리로 모여 있다.

이렇게 눈을 고정시키고 대상을 운동시키며 그는 입체파를 거스른다. 이장욱은 대상을 고정시키고 복안의 작업을 통해 사물의 새로운 측면을 발견하는 일마저 오히려 번잡한 것이라고 말하고 있는 듯하다. 오히려 그는 눈을 고정시킨다. 세계가 모여드는 것은 세계를 모으는 힘 때문이다. 아니, 달리 말하자면 세계가 일체의 선조성이나 부피 없이도 이미 모여 있다는 것을 태연하게 바라보는 눈 때문이다. 눈은 고정이요, 시간착오, 공간착오, 위상착오에 의해 감지된 여러 세계들이 운동한다. 따라서 이장욱은 오히려 주체의 분열이라든가 소멸 혹은 해체 같은 언사와는 가장 거리가 먼 시인이다. 물론 이것이 그가 세계 해석에 있어 자아의 전능화를 꾀하는 종류의 서정을 구사한다는 얘기는 결코 아니다. 이장욱은 입체파를 뒤집는다. 그러나 그렇다고 해서 그가 저 원근법의 '의사-깊이' 속으로 침잠해갈 이유는 전혀 없다. 그는 다만 야구장 외야의 어딘가에 지정석을 마련해두고 어제의 경기와 내일의 경기를 오늘 무심하게 복기하는 시인일 따름이다—이 문장의 시간착오는 전적으로 이장욱의 업보이다.

2. 평면의 음운론

여러 겹의 착오를 발생시킨다는 것은 제로값의 선조성과 부피로 이미 모여 있는 세계들을 무심히 바라보기 위함이라고 앞서 말한 바 있다. 사실 이렇게 발견된 그의 이미지들 낱낱은 엉뚱하거나 낯선 것이라기보다는 오히려 친숙한 것들이다. 그런데 한데 모여 이 이미지들은 특정한 효과를 낳는다. 비유컨대, 우리가 이장욱의 시에서 일종의 음성학보다 음운론에 관심을 기울여야 하는 이유가 여기 있다. 앞서 언급한 이미지들의 발생 경위 자체가 이미 일정한 음운론적 규칙(phono-logical rule)을 보여준다고 할 만하다. 시간착오와 공간착오 그리고 왕왕 변신의 형식으로 표출되는 위상착오라는 것이 바로 제로(zero) 부피로 함께 사는 기저의(underlying) 세계와 표면의(surface) 세계를 관계 맺게 하는 규칙이 아니고 무엇이겠는가? 착오들이란 기저의 세계들을 표면에서 감지되는 형태로 내미는 일종의 음운론적 규칙이다. 달리 말해 이장욱 시 고유의 이미지들을 낳는 착오들은 기저의 세계를 표면에서 분절시키는 과정에 작용하는 규칙이다. 음성학은 감지된 소리들의 관계들과 변별적 자질들과 체계에 매진한다. 그리고 바로 그 감지된 것들의 표면에서 음운은 사후적으로 추론된다. 발생학적으로 기저에 놓인 것으로 간주되는 음운은 단지 현상에서 감지되는 소리들로부터 추론된 결과로 구성된 것일 뿐이다. 그러니까 여기엔 인지의 순서와 발생학적 위계가 거꾸로 맞물려 있다. 기저에서 표층을 분절시킨 세계를 헤아리기 위해 우리는 매끄럽고 친숙한, 혹은 그렇게 마름질된 평면을 들여다볼 수 있을 뿐이다.

(1)

오늘도 누군가의 기일이며

전쟁이 있었던 날
창밖의 구름은 지난해의 농담을 닮았고
농담에는 피가 부족하다
어제까지 어머니였던 이가
오늘은 생물이라고 할 수 없고
아이는 하루 종일 거짓말에만 흥미를 느끼고
식물들의 인내심은 놀라워

—「기념일」 중에서

(2)
죽은 사람의 과거가 빈 방에서 깊어가고
소년들은 캄캄한 글씨를 연습하느라 손가락만 자라고
늙은 개의 이빨은 밤마다
설탕처럼 녹아 가는데

—「밤의 연약한 재료들」 중에서

시 (1)과 시 (2)에 사용된 개별 이미지들 역시 낯설거나 별난 것은 아니다. 그러나 시간과 공간 그리고 위상의 차이를 넘나들며 각각의 시에 사용된 이미지들은 시간의 선조성이나 두께 없이 한 평면에 채집되어—이미 거기 부피 제로로 모여 있는 세계들 중 지금 시인의 눈에 띄는 것들이 평면에 도열되었다는 의미에서—기저의 구조를 암시(imply)한다. 감관에 익숙한 형태로 분절된 음성들이 그 음성들의 관계가 아니면 상정되지 않을 음운의 체계를 넌지시 지시한다. 기일과 전쟁, 농담과 구름과 피, 어머니와 죽음, 아이와 거짓말 등은 낯설 것 없이 익숙한 음성(phone)들이지만 여러 착오들에 의해 한 평면에 도열하여 그것은 무심하고 집요하고 심지어 통속적이기까지 한 삶의 어떤 리

듦을 연상시킨다. 기일(忌日)의 소회를 담은 듯한 이 대목에서 우리는
기일을 맞는 이의 심회보다 기일에 유독 자세히 보이는 어떤 세계들에
관심을 기울이게 된다. 절박함 없는 농담들로 이어지는 것이, 거짓말
을 배우는 아이들의 흔한 놀람이 이어지는 것이 날들이다. 시간에 내
성이 생긴 듯 견디는 식물들의 인내심이 돋보이는 어떤 날은 바로 누
군가의 기일이며 어딘가의 전란 중의 하루이고 틀림없이 누군가의 기
념일이다. 분명한 '이미지-음성'들은 새삼 무언가를 '기념'하고 있을
누군가의 삶들을 병렬시킨다. '식물들의 인내심'이라는 이미지가 표상
하는 시간의 흐름은 다양한 군상 누구에게도 예외 없이 한결같고 집요
하다. 그는 다양한 이미지를 통해 그 양상을 드러내 보인다. 마찬가지
방식으로 시 (2)는 밤의 발견이다. 군말을 덧붙일 필요 없이 원리는 동
일하다. 그러니, 매끄러운 표면은 저 보는 눈에 매번 새삼스럽게 발견
되기만 하는 '무서운 진리'들을 무심한 태도로 지나치고 견디려는 이
의 부단한 대패질로 마름된다. 그는 매끄러운 표면으로 인해 발견을
견딘다.

오늘의 햇빛에는 감정이 지워져 있다.
공공장소에는 비둘기들이 어울려.
새들에게도 혈액형이 있고
그들만의 경험이 있을 것이다.
하지만 사람들은 꾸준히
거짓말을 하며 걸어 다녀.
누군가는 매일 혈액형이 바뀌고
누군가는 피의 종류를 모르지만
아이들은 언제부터인가 열심히
사람들을 닮아갔네.

오늘의 날씨는 너무 쉽게 솔직해져.

갑자기 쏟아지는 비가

구름의 책임은 아니듯이.

길가에 납작해진 비둘기가 조금씩

길이 되어가듯이.

약국 셔터 아래로

비늘처럼 저녁이 쌓이고.

피를 뽑은 후에 사람들은

가벼워진 몸으로 다시

익숙한 거짓말을 시작했다.

공공장소에서는 누구나

경험이 풍부한 사람이 되고

피의 종류에 대해

해박해졌다.

—「피의 종류」 전문

이 시에도 역시 별스러운 사건은 없다. 감정의 고저나 리듬의 음영도 도드라지지 않는다. 시에서 사건이라곤 공공장소에서의 헌혈이 전부이다. 그리고 그 공공장소에 사람들이 걸어 다니고 비둘기가 모여 있고 아이들이 뛰어놀 뿐이다. 이처럼 태연한 일상의 모습이 보통의 감관에 쉽게 감지되는 분절된 음성의 세계에 속한다면, 그것을 시적 착오들이라는 음운론적 규칙에 의해 분절시킨 기저의 음운 구조는 태연하고 매끄러운 이 표면의 네거티브 필름에 현상할 것이다.

공공장소, 비둘기, 헌혈, 피 등은 바로 이런 의미에서 표면에 매끄럽게 분절된 음성들이다. 표면의 네거티브 필름에 감지될 것은 아마도 "공공장소에서는 누구나 / 경험이 풍부한 사람이 되고 / 피의 종류에 대해 / 해박해졌다"라는 구절이 단적으로 보여주는 '혈액의 풍자'일 것이다. 헌혈의 현장에서 확인되는 틀림없는 혈액형은 삶의 새로운 거짓말을 시작하는 타종이 된다. 확실함과 단단함으로 훨씬 가벼워져서 누군가는 다시 익숙한 거짓말을 시작하고 아이들은 그를 닮아간다. 공공장소에서의 헌혈은 확실함에 대한 거짓말의 방법적 고해성사에 불과하다. 고해하고 사함을 받는다. 봉사하고 한결 가벼워져 그 스텝으로 거짓말들을 부리러 다닌다. 물론, 시인은 정색하지 않는다. 매끄러운 표면에 매끄러운 이미지들이 매끄럽게 오간다. 그는 매끄러운 표면으로 인해 발견을 견딘다.

> 당신은 목소리를 흘린다.
> 나는 흩어지는 것들을 바라본다.
> 거리의 신호등은 물질적이고
> 누구나 어제의 힘으로 겨우
> 미래에 도달했다.
> 그녀는 혼자 외우기 좋은 주문을 알게 되었고
> 그는 개들의 침묵을 이해했으며
> 당신은 십 년 전 어느 날 했던 말들을
> 똑같이 반복했다.
> 붉은 등이 켜지자
> 외로운 자들만 읽을 수 있는 한 권의 책이 되기 위해
> 모두들 생각을 멈추었다.
> 사실 생각이란
> 횡단보도에는 어울리지 않는 것
> 누군가는 미래로 전화를 걸고
> 누군가는 갑자기 차도로 뛰쳐나갔지만

모두가 거리의 정적을 느낀 것은 아니다.
그것은 욕설에 익숙한 소년소녀들의 몫.
자동차들은 언제나 과거로부터 나타나고
나는 험상궂은 표정으로도
슬픔을 표현할 수 있다.
주문을 외우자
푸른 불이 켜지고
거리는 먼 곳에서 먼 곳으로
이어졌다.
긴 정적이 시작되었다.
모두들 누군가의 목소리를 들은 듯
잠시 걸음을 멈추었다.

　　　　　　　　　　　　　　　　　—「목소리들」 전문

　신호등 앞에 제각각의 이력으로 '오늘'이라는 어제의 미래에 도달한 이들이 서 있다. 시인은 '누구나' 어제의 힘으로 겨우 미래에 도달했다고 말하고 있는데 이장욱이 종종 사용하는 이 '누구나'는 전칭(全稱)의 의미를 강조하기보다는 익명성을 강조하기 위한 것으로 보인다. 아니, 좀더 정확히 이야기하자면 시 안에서 전개되는 이력들의 파노라마에 사태의 주도권을 넘겨주기 위한 것이다. 목소리의 물질성이 물질 그 자체로 전화되는 순간을 목도하고 있는 '나'는 그렇게 흩어지는 '목소리-물질'들의 발원지에서 어제의 이력들이 새삼스럽게 전개되는 파노라마를 본다. 그는 "누구나 어제의 힘으로 겨우/미래에 도달했다"라고 적고 '그녀는/그는/당신은' "혼자 외우기 좋은 주문을 알게 되었고" "개들의 침묵을 이해했으며" "십 년 전 어느 날 했던 말들을/똑같이 반복"하여 오늘이라는 미래에 도달했다고 재차 이를 전개한다. 혼자 외우기 좋은 주문이 무엇이며 개들의 침묵을 이해한 이의 과거가 무엇이고 또한 십 년 전 어느 날 했던 말을 반복하는 까닭이 무엇인지를 이 표면에서 파헤칠 수는 없다. 다만 중요한 것은 이 내력들이 더께와 깊이를 이루는 대신 그것을 공시적으로 바라보는 이의 눈앞에서 평면상으로 도열한다는 사실이다. 바로 그 점에서 이장욱의 이미지들은 재차 음운론적 성격을 띤다. 음운은 물질로 체감되지 않으나 분절된 음성을 통해 제 존재감을 끊임없이 토로한다. 명백히 물질적인 신호등 앞에서 분별되지 않고 흐르는 목소리들이 각각의 이력들로 인해 어느덧 구체적 현장들을 배후에 품게 되고, 개별적 소유권이 식별되지 않던 소리들이 어느덧 한 삶씩을 표면으로 이끌고 나온다. 뭉치요 흐름인 소리들이 하나씩 맺히면서 이력들을 달고 나오자 기저의 '누구나'가 표면의 '그녀'와 '그'와 '당신'으로 분절된다. 이력의 음운론(phonology)이라고 할 만한 사태가 "흩어지는 것들을 바라"보는 눈앞에서 전개된다. 그러니까, 이미 시의 앞부분에서 이장욱은 자신의 방식으로 삶의 이력들을 평면에 펴내었다. 이렇게 분절된 이력들 개개의 변별적 자질들을 따지고 각각의 관계를 정렬하며 깊이를 만드는 음성학적 정돈은 이장욱의 관심사가 아니다. 이장욱의 시선은 그 역방향으로 향해간다. 그리고 이것은 해명과 개입 대신 무심과 관조라는 독특한 태도를 낳는다.

　시의 후반부에서 신호의 단속과 인파의 흐름은 무덤덤하게 묘사되고 있지만 그 안에는 미묘한 리듬이 있다. 거리에 물리적으로 흩어지는 소리들이 개개인의 목소리로 맺혀지고 다시 그 목소리 각각의 기저 이력이 추적되는 것과 같은 리듬이 이번엔 거리의 리듬에서 재생된다. 누군가의 신호처럼 "푸른 불"이 켜지면서 빨간 불들로 단속되었던 거리가 다시 "먼 곳에서 먼 곳으로" 이어지는 순간 발걸음과 함께 거리의 정적이 시작된다. 제각각의 이력을 지닌 이들의 목소리들이 흩어졌다가 잦아지는 리듬은 발걸음과 사고의 단속과 미묘하게 엇갈린다. 바로 그 순간을 시인은 바라보고 있다. 목소리와 동선이 고저와 완급을 계기로 활성을 맞바꾸는 순간에 관찰자의 현재가 놓여 있다. "모두들 누군가의 목소리를 들은 듯/잠시 걸음을 멈추었다."

물론, 우리는 "누군가는 갑자기 차도로 뛰쳐나갔지만/모두가 거리의 정적을 느낀 것은 아니다"라는 구절에서 어떤 구체적 파국을 읽을 수도 있을 것이다. 그러나 중요한 것은 평면의 미적 효과이다. 그는 매끄러운 표면으로 인해 발견을 건딘다.

3. 표면의 아이러니

매끄러운 표면으로 인해 발견을 건딘다는 말을 반복했다. 그것은 이런 의미를 지닌다. 우선 그것은 자신을 고정시키고 대상을 운동시키는 눈이 실은 비의를 관통하는 무척 예민한 눈이라는 사실을 적시한다. 이것은 사물과 사태의 다각적 측면을 복안(複眼)으로 파악하는 집요한 인식론적 눈과는 다른 눈이다. 이 눈은 '사태가 복잡해지고 슬퍼지는 데까지' 들여다보는 눈이다. 이 눈의 관심사는 인식이 아니라 의지와 취미이다. 예민하게 사태의 기저를 들여다보는 하나의 눈, 아니, 어떤 의미에서는 자꾸만 그 기저의 세계까지 망막에 어른거리는 '식스 센스'의 눈이 자신의 거듭되는 발견이 낳는 정서적 음영을 감당하는 태도를 드러내는 것이 바로 표면의 아이러니이다. 다음 시는 시인의 이런 태도를 거의 날것으로 보여준다.

너에게 나는 소문이다.
나는 사라지지 않지.
나는 종로 상공을 떠가는

비닐봉지처럼 유연해.

자동차들이 착지점을 통과한다.

나는 자꾸

몸무게가 제로에 가까워져

밤새 고개를 들고 열심히

너를 떠올렸다.

속도 자체는 아무것도 아니야.

사물과 사물 사이의 거리가 있을 뿐.

나는 아무 때나 정지할 수 있다.

완벽하게 복고적인 정신으로 충만하고 싶어.

가령 부르주아에 대한 고전적인 적의 같은 것.

나를 지배하는

기압골의 이동 경로, 혹은

저녁 여덟 시 홈드라마의 웃음.

나는 명랑해질 것이다.

교보문고 상공에

순간 정지한 비닐봉지.

비닐의 몸을 통과하는 무한한 확률들.

우리는 유려해지지 말자.

널 사랑해.

— 「근하신년 — 코끼리군의 엽서」 전문

　이 시에는 "나는 종로 상공을 떠가는 / 비닐봉지처럼 유연해" "나는 자꾸 / 몸무게가 제로에 가까워져" "나는 아무 때나 정지할 수 있다"에서와 같은 단정적 태도와 "완벽하게 복고적인 정신으로 충만하고 싶어" "나는 명랑해질 것이다" "우리는 유려해지지 말자"와 같은 의지적인 태도가 공존한다. 또한 "부르주아에 대한 고전적인 적의"와 같은 충만함과 "교보문고 상공에 / 순간 정지한 비닐봉지"가 보여주는 가벼움이 공존한다. 그러나 공존이라고는 했지만 좀더 자세히 들여다보면 이 이항들은 실은 하나가 다른 하나로 이루어지는 관계를 보여주고 있다. 즉 명랑해지고 싶다는 의지는 스스로가 비닐봉지처럼 유연하다는 단정들로 채워지며 교보문고 상공의 비닐봉지와 같은 가벼움은 고전적인 적의로 충만한 가벼움이다. 고전적인 적의로 충만한 채 "기압골의 이동 경로"를 따라 유연하게 떠다니는 비닐봉지라니…… 그것은 무게를 견디는 가벼움이다. 익숙한 음성들로 이루어진 표면의 기호들이 매끄러운 것은 정면으로 내리받는 하중을 비껴가는 사선의 가벼움을 허락하기 위함이다. 여러 세계에서 육박해오는 대상들로 인해 시시각각 도래하는 발견의 무게를 감당하게 하는 것은 바로 이 태도의 아이러니이다. 이 아이러니를 한층 더 이해하는 데에는 다음과 같은 구절들이 도움이 될 수 있을 것이다.

(1)
나는 녹색연합 회비를 자동 이체로 내지만
녹색연합 회보는 무균실 같애,

—「춘자春子」 중에서

(2)
나는 민노당을 지지하고
지구는 정기적으로
회전 중이다 (……)

—「새들의 비밀」 중에서

부르주아에 대한 고전적인 정의로 충만한 이가 비닐봉지처럼 가벼운 스텝을 취할 수 있다는 것이 의지와 취미의 봉합 대신 그 간극을 승인하는 아이러니스트의 태도가 아닐까? 녹색연합을 지지하면서 녹색연합 회보에 실린 주장들의 염결성에 대한 취미판단을 내리고 양자가 정합적으로 합치해야 한다는 당위의 무게를 덜어내는 것이 매끄러운 평면의 아이러니의 기능이다. 앞서 살펴보았듯 고전적 적의로 충만한 비닐봉지의 가벼움은 바로 이를 표상한다. 그러니까, 두 겹의 아이러니가 있다 하겠다. 예민한 눈에 자꾸만 제 이력을 고해오는 세계들을 발견하는 이로 하여금 그 놀람의 무게를 감당하게 하는 태도의 아이러니가 있겠고, 의지와 취미판단의 봉합 대신 그 간극의 승인으로 인해 발생하는 아이러니가 있겠다. 의지가 충만한 일상 대신 지구가 자전과 공전을 거듭하는 이치처럼 태연하게 민노당을 지지하는 것은 표리부동한 것이 아니라 의지와 취미의 간극을 승인하는 아이러니스트의 태도가 아닐까?

앞서 인용한 시에서 시인은 "속도 자체는 아무것도 아니야/사물과 사물 사이의 거리가 있을 뿐"이라고 말하고 있다. 시인이 속도를 사물과 사물 사이의 거리로 바꿀 수 있게 하는 것이 바로 이 표면의 아이러니이다. 속도를 사물 간의 거리로 바꾸는 것은 힘과 작용에서 벡터를 제하고 이를 표면의 현상으로 바꾸는 것이다. 그것은 또한 기저를 표면으로 바꾸는 것이다. 아니, 엄밀히 말하자면 기저를 표면으로 환언하는 일이다. 그것은 단정을 의지로, 무게를 가벼움으로 고쳐쓰는 일과 다르지 않다. 이제 다음 시를 보자.

왼발을 들고 정지한 고양이처럼
외로울 때는
동사무소에 가자

서류들은 언제나 낙천적이고
어제 죽은 사람들이 아직
떠나지 못한 곳

동사무소에서 우리는 前生이 궁금해지고
동사무소에서 우리는 공중부양에 관심이 생기고
그러다 죽은 생선처럼 침울해져서
짧은 질문을 던지지
동사무소란
무엇인가

동사무소는 그 질문이 없는 곳
그 밖의 모든 것이 있는 곳
우리의 일생이 있는 곳
그러므로 언제나 정시에 문을 닫는
동사무소에 가자

두부처럼 조용한
오후의 공터라든가
그 공터에서 혼자 노는 바람의 방향을
자꾸 생각하게 될 때

어제의 경험을 신뢰할 수 없거나
혼자 잠들고 싶지 않을 때
왼발을 든 채
궁금한 표정으로

우리는 동사무소에 가자

동사무소는 간결해
시작과 끝이 무한해
동사무소를 나오면서 우리는
외로운 고양이 같은 표정으로
왼손을 들고
왼발을 들고

—「동사무소에 가자」 전문

　동사무소는 사적인 삶이 공적으로 편입되는 곳이다. "어제의 경험을
신뢰할 수 없"어 자신의 삶을 일체 회의에 부칠 때, 개체의 든든한 공
적 이력을 언제든 제시해주는 "낙천적"인 장소가 바로 동사무소이다.
또한 외로운 개체에게 언제든 자신과 결부된 서류상의 수많은 관계들
을 공인된 방식으로 열람하게 해주는 곳이 바로 든든한 동사무소이다.
"어제 죽은 사람들"의 삶조차 고스란히 열람되어 있는 이 동사무소에
서는 "어제의 경험을 신뢰할 수 없"고 혼자인 것이 마냥 못마땅한 개체
에게 그 '흔들리는' 경험을 굳건한 통계로 기입하고 누적시키는 단단함
을 보여주는 곳이다. 동사무소에서 홀로된 이는 건국 이래 아무도 없
다. 따라서 일체의 경험이 흔들리고 홀로인 것이 치명적인 어느 날에
도 동사무소는 마냥 전능하다. 심지어 "우리의 전생"과 "공중부양"에
대한 '초월적' 질문에도 응해줄 것 같은 동사무소가 언제든 지근거리
에, 눈앞에 있다. 그러나 개별적 경험과 외로움에 대해 공증과 관계를
제공하는 동사무소마저 외로워 보이는 것은 우리가 바로 그 전능함의
기원에 대해 물을 때이다. '대체 동사무소란 무엇이기에 죽은 이들과
전생과 공중부양까지 떠맡고 있는가' 하고 묻는 순간 동사무소는 정시

에 문을 닫는다. 동사무소에는 모든 것이 있지만 "동사무소란/무엇인가" 하는 질문이 없다. 간결한 양식으로 무한한 공적 관계망 속에 개체의 본적을 정확히 지정해주는 동사무소에는 자신의 원적이 없다. "왼발을 들고 정지한 고양이"마냥 외로워서 동사무소를 찾은 이는 사적 경험에 대한 공적 보증 속에서 위안받다가 저 권능의 유래에 대한 치명적 의문을 품는다. 그리고 바로 그것에 대한 질문 앞에서 그는 이내 "죽은 생선처럼 침울해져서" "왼손" "왼발" 다 들고 동사무소를 나온다. 사적인 삶에 대한 공적인 확증은 없다. 전생과 공중부양마저 계량해줄 것 같은 '전능한' 동사무소가 자신의 원적조차 지니고 있지 않다는 사실은 이를 잘 보여준다. 공적인 것은 사적인 것의 구조가 아니다. 그것 역시 표면일 뿐이다.

익숙한 기호들로 매끄러운 표면을 벼리고 이를 통해 그 기저의 것을 추론하게 하는 이 평면파 시인은 의지와 취미, 사적인 것과 공적인 것들의 사이를 잘도 헤쳐나간다. 들리는 음성으로부터 들리지 않는 음운의 구조를 추상하게 하고 바로 그것을 가능케 하는 음운론적 규칙들에 의해 가시세계의 구조를 되묻게 한다는 의미에서 이장욱의 시는 랑시에르를 떠올리게 한다. 그러나 한편으로, 의지와 취미의 비정합과 사적인 것과 공적인 것의 사이를 누구보다 예민하게 바라보는 이 무심평면파 시인의 어깨는 랑시에르보다 리처드 로티의 어깨를 겯고 있는 것이 아닐까?

악동 라이브 시인의 그래피티

1

    서효인의 첫 시집 『소년 파르티잔 행동 지침』(민음사, 2010)은 개별적 서사를 지닌 인상적인 장면들이 하나의 화면에 오버랩된 시적 그래피티(graffiti)로 기억될 것이다. 이 시집의 벽면에는 악동의 탄생기와 88만원 세대 청년의 '수업시대', 그리고 목소리를 잃은 루저(loser)들의 소망이 공간적으로 다채롭게 펼쳐져 있다. 이 젊은 시인은 추상과 기하학에는 조금도 눈길을 주지 않고 온전히 재료가 일러주는 방법과 손의 노동만을 믿으며 작업한다. 그러니 어쩌면 그의 시는 사유와 계획보다는 안료의 냄새와 현장의 촉감에 의존하는 시라고 할 수 있을지 모른다. 서효인에게는 보는 이(見者)로서의 시인이라는 들뜬 자의식이나 비가시적 세계의 맥박을 귀에 모으는 이의 조심스러움이 없다. 그러나 그의 시에는 공간감과 현장감이 생생하게 살아 있다. 서효인의 시는 항상 라이브다. 그는 사태를 관객의 눈앞에 펼쳐놓는다.

그러니, 시간과 숙성에 의존하는 시를 감상하는 방법과, 공간과 현장감에 의존하는 시를 감상하는 방법이 어찌 같을 수 있을 것인가? 시간과 숙성에 의존하는 작품은 정서의 사후적 복원과 교감에 크게 의존한다. 그러나 질료의 물질성과 창작의 비밀을 감상자의 공간에 죄 부려놓는 작품은 연행(演行)의 진행과 함께 동시적으로 감상이 진행된다. 서효인의 시집에 실린 시들의 면모를 감상하기 위해 저 연행의 과정을 재연해보는 것이 적잖이 도움이 되리라 기대하는 것은 바로 그 때문이다. 라이브 무대에 함께 참여하는 관객의 입장에서 악동이 그래피티의 벽면을 구성하는 과정을 살펴보자.

2

아마도 이 젊은 시인이 벽면을 구성함에 있어 처음 밑그림에 착수한 지점은 악동의 성장기가 그려진 구역일 것이다.

(1)
진짜 거리를 알고 싶냐? 좀 노는 동네 형이 하는 소리를 알아먹지 못했다 주머니 속에서 작은 손이 동전을 매만졌다 일용할 양식처럼 순하고 고운 마지막 코인
(······)
닥치고 맞았다 숨거나 피할 수도 없는 거다 햇빛이 강한 거다 밝고 리얼한 거리에서 Street Fighter들은 이상하게 연전연패, 이니셜을 남길 동전만 한 공란도 없는 거다 그건 주머니 속의 일용할 양식이 가장 잘 알았다

—「거리의 싸움꾼 — 분노 조절법 초급반」 중에서

(2)

　세 시간 전, 곧이어 아무것도 변하지 않는다면 참 심심하겠지 밀레니엄이라고 발음하면 아이돌 그룹처럼 명징한 새로움이 도래할 것만 같았다 심심한 건 죄악, 턱 아래로 떨어지는 국물의 무료한 낙하, 아무도 닦아 주지 않을 시간들이 틀어 놓은 TV처럼 지나갔다

—「밀레니엄 송가 — 분노 조절법 고급반」 중에서

　바둑에서 행마의 신비 중 하나는 천변만화를 낳는 행마의 과정 중에서도 첫 착수점이 놓일 곳은 거의 몇 개의 지점밖에 없다는 것이다. 젊은 시인들의 경우, 첫 시집에 거의 빠짐없이 담겨 있는 성장기가 바로 바둑에서의 초기 포석과도 같은 것이라고 한다면 어떨까? 수가 놓일 지점은 많지 않지만 그것이 이후 형세를 좌우한다는 의미에서 말이다. 서효인의 첫 시집에서도 우선적으로 눈에 띄는 것은 역시 성장기이다. 이 시집에 실린 적지 않은 분량의 시들이 여기에 속한다. 인용된 시는 그 일례가 된다. 모든 착수가 그렇듯 이 성장기 역시 이후 펼쳐질 좌표의 싹이라는 점에서 관심을 끌지만 초기 형세는 간명하다. 시 (1)과 (2)에는 분노에 대한 정신승리법이 나타나 있다. 분노는 악동 성장의 에너지다. 이해할 수 없어 분노하는 아이, 이해하되 분노하는 아이, 이해하건 말건 간에 분노하는 악동이 있을 뿐이다. 그러니 분노는 악동의 학교다. 시 (1)과 (2)에서 좌충우돌하는 소년은 폭력과 권태("심심한 건 죄악")의 주기 안에서 세계에 대해 학습한다. 그렇게 분노를 익힌 '파르티잔 소년'(「소년 파르티잔 행동 지침」)이 심드렁하게 내뱉는 다음과 같은 말은 무척 흥미롭다.

사납게도 나는 계속 컸다

                                  —「슬램, 성장기」 중에서

    성장기의 좌충우돌을 다루고 있는 여러 시들 중에서 가장 눈에 띄는 구절은 바로 이 구절이다. 그리고 이 구절 중에서도 묘수는 바로 "사납게도"라는 부사의 사용이다. 이 부사가 "컸다"라는 말에 걸리면 이 구절은 한 소년이 분노와 함께 성장했다고 고하는 앞선 시들의 의미를 고스란히 넘겨받는다. 한편, 이 부사가 문장 전체에 걸리는 것이라면 이 시행의 효과는 더욱 커진다. 왜냐하면 바로 이 표현으로 말미암아 이 구절은 성장의 불가항력성에 대한 인지가 안겨주는 원인 모를 슬픔까지 포괄하게 되기 때문이다. 어쩌면 모든 소년의 분노는 성장의 불가항력성에 대한 인지와 더불어 한 번 소진되는지도 모른다. 분노에는 비밀이 없지만 불가항력에는 비밀이 있다. 자신을 폭발시키는 (외부적) 힘에 대한 대응은 즉각적일 수 있지만 정체를 드러내지 않고 자신을 떠미는 것에 대해서는 백전백패다. 배후와 원인들의 존재를 인지하는 순간 사춘기는 끝이 난다. 성년은 직접성에 대한 간접성의 승리와 더불어 온다. 저 "사납게도"라는 말이 이 그래피티의 성장기 부분에 새겨진 풍크툼(punctum)으로 우리의 눈을 찔러오는 것은 바로 이 때문이다.

    같은 맥락에서 이 청년 라이브 시인은 분노의 시절에 대한 기억의 화폭에 이런 풍크툼 하나를 또 새겨놓는다.

백 원만 하던 너, 아직도 여기 있구나
모교 앞, 문방구는 이름이 바뀌고
주인 여자도 졸업식마냥 늙었는데
오래된 오락기 위에 먼지가 되어 앉았구나

백 원만 하던 너, 아직도 웃는구나
장마처럼 침을 흘리며 먼지처럼 닦이지 않으며
너를 보는 모교 앞

—「광기의 재개발」 중에서

　저 유명한 『호밀밭의 파수꾼』에서 소년 방랑자 홀든이 자신에게 걸린 외로움과 분노의 주문에 대해 결빙의 실마리를 찾기 시작하는 것은 세상의 몰이해를 이해하지 못하던 소년의 눈에도 사태가 슬퍼지는 지점이 엿보이면서부터이다. 저 유명한 그네 장면은 그런 맥락에서 읽힐 수 있다. 한 소년의 성장기에서, 자신의 삶과 더불어 타인의 삶이 있다는 것을 발견하게 되는 과정을 제시하는 방법 중 가장 우월한 것일 그네 장면을 상기해보자. 여기서, 소년을 몰아세우며 그렇게 젠체하던 삶도 제 안에 쉬 해독되지 않는 슬픔들이 내장되어 있었다는 것을 간파당하자 계면쩍은 얼굴을 마침내 드러내 보이게 되는 것이다. 아마도 서효인의 시집에서 이와 같은 계기를 찾으라면 바로 인용된 시에 제시된, 슬픔의 발견 장면일 것이다. "백 원만 하던 너"가 다시 눈에 들어온다는 것은 소년이 청년이 되었다는 사실에 대한 진술이다. 그러니, 항상 놀림감이던 그 아이에게 "너, 아직도 여기 있구나" 하고 건네는 말은 사실 '너'에게 건네는 것이라기보다는 자신에게 건네는 말이다. 그것은 '너'의 재발견에서 오는 반성이 아니라 시절의 재발견에서 오는 깨달음이다. 조롱의 대상이 되었던 아이를 원인 모를 슬픔의 한 부분으로 발견하는 것, 그것이 성년(成年)의 조건인 것이다.

3

아마도, 성장기 다음으로 이 화폭에서 쉽게 눈에 띄는 것은 온갖 인간 군상의 행동과 그 행동의 전모, 즉 액션(action)을 그린 부분들일 것이다. 본래 액션이라는 용어는 인간의 행위뿐만 아니라 그 행위로부터 비롯되는 사건의 전개 추이까지 아우르는 개념인데 바로 이런 의미에서 인간 군상의 액션이 서효인의 그래피티 곳곳에 다양하게 그려져 있다. 월리의 숨은그림찾기에 기울이는 노력 반만 투자해도 우리는 다음과 같은 인물들을 서효인의 벽화 이곳저곳에서 쉽게 발견할 수 있을 것이다. 그림을 훑어보자.

리모델링 공사 현장에서 사고를 당한 노동자(「잠자는 감자」), 대형 마트의 '공격' 앞에서 마치 슈퍼마리오 게임의 주인공처럼 우스꽝스러워진 마리슈퍼의 주인장(「슈퍼 마氏」), 교통사고를 당해 거리에 널브러진 다방 레지(「한없이 시끄러운 쟁반」), 폐업 직전의 회사에 다니면서 불안과 피로의 일상을 사는 회사원(「그리고 다시 아침」), 모두의 무관심 속에서 죽음을 맞고 사체가 오래 방치된 노점상 할머니(「냄새나는 사람」), 요실금을 앓으며 기우(杞憂)에 시달리는 중년 사내(「걱정하는 사람」), 장기 매매 광고를 보고 지친 자신의 몸에 내장된 상품을 계산하는 사내(「내려가는 사람」), 마치 '천둥소리에 하품하는 여자'처럼 씩씩하고 태연하게 장어를 잡는 아낙(「부지런한 생물」), 그리고 캐디의 엉덩이를 그루브하게 만져대며 골프를 치는 사장님(「착하고 즐거운 코스」)……

그러니, 서효인의 그래피티에서 성장기 다음으로 눈에 띄는 것은 바로 이 다양한 인간 군상의 액션이 아닐 수 없다. 그리고 아마도 다양한 사람들의 삶을 다룬 시들 중에서도 가장 짙은 색이 사용된 부분은 이런 장면들일 것이다.

(1)
당신은 이 나라의 수도에 대한
유력한 격언을 몰라
당신의 눈을 감은 사이에, 이미
코가 없잖아 블랑코
코가 쑥 빠져 낙담하던 당신은 마른세수를 하다
깨닫는다 걸리는 게 없이 평평한 안면

(……)
코가 없는 당신은 코가 있는 자의 사회로부터
매 맞은 허벅지처럼 시퍼렇게 구별된다
피노키오처럼 탕감되길 원하겠지만
당신은 믿을 만한 사람이 아니며 그저 블랑코,
코가 없을 만큼이나 불량한 족속
                    ―「블랑코의 잃어버린 코를 찾아서」 중에서

(2)
　형편없는 음을 뱉는 여가수의 목덜미는 노브라 속 건포도만큼 무방비하다 조율하지 않아도 괜찮았을 밴드의 손목이 위아래로 기타를 매만진다 코베인의 최후를 생각한다 여가수는 스캔들의 주인공이지만 커트만큼은 아니지 너의 스캔들은 그의 암내보다 못하다 건포도의 골목에서 타이밍을 놓친 밴드, 감꽃 냄새 퍼지고,

　후우, 다음 주 녹화는 오지 않아도 좋아.

(……)

야, 나가!

　　　　　　—「처음부터 나가요 밴드는 아니었지만」 중에서

(3)
　다리에 힘이 풀렸군 무차별한 꿈은 링 코너에 몰려 마우스피스까지 뱉은 채 그로기, 카운트에 밀려 일어선 무릎은 가늘게 떨리고 고개를 들 힘도 없는 자네의 희망은 그로기, 박스에 갇힌 자네는 복싱의 신이 던진 미끼를 문 복어, 독 빠진 패배자, 어디를 그렇게 보는 거야 이 얼빠진 친구야

　　나는 웃었어요 씨익,
　　헐떡거리며 마우스피스를 뱉은 내 벌과 나비가
　　무하마드의 잘난 귓불에 엘도라도처럼 붙어 반짝,
　　복싱 말고 다른, 좋은 생각 하나가 떠올랐기 때문이지요
　　　　　　　　　—「웃어 봐, 프레이저」 중에서

　인간 군상의 면면 가운데 단연 눈에 띄는 것은 루저들의 모습이다. 공장의 화학물질에 코를 잃은 외국인 노동자 블랑코, 커트 코베인의 음악을 꿈꾸었지만 결국은 퇴락한 '나가요 밴드', 그리고 상대의 공격에 무방비 상태로 놓인 복서 등이 시선을 끈다. 그런데 '나가요 밴드'의 경우에 단적으로 드러나 있지만 이들이 루저가 된 까닭은 일정한 삶의 박자를 놓쳤기 때문이다. 청년에게 감지된 것은 분노와 슬픔마저 규율하는 여일한 리듬과 박자의 세계이다.

모든 도로에 도도한 박자가 흘러요 (⋯⋯) 일 년 전이나 일 년 후나
내비게이션의 맑은 목소리처럼 똑같은 표정을 하고 있거든요
—「박치」 중에서

　　그러니까, 서효인이 보기에 루저들은 모두 박치들이다. 서효인이 이
시집에서 보여주는 통찰 중 하나는 바로 힘의 관계를 문화적 규율관계
의 양상으로 꿰뚫어보는 것이다. 사태의 본질을 희석시킬 우려에도 불
구하고 사회적 지배와 피지배의 관계를 문화적 수월성의 관계로 고쳐
읽는 독법은 나름의 장점을 지닌다. 서효인이 방법론 삼은 그래피티란
무엇인가? 그것은 재현이면서 동시에 교란이다. 사회가 성원들로 하여
금 여일한 박자로 보조를 맞추기를 '온정적으로' '권유'할 때, 차갑게
(쿨하게?) 저 사회의 박자 혹은 행동의 규약(code of conduct)을 거절하
는 태도의 소산, 그리하여 기성의 "도도한 박자"에 대해서 스스로 어깃
장을 놓는 박치를 자처하는 이의 액션, 그것이야말로 공공장소에 그려
지는 그래피티가 구현하는 바의 핵심이 아니고 무엇이겠는가? 그래서
일까? 인용된 시 (3)의 마지막 부분에서 루저인 복서는 반전을 준비한
다. 루저를 향하여 "독 빠진 패배자"라고 조소를 보내는 이의 '귓불'에
고정된 시선은 우리로 하여금 '사고'를 예감하게 한다. 우리가 이때 예
감하는 것은 규약과 룰을 넘어선 어떤 행동이다. 틀림없이 경악을 낳
을 이 행동은 공인된 행동 규약에 대한 배신이지만 분리와 위계를 명
령하는 '공공의 질서'라는 상징적 기표에서 '공(公)'의 모자를 벗기는 일
에 비견된다. 이 위반이 지시하는 바는 기성 코드의 해체이다. 규약은
부과되는 것이 아니라 그려지는 것이라는 것이 바로 그래피티의 정신
이다. 그러니 아마도 서효인의 벽면에 드디어 반칙왕 '마스크 X'가 그
려지기 시작하는 것도 바로 이 시점부터일 게다.

4

나는 마스크 X, 이마에 땀띠가 나도록 경기에 열중하는 프로페셔널,
오늘의 상대는 멀쩡한 옷을 잡아 뜯기로 소문난 분노의 헐크호건이다
그는 아름다운 금발이지만 소갈머리는 공허하다 그는 반인반수의 신화
적 기술과 근성을 갖고 있다 하나는 헐크요 하나는 호건이다 기술이든
근성이든 신화에 불과하므로 그와 나 사이에 사인은 사뭇 중요하다 헐
크와 호건으로 이루어진 이분법적 체계 안에서 그의 연기는 반칙처럼
확고하다 그는 슈퍼스타, 나로 말할 것 같으면 말할 것이 별로 없는 X,
소개도 필요 없는 마스크 X, 반칙왕 마스크 X, (……) 손가락으로 눈알
을 찌른다 철제 의자를 등 뒤에 꽂는다 나의 악행이 극렬해질수록 관객
들은 호불호를 판별할 수 없는 환호성을 뱉는다 (……) 결국 나는 헐크
로 변한 호건의 밑구멍에 깔려 카운터를 맞이할 뿐이다 헷갈리는 사이
에 원 투 쓰리, 그는 손목을 뱅뱅 돌리며 자신의 귀에 환호를 담고 있다
순간, 내 안에서 모든 약물이 춤을 춘다 곧 사인이 없는 돌발적 상황이
생길 것이다

—「마스크 1」 중에서

해외 토픽에 의하면, 공공장소에서 마스크를 착용하는 것을 그 사회
의 행동 규약을 어기는 행위로 간주하겠다고 엄포를 놓는 사회도 있다
고 한다. 그랬거나 저랬거나, 마스크는 종종 위반의 기표로 작동한다.
서효인의 첫 시집을 그래피티로 읽는 우리의 독법에서 아마도 궁극적
으로 눈길을 잡아끄는 부분은 마스크 X가 등장하는 장면들일 것이다.
이미 우리는 이 벽면에 한 소년의 성장기와 한 사회의 루저들의 이야
기가 함께 그려져 있는 것을 확인했다. 그리고 어렴풋하게 반격을 예
감했다. 이 그래피티의 대미는 마스크 X의 몫으로 남겨진다. 시를 보

라. 헐크호건은 체계의 상징이다. 그는 미리 정해진 각본에 의해 언제나 승자의 위치를 점한다. 뿐만 아니라 아름다운 금발을 지녔다. 아름다운 승자를 대체 누가 탓할 것인가? 그러나 서효인은 이 아름다운 승자의 실체를 체계의 대리인으로 간파한다. "그의 연기는 반칙처럼 확고하다"라는 표현이 적시하듯 그는 항상 승리를 아름답게 연기할 뿐이다. 그것이 이 사회의 룰이 그에게 부여한 역할이기 때문이다. 마스크 X는 규약 안에서 위법적 역할을 부여받는다. 그는 이기지 않는다는 한도 내에서 룰을 어기는데, 바로 이것이 승자의 아름다움을 돋보이게 만드는 비결이다. 패자의 추함은 아름다운 승자의 비결이자 꿈이다. 경기의 룰, 사회의 행동 코드를 근본적으로 뒤흔들지 않는 선에서의 반칙은 승자의 장식물이다. 그러니 이런 종류의 위반은 여일한 박자에 의해 조율되는 악(惡)이다. 흥미로운 사태는 여기서 발생한다. 앞서 우리는 승자의 귓불을 응시하는 "독 빠진 패배자"의 독한 시선을 보았다. 그리고 예감된 사태는 여지없이 발생한다. "사인이 없는 돌발적 상황"의 발발이야말로 규약(code) 위반, 상징적 기호(sign)의 부정이 아니고 무엇이겠는가? 참으로 외설적인 현장이다. 왜냐하면 바로 이 파열의 순간이야말로 〈트루먼 쇼〉의 연출자가 화들짝 놀라 이 세계에 육성을 드러내는 노골적 순간이 아닐 수 없기 때문이다. 마스크 X가 끝을 볼 것인가? 설계자의 목소리가 이 외설을 수습할 것인가?

마스크 X의 얼굴은 패션 아이템이 되었다. 모두 같은 얼굴을 하고 거리를 활보한다. 과자 부스러기를 향한 개미들의 행렬처럼 장엄하고 찬란하다. 다리를 꼰 기다란 여자들이 마스크 착용법에 대해 참견한다. 안경 쓴 구조주의자들이 여러 분석을 내놓는다. 여러 전파에서 수많은 마스크 X가 걷잡을 수 없이 새로 태어났다.

(……)

악몽을 확인한 자들이 편안하게 거리를 활보한다. 갑작스러운 방송 사고로 인기를 끌었던 최초의 마스크 X는 종적을 감췄다. 소문에는 국가에 대한 거대한 방정식의 정답으로 판명, 괄호 속으로 붙잡혀 갔다고 한다. 사람들은 이제 표정을 지을 필요가 없다. 마스크 X는 불능, 그들은 마스크 안에서 부정을 배운다.

—「마스크 3」 중에서

서효인이 장식하는 벽면에 출현한 마스크 X의 가면은 양가적이다. 그것은 한편으로는 기성의 행동 규약을 위반하며 상징적 질서에 파열을 내는 기표로 기능하면서, 자명한 것처럼 보이는 세계의 규약들 배후에 그 규약을 정초한 목소리가 있었다는 사실을 폭로하는 역할을 수행한다. 그런데 인용한 「마스크 3」에 나타나 있듯이 그것은 또다른 한편으로는 익명성에 의해 위반을 풍문으로, 풍문을 유행으로, 그리하여 끝내는 일탈을 습관으로 재규약화하는 기능마저도 수행하는 기표이다. 마스크 X는 위반하고 놀래키고 유행하고 분석되고 순치된다. 그는, 미리 설계된 질서를 기안한 이의 민낯을 드러내 보이는 수배자였다가 여차하면 불온을 불능에 인도하는 집행자가 된다. 그러니까, 마스크 X는 위반과 순치의 경계에 서 있다고 할 수 있다. 서효인은 「마스크 1」과 「마스크 3」의 경계에서 묻는다. '이대로 계속 진행하시겠습니까?' 당신은 '예스'를 택하겠는가, '노'를 택하겠는가?

그래피티란 본래 그런 것이다. 그것은 애초 공공장소에 기입된 낙서로부터 출발해서 일각에서는 또다른 제도를 이루었다. 그것은 공공의 영역에 남겨진 스크래치로부터 시작했지만 일부는 여전히 스크래치로 남았다. 그것은 공공의 행동 규약(codes of conduct)을 덧내는 흠집으로 기능했지만 큰 흠집은 때로 경관이 되었다. 그러니, 마스크 X의 운명은 정확히 그래피티의 운명이다. 그리고…… 서효인의 첫 시집 역시 묘하게도 이 경계를 살고 있다.

분노가 슬픔을 들여다보면서 한 소년의 성장기는 시작되었다. 루저들의 삶을 들여다보고 그들의 삶에 대해 추체험하는 힘이 소년을 자라게 했다. 마침내 타인의 고통에 공감하는 힘과 똑같은 종류의 힘이 청년의 분노를 붓끝으로 밀어올렸다. 안료 냄새 가득한 그의 그래피티에 숙성의 자태는 없지만 생기가 가득하다. 아무렴, 서효인은 라이브로 그래피티를 그리는 시인이다, 힘내라 마스크 X!

적막의 언어, 파적(破寂)의 언어

1

강희안의 언어에 적막이 감돈다. 이번 시집에서 여러 가지 방식으로 기성의 언어를 완롱하고 있는 그의 목소리는 앞선 두 시집에서보다 톤이 높다. 그러나 그의 목소리에서 우리가 재기(才氣)보다 먼저 읽어야할 것은 바로 그 재기를 휩싸고 도는 적막이다. 그리고 우리가 이 시집에서 적막을 읽어야 한다면 우선은 가장 낮은 지표상에서 그 절실함과 마주해야 할 것이다.

목청을 왈칵 열어젖힌 울음은 시위다. 표적을 향해 당기는 격렬한 몸부림이다. 한때 나도 소리의 무늬를 따라간 적이 있다. 바람의 분화구에 닿자마자 더 큰 소리의 파고를 따라 끝없이 허우적대며 팽팽히 차오르던 활의 몸, 고통의 폭발음을 듣는다. 80년대식 소리의 집에 들면서부터 나는 이 세상의 많은 길들을 잃어버렸다. 누군가를 겨냥한 힘줄만으로도 충분하리라 믿었다. 허나 나의 소리는 빗나간 살과 같았으므로, 제자리에서 몸을 풀어버린 일도 있다. 아무리 소리쳐 목을 놓아본들 과녁이 없는 한 더는 한 발자국도 나아갈 수 없는 길, 시위가 시위답기 위해 무리수를 두어야 하듯 소리가 소리답기 위해 세상을 나의 몸 속으로 불러들여야 했다. 거친 함성으로 우우 몰려가던 시위, 적막의 폭발음을 듣는다. 세상으로 던진 돌들이 하나 둘 나를 향해 떼울음으로 날아드는 환영을 본 건 바로 얼마 전의 일이다. 연대의 바퀴에 깔려 투명해진 고통의 무늬들, 소리의 파편을 거두어들이자 표적이 된 내가 거기 있었다. 목청을 닫아걸고 우는 울음은 활이다. 시위마저 놓아버린 고요한 폐허다. 누구도 들추어본 적 없는, 90년대식 슬픔엔 소리가 없다. 분화구가 없다

—「소리의 덫 — 슬픈 연대를 찾아서」전문[1]

이 시는 아마도 강희안의 새 시집의 주조와는 거리가 있는 편에 속할 것이다. 그러나 이 시에 담긴 세 가지 무늬의 음향은 틀림없이 이 시집의 기저음을 이루고 있다고 할 수 있다. 활시위에 메겨진 화살이 잔뜩 적의를 품은 채 우는(鳴) 소리, 그 배음이 되는 아우성, 그리고 그렇게 장전된 소리가 시위를 떠났다가 목적지를 잃고 귀환해서 가닿게 되는 적막이 바로 그것이다. 말이 수긍이나 반발을 얻으면 그 말을 낳은 아우성은 적막으로 귀결되지 않고 확성된다. 동지와 적군을 구한 말은 어떻게든 목표를 찾고 또다른 시위에 걸린다. 그것은 언제고 재차 "표적을 향해 당기는 격렬한 몸부림"으로 장전되고 "목청을 왈칵 열어젖힌 울음"으로 발사된다. 그것이 "고통의 폭발음"이건 혹은 분노의

---

1) 강희안, 『나탈리 망세의 첼로』, 천년의시작, 2008. 이하 별도의 언급이 없으면 출처 동일.

소리이건 장전되어 표적을 향해 발사된 소리는 표적의 유인을 통해서만 성음(成音)된다. 그것이 탄착지를 노정한 말들의 운명이다. 그러니 애초 이 말들은 모두 그것을 유인한 저 과녁의 것이다. 이런 말들은 서정의 것이건 여타 현실의 필요에 의한 것이건 장전만으로도 저 부동의 지시대상과 결탁한다. 그것이 "누군가를 겨냥한 힘줄만으로도 충분"한 말들 거개의 내력이다.

보라, 시인은 "한때 나도 소리의 무늬를 따라간 적이 있다"고 고백하고 있다. 그것이 어찌 예사로운 고백이랴, 시인의 말과 관련된 일일진대. 그러니 이 고백을 귀담아들으면서 이 시에서 말들의 탄착점이 전복되는 사태를 유심히 지켜보라. "소리의 파편을 거두어들이자 표적이 된 내가 거기 있었다"고 그는 말하고 있다. 시위에 걸렸던 말들이 표적을 잃고 '거자필반(去者必反)'이다. "세상으로 던진 돌들이 하나둘 나를 향해 떼울음으로 날아드는 환영" 속에서 그는 텔로스(telos)를 잃은 생의 적막과 직면한다. 과녁을 잃고 귀환한 소리들은 그것을 시위에 건 이의 고막을 울리지 않는다. 이렇게 돌아온 소리란 소리는 죄 돌아오는 즉시 적막으로 변전된다. 그는 이 사태에 대해 "적막의 폭발음을 듣는다"고 극적으로 표현했다. 표적에 가닿지 못한 울음과 몸부림이 죄 자신에게 돌아오는 곳에서 벌어지는 사태는 바로 이 "적막의 폭발"이다. 과녁을 잃은 말들이 강희안의 첫 시집 『지나간 슬픔이 강물이라면』(문학사상사, 1996)을 상자한 한 서정시인의 심중에 적막을 풀었다. "80년대식 소리의 집"을 "고요한 폐허"로 바꾸기 위해 그렇게도 많은 말들이 시위를 떠나고 떠났다가 길을 잃고 잃었다가 돌아와 적막의 일가를 이루었나보다. 이것을 적막의 사회적 관계 차원이라고 할 것인가, 적막의 정치경제학이라고 할 것인가, 아니면 말의 재귀적 용법이라고 할 것인가? 그 내력을 세세히 푸는 것 역시 다만 소음에 지나지 않음을 우리는 알고 있다. 저간의 사정에 대해 너무나 많은 풍문과 진언들을 겪은 우리가 아닌가.

2

가장 낮은 지표상에서 상황과 조건으로부터 비롯된 적막은 인식상
의 지표에서 이렇게 모양을 드러낸다.

당신이 사용하는 렌즈가 새로운 매혹의 땅을 밝혀주는 지도라 믿어
본 적 있던가

뷰파인더를 통해 초원의 사슴을 바라보는 동안에도 당신은, 뇌의 편
향된 시점에 휘둘렸다. 그에 따라 주변의 이미지가 깨졌다는 빌미를 제
공한 적도 있다. 두뇌의 신속한 '장면판독' 능력으로 말미암아 당신은
현재에 투사된 화면의 거점을 잡는 데만 골몰했다. 결국 뇌의 판독 의지
는 당신으로 하여금 전체 화면보다는 오로지 사슴만을 주시하도록 유혹
했던 것이다. 흥미롭게도 전체 구도를 떠나지 못하고, 그야말로 선택적
상징에 초점을 맞추는 늙은 시인이여, 당신이 아웃사이더의 정체를 무
시하는 편견에 물든 것도 두뇌가 당신을 속여서 프레임을 꽉 채웠다 믿
도록 조장했기 때문이다

당신에게는 무엇을 '보느냐look'가 아니라, 무엇을 '인식하느냐see'*
가 시급하리라

* 헨리 데이비드 소로의 말

―「카메라의 눈」 전문

시위에 걸린 언어가 타깃 지향형이듯이, 대상 자체에만 초점을 맞추는 인식은 프레임 지향형이다. 대상의 외양과 성분의 함량을 파악하고 분석하려는 데 골몰하는 인식은 전체 연관을 놓치고 프레임 안에 주어진 기술적(記述的) 사실을 현실의 전부로 받아들인다. "현재에 투사된 화면의 거점을 잡는 데만 골몰"하는 이의 인식은 "프레임을 꽉 채"운 것들을 전부로, 전체로, 그리고 충만한 현실로 간주한다. 인식이 그럴진대, 언어는 말할 필요도 없다. 전체 연관을 고려하지 못하고 프레임에 갇힌 인식을 세계관으로 승인하는 이의 언어는 구체적인 것들을 일의적 기호로 대체하는 "선택적 상징"을 그의 '말씀'으로 삼는다. 이 시에서 화자는 바로 이런 언어에 갇힌 이들을 "늙은 시인"이라고 표현했지만 그것이 어디 생물학적 연대기의 문제겠는가, 그것은 인식의 문제이자 언어를 다루는 방식의 차이의 문제가 아닐 수 없다. 젊어도 노회한, 연만해도 늘 새로운 시인들을 우리는 얼마나 많이 목격하는가, 그러니 관건은 프레임에 주어진 대로 "무엇을 '보느냐look'가 아니라" 프레임에 주어진 내용들을 충실히 들여다보되, 그것이 전체 연관 속에서 부여받는 의미를 파악하는 것, 즉 프레임의 외부와 외부에서 생략된 것들을 인식 속에서 복원하는 것이다. "무엇을 '인식하느냐see'가" 중요한 이유는 이 때문이다. 드가와 로트레크 같은 화가들이 역사적 상징이나 신화적 상징으로 구성된 '완벽한' 구도의 화면 대신 인물이 잘린 채 마무리된 화폭을 구상할 수 있었던 것은 부분을 통해서도 외부를 상상하는 이들과의 묵계가 가능해졌기 때문이었다.

캠릿브지 대학의 연결구과에 따르면, 한 단어 안에서 글자가 어떤 순서로 배되열어 있는가 하것는은 중하요지 않고, 첫째번와 마지막 글자가 올바른 위치에 있것는이 중하요고 한다. 나머지 글들자은 완전히 엉진창망의 순서로 되어 있지을라도 당신은 아무 문없제이 이것을 읽을 수 있다. 왜냐하면 인간의 두뇌는 모든 글자를 하나 하나 읽것는이 아니라 단어 하나를 전체로 인하식기 때이문다.

　　너는 전후에 존재한다. 고로 나는 가운데토막이다
　　　　　　　　　　　　　　　　—「탈중심주의脫中心注意」전문

　시인은 이 시에 "탈중심주의"라는 제목을 붙였지만, 맥락상 우리는 이를 프레임 지향형 인식으로부터의 탈피로, 타깃 지향형 언어로부터의 탈피로 읽을 수 있을 것이다. 인용된 시의 각 어절들을 음절이라는 프레임 단위에 골몰해서 읽을 경우, 우리는 이 시로부터 어떤 메시지도 간추릴 수 없다. 그러나 이미 전체와의 의미 연관을 충분히 고려하고 읽을 준비가 되어 있는 독자는 별 무리 없이 이 시의 메시지를 파악할 수 있다. 그러니 이 시는 일종의 방법론이라고 할 수 있다. 그런가 하면 다음의 시는 가치론이다.

　피카소의 「아비뇽의 아가씨들」을 보면 커튼 사이로 몽마르뜨 언덕이 보입니다. 달빛 몇 낱으로 실족의 함정을 놓는 1차원 나라엔 하늘빛을 찾아 나서는 속죄양의 무리가 풍금소리로 흥건히 깔려 있던가요? 낡아 삐걱대는 계단을 따라 피카소의 아뜰리에를 방문한 깊은 밤, 수모의 혀를 물고 터지려는 듯 무릎까지 가슴까지 흔들어대는 빛의 세계를 헤집어 들어갑니다. 벌거벗은 여인들이 무리를 이루어 육감적인 허리를 세울 때마다 누군가 지나가며 혼잣말로 중얼거립니다. "쯧쯔, 깨진 유리 파편이군. 아무도 들여다볼 수 없겠어." 피카소가 잠시 이젤의 단을 낮추는 사이 매음굴보다 먼저 죄가 닿는 하늘을 화폭에 담고 싶지만, 대체 당신은 어떤 시간에 살을 섞는 깃입니까. 반삭의 달빛으로 밝혀 놓은 시리디 시린 불임의 촉수들, 눈에 보이거나 꾸며진 건 다 거짓이라며 4차원의 난장을 더듬어 들어갔나 봅니다. 질긴 어둠에 묻혀서야 아득하게 뻗어 오르는 향일성의 덫, 눈물로부터 먼 아비뇽의 아가씨를 닮아가는 젖은 얼굴들이 보입니다. 피카소가 울고 있습니다. 한여름 밤은 깊어만 갑니다

―「파편의 빛」 전문

앵그르의 그림 〈터키탕〉에 대한 명백한 풍자인 피카소의 〈하렘〉은 현실을 이상화하는 작품에 대한 일종의 야유로 읽힌다. 현실에 대한 이상화야말로 인식에 대한 가치의 우위를 입증하려는 시도이다. 그것은 당위의 영역에 속하는 일이기 때문이다. 피카소가 거부한 것은 바로 이 당위이다. 이상적인 전체를 거부하고 파편들에게 독립성을 되돌려주는 것이야말로 피카소가 〈하렘〉과 〈아비뇽의 아가씨들〉에서 시도한 중요한 기획이었다. 이 기획이 얼마나 철저한 것이었는가 하면, 흔히 입체파의 선구자로 간주되는 조르주 브라크조차 〈아비뇽의 아가씨들〉에 대해 "갈가리 찢어진 캔버스 부스러기"를 던져주는 것이라고 힐난할 정도였다. 파편들을 구획과 경계와 분절로만 이해할 경우 파편들은 그것이 점유한 공간에 한정된 특정한 의미만을 부여받게 된다. 그러나 그것들이 다른 파편들과의 관계 속에서 거듭 새로운 미적 변량들을 생산하는 독립성을 지닌 것들, 다시 말해 부분이자 전체로서 독립적으로 또 때로는 유기적으로 작용하는 특수자들이 되는 순간 이 파편들은 상징의 기관으로 기능하기를 거부하고 '살아 움직이며 실천하는' 진짜 기호들이 된다. 시인 앙드레 살몽이 피카소의 이 그림을 방정식에 비유하며 그림의 각 부분들이 마치 칠판 위에 적은 숫자들과 같다고 말한 이유는 바로 이 때문일 것이다. 인용된 시의 표현을 빌리자면, 그것을 어떻게 읽느냐에 따라 파편들은 "달빛 몇 낱으로 실족의 함정을 놓는 1차원 나라"에 속하는 것이 되기도 하며 또한 "눈에 보이거나

꾸며진 건 다 거짓이라며 4차원의 난장"을 이루는 요소들이 되기도 한다. "깨진 유리 파편"을 통해 아무것도 들여다보지 못하는 이는 파편들에게 수모와 죄를 덧입힌다. 그러나 일의적 해석과 평면적 구성이 미처 다루지 못하는 편에 있는 것들, 1차원의 화폭에서 이상화되거나 생략된 것들까지 모두 그러모아 한 화폭에 담는 정신은 이 파편들에서 "질긴 어둠에 묻혀서야 아득하게 뻗어 오르는 향일성의 덫"을 본다. 향일성이면 향일성이지 왜 덫인가? "덫"이 아니었다면 어둠 속에서 새어 나오는 빛 역시 일의적인 상징일 뿐이다. 그러나 그조차 일말의 덫이라면 색은, 면은, 삶은, 죄는, 슬픔은, 희망은 모두 한 화폭에서 조합을 위탁한 채 맞물린 파편들일 따름이다. 그러니 이것은 차라리 다원적·다성적 가치론이다.

3

상황과 조건의 편에서 언뜻 얼굴을 내비쳤던 적막이 인식의 차원에서 방법론을 구하고 가치론을 통해 증폭되는 것을 간략히 살펴보았다. 이제 세번째 국면, 즉 이런 양상이 궁극적으로 시어를 통해 어떻게 전개되는가를 확인할 차례이다. 우선, 시인 자신의 언명을 간략히 정돈해보자.

(1)
우리들은 모두
꽃의 궁에 들고 싶다
나는 꽃에게 너는 그에게
잊혀지지 않을 상징의 꼬리표를 떼고 싶다

(2)

상징이란, 발기를 활성화하기 위해 실재 세계가 상상력의 세계 쪽으로 엎드린 채 가랑이를 벌려야만 비로소 섹스할 수 있는 기법이기 때문이다.

—「너무도 사적인 현대 시작법―직유에서 상징까지」 중에서

(3)

언어의 형상을 깨면 완전한 자유에 이른다고 믿는 때는 아무리 경쾌하게 정리해도 결국 삶은 텍스트로 열거될 수 없다는 글을 썼을 때다. (……) 가장 긴요한 메시지를 빠뜨렸다고 믿는 때는 편지봉투를 봉합해 막 우체통에 집어넣은 직후다.

—「절연의 관계망」 중에서

벤야민과 폴 드 만이 기존의 통념을 뒤집으며 보여준 바 있듯이 예술에 있어 상징이야말로, 저들 스스로 펄펄 살아 뛰는 삼라만상의 특수자들을 단일한 관념이나 유기적 전체라는 하나의 타깃에 복속시키는 유력한 방편이다. 즉 특수자들을 전체라든가 이상이라든가 하는 보편자에 애써 귀속시키는 일이야말로 예술에 있어 상징의 가장 중요한 특징이다. 그렇기 때문에 타깃과 프레임에 사유와 언어를 복속시키는 것에 저항하고자 하는 시인이 가장 먼저 도모해야 할 일은 대상과의 동일시를 주된 원리로 삼아온 시들이 고수해온 상징과의 오랜 밀약을 끊는 일이다. 그러므로 시 (1)은 선언이요 시 (2)는 사유서이며, 시 (3)은 효과이다. 상징의 꼬리표를 떼려는 이유는 시 (2)에서 볼 수 있듯이 상징이 변화무쌍한 특수자들의 세계를 자신의 발 앞에 얌전하게 복속

시킴으로써 작동하는 기법이기 때문이다. 그러나 "아무리 경쾌하게 정리해도 결국 삶은 텍스트로 열거될 수 없다"는 것이 삶의 진실이다. 억지 정합성과 한정된 대표성에 의존하는 상징으로는 풀리지 않는 특수자들의 세계엔 배달되지 않는 잉여의 의미들이 언제나 남기 마련이다. 상징의 기대와는 달리 특수자들에겐 잉여가, 문자 이후의 작업엔 결여가 필연적으로 발생할 수밖에 없다. 그러니 이제 시어는 상징으로는 갈무리되지 않는 바로 그 잉여 의미들을 길어올려야 한다. 바로 이런 내력을 지닌 상징과의 절연 양상을 시를 통해 전개하면 다음과 같은 작품을 얻는다.

÷의 달이 호수에게 왜 나를 비추느냐를 묻자 그는 나를 비춘 적이 없다고 되물었다. 구름이 서행하다 몸의 스크럼을 푼 곳은 문자 이전일까, 이후일까? 그녀는 나와 팬히 결혼했다고 트집을 일삼으며 웃었다. 통통 튀던 %들조차 널 중심으로 나를 취했으나, 한쪽으로 기울었다. 삐딱한 관점에서 너는 위장 이혼을 종용했다. 그들이 거주한 몸은 빗장뼈를 뽑았기 때문에 헐거웠다. 시가 살아 있기 때문에 그는 솔직할 수 없다고 고백했다. ↕에 고착된 그들은 양쪽 도어록을 잡고 울었다. 서로 힘껏 잡아당겨서 열리지 않았다. 예수의 발 뒤꿈치도 뒤집어 볼 수 없었다. 파경을 각오한 호수의 달빛이 시퍼런 칼날을 휘둘러댔다. 기도로써 뽑아든 평등의 벽을 보았다

—「÷%↕」 전문

달이 호수를 비추는 현상, "구름이 서행하다 몸의 스크럼을 푼 곳"의 내력, 서로를 마주 비추던 이들의 관계에 빗금이 가게 되는 까닭, 마주 보던 두 사람이 문을 경계로 서로 맞서야 하는 사정 등등, 그 어디에도 문자로 지시되고 약속으로 대표되는 일의적 현실은 없다. 대체

어떤 단일한 정황이 상징적 문자와 정합하는가? 이 모든 사태에 담긴 의미는 "문자 이전일까, 이후일까?" 시인은 사건과 그것의 의미와 기호를 나란히 놓았다. "÷"는 달이 호수를 비추는 모양의 상형이자 두 마음이 상응하는 것을 나타내는 기호일 터이다. 같은 맥락에서 "%"는 기울어진 빗장뼈의 상형이자 어긋난 마음의 표상이 될 것이다. 본래 마음을 지시하는 기호 "↑"는 문을 경계로 마주 서서 울고 있는 두 사람의 모양에 대한 상형이면서 동시에 호수를 밟고 간 "예수의 발 뒤꿈치"와 대비되며 인간이 지니는 현실적 고뇌에 대한 표상이 된다. 시인은 결혼과 위장 이혼과 파경이라는 세 국면의 현실 상황 속에서 자신의 말을 찾는다. "÷" "%" "↑"라는 세 기호를 현실을 수놓듯 눈앞에 부려놓은 시인은 이 세 기호의 연쇄에 대해 시의 마지막 부분에서 "파경을 각오한 호수의 달빛이 시퍼런 칼날을 휘둘러댔다. 기도로써 뽑아든 평등의 벽을 보았다"라고 말을 얹고 있다. 그러나 현실의 사건도 세 가지 기호의 연쇄도 마지막 부분의 진술도 그 어떤 일의적 해석을 노정하지 않는다. 이 시의 한가운데에서 불현듯 불거진 "시가 살아 있기 때문에 그는 솔직할 수 없다"는 구절은 사태와 기호와 진술을 포개어놓아도 여전히 드러나지 않는 의미 연관에 대한 곤혹감을 직접 드러낸 것이라고 할 수 있다. 사태는 간명하다. 기호는 단출하다. 진술은 단정하다. 그렇지만 이것들 낱낱으로는 어떤 식으로도 "문자 이전"의 의미가 드러나지 않는다. 그런가 하면, 시의 마지막 부분에서 포개져서 세 겹을 이루게 되는 언술 역시 '문자 이후'의 명료함을 획득하지 못한다. 대체로 현실과 기호와 의미가 하나의 표상을 통해 합동을 이루게 되는 상징에서의 사태와 달리 '살아 있는 시'의 언어는 자의에 의해서건 타의에 의해서건 직설이 되지 못한다. 이런 시에서라면 현실은 지시되지 않고 구성되며 의미는 드러나지 않고 파생되고 기호는 줄기차게 영구독립을 주장한다. '살아 있는' 참된 시라면 언어에 의해 매개되는 현실이 지시에 의해 포획되지 않는 잉여물을 남기게 된다는 것을 승인할 수밖에 없다. 이것이 상징과 결별한 시가 단도직입적으로 '솔직해질 수 없는' 까닭이다. 그렇다면, 그처럼 독하게 "선택적 상징에 초점을 맞추는 늙은 시인"이 되기를 거부하고 이전의 시와 절연한 그에게 이제 시란 무엇이란 말인가?

나탈리 망세, 그녀는 다리를 벌리고 그 가랑이 사이에 첼로를 세워 품에 안고 연주했다. 알몸의 창녀가 무릎 꿇은 예수를 품에 안자, 당신의 손은 어디를 질척거렸던가. 고질적인 몸과 예수, 성경과 외설의 지퍼를 번갈아 더듬어 내리는 첼로는 권세였다. 보수적 낭설을 표방하는 클래식 성기였다. 그녀는 급기야 첼로의 나뭇결 속으로 걸어 들어갔다
(……)

나탈리 망세의 첼로처럼 권세의 모랄은 다양하다. 그녀는 목사가 조직적으로 깎아놓은 최면의 입성을 벗어 던졌다. 그녀는 첼로와 함께 오르가즘의 활을 당기며 세상을 쏟아 놓았다. 무서울 정도로 어떤 목수는 잔인한 음부의 권능을 즐긴다. 나탈리 망세, 그녀는 흩어진 말씀의 파편들을 긁어모아 첼로와 함께 그녀의 자궁 속으로 밀어 넣었다

이제 곧 신은, 엄중한 당신의 메시지조차 봉인으로 거두리라
                                        —「나탈리 망세의 첼로」 중에서

누드 첼리스트 나탈리 망세의 첼로 연주는 그 자체로 상징을 벗은 언어로 쓰이는 시에 대한 기표가 된다. "보수적 낭설을 표방하는 클래식 성기"였던 첼로가 나탈리 망세이 연주에 의해 "목사가 조직직으로 깎아놓은 최면의 입성을 벗어 던"지고 그 최면의 막에 가려졌던 "싱싱

한" "세상을 쏟아 놓"는 악기로 탈바꿈된다. 세계의 결여를 메우는 단 하나의 성기, 즉 팔루스(phallus)를 통해 단 하나의 '말씀', 즉 로고스(logos)를 계시하는 제의의 일환이었던 첼로 연주는 이제 부서진, 흩어진 말씀들을 그러모으는 행위가 된다. 시인은 자서에서 "시 아닌 시 누구에게도 시적이지 않은 사적인 나의 시 비시(非詩)를 쓰고 싶었다"라고 말하고 있다. 나탈리 망세의 첼로 연주는 바로 이런 의미의 시 쓰기에 비견되는 것이 아닐까? 사물의 양태와 사태의 의미에 대해 기성의 언어가 오랜 시간 누려온 대표성을 누적된 "권세"에 기댄 것이라고 일축하는 이가 로고스를 세우는 대신 "말씀의 파편들"을 모아 만드는 시는 어떤 것이 될 것인가? 이제 나머지 감상은 고스란히 독자들 편에 맡기면서 강희안의 시가 달을 가리키는 손가락 마디마저 지우게 될 날을 기다려본다.

제4부

바깥으로의 귀환

1

떠나온 곳은 있으되 돌아갈 곳은 없는 이의 귀환은 어떻게 가능할 것인가? 낮고 작은 목소리로 펼쳐진 넓은 성찰들을 가득 담고 있는 마종기 시인의 새 시집 『하늘의 맨살』(문학과지성사, 2010)에서 우리가 담대하게 물어야 할 것이 있다면 바로 이 질문이 될 것이다. 누군가 귀환을 꿈꾼다는 것은 그가 항상 모순으로 귀결되고 마는 운동에 참여하게 되었다는 것을 의미한다. 귀환은 언제나 미완이다. 경험 속 과거를 도달해야 할 미래로 호출하는 운동이 귀환이라는 사태의 본질이기 때문이다. 예컨대, 마르셀 프루스트의 『잃어버린 시간을 찾아서』에서 우리는 그 단적인 예를 발견할 수 있다. 질 들뢰즈에 의하면 이 작품 속에는 세 개의 콩브레가 있다. 경험상의 현재의 콩브레, 과거의 콩브레 그리고 양자의 차이에 대한 인지를 낳는 기저로서의 콩브레 혹은 즉자로서의 콩브레가 그것이다. 들뢰즈는 세번째 의미의 고향이 특별히 '순수 과거'에 속하는 것이라고 말한 바 있다. 그 '순수 과거'는 경험 속 고향과 현재의 고향이 어떻게 다른 것인지만을 항상 지시할 뿐이다.

그러니까, 귀환은 항상 세 가지 계기를 보유하는 운동이다. 우선 그것은 현재 삶의 다양한 정황으로부터 불현듯 개시된다. 마치 마들렌 과자로부터 프루스트의 저 장구한 사유의 편력이 개시되듯이 귀환은 항상 현재의 특정 계기로부터 비롯된다. 그리고 그렇게 '비자발적인 기억'(들뢰즈)에 의해 촉발된 마음의 운동은 과거의 한 시절을 향한다. 그것이 귀환의 두번째 계기이다. 그리고 바로 그런 사정으로 인해 귀환은 항상 공간으로의 회귀가 아니라 특정 시간으로의 회귀일 수밖에 없다. 귀환의 세번째 계기는 바로 이와 관계된다. 귀환은 공간이 아니라 시간과 결부된 사태이기에 언제나 순연된다. 귀환을 꿈꾸는 이의 과거를 향한 운동은 공동(空洞)의 시간을 발견하는 것으로 귀결될 수밖에 없다. 귀환의 존재론적 불가능성을 지적한 이마누엘 칸트의 말마따나 귀환은 언제나 불발이다. 아무 곳에도 없는 중심이 우리를 유혹하는 것이 귀환이라는 사태의 내적 진실이기 때문이다. 그렇기에 노스탤지어(nostalgia)는 삶의 경계를 일주하던 이가 불현듯 중심이 기우는 것을 인지하는 순간에 앓는 몸살이다. 그것은 도달할 수 없는 공동의 시간과 텅 빈 중심의 환상통이다.

2

마종기 시인은 귀환의 역설 앞에 서 있다. 모든 사태는 일상에 대한 이물감으로부터 비롯된다.

그렇다, 나는 아직
세상을 어떻게 살아야 하는지
익숙지 않다.

강물은 여전히 우리를 위해
눈빛을 열고 매일 밝힌다지만
시들어가는 날은 고개 숙인 채
길 잃고 헤매기만 하느니.

가난한 마음이란 어떤 삶인지,
따뜻한 삶이란 무슨 뜻인지,
나는 모두 익숙지 않다.

죽어가는 친구의 울음도
전혀 익숙지 않다.
친구의 재 가루를 뿌리는
침몰하는 내 육신의 아픔도,
눈물도, 외진 곳의 이명도
익숙지 않다.

어느 빈 땅에 벗고 나서야
세상의 만사가 환히 보이고
웃고 포기하는 일이 편안해질까.

― 「익숙지 않다」 전문

아마도 마종기 시인의 시집 『하늘의 맨살』의 기저음을 꼽으라고 하면 이 시의 목소리를 꼽지 않을 수 없을 것이다. 일상으로부터 시시각각 낯설어지는 형벌에 처해진 이가 수시로 엄습하는 삶의 이물감을 토로하는 목소리야말로 이 시집에서 다양하게 전개되는 목소리들의 근저에 놓일 수 있다. 인용된 시를 보자. 특히 시의 앞부분과 뒷부분에 있는 두 개의 시어 사이에 성립하는 의미망을 눈여겨보자. 사태는 "아직"과 "어느" 사이에서 움튼다. 시인은 지금 "무모한 생애의 고장난 신호등"(「길목에 서 있는 바람」) 앞에 서 있다. 강물은 여전히 흐르고 일상은 여일한 리듬으로 진행되지만 마치 '고장난 신호등' 앞에 선 것처럼 삶이 문득문득 낯설어진다. 하루의 낯빛이 어떻게 변해가는지 홀연 까마득해지고 대체 가난한 마음이라든가 따뜻한 삶이란 무엇이었는지에 대한 실감이 손가락 사이로 빠져나간다. 교통정리 없는 삶, 완만한 해석 없는 삶과 일순 대면하게 된 시인은 "아직"이라고 발음해본다. "아직"이라니, 그것은 순연의 부사이다. 삶은 때가 되면 언젠가는 제 비밀을 죄다 고해올 책처럼 보이다가도 이내 불친절한 원서처럼 입을 다문다. 하루의 낯빛이 변화하는 것의 자명함과 가난한 마음이나 따뜻한 삶이라는 말이 보장하는 안온함은, 종종 "육신의 아픔"과 "외진 곳의 이명"과 더불어 수수께끼가 된다. 삶의 진실은 이것일지 모른다. 언젠가 한 번은 그렇게 속 시원히 풀려버릴 것 같던 삶은 "아직" 이물스럽다. 그러니 여기서 "아직"은 시간의 순서를 지시하는 부사라기보다 불가능성을 확증하는 감탄사이다. 그런데 이 시에서 단연 이와 맞서고 있는 것은 후반부의 "어느"라는 시어이다. 미답과 미정의 의미론적 계기에서 "어느"와 "아직"은 몸에 시간이 누적될수록 외려 시시각각 낯설어지는 삶에 대해 시인이 느끼는 이물감과 미욱함을 함께 지시한다. 그러나 체념과 의지의 의미론적 계기에서 양자는 완전히 상반된 방향으로 펼쳐진다. "어느 빈 땅"은 "아직" 여기에 없는 무엇으로 가득 찬 공간이다. 그러니까 "아직"과 "어느"는 시간과 공간의 상호변환을 이

끄는 시어들이다. 아직은 없는 것이 어느 곳엔가는 가득 차 있으리라는 기대야말로 시간으로 가득 채워진 공간이라는 마종기 시인 특유의 주제론을 이끌고 나온다. 그러니까, 그는 "아직"에 대해 "어느"로 대처함으로써 다시 귀환의 닻을 올리고 있는 셈이다.

> 사람과 사람이 만나면
> 말을 나누던 시대가 있었다.
> 함께 웃던 시대가 있었다.
> 돌아보면 그지없이 하찮은 일상을
> 나는 바쁘다며 앞만 보고 달렸다.
>
> 겨울이 되어 모두 혼자가 되었다.
> 아무리 눈여겨 찾아도 보이지 않는다.
> 그리운 것은 어디서 동면에 들었는가.
>
> ──「동면冬眠」중에서

이를테면 "아직" 익숙하지 않은 시간의 대척점에 "사람과 사람이 만나면 / 말을 나누던" "함께 웃던" 시대가 있다고 할 것이다. 문제는 이것이 비가역적 사태라는 것이다. 저 시대 속으로의 귀향은 불가능한 것이다. 귀향이라는 운동이 불가능해진 곳에 남는 것은 그리움이라는 에너지이다. 즉 그 불가능성으로 인해 귀환-운동은 항시 그리움-에너지로 환원된다. 다음 시에 나타난 양상도 비슷하다.

> 춥고 어두운 곳에서 만들어낸
> 민족이니 민중이니 계층을 떠나
> 이데올로기, 사상이니 좌우를 떠나

그런 투쟁의 외마디 억압을 떠나
아무도 어디로 소외되지 않는 땅.

내 나라야! 부르면 나비가 날고
내 아들아! 대답 들으면 꽃잎이 트는
따뜻한 풍경이 되어 웃고 사는 축일,
나는 약속대로 오래 죽어서 살았다.
떠나라는 말 듣고도 울지 않았다.

햇살이 넘치고 수평선이 출렁인다.
그런 나라가 더 이상은 없다면
나는 태어나지 않고 혼자 살리라,
멀리서 내 나라를 그리워만 하리라.

—「내 나라」 중에서

앞에 인용한 시가 "아직"이라는 시어와 결부된 시간상의 대척점을
보여준다면 지금 인용한 시는 "어느"라는 시어와 결부된 공간상의 대
척점을 보여준다. 「내 나라」에 간명하게 제시된 정황은 이렇다. 떠나온
곳은 있으되 돌아갈 곳이 없는 상황에 처한 이가 귀환이라는 운동을
그리움이라는 에너지로 환원하는 현장이 이 시의 현장이다. 마종기 시
인의 『하늘의 맨살』에는 바로 이와 같은 환원을 보여주는 시들이 꽤 여
러 편 실려 있다. 구체적인 운동이 되지 못한 에너지, 운동으로부터 다
시 에너지로 환원된 그리움으로 들끓는 내면을 보여주는 시들의 예를
충분히 들 수 있다. 단적인 예로, "세상에서 진 자들의 쉴 자리가 되고
/ 계산 없는 위로의 물잔을 건네주는 곳"을 그리워하는 목소리를 담은
「낮달은 왜 흰빛인가」 같은 시들을 대번 거론할 수 있겠다. 그러나 지

금 중요한 것은 구체적인 시간, 구체적인 장소로 귀환하지 못하는 이의 내면에 운동상의 어떤 변곡점들이 생겨나는지를 살펴보는 것이다.

3

넓고 긴 지평선을 여러 개 만났다.
적적한 날씨여서인지
모두들 이마를 맞대고
사이좋게 살고 있었다.

나도 안락한 삶을 살고 싶었다.
비 오는 날에는 하늘이 녹아
지평선의 살결을 지워버린다.
가지 않는 시간이 소문에 젖는다.

구겨진 살벌한 여정은
어차피 시야보다 멀리 지나가버리고
내 종점을 찾지 못할까 두려워한다.

반쯤은 허물어진 집에
황량한 나라에서 몰려오는 안개,
숲과 땅은 지평선을 다시 만드느라
계획했던 낙향을 미루고 있다.

　　　　　　　　　　　　　　—「지평선, 내 종점」전문

귀환 운동을 그리움이라는 에너지로 환원할 수밖에 없는 이의 내면에 생기는 변곡점을 보여준다는 의미에서 이 시집에 일종의 주름을 형성하는 시라고 할 만한 시를 읽어보자. 이 시의 핵심 이미지인 지평선은 이중의 의미를 부여받고 있다. 그것은 넓고 길고 평평한 것으로서 안락한 삶에 대한 열망과 나란히 놓인다. 또한 동시에 그것은 이 세계 바깥과의 접선을 의미한다. 그러니까 지평선은 정주와 유동의 경계라고 할 수 있다. 중요한 것은 여기에 다시 시인이 종점이라는 의미까지 부여하고 있다는 점이다. 왜 종점일까? 지평선은 그 가없는 수평성으로 인해 보는 이로 하여금 안온함의 척도가 되어준다. 동시에 그것은 항상 '너머'에 대한 호기심을 자극한다. 월경(越境)을 부추기는 안온함이 바로 지평선의 섭리다. "가지 않는 시간이 소문에 젖는다"라는 표현은 바로 이를 적시하는 절창이 아닐 수 없다. 시간이 소문에 휩싸일 때 일어나는 사건들을 지평선은 자신의 주름 안에 무수히 지니고 있다. 그런데, 시의 마지막 두 행에서 시인은 "숲과 땅은 지평선을 다시 만드느라／계획했던 낙향을 미루고 있다"고 말하고 있다. 비록 비 오는 날의 숲과 땅의 풍경을 빌려 말하고 있지만 우리는 이 두 행에 담긴 지평선과 낙향의 관계를 가벼이 보아 넘길 수 없다. 지평선 없는 귀환은 귀향이 아니라 낙향이다. 그러니까, 귀환을 위해서는 지평선이 반드시 필요하다. 이것은 물론 역설이다. 그러나 역설에는 일말의 진실이 담겨 있는 법, 누군가 자꾸 지평선으로 내닫는 것은 월경을 위해서가 아니라 지평선을 밀고 가기 위함이다. 근사한 지평선을 만드느라 "계획했던 낙향"—귀향이 아니다—을 미루는 방식, 이것을 수축적 귀환 혹은 내포적 귀환이라고 명명하자. 운동을 에너지로 환원한 이가 귀환 의지를 살려두는 방식 중 하나는 이와 같이 경계를 밀고 가는 것이다. 이 방식에서 귀환은 극적인 사건이 아니라 경계 내부에서 경계를 바라보는 일로 대체된다.

나는 왜 오래 장소에만 집착하며 살아왔는지,
내가 사는 곳에는 사철 열등감만 차 있고
눈이 올 듯 늘 어둡고 흐려야만 안심을 했지.
그래서 순천에서 만난 억새는 놀라움이었어.
북해에 살던 그 풀들도 친척이 된다는 말,
얼마나 내 묵은 심사를 편하게 해주었던지.

나는 이제 아무 데나 엎드려 잠잘 수 있다.
하루 종일 자유롭게 길 떠나는 씨를 안은 꽃,
꽃이라 부르기엔 눈치 보이던, 북해의
외딴 억새도 고향의 화사한 피의 형제라니!
저녁이면 음정이 같은 메아리가 된다니!

변하지 않는 시야에 서 있는 귀향의 끝,
평범하게 말 없이 살자고 약속했던 그대여,
끝없는 추락까지 그리워하며 잠들던 그대여,
나도 안다, 우리는 아직 여행을 끝내지 않았다.
내가 찾던 평생의 길고 수척한 행복을 우연히
넓게 퍼진 수억의 낙화 속에서 찾았을 뿐이다.

                      —「북해의 억새」 중에서

　'장소에 대한 집착'으로 곤두선 마음을 누그러뜨려준 것은 뜻밖에도 "외딴" 것이었다. 심지어 시인은 "변하지 않는 시야에 서 있는 귀향의 끝"이라고까지 말하고 있다. 귀향은 익숙한 것들로의 귀환이다. 물론, 앞서 언급한 것처럼 귀환은 그 완결이 언제나 순연되는 운동이지만 여하튼 그것은 익숙한 것 혹은 익숙해지고 싶은 것들에 대한 그리움 혹은 "집착"에 의해 촉발된다. 그런데 여기서 시인은 귀환의 존재론적 불가능성(칸트)에 대한 절망 대신 고향을 개방하는 데서 오는 위안을 얻고 있다. 즉 그는 돌아갈 수 없는 고향으로의 무궁회귀 대신 고향을 세계와 사물들 속에서 터뜨리는 방식을 택하고 있다. "외딴 억새도 고향의 화사한 피의 형제라니!"라는 표현에 담긴 안도감은 낯선 세계와 사물들 속에서 고향을 발견할 때의 그것과는 미묘하게 다르다. 즉 이것은 낯선 것을 익숙한 것으로 대체하려는 "집착"과는 그 방향을 완전히 달리한다. 이것은 보상물에 의한 대체가 아니라 고향의 요소적 재탄생이다. 고향은 비슷한 것으로 대체되는 것이 아니라 요소적으로 환원되어 세계 속으로 확산된다. 이제 귀향은 특별한 시간과 공간 속으로의 복귀가 아니라 세계의 재발견을 통해 이루어진다. 이를 확산적 귀환이라고 할 수 있지 않을까? "나는 이제 아무 데나 엎드려 잠잘 수 있다"라는 진술 속에서 엿보이는 태도는 영어식 표현에서처럼 남의 집에서 마치 '자기 집에 있듯이 편하게 지내는' 호기로움보다는 익숙한 재료로 새집을 짓는 이의 설렘과 결부된다고 할 수 있을 것이다. 심지어 시인은 아직 여행을 끝내지는 못했지만 "내가 찾던 평생의 길고 수척한 행복을 우연히 / 넓게 퍼진 수억의 낙화 속에서 찾았"다고 말하고 있다. 나그네를 고향에 데려다주는 것이 아니라 고향을 나그네 쪽으로 끌어오는 방식으로 비근한 사물들 속에 고향을 짓는 방식, 이것이 이 시집에 실린 귀환의 두번째 변곡점을 이룬다. 그렇다면, 내포적 귀환과 확산적 귀환이라는 두 개의 변곡점에 의해 형성되는 주름들 속에서 이제 세계는 어떤 양상으로 자신의 내부를 개방할 것인가?

4

세상의 냉대 속에서 살아온
눈 덮인 숲에 들어와서야
나무가 체온을 가진 모습을 본다.
(……)
나무가 따뜻하다는 것을 아직껏 몰랐다니!

내가 살아온 길이 허술했던 이유를
이제야 조금은 알 것도 같다.
언 손으로 나무의 살을 포옹한다.
아무도 억울한 일 당하지 않기를,
아무도 눈물짓는 일이 없기를.
지구가 다 익기 전,
지구가 아직 둥글어지기 전,
사랑이 우선 존재했다고 주장하는
아이오와의 겨울 숲, 저기 겨울 숲……

―「겨울 아이오와」 중에서

내포적 귀환 혹은 수축적 귀환이라는 조어를 앞서 사용했지만 결국 지평선을 넘는 것이 아니라 그것을 밀고 가는 방식의 귀환은 내부로의 귀환이다. 인용된 시의 앞부분에 실린, "불안하게 유배 떠나온 발걸음을 다 덮어버리던 눈"이라는 구절에 암시되어 있듯이 아이오와는 애초 시인에게 바깥이자 '유배지'였다. 아이오와는 고향의 지평선 바깥에 있는 땅이었다. 그런데 이제 시인의 지평선은 바뀌어 있다. 눈 덮인 숲속에서 '나무의 체온'을 발견하는 일이란 바깥을 이제는 내부로 발견하는 이에게만 허락되는 체험이다. 시인은 "나무가 따뜻하다는 것을 아직껏 몰랐다니!" 하고 극적으로 말하고 있다. 저 "아직껏"이라는 어휘는 단절 대신 내포를 담고 있다. 여기에는 일말의 회한이나 반성도 없다. 오히려 바깥으로만 존재하던 한 세계가 내부에서 피어나는 현장을 발견한 이의 희열이 담겨 있다고 할 것이다. 인용된 부분의 두번째 연에는 이 극적인 발견이 마음속에 어떤 새로운 사태를 낳고 있는지가 겸손하나 서늘한 어조로 진술되고 있다. 바깥을 내부로 발견한 이는 이제야 비로소 거기 고향집을 짓는다. 내몰린 이가 보듬는 이가 되기까지의 전말이 저 "아이오와의 겨울 숲" 안에 담겨 있다. 자신의 구축(驅逐)을 상기하던 이가 여기서는 "아무도 억울한 일 당하지 않기를" "아무도 눈물짓는 일이 없기를" 바라며 지평선을 개방하는 '작은 기적'을 행사한다. 내부와 외부의 경계나 지평선이 있기는커녕 심지어 지구조차 아직 "둥글어지기 전"부터 체온을 발산하던, 모든 것 이전에 "사랑이 우선 존재했다고 주장하는" 아이오와의 겨울 숲에서 바깥은 내부 위로 포개어진다. 추운 자가 추워하는 자를 보듬게 되는 현장, 숲으로부터 나무로의 긴축이 없었으면 없었을 아이오와의 겨울 숲……

1

내가 고국에서 본 마지막 눈은 수원에서였다. (……) 춥기만 했던 기억 때문인지 겨울에는 한 번도 고국을 방문하지 않고 지낸 세월이 사십 년 이상, 그간에는 수원의 눈도, 고국의 눈도 만나보지 못했다. 고국의 눈은 그간 얼마나 늙어버렸을까.

(……)

2

내 주위에 내리는 것들,

내려서 서성거리는 것들,
서성거리며 평생을 사는 것들,
보이다 말다 하는 미세한 것들이
모두 내 몸을 시리게 했네.

눈 붉히며 울다가 떠나는 것들,
눈치 보며 뒷걸음질만 치는 것들,
더 볼 것이 없다며 녹아버리는 것들,
주눅 들어 움츠리는 가여운 풍경이
왜 쓸쓸한 한기로만 남았던 것인지.

멀리서 소식을 알리며 내리는 눈처럼
소식 없이 가볍게 살았어야 했는데
본 척도 아는 척도 하지 말았어야 했는데
주위를 살피며 구석으로 얼어가는 사랑,
집 떠난 내 몸, 문득
가벼운 것들이 다가와, 빛나는
눈꽃으로 나를 다듬어주네.

　　　　　　　　　　　　—「수원에 내리는 눈」 중에서

　앞서 인용된 시에서와 거의 같은 일이 이 시에서도 벌어지고 있다.
고국을 등지는 이의 "춥기만 했던 기억" 속에서 등 떠미는 손짓처럼만
상기되던 눈은 이제 "멀리서 소식을 알리며 내리는 눈"으로 순치된다.
이 둘 사이의 간격은 넓다, 아니 넓었었다. 눈은 서성거리던 생애에 대
한 차가운 표상으로 남았다. 눈이 이끄는 '비자발적 기억'(들뢰즈)에 이
끌려 시인은 과거를 경유하고 다시 현재로 귀환한다. 그리고 이렇게

순환을 거쳐 다시 시인의 현재에 다다랐을 때, 그의 "주위에 내리는 것들"은 더이상 "몸을 시리게" 하는 "쓸쓸한 한기"로만 남지 않는다. 시의 마지막 연에 제시된 반전은 두뇌적으로 이루어지지 않는다. 그것은 운동하는 사유의 몸을 통해 이루어진다. "본 척도 아는 척도 하지" 않고 이산(離散)을 별개의 삶으로 간주하는 태도로는 이 반전을 얻을 수 없다. 오히려 "쓸쓸한 한기"로만 남은 풍경을 부지런히 떠올리며 과거를 더듬는 이의 내면에 솟는 귀환에 대한 강렬한 열망이 사태를 변화시킨다. 그러니까, 귀환 자체는 한번 어긋난 시간 자체로의 불가능한 회귀를 지시하며 미끄러지는 기호일 뿐이지만 귀환의 운동을 열망의 에너지로 반복적으로 환원하는 과정 속에서, 차갑게 굳어 있던 기억 속 풍경과 결부되던 회한과 슬픔은 거듭 감가상각된다. 그 결과, 오랜 마음의 운동의 결과로 조탁된 이 시의 마지막 3행은 너무나 선연하다. 디아스포라를 시각적으로 보여주는 "집 떠난 내 몸"이라는 구절은 이 시집 어떤 구절보다 간명하다. 몸을 시리게 하며 "서성거리는 것들" "뒷걸음질만 치는 것들" "더 볼 것이 없다며 녹아버리는 것들"이 '가볍게 빛나는 것'이 되어서 상처를 어루만지게 되기까지는 얼마나 많은 에너지가 필요했을까? 바깥이 내부로 변환되는 데에는 얼마나 많은 운동과 에너지가 필요했을까?

거친 들판에 흐린 하늘 몇 개만 떠 있었어.
내가 사랑을 느끼지 못한다 해도
어딘가에 존재한다는 것만은 믿어보라고 했지?
그래도 굶주린 콘도르는 칼바람같이
살아 있는 양들의 눈을 빼먹고, 나는
장님이 된 양을 통째로 구워 며칠째 먹있나.

어금니 두 개뿐, 양들은 아예 윗니가 없다.
열 살이 넘으면 아랫니마저 차츰 닳아 없어지고
가시보다 드센 파타고니아 들풀을 먹을 수 없어
잇몸으로 피 흘리다 먹기를 포기하고 죽는 양들.

사랑이 어딘가에 존재할 것이라고 믿으면, 혹시
파타고니아의 하늘은 하루쯤 환한 몸을 열어줄까?
짐승 타는 냄새로 추운 벌판은 침묵보다 살벌해지고
올려다볼 별 하나 없어 아픈 상처만 덧나고 있다.
남미의 남쪽 변경에서 만난 양들은 계속 죽기만 해서
나는 아직도 숨겨온 내 이야기를 시작하지 못했다.
　　　　　　　　　　　　　　　　—「파타고니아의 양」 전문

　　이제, 우리는 바깥이 내부 위로 한 번 접혔다가 다시 또하나의 바깥
으로 확산되는 과정을 살펴보는 데까지 이르렀다. 내포적 귀환은 확산
적 귀환의 부분집합이다. 우리는 앞서 시인이 아이오와의 숲과 눈 내
리는 풍경에서 주위의 것들에 묻은 "한기"를 위안의 온기로 변환하는
내적 귀환의 장면을 확인했다. 하지만 여기가 끝이 아니다. 시인은 이
주름을 한 번 더 펼쳐본다. 현재로부터 과거 쪽으로 접혔다 다시 현재
로 귀환하는 운동, 그것을 통해 발생하는 에너지를 사용하여 상처를
위안으로 바꾸는 과정 속에서 엔트로피는 시인의 내면에 축적된다. 시
인은 이제 그것을 다시 바깥을 길어오는 데 쏟는다. 마종기 시인의 시
가 성찰과 깨달음의 잠언들과 변별되는 지점이 바로 여기이다. 수축과
확산을 거듭하는 과정을 통해 이제 그의 시는 재차 바깥으로의 귀환을
감행한다. 우리는 이 시에서 이산의 끝을 본다. "남미의 남쪽 변경" 파
타고니아는 지평선의 끝이다. 다시 시인의 말을 빌리자면 종점의 끝이

다. 시에 묘사된 것처럼 이곳은 살풍경하다. 두 발 혹은 네 발로 대륙을 딛고 있는 것들의 힘으로는 어찌 해볼 수 없는 도저한 삶과 죽음의 드라마가 지평선의 끝 위에 펼쳐져 있다. 어쩌랴, 시인의 눈이 감당해야 할 숙명은 두 가지이다. 예컨대,

> 연신내에 와서야 드디어 시인이 되었다.
> 인간은 다 시인이라는 말 누가 했었지?
> 쓰고 싶은 글, 허름한 목청만 좋아하는
> 구수한 맛들이 모여 살고 있는 곳,
> 평범한 것은 대개 친절하고 따뜻해,
> 무리수 없이 감칠맛 나는 정성일 뿐이야.
>
> —「연신내 유혹」 중에서

에서처럼 시인은 주변의 작고 평범한 것에서 "구수한 맛"을 발견해내기 때문에 시인이다. "무리수 없이 감칠맛 나는" 것들의 본거지인 연신내에서 시인은 스스로 시인됨을 선언한다. 이것은 지평선 안의 일이다. 그런가 하면 「파타고니아의 양」에서 시인은 대륙의 끝, 종점들의 끝에 서 있다. 단출한 대지에서 사태가 깊어지고 슬퍼지는 데까지 들여다보는 눈(토마스 만)이 있기에 또한 그는 시인이다. 연신내와 파타고니아가 멀지 않다. 내부와 바깥이 척지지 않는다. 대륙에 발 딛는 것들의 생이 내장한 도저한 슬픔과 태연한 섭생이 구획을 나누지 않는다. 그러니 이 모든 것들을 답사하는 이, 내부로부터 바깥으로, 바깥으로부터 다시 내부로 그리고 종내는 다시 바깥으로의 귀환을 감행하는 이의 다음과 같은 사랑의 비전은 오래 편력한 마음만이 품을 수 있는 것이 아닐 수 없다.

사랑이 어딘가에 존재할 것이라고 믿으면, 혹시
파타고니아의 하늘은 하루쯤 환한 몸을 열어줄까?

그러니 이 비가시적 사랑과 더불어 우리는 어쩌면 이제야 시집의 곳
곳에서 기미와 흔적으로만 언뜻언뜻 모습을 드러내는 "당신"을 마주할
때가 되었다.

순박하고 트인 삶만이 시인의 길이고
마지막 유산일 것이라고 굳게 믿었던
경건하고 싱싱한 날들은 멀리 가고
저녁이 색을 바꾸며 졸고 있습니다.

당신의 마지막 포옹만 믿겠습니다.
내 노래는 그대를 만나서야, 드디어
벗은 몸의 황홀한 화음을 탔습니다.
주위의 감정이 눈치 보며 소리 죽이고
숨결의 부드러움만 내개 남는 것이
이 나이 되어서야 새삼 눈물겹네요.
                              —「디아스포라의 황혼」 중에서

이 시에 이르러서는 상처와 치유, 순박함과 경건함, 내부와 외부로
의 귀환마저 모두 전사(前史)가 되었다. 시인은 이제 "디아스포라의 황
혼"에 절대를 포옹하고 있다. "당신의 마지막 포옹"을 후광 삼아 그는
"벗은 몸의 황홀한 화음"을 궁극의 노래로 준비한다. 아마도 앞서 언급
한 시에 제시된 장엄한 사랑의 소박한 귀속지일 "당신"은 믿음의 편에
서는 절대적 존재, 사건의 편에서는 내부와 외부 모두에 편재하는 존

재라고 할 수 있을 것인데("당신의 인기척이 사방에 퍼지는 것은/내가 떠날 시간이 된 때문일까요",「수련」) 어쩌면 오래 안팎을 넘나든 그의 이력 덕에 우리 현대시는 지금부터 절대성을 소박한 화음으로 노래하는 또 다른 바깥을 품게 될지도 모른다. 한 시인의 '수업시대'와 '편력시대'가 한 종족의 시적 경계를 변경하는 일이 된다면 이 이산은 구체적으로 보편적인 것이 아닐 수 없다. 여기 개별적 황혼이 구체적 세목들의 보편적 아침과 함께 오고 있다.

진공을 낳는 언어

1. 가루 시간

온종일 성찰로 부푸는 것만 한 고역이 또 있을까? 매순간 시간이 감지되는 것을 피할 수 없다면 그만한 힘겨움이 또 있을까? 심장이 뛰고 있음을 잠시도 모를 수 없다면 그의 일상이 온전할 수 있을까? 물고기가 물을, 시인이 성찰을, 생활인이 심장을 하루종일 낯설게 발견해야 한다면 그것은 은총인가 형벌인가?

웬일인지 새 시집 『야생사과』(창비, 2009)에서 나희덕은 세계를 내뱉고 있다. 나희덕의 언어가 이처럼 자신의 내부를 소개(疏開)하려는 의지를 품게 되었다는 것은 사실 다소 의외의 일이다. 왜냐하면 한동안 그의 언어는 성찰로 팽팽해져 있었기 때문이다. 그는 삶에 대한 치명적 인지들을 버팀목 삼아 세계를 자신의 내부로 끌어들이면서 생의 비의(秘意)를 해독(解讀)하고 바로 그런 성찰에 기초해 내면의 방을 안으로부터 단단히 걸어잠그면서 고통을 견디는 시인이었다. 그런데 지금 우리 앞에 놓인 나희덕의 새 시집이 무엇보다 우선적으로 고지하는 바는, 그가 24시간 낯설어지는 형벌을 꽤 오래전에 언도받았다는 사실이다. 이 시집에서 그의 생체시계는 수시로 멈춰선다. 일상의 시간은 성찰로 부풀기는커녕 언제라도 질문과 회의와 후회와 탄식으로 미분되어 마른다. 그리고 그렇게 마른 시간들은 다시 일상 위에 떨어져 쌓인다.

> 자, 받으세요, 꽃바구니를.
> (……)
> 너무도 많은 꽃들이 허리를 꽂은
> 한 바구니의 신음을.
> 대지를 잃어버린 꽃들은 이제 같은 시간을 살지요.
> 서로 뿌리가 다른 같은 시간을.
> (……)
> 하루가 한 생애인 듯 이 꽃들 속에 숨어
> 나도 잠시 피어나고 싶군요.
> 수줍게 꽃잎을 열듯 다시 웃어보고도 싶군요.
> 자, 받으세요, 꽃바구니를.
> 이월의 프리지아와 삼월의 수선화와 사월의 라일락과
> 오월의 장미와 유월의 백합과 칠월의 칼라와 팔월의 해바라기가
> 한 오아시스에 모여 있는 꽃바구니를.
> ──「꽃바구니」 중에서

'꽃─시간'들로 빽빽한 하루를 감당하는 것만큼 어려운 일은 없다. 그것은 24시간 내내 절망하는 것보다 버겁다. 분초의 연쇄가 수직으로 대체되고 사위의 정경이 이내 농밀해지는 순간들은 그 누구도 아닌 시

인에게만 주어지는 축복임은 틀림없지만, 대개의 시간엔 예외 없이 그 누구인 '시인-생활자'에게 '꽃-시간' 다발은 '시간-꽃' 더미만큼 버겁다. 시를 보라, 그 많은 때와 저 다채로운 꽃들을 대체 누가 함부로 저리 묶어놓았단 말인가. 대체 이런 꽃꽂이 기술이 어디 있는가. 농밀함 대신 용적을 차지하는 저 군집 시간은 "너무도 많은 꽃들이 허리를 꽂은/한 바구니의 신음"만을 낳는다. "대지를 잃어버린" 채, 제 계절도 잃고 군락으로 모여 마르기만을 기다리는 시간들 앞에서 시인은 피로하다. 성찰로 부풀어 늘 곤두서던 순간들이 새삼 낯설어지는 데서 오는 이 피로감에 대해 그는 "서 있는 일에만 몰두했던 나의 수직성 때문"(「손바닥이 울리는 것은」)이라고 토로하고 있다. 때문에, "나도 잠시 피어나고 싶군요"라는 소망 속에서 우리가 읽을 수 있는 것은 일상의 시간에 파국을 가져오는 시적 순간의 축복이 아니라 말라 바스러지는 시간의 내력이다. 진퇴양난이 따로 없다. 선분적인 시간도, 초월적 시간도 저 곤두서 부푼 성찰을 견딜 수 없다. 그러니, 그렇게 마른 시간과 언어가 이렇게 바스러지는 것은 자연스러운 과정일 것이다.

언제부턴가 선이 무서워졌어요 거침없이 달리며 형태와 색채를 뿜어내는 선에서 도망치고 싶었어요 사물에 대한 의심이 많아졌다고 할까요 아니면 빛에 대한 난해한 사랑이 생겼다고 할까요 선들이 내지르는 굉음을 더는 견딜 수가 없어요 일요일 오후 양산을 쓰고 걸어가는 여자도 강둑에서 몸을 말리는 남자도 나팔을 부는 소년도 의자에 기대앉은 노인도 처음엔 완강한 선 속에 갇혀 있었지요 그들을 꺼내기 위해 내가 할 수 있는 것은 선을 빻고 또 빻는 일뿐이었어요
　　　　　　　　　　　　　　　　　　　　　—「쇠라의 점묘화」 중에서

쇠라의 점묘화가 빛과 면, 선과 색에 대한 생각을 불러일으킨다면

나희덕의 시는 시간과 언어에 대한 사유를 이끌어낸다. 선분성에 대해 수직성으로 응할 수 없는 이의 속사정, "선들이 내지르는 굉음"을 선들을 미분하는 수직성의 연쇄로 잦아들게 할 수 없는 이의 사정이 이 시에 나타나 있다. "완강한 선"의 활주에 대해 시인은 시적 순간들로 응대하는 대신 그 선분을 빻아 가루로 만든다. 그 작업을 통해 시간은 활주하지도 않고 곤두서지도 않은 채 바스러진다. 선분적 시간에 대해 수직성으로 응대할 수 없다면 그 다음 대응책은 이것뿐이다. 그리고 이 시집에서 부서진 것들의 이미지가 다양하게 변주되어 나오는 것은 바로 이 때문이다. 그것은 때로 일상적 시간에 대한 미필적 거부의 현장을 보여주기도 하고("분필은 잘 부서진다, 또는 부서져 쌓인다", 「거대한 분필」), 성찰로 견디던 자아의 무장소성(아토피아, atopia)을 현시해 보이기도 하며("유리도, 깨질 때는, 푸른, 빛을, 띤다잖아요. / 부서지고, 부서져서, 나중엔, / 저, 모래알들처럼, 작고, 투명해질, 거예요, (……) 아, 이 모래알이 저 모래알에게 갈 수 없다니!", 「모래알 유희」), 급기야 언어의 기능 혹은 권능에 대한 역설적 회의("나는 네 부서진 말을 / 너는 내 부서진 말을 누구보다 잘 알아듣지", 「반딧불이를 보았으니까」)마저 보여준다. 그러니 이때 분필가루-일상, 모래알-자아, 분말-언어는 공히 가루처럼 바스러진 시간에 대한 의식의 편린들이다.

2. 빈방

한동안 나희덕의 언어는 성찰로 팽팽해져 있었다고 언급한 바 있다. 그런데 이제 그 성찰에 의해 내면에 차고 넘치던 지혜의 말들은 오히려 그의 내부세계를 닝창 기울게 하고 있다. 무엇보다도 이 시집의 중심 이미지 중 하나인 '방'을 살펴보면 이런 사정이 확연히 드러나는데.

시집 곳곳에서 발견할 수 있는 방 이미지들은 그간 생의 소소한 비의들을 간파해온 눈 밝은 이가 바로 그 통찰력을 지주 삼아 축조해온 내면공간과 깊은 관련이 있다고 할 수 있다. 아마도 '내면의 방'에 대한 그의 이런 관심이 무엇에서 비롯되었는지를 가장 잘 보여주는 작품은 「심장 속의 두 방」일 것이다.

　　—나를 좀 지워주렴.

　　거리를 향해 창을 열고
　　안개를 방 안으로 불러들였다
　　안개는 창을 넘는 순간 증발해버렸다

　　—나를 좀 지워주렴.

　　짙은 안개를 들이켜고도
　　사물들은 여전히 건조한 눈을 비비고 있었다

　　—나를 좀 채워주렴.

　　바다를 향해 열린 창으로
　　안개가 밀물처럼 스며들었다
　　안개는 창을 넘는 순간 몸 속으로 흘러들었다

　　—나를 좀 채워주렴.

　　의자가 젖고 거울이 젖고

사물들은 어느새 안개의 일부가 되었다

심장 속에 나란히 붙은 두 방은
서로를 깨우지 않으려고 조심스럽게 움직인다
두 방을 오가는 것은
소리 없이 출렁거리는 안개뿐

—「심장 속의 두 방」 전문

시인은 표면적으로 모순되어 보이는 두 요구를 양립시킨다. 그러나 그 내력에 있어 "나를 좀 지워주렴"과 "나를 좀 채워주렴"이라는 요구는 전혀 상호모순된 것이 아니다. 한 창은 거리를 향해 나 있고 또다른 창은 바다를 향해 나 있다는 사실에 주목하자. 시인은 거리를 향해 창을 열고 거리의 안개를 방 안으로 불러들이면서 "나를 좀 지워주렴" 하고 말하고 있다. 반면, 바다를 향해 (이미) 열린 창으로는 시인이 애써 불러들이지 않아도 자꾸만 안개가 스며들고 있다. 거리로 난 창을 스스로 열어 안개를 방에 들이고자 하는 시인은 동시에 또다른 창으로 절로 스며드는 안개를 받아들이고 있다. 거리로 난 창은 시인이 생활인으로서 스스로 열어야 하는 창이며, 그렇기에 애써 불러들여도 안개는 이 방에 드는 순간 수분을 잃고 바싹 마르기만 한다. 다시 한번 '마른다'는 이미지에 주목할 필요가 있다. 거리의 편에서 사물들은 여전히 건조하고 사태는 명료하며, 그에 직면한 내면은 분별 있다. 그러니, 다음 진술이 시인의 은근한 소망의 표현임은 두말할 필요가 없다. 가끔은 거리에서 "나를 좀 지워주렴".

한편, 거리를 향해서 등을 지고 있는 그는 바다를 향해 있는 창의 경우 스스로 열 필요가 전혀 없다. 이미 "바다를 향해 열린 창"으로는 부르지 않아도 되는 안개가 자꾸만 "밀물처럼" 스며든다. 이 다습한 안개는 앞에서와는 달리 창을 넘는 순간 말라 사라지는 대신 임의로 시인의 몸 속을 넘나들고 방을 가득 채우며 출렁인다. 물론, 이것은 심장의 한쪽은 거리에 내어주어야 하지만 또 한쪽은 바다에 기꺼이, 그리고 마냥 내어주고 있는 이의 내면에서 일어나는 일이다. 안개의 방에서는, 적정한 제 습도를 지켜야 할 사물들이 어느새 죄 "안개의 일부가" 되어 있다. 거리 쪽에서와는 달리 창을 열고 스스로 불러들이지 않아도 넘실대는 이 안개는, 그러나 실은 밀약과 내통 없이 들이기는 불가능한 것. 그러니 거리와는 먼 곳의 습기로 "나를 좀 채워주렴".

이렇듯 "심장 속에 나란히 붙은 두 방"은 고스란히 내면의 두 양태가 아닐 수 없다. 두 방이 서로를 내외한 채 각자의 리듬으로 뛰어야 하는 것은 그 심장의 주인으로 하여금 두 겹인 하나의 생을 유지하게 하기 위함이다. 한 방은 자꾸만 마르고 한 방은 내내 축축하다. 한 방은 자꾸만 비워지고 또하나의 방은 자꾸만 채워진다. 하나의 방은 계속 비워져 "삶의 누수"로부터 비롯된 "빈혈"을 일으키고 또하나의 방은 자꾸만 빈 곳에 새로운 피를 수혈한다. "빈혈의 시간으로 흘러드는 낯선 핏방울들"(「물방울들」).

> 이 방 속에
> 나는 덜 익은 꿀처럼 담겨 있다
> 문이 열리면 후루룩 흘러내릴 것처럼
>
> 이 방 옆에
> 또 다른 방들이 붙어 있다는 게 마음 놓인다
> 켜켜이 쌓인 六角의 방들을
> 고통이 들락거리며 매만지고 간다
>
> ─「육각六角의 방」 중에서

우리는 이 시에서도 이와 비슷한 사태를 읽을 수 있다. "육각의 방"
은 구체적으로는 벌집을 지시하지만, 앞서 살펴본 시를 염두에 두고
생각해볼 때 오히려 훨씬 더 직접적으로 시인의 내면공간을 표상하고
있다고 할 수 있다. 앞서 살펴본 시에서도 그랬지만 나희덕은 내면의
방에 흐르는 것들에 민감하게 반응한다. 아니, 앞서 시간과 관련하여
시인이 '바스러지다'라는 의미 계열의 이미지들을 서술부로 택했음을
살펴보았지만, 이제 내면공간과 관련하여 그는 방의 이미지와 더불어
'흐르다'라는 용언 계열의 이미지들을 자주 사용하고 있다. 그러니까,
「육각의 방」 1연에 담긴 정황은 "삶의 누수"(「물방울들」)라는 구절과 통
한다고 할 수 있다. 시인은 자신이 "문이 열리면 후루룩 흘러내릴" "덜
익은 꿀처럼 담겨 있다"고 말한다. 그렇게 언제고 쏟아질 듯한 형세로
"삶의 누수"를 견디고 있는 마음의 여러 태(態)들을 항상 "고통이 들락
거리며 매만지고 간다". 그러니까, 육각으로 켜켜이 쌓인 벌집처럼 태
를 바꾸면서 변통하는 마음을 항상 넘보고 있는 것은 바로 방과 방 사
이를 슬렁슬렁 넘나드는 고통일 따름이다. 그리고 이 고통은 무엇보다
도 '나'를 한가득 채운 방의 포만함으로부터 비롯된 것이다.

> 당신 몸 속에 흘러들어
> 메뉴판 가득 적힌 당신을 주문하고
> 나를 후루룩 마셔버리고 싶어!
> 아니면 당신 입 속에 숨어
> 질기디질긴 나를 되새김질하거나
> 당신 눈 속에 스며
> 나를 스르륵 지워버리고 싶어!
> 벗어나도 벗어나도 내 속에 깃혀 있는
> 나를 건져내고 싶어!

—「존 말코비치 되기」 중에서

당신에게도 들리나요?
둑을 넘는 물소리, 핏속을 흐르는 노랫소리,
나는 이제 어디로든 갈 수 있어요
강물이 둑을 넘어 흘러내리듯
내 속의 실타래가 한없이 풀려나와요
—「분홍신을 신고」 중에서

내면의 방을 "들락거리며 매만지고" 가는 고통이 포화상태의 '나'들에 대한 의식에서 비롯되었다는 것은 인용된 시들에서 잘 드러난다. 「존 말코비치 되기」에서 시인은 시시각각 거리의 편과 바다의 편에서 분열적으로 증식되는 '나'를, "벗어나도 벗어나도 내 속에 갇혀 있는" '나'를 "후루룩 마셔버리고 싶"고 "지워버리고 싶"다고 말하는가 하면 그 수많은 '나'들의 늪에 빠져 허우적대는 '나'를 "건져내고" 싶다고도 말한다. 그러니 "내 속에 갇혀 있는 나"라는 표현이 적시하듯 이때 새삼 불거지는 것은 바로 '나'들 사이의 간극이다. 그러나 이제 시인은 이 간극을 '참된 나' '진정한 나' '원본인 나'와 같은 불가능한 오리지널리티를 설정하는 방식으로 메우지 않는다. 이 방식은 오히려 지금껏처럼 '방'을 채우는 방식의 일환일 뿐이다. 다시 말해 이 방식의 해법은 생의 비의를 해독하고 그 해석들을 통해 다시 내면의 방을 채우면서 고통을 견디는 방식을 재생하는 것에 불과하다. 이 사안은 '원본인 나'를 찾아 먼 길을 떠돌다 찾은 강화도령 하나를 용상에 앉혀서 '나'의 적통을 잇는 방식으로 '방장'을 정해서 해결될 문제가 아니다. 시간과 관련하여 문제는 그것을 수직으로 세우는 것이 아니라 가루로 빻는 것이었듯이, 이제 이 내면공간의 문제는 채우는 것이 아니라 비우는 것이다. 따라서 「분홍신을 신고」의 방식은 시사하는 바가 적지 않다. 지혜롭게도 시인은 이 시에서 음악과 춤과 토슈즈의 힘을 빌려 가득 차 단단히 뭉쳐진 '나'를 풀어내고 있다. 리처드 로티의 흥미로운 비유처럼, 자아는 다 풀리면 망실될 코일에 불과한 것일지 모른다. 그러나, 그렇더라도 비워야 한다면 풀어야 한다.

3. 번제

물이 빠져나간 거대한 연못,
언젠가 눈에 박힌 그 풍경 나가지 않네

장화 신은 발들이
연못 바닥을 저벅저벅 걸어다니네
울컥 고이는 발자국을
검고 끈적한 진흙이 삼켜버리네?

(……)

장갑 낀 손들이
바닥에 흩어진 잔해를 그러모으네
이토록 태울 게 많았던가
번제를 올리듯 어떤 손이 불을 붙이네

타오르면서 피오르지 않는 불의 중심,
명치끝이 점점 뜨거워지네

눈이 너무 매워 움직일 수가 없네

뇌수에서 썩어가던 기억의 잎과 줄기가
몇줌의 재가 되어가는 동안
장화 신은 발들이 불을 둘러싸고 서 있네

그들이 주고받는 얘기 들렸다 안 들렸다 하고
누구일까, 내 몸을 제물 삼아
마른 연못에서 불을 피우는 그들은

　　　　　　　　　　　　　　　　　　—「마른 연못」 중에서

　물이 빠지고 연꽃의 꽃대궁들만 남아 있는 회산 백련지의 풍경을 두
고 시인은 "수많은 창(槍)을 가슴에 꽂고 연못은 / 거대한 폐선처럼 가
라앉고 있"다고 묘사한 바 있다(「사라진 손바닥」, 『사라진 손바닥』, 문학
과지성사, 2004). 그 풍경이 오래 시인의 마음에 머물렀나보다. 「마른
연못」에서 시인은 다시 그 풍경을 들여다보고 있다. 다만, 다시 바라본
풍경에선 미묘한 변화가 감지된다. 「사라진 손바닥」에서 시인은 꽃대
궁들을 가슴에 꽂은 채 '가라앉는' 연못이 그럼에도 불구하고 "백 년쯤
지나" 언젠가는 거기 떨어진 연밥들을 양분 삼아 다시 꽃을 피워 보이
리라는 희망을 놓지 않고 있다. 그렇기에 그는 마지막 연에서 "회산에
회산에 다시 온다면" 언젠가 다시 한번은 연꽃 피는 꽃시절을 볼 수 있
으리라는 기대를 버리지 않는 것이다. 따라서 한 시절을 상처로 새기
는 이 연못은 바로 그 상처를 거름 삼아 확답 없는 기약만으로 먼 재생
을 도모하는 마음에 비견될 수 있었던 것이다. 그런데 사정은 이제 조
금 달라졌다.
　물이 빠져나간 연못이 다시 눈앞에 덩그렇게 놓여 있다. 눈에 밟혀

자꾸만 지워지지 않는 그 풍경을 시인은 다시 떠올린다. 그런데 가라 앉으면서도 제 안에 떨어진 연밥을 추스르며 절치부심하던 연못은 이 제 바닥을 낯선 이들에게 내어주었다. "장화 신은 발들이" "연못 바닥을 저벅저벅" 거침없이 걸어다닌다. 상처를 다스리고 재생을 도모하기 위한 절대시간이 필요한 이 터를 속 모르고 무신경한 사람들이 저렇게 무게를 심으며 샅샅이 훑고 지나다닌다. 그런데…… "장화 신은 발들" "장갑 낀 손들이" 철거하듯 연뿌리를 캐낼 때마다 바닥에 쌓이는 잔해들, 아뿔싸, 속속들이 드러나는 저 잔해들. 시인은 마음을 '저벅저벅' 헤집는 무신경한 이들의 '틈입'을 기화로 마음 한편에 쌓여 있던 바로 그 잔해를 발견한다. 외려, 틈입이 발견을 낳는다. 시인은 저 밑바닥까 지 찾아와 기어이 흔적을 남기는 무신경한 발걸음들을 오히려 자신의 마음속에 남은 잔해들을 발견하는 계기로 삼는다. 남은 것들을 양분 삼아 도모하려던 재생은 의지를 소망에 위탁하는 것, 고이고 썩고 오 래 말라 이루어지는 일은 필연에 속하지만 또한 번제 없이는 기약할 수 없는 시간의 일, 그것은 그러니까 인간에게 주어진 것과는 또다른 시간의 일이 될 수밖에 없다. 결코 잔해가 재생을 불 지필 수 없다. 연 못이 바닥에 떨어진 연밥들을 모아 재생을 도모하리라고 기대하는 것 은, 세계를 내면에 불러와 생의 비의를 해독한 이가 견성(見性)하듯 그 고통을 견디는 방법이었다. 그러나 이런 신호와 의미 들이 쌓일수록 깊어지는 통찰과 비례해 자꾸만 무거워지는 마음을 어찌하랴. 시인은 모눈종이(「누가 내 이름을」)처럼 규격화된 방이 자꾸만 불편하다. 그는 자꾸만 흐르고 싶고(「육각의 방」 「물방울들」), 지우고 싶고(「심장 속의 두 방」 「존 말코비치 되기」), 마음의 실타래를 한없이 풀어내며 문지방을 넘나들고만 싶다(「분홍신을 신고」).

그러니 우선은 이 방에 또다른 '성찰과 깨날음을 채우기보다는 잔해 들을 게우고 방을 비워야 한다. 시인은 이제 스스로를 번제의식의 중심에 놓으면서 "뇌수에서 썩어가던 기억의 잎과 줄기가 / 몇줌의 재가 되어가는 동안" 스스로를 기꺼이 번제의 방에 들여놓는다. 물론, 비워지기 위함이다. 그렇게 풀리고 비워지기 위해 방 안 가득히 그 무슨 수선들과 그 무슨 상처들과 그 무슨 고통들이 수런거렸음이 틀림없다. 가루가 된 시간은 화장된 시간이다. 그리고 빈방은 비로소 비워진 방이다. 수직적 초월 대신 마르고 오래 쌓여 가루가 된 시인-생활자의 시간, 성찰로 가득 차 휘영청 기운 방을 모두 태우고 비워야 마음의 공간은 제 최초의 용도로 돌아갈 것이다. 타고 남은 재가 기름이 된다고 했다. 시인 자신의 말을 빌리자면, "모든 것이 타고 난 뒤에야 / 검은 숯 위로 연한 싹을 내밀고 싶은"(「뱅크셔나무처럼」) 법이다. 방은 비어 있음으로 쓰임새를 지니기 마련이라고도 한 현자는 말했던가? 태우고 비워야 비로소 이 방에 물기가 돈다.

> 이틀쯤 굶어도 배고프지 않고
> 마음의 공복만으로도 배가 부른 곳
>
> 몸 속 깊이 잠들어 있던 강물이 깨어나
> 물소리를 내기 시작하는 곳
>
> 밤 강물이 고요한 것은
> 더 깊이 더 멀리 움직이기 때문이다
>
> ─「밤 강물이여」 중에서

오래 묵은 성찰과 곤두선 시간이 퇴거한 빈방에 새 기별이 들 모양이다!

생의 응축과 확산

구광렬론

1

기껏해야 땅에 붙은 삶, 그리고 삶의 그만그만한 진폭…… 홀연 그
진폭의 물리적 한계를 넘나드는 것이 시라고 선언할 수는 있다. 그러
나 그것을 시연(試演)하는 것은 말처럼 쉽지 않다. 삶의 밀도와 부피,
무게중심과 반경 같은 것들을 주섬주섬 부려볼 수는 있어도 그것들을
응축하여 삶의 변방에 투척하는 방식으로 경계를 변경해나가는 시인
들은 그리 많지 않다. 침잠하거나 부풀리거나, 절망하거나 고양되거
나, 세밀하거나 담대하거나, 혹은 간혹 그 둘 모두인 경우들은 있다.
그러나 삶에서 반대되는 태도들이 반복적으로 멀어졌다가 가까워지는
운동에 주목하고, 바로 그때 에너지의 수축과 팽창을 통해 그 중심이
점차 폭발의 힘을 비축해가는 현장을 적시하는 시, 그리고 그런 방식
으로 여기 이곳의 삶을 배척하지 않으면서도 그것의 폭발을 통해 원소

적으로 재편되는 새로운 삶을 꿈꾸게 하는 언어와의 만남은, 그야말로 우리네 언어적 삶이 가끔 주는 선물이 아닐 수 없다.

　좋은 시에서라면 이미지(image)는 헤플 수 없다. 이미지의 원리는 확산이 아니라 응축이다. 그것은 운동이라기보다 에너지 덩어리이기 때문이다. 응축되어 그것은 폭발을 예비한다. 이미지의 확장과 증폭을 가능하게 하는 것은 상상력(imagination)이다. 그것은 물질이라기보다는 에너지 덩어리에 엔트로피를 부여하는 운동이다. 현자 가스통 바슐라르는 이를 두고 '이미지-폭탄'이라고 표현한바, 그것은 시적 이미지가 물질과 에너지와 운동 모두에 결부된 '폭탄'이기 때문이다. 기성의 것을 재료로 하여 응축되나 미생(未生)의 삶을 낳는, 그래서 기저의 이미지들로 구성되나 기성의 방식과는 다른 방식으로 질료적 재편을 이루어 세워지는 '이미지-나라(image-nation)'는 이렇게 언어적 소망 속에서 도래한다.

2

　　고요는 응축이다
　　새의 심장박동수를 세고프면
　　적막강산 위로 날게 하고
　　갈치 빛 피아노 소리를 듣고프면
　　일만 파의 파도를 간직하고 있는 저 바다,
　　절대 수평의 피부에 청진기를 갖다 대면 된다
　　사율라* 골짜기엔 바람 잦을 날이 없었다
　　어느 모를 새벽 그 등뼈 있던 바람이 멎고

사람들은 문득 先史的 굉음에 놀라

마을 입구 교회 십자가 앞으로 뛰쳐나온다

낯선 고요 앞에 뭉크의 비명 얼굴을 하곤

고막이 터질듯 죄다 귀를 막는 바,

고요가 바람소리에 묻혀 있던

개미 기어가는 소리까지

살금살금

풀어놓았기 때문이다

* 멕시코 할리스코 주에 위치한 조그마한 도시로서 후안 룰포의 고향임

—「고요」 전문

구광렬의 시에서 먼저 눈여겨보아야 할 것은 그의 활달한 상상력을 점화하는 질료로서의 이미지들이다. 인용된 시를 보라. 여기 한 고요가, 경계를 허무는 상상력에 의해 하나의 '소리 폭탄'으로 벼려지는 현장이 있다. "적막"과 "절대"를 배경으로 낮고 정갈한 소리들이 응축된다. "새의 심장박동수"는 "적막강산"을 배음(背音)으로 작게 둥글어진다. 미세하게 반짝거리는 파도의 낯빛들은 "절대 수평"의 바다를 배음으로 날래고 리드미컬한 피아노 소리로 응축된다. 그러니, 시의 앞부분은 낮고 작게 수런거리는 소리들과 움직임들이 폭발을 예비하는 과정으로 읽힌다.

7행부터 본격적으로 사건이 발생한다. "바람 잦을 날"이 없던 "사율라 골짜기"에 늘 곤두서 있던 "등뼈 있던 바람"이 멎고 "선사적 굉음" 하나가 터진다. 그리고 그 굉음에 놀란 사람들이 몰려든다. 여기에 기술되고 있는 사건과 굉음이 구체적으로 역사적 전거를 지닌 것인지, 예컨대, 사율라가 고향인 후안 룰포의 삶과 밀접한 관련이 있다고 알려진 저 '크리스티아 반란'의 총성과 관련이 있는 것인지는 이 시만 보

아서는 확인할 수 없다. 다만 눈에 띄는 것은 저 (출처 모를) 굉음이 오히려 '고요의 함성'을 낳는 현장이다. 시인은 바로 그 사태의 내밀함을 적시하고 있다. 이례적으로 바람이 잦아진 날 터진 굉음, 그리고 그 굉음에 이어지는 내밀한 고요 때문에 사람들은 뭉크의 〈절규〉(비명)에서와 같은 얼굴을 하고 귀를 막는다. 보라, 사람들은 굉음이 아니라 굉음의 배후에 남는 고요에 귀를 막는다. 견디기 어려운 내밀한 고요가 터지고 있기 때문이다. 그리고 시인은 이 소리의 '쥐락펴락'을 여기서 멈추지 않는다. 늘 있던 바람이 잦아진 곳에 느닷없이 터진 굉음, 그리고 그 굉음의 배면으로부터 밀려오는 고요를 포착하는 것만으로는 미진했던지 시인은 기어이 연이어 고요가 "개미 기어가는 소리"까지 확성하는 사태를 포착하여 다시 소리의 운동을 한 겹 더 펼쳐놓는다. 그는 소리와 적막, 고요와 침묵 속에서 세상의 온갖 소리들을 새로 발견한다, 아니 발명한다.

우리가 이 시에서 주목하는 것은 리듬이다. 우리의 관심을 끄는 것은 응축과 확산, 고요와 소음, 활달함과 농밀함이 리드미컬하게 수축과 팽창을 반복하는 현장이다. 시인은 한 사태에 결부된 모든 것들의 운동을 보고 있다. 시인은 사태의 한 면만을 보거나 사태의 양면을 동시에 보는 것, 또 그것의 평균을 구하는 것에는 관심이 없다. 그는 침묵과 고요의 길항과 연동을 보고 있다. 그리고 그 중심에 생기는 진공, 즉 폭발의 예비 단계를 보고 있다. '응축'이라는 말이 바로 그것을 의미하지 않고 무엇을 의미한단 말인가.

　　방구석에서 **빳빳해져버린** 너를 껴낸다
　　내 것이라 하기엔
　　바람난 여편네의 살갗처럼 오들 소름이 돋는다
　　구겨진 데를 펴고 모포를 털듯 툭툭 터니

지난날 햇볕부스러기가 한 움큼이다
실과 바늘을 꺼낸다
해진 부분을 꿰매고 늘어진 부분을 도려내
구멍 난 곳을 땜질해준다
미안하다
인연이 있었다고 하기엔 너무나 무심했었다
이 몸, 빛을 받고 있기에 네 있음인데
이 몸, 스스로 빛을 낸다면
네 이토록 끌려 다니진 않을 텐데
오늘 문득 윤회의 사슬이 터져버려
우리 둘 중 하나는 우주 반대편 저쪽으로
날아가 버릴 것만 같다
모두 빚이다
아침안개처럼 後生이 없을 듯한 우리지만
칭칭 그 사슬에 또 한 번 감긴다면
그땐 나, 기꺼이 네 그늘이 되어주마

—「그림자」 전문

  '그림자 꿰매는 사나이'라는 부제를 붙여주고 싶은 이 시에서 화자
가 마름질하고 있는 것은 누락된 삶의 이력들이다. 시인은 일상 속에
서 빛을 받고 있는 삶의 후배지(後背地)에 남겨진 그림자를 들여다본
다. 발을 맞추어 삶을 순간순간 정향시키던 지난날의 의지와 욕망들
중에서 밝은 쪽의 것들은 일상 속으로, 그리고 어두운 쪽의 것들은 그
림자 속으로 제 위치를 찾아간다. 의지의 근저에 있던 욕망과 건승(健
勝)의 이면(裏面)에 남는 슬픔 같은 것을 애써 돌려세우고 삶은 일정한
박자로 진행된다. 그러나 마치 억압된 것이 언제고 다시 돌아오듯 이

면은 항상 물 위로 떠오르기 마련이다. 이면은 귀가(歸家)한다. 아니다시 바로 보니 이면은 거기 '방 안 한구석'에 잘 개어져 있었을 뿐이다. 인용된 시는 바로 이런 발견으로부터 시작된다. 현재 삶의 나머지였던 이면은 돌아온 탕아가 아니라 방 한구석을 고스란히 지키던 삶의 그림자였다는 발견, 문득, 시인은 삶이 슬퍼지고 깊어질 때까지 바라보는 눈을 기억한다. 저 그림자를 꿰매려고 바늘구멍을 가누던 눈은 일상의 생활자에게 긴요하지 않던 바로 다른 쪽의 눈이었을 것이다.

삶의 음영(陰影)이라는 말이 있거니와, 시인이 이 시에서 포착하는 사태는 바로 그것이다. 그림자는 거느려야 할 것이 아니라 더불어 사는 것이다. 우리가 스스로 빛을 내는 존재자들이었다면 없었을 그림자, 일상에서 우리가 광원이 아니라 빛의 피사체임을, 등 뒤의 빛이 우리를 통과해 항상 우리의 후배지까지 지시함을 발견하게 해주는 그림자, 그 그림자 덕에 일상의 발박자와는 다른 리듬이 삶의 음영을 구성함을 우리는 깨닫는다. 삶에 눈이 없으므로 삶은 그것의 그림자를 통해 자신의 모양을 짐작한다. 음영을 통해 우리는 우리 삶의 모양과 크기를 새삼 알게 된다. 그림자는 적대적 도플갱어(Doppelganger)가 아니라 한 실체의 두 양태로 '나'와 더불어 있다. 삶의 그림자를 통해 삶의 모양을 알게 된다는 역설이 바로 그림자의 설법이다.

3

아침에 눈을 뜨면 난 이식되어 있다 뿌리의 無事를 역사키 위해 그루터기를 살피면 삐쭉 마른가지 위에 앉아 있던 이방의 텃새들 후루룩 천장 위로 오르고 밤새 잡풀들 침대난간을 감아버려 종교재판을 받는 죄수의 손금 같은 잎맥들을 발트 해의 칙칙한 늪지대로부터 걷어 올려야

만 한다

　비가 빗금을 그으며 내릴 땐 처마가 짧은 내 작은 방에선 기침소리가
들린다 침대모서리를 옮겨도 도굴을 당한 듯한 머릿속이 흥건히 젖어와
동전을 던져 앞뒤를 가리고픈 날엔 그 카드 벨 같은 콜록거림, 대기권
속살을 비집고 멀리 고향 어느 별자리 쯔음 쨍해 주길 바란다

　예수의 열세 번째 제자를 만나고 돌아오던 날, 꺼질듯 말듯 개척교회
십자가가 바랜 셔츠 아래 문신으로 찍히던 날, 보았다 넝쿨 끝에 핀 꽃
불 하나. 지구 반 바퀴를 돌고 돌아오던 새벽에도 젖은 발등에서조차 한
들거리던 심지.

　미워할 수 없다 같은 시각, 다른 장소에서의 나의 부재를 못 믿고 후
생이 궁금하다며 불속까지 뛰어드려는 내 뿌리. 난, 전생에 다른 나무들
을 파헤치던 삽자루였을지언정 이생에선 사람 한 그루임을
—「사람 한 그루」 전문

　수일한 이미지가 제 안에 삶의 온갖 내력들을 응축시킨다면 상상력
은 우리 오감이 이해하는 통상적인 세계를 계속 확장시킨다. 인용된
시에서 우리는 상상력을 통해 시적 자아가 자기 확장을 꾀하는 현장을
지목할 수 있다. 아침에 눈을 뜰 때 밀려드는 삶에 대한 이물감을 이
시의 1연에서처럼 표현한 경우가 있었던가?
　"밤새 잡풀들 침대난간을 감아"버렸다고 했으니 꿈자리가 단정하지
는 않았을 터이다. 때문에 눈뜨자 본능적으로 "뿌리의 無事"를 확인하
니 뿌리로부터 영양을 받지 못한 "삐쭉 마른가지" 위로 "이방의 텃새
들"이 날아오른다. '수컷'에게 아침과 뿌리는 별개의 것이 아니다. 아침
뿌리의 무사는 '수컷'의 무사일 터, 다만 뒤척여 쇠잔한 수족에 오는 기

별이 미력하다. 흥미로운 것은 시인이 '내'가 있는 방에 새들이 모였다가 날아간다고 말하지 않고 '나'로서는 이방인 곳에 터 잡고 사는 텃새들이 낯선 '나'의 "이식"으로 인해 놀라 날아오른다고 말하고 있다는 것이다. 눈뜨고 난 직후 온몸이 먼저 감지하는 이 이물감을 이보다 더 생생한 이미지로 표현하기도 어렵다.

화자는 음습한 꿈과 눅눅한 잠자리를 떨치려 정신을 가누어보지만 빗소리마저 모두 머릿속에 쌓이는 것처럼 아침은 마냥 지끈하다. 때문에 그는 풀리지 않는 삶의 실마리를 단순명료한 판단("동전을 던져 앞뒤를 가리고픈")에 내맡기고 싶다. 시상의 전환은 바로 여기서 일어난다. 시적 상상력이 힘을 발휘하는 대목이 바로 여기다. 그의 상상력은 지끈한 생활의 단말마처럼 내뱉어진 기침 소리를 먼 곳으로 끌고 나간다. 2연의 마지막 부분에서 삶은 눅눅하고 축축한 습지와 같은 공간으로부터, 이곳에 내밀리기 전의 의지와 욕망이 살았던, '쨍―' 하니 햇볕이 드는 상상적 '고향별'로 이송되고 따라서 동경을 통해 확장된다.

그렇기 때문에 시인은 3연에서 바로 '이곳'과 '저곳' 혹은 생활인의 세계와 동경의 세계 사이의 거리(혹은 통로)를 은유하는 "넝쿨 끝에 핀 꽃불 하나"를 떠올린다. 혼몽을 낳았을 일상의 피로가 귀갓길 새벽 발걸음에 배어 있다면 "새벽에도 젖은 발등에서조차 한들거리던 심지"와 같은 그 넝쿨 끝 꽃 한 송이는 삶을 다른 세계에 대한 동경으로 밀어올릴, 혹은 이 세계를 동경으로 빚어지는 다른 세계로 연결시키는 포털(portal)로 거기 있다. 그러니 이 포털을 통해 눅눅한 삶을 '쨍―' 마른 동경의 삶와 잇대어본 시인은 4연에서 얼마간 스스로 너그러워진다. 그러니, "다른 장소에서의 나의 부재를 못 믿고 후생이 궁금하다며 불속까지 뛰어드려는" 뿌리의 운동은 손발의 실감으로 삶을 확장하려는 "사람 한 그루"의 생장이 아니겠는가.

그런데 이 확장의 의지와 욕망은 비단 시인 자신의 삶에만 한정되는 것이 아니다. 시인의 상상력은 타인 혹은 타자의 삶을 그들의 꿈에 길어다주는 데까지 확장된다.

> 뜻밖에도 자살이 아니네요
> 아(我)가 아중타(我中他)를 살해한 것이네요
> 아니,
> 아중타(我中他)의 공격에 아(我)가 정당방위한 것이네요
> ─「뉴욕 브롱크스 동물원─오타 벵가를 기리며」 중에서

오타 벵가, 1904년 콩고 전쟁에서 아내와 아이들을 잃고 미국으로 팔려와 뉴욕 브롱크스 동물원 원숭이 우리에 전시되었던 사람이다. 무어라는 인종, 무어라는 종교, 무어라는 이념으로 갈라져 저마다의 신념을 신으로 모시는 사람들에게 동일성의 바깥에 놓인 것들은 모두 존재의 사슬(chain of being) 저 밑바닥에 놓인 것들로 간주된다. 자살한 오타 벵가의 총성은 타자를 '존재의 발톱에 낀 때'쯤으로 치부하는 이들의 미천한 안목에 파열을 가하는 것이었다. 구광렬은 바로 그 총성을 되살린다.

인용된 4행은 동일자와 타자의 문제에 대한 우리네 인식의 지평에 비수처럼 박힌다. 자살한 오타 벵가, 그의 죽음은 "아(我)가 아중타(我中他)를 살해한 것"이면서 동시에, 아니 오히려, "아중타(我中他)의 공격에 아(我)가 정당방위한 것"이 된다. 이 시가 주는 인지충격의 핵심은 아프리카 흑인에 대한 백인의 부당한 처사를 비판한 것에 놓여 있지 않다. 그 핵심은 전쟁 중 아내와 아들을 잃은 한 사내를 자문화(自文化)의 상징계 질서 바깥에 두는 행위가 실은 아(我)와 타(他)를 가르는 데서 비롯되거나 혹은 그것으로 귀결되는 것이 아니라 결국 아(我) 내부에 아중타(我中他)를 낳고 양자 사이의 투쟁을 내부에서 발생시키

는 것으로 귀결된다는 통찰에 있다. 오타 벵가에 대한 부당한 대우를 오타 벵가를 선(善)의 위치에, 그를 부당하게 대우한 백인들을 악(惡)의 위치에 두는 것으로, 즉 관계를 역전시켜 사후적으로 위안 삼는 것으로 대신하는 것은 '심심한 위로'는 될지언정 사태의 핵심을 꿰뚫지는 못한다. 시인은 '심심한 위로' 대신 즉관(卽觀), 즉 사태에 즉해 바로 봄을 택한다. '당신' 이외의 사람들, 사물들, 시공들을 모두 "當神들"(「좆도 시발」)의 사도로 삼는 일은 곧바로 내부의 종교전쟁을 촉발해 결국엔 "當神"의 '역사하심'을 원인무효로 돌리는 일의 시발점이 됨을 그는 꿰뚫어본다.

하루살이 한 마리 내 눈 속에서 죽는다
착한 쇠눈에 들어갔더라면 살 수 있었을 건만
감아야 할 때 못 감고
떠야 할 때 못 뜬 내 눈꺼풀이
몸통과 날개를 단두대처럼 갈라놓았다
그즈음 내 몸은 他者이다
발톱을 깎을 때만 겨우 만나게 되는 새끼발가락,
돌아서면 쭈뼛쭈뼛대는 뒤통수,
본 적도 없는 Annie Laurie를 생각하며
여지껏 쿵쿵거리는 이식해온 듯한 골수와 심장.
오늘, 왼손 모르게 오른손이 도모하는
내 몸의 異邦에선
입 없어 신음소리도 못내는 하루살이
그 하루마저 못 채우고 조용히 떠난다
　　　　　　　　　　　　　—「내 몸속의 이방異邦」 전문

아중타(我中他) 혹은 '내 안의 타자', 다시 말해 "내 몸속의 이방"에 대한 시인의 감각은 이렇게 예민하다. 인용된 시에서 시인이 '내 몸속의 이방들'을 답파하며 작성해 내미는 삶의 축도가 명료하게 보여주듯, '나'는 단일민족국가가 아니라 이방들의 연방제로 이루어진 합의체이다. 멀리서 가끔 소식을 전해오는 "새끼발가락", 돌아서면 문득 보일 듯한 "뒤통수", 뜨고 감아야 할 때가 언제인지 분명히 알지 못하는 어눌한 "눈꺼풀", 그리고 먼 데를 들락날락하며 쿵쿵거리는 "골수와 심장" 등등은 단일민족국가인 '나'의 함흥차사들이 아니라 연방 영토의 수령들이다. 타자에 대한 인식이 이렇게 예민한 경우가 또 있을까? 동일자의 확장 대신 타자들의 협의를 원리로 삼는 이 연방 연합 신체에 대한 상상력은 다음의 시에서 우리네 삶에 대한 실감과 결합한다.

내 몸속엔 인력시장이 있다
최근의 경기를 반영하듯
뇌나 혀 등은 인기가 없고
3D 업종에 강한 팔다리가 인기다
그중 포스가 약(弱)한 장기들은 스스로를
한 번 뛰고 하루 사는 메뚜기라 칭한다
하지만 내 몸속은 고요의 들판이 아니라
붙잡고 늘어져야만 사는 야단의 덤불이다
하루 운 좋게 팔려가는 것들은
기분 좋은 웃음을 터뜨리지만
그렇지 않은 것들은
대폿집에서 신 김치에 강소주를 들이켠 후
털레털레 돌아와야만 한다
언젠가 팔다리만 제주로 보낸 적이 있으며

혀 빼고 전 장기를 멀리 잉카까지 부친 적도 있다
하지만 내 몸통은
밟히고 밟히면서도 꽃을 피우려는
마구발방하는 박주가리다
그 열매 속엔 마트로시카처럼
또다른 인력시장이 숨어 있다

—「마트로시카」 전문

 분업이냐 협업이냐에 따라 작업 현장은 소외된 노동을 낳기도 하고 협의적 조합주의로 귀결되기도 한다. '몸속의 인력시장'에선 그날그날의 벌이를 위해 그날의 필요에 소용되는 것들이 팔려간다. 공장뿐만이 아니라 몸 안에조차 경쟁적 분업을 조성하는 '실용주의'에 내둘리면 머리는 물론 '팔다리가 고생이다'. '신체 연방제'와 '신체 분업주의' 사이엔 이만큼 큰 간극이 있다. 어쩌면 삶은 제 몸 하나 건사하는 투쟁일지 모른다. 몸의 가지들이 스스로 어떤 공정에 참여하고 있는지 모르고 그저 분주하게 눈앞의 일들만을 처리하는 삶, 심지어 동료들과의 경쟁에서 조금 더 앞서가기 위해 잔업을 마다하지 않고 어서 팔려가기만을 기다리는 분업의 삶이 있다. 공정을 함께 협의하고 생산의 결과를 공유하는 협의와 연방의 삶이 있다. 두 삶은 바로 우리 몸 안에서 싸운다.

4

(1)
남의 살을 나의 살로 만드는

타고난 繼母의 미덕을 지녔던 넌

필시 거칠 것 없던 광활한 평원에서도

조신 뜀박질하던 한 마리 족보 있던

암말의 피부였을 것이다

—「신발」 중에서

(2)

소 허벅지뼈가 아침을 여는 고요찻잔이 되듯 그 그릇, 굶주린 이들의
탁발을 위한 하나 바리때가 될지도 모른다

그 빈 바리때에 十匙一飯 밥이 쌓이면 영혼의 '솔'음이 저자 가득 울
려 퍼져 치졸한 밥그릇싸움 또한 끝날지도 모른다

—「본차이나 *bone china*」 중에서

'내 안의 이방'에 이토록 예민한 시인이 사물들 고유의 삶과 꿈에 무
심할 리 없다. 인용된 시들은 바로 이 대목에서 눈여겨볼 만하다. 시인
은 "어쩜 구린내 나는 내 뒤뿐 아니라／남의 뒤까지 닦아주는 게 詩가
아닐까 생각하면／시집을 두루마리화장지로 펴내도 좋을 듯싶다"(「며
느리밑씻개」)고 말한다. 인용된 시에는 바로 그런 양상이 드러나 있다.
여기서 시인은 특유의 상상력을 발휘하여 사물들의 전생과 현생과 꿈
을 부양하고 있다. 신발에게서 "광활한 평원에서도／조신 뜀박질하던
한 마리 족보 있던／암말", 즉 신발의 전생을 읽어내면서, 신발에게 "남
의 살을 나의 살로 만드는／타고난 繼母의 미덕", 즉 신발의 꿈을 돌려
주는 그의 상상력에 신발은 크게 빚지고 있다.

시 (2)에서도 마찬가지이다. 찻잔을 보면서 "소 허벅지뼈"라는 전생
을 읽고, 찻잔으로 하여금 "굶주린 이들의 탁발을 위한 하나 바리때"가
되려는 '장래희망'을 북돋고, "그 빈 바리때에 十匙一飯 밥이 쌓이면 영

혼의 '솥'음이 저자 가득 울려 퍼져 치졸한 밥그릇싸움 또한 끝날지도 모른다"는 꿈을 꾸게 하는 것이 이 시인의 상상력일진대, 찻잔이 그의 상상력에 빚진 바가 신발보다 적다고 할 수 없을 것이다.

찻잔과 신발의 부채쯤이야 아랑곳하지 않는 '대범한' 상상력은 급기야 다음과 같은 수일한 이미지를 빚어낸다.

> 도시는 사람들을 꿀꺽 삼키곤
> 순대처럼 게워놓지
> 도마 같은 지하철역은
> 푸욱 삶긴 이들을 쓰윽 썰어
> 반대편 출구 쪽으로 던져버리지
> 난 그중 3번 출구로 퇴출되었던 너에게
> 숟가락질을 하고 있는 건지도 몰라
> 아니야, 난 내 전생을 씹고 있을 거야
> 난 전생에 네 먹이였던 서울식당들 잔반 속
> 한 가닥 비틀어진 콩나물, 물러터진 양파,
> 물기 빠진 숙주, 섬진강 모랫바닥을 파고들던
> 한 마리 재첩이었을 거야
>
> ―「돼지국밥을 먹으며」 중에서

이 시에는 도시의 피로와 그것을 달래는 미각의 작은 위안이 낮지만 무겁지 않게 벌여 있다. 밤의 지하철역은, 내로라할 무언가는 없지만 때로 여간 요긴한 것이 아닐 수 없는 "순대처럼" 시민들을 거리에 부려낸다. 도시의 피로는 경쟁으로부터 비롯된다. 다른 쪽 출구로 퇴출된 삶을 '씹다가' 문득 그것이 '내 전생'이었음을 발견하는 이의 입안에서 비단 '나'와 '타인의 삶' 뿐만이 아니라 사람과 동물과 사물의 삶은 서로

의 섭생을 위한 전생이었을지 모른다는 생각이 싹튼다. 그리고 삶의
현재 '꼴'과 지금 이 모양이 아니었을 수도 있을 또다른 삶의 가능성에
대한 이 구체적 사유는 이미지의 응축과 상상력의 신축성을 통해 타자
들의 삶을 길어 미래의 '그리운 나라'에 대한 비전으로 확장된다.

그 씨앗,
찬바람 불고 눈 내리면 동동 얼어붙겠지만
지구의 온난화로 여름이 한 만 년쯤 될,
천 년 그 어느 끝자락 즈음
미이라 내장 속 과일 씨처럼 문득 싹을 틔워
다섯 장 흰 꽃잎 만국기처럼 흔들리고
죽은 쥐 모양의 열매 달랑, 고양이처럼 웃으면

가지보다 더 가지 닮은 나무의 뿌리는
지구별의 한복판을 뚫고 불쑥
반대편 이웃정원의 나뭇가지로 솟아
남반구 북반구 대척점 사람들
모두 한나무에서 움튼 열매를 나누고
손자의 손자들은 집 한 채 크기 둥치에
대문보다 더 큰 구멍을 내
팔촌, 십이촌 한나무 한가족을 이룰 것이니

지난날, 강 저쪽을 망각해
도강의 꿈을 저버렸던 새 한 마리
뿌리보다 더 뿌리 같은 가지 위에 앉아
그 평화스러운 나눔을 지긋이 바라볼 때

그즈음

이 정원엔 눈이 내려도 좋을 것이다

씨앗을 쥐고 있던 내 손바닥, 화석이 되어도 좋을 것이다

—「바오밥」 중에서

열대 아프리카에서 자라는 바오밥 나무의 씨앗을 온대의 정원에 심는 이의 심중에서 상상의 나라(image-nation)가 싹튼다. 아직 누구에게도 시민권을 교부하지 않은 저 상상의 '그리운 나라'에선, "남반구 북반구 대척점 사람들/모두 한나무에서 움튼 열매를 나누고/손자의 손자들은 집 한 채 크기 둥치에/대문보다 더 큰 구멍을 내/팔촌, 십이촌 한나무 한가족을 이룰 것"이다. 분업과 경쟁과 재개발과 '실용'의 날들, 결핍과 욕망과 미만과 질주의 날들 속에서 "강 저쪽을 망각해/도강의 꿈을 저버렸던" 모두의 마음속에 나눔의 바오밥 나무 씨앗 하나 심는 마음이여…… 오래전 어느 시인의 열망처럼, 복사씨와 살구씨가 한 번은 사랑에 미쳐 날뛸 날이 온다면 그것은 여기 바오밥 나무의 씨앗이 자기를 모두 펼쳐놓은 날과 다르지 않으리라. 사랑과 평화 속에서 시인의 상상력만이 시민권을 교부하는 나라가 한 번은 오리라…… 시인의 씨앗, 모두의 나라!

시간의 섭생

박주택론

라이너 마리아 릴케의 판정은 옳았다. 그는 당대 유럽의 작가들이 얼마나 불평등하고 개별적인 방식으로 감각을 사용하고 있는지 탄식했다. 그는 「근원적 음향」이라는 짧은 글에서 완전한 시는 오로지 다섯 개의 지레에 의해 동시에 공격을 받은 세계가 특정한 관점에서의 저 초자연적 차원, 곧 시의 차원에서 나타날 때 가능하다고 언급했다. 그는 예술가란 '감각의 다섯 손가락 달린 손'을 더 활동적이고 정신적인 것을 잡는 도구로 발전시키는 이들이라고 규정한다. 왜 아니겠는가. 일상에서 우리는 전적으로 빛과 이익의 자손들이다. 다섯 개의 지레에 의해 부감되기는커녕 빛을 편식하며 자라나는 세계를 우리는 일상에서 지닌다. 감각의 다섯 손가락 달린 손 대신 우리는 지폐를 세는 두 손가락에 일상을 위탁한다. 종종 우리는 아무런 죄도 없이 빛과 이익의 신도들이다.

가장 고귀한 감각은 시각이라는 데카르트의 언급도 있었지만 근대 이후 우리의 삶이 시각의 치세하에 놓인다는 것을 증명하는 사례를 꼽는 것은 그리 어려운 일이 아니다. 그런데 시각의 치세의 배면에는 감각의 편식에 의해 우리 삶의 실감이 훼손당하는 사태가 동시에 존재해왔다. 어쩌면 우리는 항상 무언가를 훑어보고 살펴보고 꿰뚫어보기를 원하며 시각적 편식에 의해 삶의 신진대사를 그르쳐왔는지 모른다. 감각적 신진대사의 불균형에 의해 우리 삶이 치명적으로 훼손될 수 있다는 것은 주제 사라마구의 『눈먼 자들의 도시』가 역설적으로 증언하고 있다. 감각의 편식이 지속되는 한 시각 없이 삶 없다.

시인들은 감각의 영양사들임이 틀림없다. 몸은 부족한 영양소를 생래적으로 원한다. 어쩌면 삶에서 우리의 정신적 몸은 지금 소리와 어둠을 부르고 있는가보다.

위층에서 피아노 소리 온종일 울리고 있다
옆 아파트 재건축 공사장 온갖 소리로 지축을 흔들고 있다
짝을 찾느라 매미 밤낮 없이 나무를 흔들고 있다
빚을 상속받아 피곤을 눕히는 오후
눈은 날카롭게 밖을 쏘아보며
있는 힘을 다하여 귀를 덮어본다
귀를 길게 늘여 귓구멍을 막아본다
도굴을 당하는 고분처럼
텅 빈 사지를 부르르 떨 무렵
먼지를 뚫는 것이 소리인가
소리를 뚫는 것이 먼지인가
공사장 포크레인 벽을 허무는 중이다
탈탈탈탈 드릴로 바닥을 뚫는 중이다
게걸스럽게 정적을 뜯어먹는 중이다

혈관 속을 맴도는 소리들

머리를 파먹는 소리들

　　　　　　　　　　　　　　　—「소리의 제국」 전문

　인용된 시는 역설을 통해 우리의 감각적 삶이 편식에 의존하고 있음
을 증명한다. 여기에 제시된 것은 청각의 반란이라는 사태이다. 시를
잘 읽어보라. 귀가 울고 있다. 통상 빛에 노출되어 있는 눈에 지나친
자극이 주어지면 우리는 이에 즉각적으로 반응한다. 그러나 소리에 대
해서 우리는 지나치게 관대하거나 혹은 무신경하다. 익숙한 것으로부
터 낯설어지는 형벌을 언도받은 존재자들인 시인들이 종종 눈앞에 놓
인 광경 전체를 감당하지 못해 현기증을 느끼는 것처럼 쏟아지는 소리
들 앞에서도 공황을 실감하게 되리라는 것은 짐작하기 어렵지 않다.
일상에서 우리는 스펙터클에 감탄하지만 소리의 스펙터클을 누리는
호사는 기꺼이 마다한다. 우리는 시각의 지레에 의해 부감되는 세계에
익숙하게 편승하지만 소리의 질서에 대해서는 너그럽거나 무심하다.
소리쯤이야 어떻게 되어도 괜찮은 일상이 있다. 그 이면에서 소리의
지레로 부감되는 세계에 대한 무신경은 실감의 영양 부족이라는 사태
를 낳음에도 불구하고 우리는 차라리 눈뜨고 코 베일지언정 백 번 듣
는 것보다 한 번 보는 것을 택한다. 그 대가로 이제 우리는 소리의 반
란을 눈앞에 두고 있다. 근대 이후 수백 년의 잠복기를 거쳐 발병하는
저 난개발과 몰염치의 소음들은 우리 삶의 한 부면이 소리의 지레에
의해 떠받쳐지고 있었다는 사후적 깨달음을 준다. 늦었다고 생각할 때
가 제일 빠른 때이다. 눈을 감으면 서서히 떠오르는 기저의 세계, 바로
소리의 세계가 아닌가. 이 세계의 조용한 질서를 돌려달라고, 번쩍이
는 것들에 눈을 빼앗기는 사이에 어느새 우리 삶의 실감이라는 세계에
몰래 축조된 저 난폭한 '소리의 제국'의 위세로부터 온화한 소리의 질

서를 회복해야 한다고 이 시의 주체는 우리에게 '제국'의 횡포에 대한 고발장을 보내고 있지 않은가.

길은 아주 많아서
위험이 어딘지 모르지만요
구불구불 가보시면 알지만
위험이 위엄만으로 되지 않는다는 것은
갈 때까지 가보시면 알 수 있는 것이 아닌가요?

인가의 불빛이 반가운 것을
느끼신 적이 있겠지요?

모든 빛이 사라진 치악산 어느 곳
앓고 난 반달까지 수척하게 내민 어느 곳에서
갈 곳은 지워지고 온 곳도 지워지면
햇살에 빛나는 숲이 무슨 소용이 있지요?

우리 사는 곳
어둠이 이렇게 튼튼하여
구불구불 위엄을 지우는 밤

—「어둠의 국경」 전문

어둠은 빛의 반대자인가 빛의 결여인가? 삶이 단순한 이분법적 구획으로 이루어져 있지 않다는 것이 우리네 경험이 주는 교훈이다. 어둠은 빛의 반대자로 배격되어야 할 것 혹은 애써 물리쳐야 할 것이 아니다. 하루의 자연스러운 리듬이 그러하듯 빛과 어둠은 양립할 수 없는 도플갱어가 아니라 서로의 이면이다. 빛과 어둠은 계기에 따라 양태를 달리하는 것들이지 별도로 있는 두 개의 실체가 아니다. 빛은 어둠의 결여이고 어둠은 빛의 결여이다. 삶은 배중률적인 선택들에 의해 결정되는 것 같지만 '올 오어 낫싱 게임(all or nothing game)'이 아니다. 빛이 아니면 어둠이고 어둠이 아니면 빛이라는 양상으로 우리 삶이 전개되지는 않는다. '어둠에서 불빛으로 넘어가는 찰나'와 '불빛에서 어둠으로 넘어가는 찰나'들이 있는 것이지 어둠과 빛의 지대가 우리 삶에서 별도의 두 국가로 존재하는 것은 아니다. 삶은 저 빛과 어둠의 계기와 변환들로 이루어지는 것이지 가지 않은 길과 선택한 길의 분기점들로 구성되는 인생게임이 아니다. 어쩌면 이 시는 로버트 프로스트의 「가지 않은 길」에 대한 답변이며 박주택 시인 자신의 시 「명동」에 대한 스스로의 대답이다.

　　　삼십여 년 전 이 곳
　　　한 번도 기억에 없었으나
　　　이곳은 그대로 흘러 왔구나
　　　그때 앉았던 자리에는 앉은키 작은 여자가
　　　표정을 바꿔가며 떠들고 파도에 갉히는 모래톱처럼
　　　기억이 갉히니 구멍에서 나오는
　　　망둥어처럼 삼십여 년 전이 고개를 내민다
　　　옛날 르네상스 음악다방으로 가던 이층
　　　창문으로 꽃가루 들어오던 곳
　　　이곳에 앉아 다시 나를 쓰느라
　　　찻잔을 고쳐 잡는다
　　　모든 구석진 것이 눈을 비빈다
　　　어떤 기관이 혼적을 삼키는 것일까

작은 차이가 운명을 앞지르듯이
앉은키 작은 여자가 일어선다
그 자리 사분히 단발머리 여자 앉는다

―「명동」 전문

"어떤 기관이 흔적을 삼키는 것일까" 하고 묻는 목소리에는 회한이라기보다는 불가역적 선택들로 이루어진 삶이 미처 거느리고 오지 못한 것들이 만드는 선택의 공백지대를 기억으로 보충하는 이의 설렘과 아쉬움이 배어 있다. "작은 차이가 운명을 앞지르듯이" 시간은 선택들을 엔진 삼아 쏜살같이 주행하여 삼십여 년 뒤, 바로 여기에 이르렀다. 불가역적인 시간의 주행에 대해 화자는 기억을 통해 '나를 고쳐쓰는' 방식으로 지나간 일들에 대한 아쉬움을 달래고 있지만, 이 위로는 조금은 소극적이다. 시간의 흐름 속에서 행해지는 삶의 선택들을 돌이킬 수 없는 것들로 받아들이며 기억을 가늠하는 이에게 이런 위로는 사후 약방문밖에 되지 않는다. 다시 「어둠의 국경」을 보자. 다른 방식의 위로가 가능하다.

「어둠의 국경」 속 목소리는, 기억을 통해 '나를 다시 쓰는' 이의 것이 아니라 삶의 기로와 선택이라는 사태에 대한 해석을 달리하는 이의 그것이다. 이 시에 나타난 목소리는, 숲으로 난 길 중 한 가지 길을 택해 오래 걸어온 이가 문득 가지 않은 길을 생각하며 뒤를 돌아보고 있을 때 그의 어깨에 슬며시 손을 올리는 누군가의 그것이다. '여보게, 걸어온 길과 가지 않은 길이 있는 게 아닐세, 자네는 선택한 길뿐만이 아니라 가지 않은 길의 결여를 걷고 있는 중이 아닌가.'

매일 위험한 길과 위엄 있는 길 사이의 선택지를 받아 쥐는 것이 삶이라면, 매일매일의 삶이 어둠 속에서 인가의 불빛을 찾는 사투라면 우리는 매번 승부의 삶을 살고 있을 뿐이다. 그러나 선택지들이 상호

모순을 이루며 양립 불가능한 것이 아니라 오히려 하나의 선택이 다른 선택들의 조건이 된다면 삶에 대한 우리의 인지는 달라질 수 있다.

빛과 어둠, 위험과 위엄이 삶에서 배중률적 모순을 이루는 것들이 아니라면 어떤 방식의 사유가 가능할 것인가? 빛이 어둠의 다른 양태이고 어둠 역시 빛의 다른 양태여서 우리 삶이 위험과 위엄에 대한 돌이킬 수 없는 선택들로 이루어지는 것이 아니라 위험과 위엄의 정도와 밀도를 조정해 나아가는 것이라면, 우리에겐 '가지 않은 길' 대신 결여된 삶이 있을 뿐이다. 시간을 돌이킬 수는 없다, 그러나 결여는 언제고 채워질 수 있다. 그것이 선택의 삶과 정도의 삶 사이의 차이이다. 시가 감각의 편식을 바로잡고 삶의 실감의 영양 부족을 보충하고자 할 때 궁극적으로 메우려는 것은 바로 이 결여이다. 그러니, 시 「어둠의 국경」은 빛을 좇는 삶의 음화(negative film)로, 그리고 이 시의 마지막 연은 안주와 체념 대신 작은 위안과 태연한 격려로 읽혀야 한다.

어제는 꽃이 졌습니까? 어제는 누구 사이를
걸어가다 아주 먼 길까지 걸어갔습니까? 무궁의 노래는
인기척을 내며 무엇과 무엇을 불러내려 하는데
사람에게 평생을 바치고도
가물거리는 기억으로 가계보를 쓰는 집처럼
혼자 노을이 지셨습니까?

움직이지 않는 것들이
움직이지 않는 저녁

과수원을 옮겨 놓은 당신이여
고요의 바람을 스산하게 쓸어 넘기시는 당신이여

허묾도 없이 허물어져
꽃도 없이
저무는 노래에 감기시는 이여

—「사람 노래」 전문

    빛과 어둠이 대타항이 아니라 서로의 결여이듯, 움직임과 고요가 또한 그러하다. 이 시의 중심에는 부동이 자리 잡고 있다. 시각적으로도 단단한 중심을 차지하고 있는 두 행, "움직이지 않는 것들이 / 움직이지 않는 저녁"이 시의 무게중심을 지키고 있다. 어찌 보면, 자명한 사실을 진술하는 문장에 불과할 뿐인 이 두 행이 무게를 지니게 되는 것은 그 자명함을 두드러지게 만들기 때문이다. 부동의 저녁이 한때와 고요함과 내밀함을 풀어놓는다. 그리고 이 두 행에 제시된 바로 이런 사상(事象)들로 인해, 한 사람의 생이 조용히 반추된다.

    노을을 맞는 한 생이 있다. 먼 길을 휘젓는 분주함과 활력도 이제 어제의 일처럼 뒤로하고 '꽃 지는 시절'에 이르는 한 조용한 이의 삶이 있다. 제 뜰의 실과와 낙과 모두를 바치고도 쓸쓸함을 모르는 과수원처럼 공치사 없이 태연히 삶을 반추하는 이가 있다. '꽃 시절'도 근사한 몰락도 없었다. 어떤 대단한 보폭도 없이 조용히 "저무는 노래에 감기시는 이"에게 시인은 부동을 선사한다. 저 저녁의 부동에 비추어 "허묾도 없이 허물어져 / 꽃도 없이" 저녁을 맞는 이, "고요의 바람을 스산하게 쓸어 넘기시는 당신"의 삶은 '화려한' 것이었으니 이제 "무궁의 노래"처럼 가없는 어떤 시간이 당신에게 엄습해도 삶의 성가와 유증(遺贈)을 마음 쓰지 않고 조용히 '저무는 노래' 속에 잠기어도 좋은 것이리라.

    물고기 하늘에 박혀 있다

사람들은 자신이 걸은 거리보다 더 긴 그림자를 마음 안에
늘이고 은신처를 찾는 구두는 잠시 숨을 고르며 등이 하얀
정적에 머문다 그때 보도블록에 고인 저녁이 옥죈 공기를
풀어 폭염에 가담할 때 전광판은 켜지고 게으른 망각은 주
름 곁에 깃든다

미로의 거처인 술집
원작보다 번역이 서툰 술

어둠은 출전이 분명하지 않은 각주처럼 퍼져 있다
기다릴 내일이 없는 또 하루가 지나간다

옹이가 되자
옹이가 되자

저
하늘에 박혀 있는 물고기

—「공중연못」 전문

또하나의 저녁과 어둠이 있다. 일상의 미로로부터 반추와 해석의 미
로로 잠입하는 시간, 오늘 하루 자신이 걸은 거리보다 더 긴 그림자를
마음 안에 드리우는 시간, 서투른 번역투 문장으로 하루에 대해 분명
하지 않은 주석 달기를 시도하는 시간이 엄습한다. 우리의 감각과 사
유의 도구들 중 어제 사용된 것이 그제 사용되고 그제 사용된 것이 오
늘 다시 사용되는 것이 일상적 삶의 양상이다. "기다릴 내일이 없는 또
하루가" 어제가 되기 위해 지나가는 시간이 해가 긴 여름날의 저녁 초

입 무렵이다. 시인은 일상이 일상에게 시간을 건네줄 뿐인 현장을 잠시 빠져나와 연못에 비친 하늘을 들여다본다. 바로 지금이다, 감각의 편식과 손, 발, 머리의 분업이 재생산의 연쇄를 멈추고 정신적 삶의 몸이 신진대사의 불균형을 자가수정하는 시간이. 영양 불균형 상태의 감각과 사유가 자발적으로 섭생을 호소한다. 감각의 다섯 손가락 달린 손이 결여의 충족과 정신의 활동적 삶을 위해 더 많은 실감을 원한다. 바로 이 의지로 인해 일상의 무른 삶은 편식과 분업으로 굳은살 박인 손마디로부터 감각의 다섯 손가락 달린 손에 넘겨져 충만한 옹이로 움튼다. 대개 스스로의 삶을 개괄하고 있다는 생각과 함께 오는 삶의 이물감은 다섯 개의 지레에 의해 부감되는 또다른 생에 대한 의지로 다스려지는 법이다, 시인이 하는 일이 그런 것이 아니고 무엇이겠는가.

이카로스의 귀환

박찬일론

'나비를 보는 고통'이 있다면 그것은 필경 온갖 무거움에 대한 항변으로부터 비롯된 것임이 틀림없을 것이다. 본래 시인은 잴 수 없는 것들까지 죄 '무게 다는 자'들이 아닌가…… 아닌가? 다음 시들을 보자.

(1)
눈은 혼신의 힘으로 떨어져서 사라진다.
(……)

내가 걷는 모습
내가 말하는 것
나는 피사체로서 이 세상을 무겁게 돌아다닌다.
천천히 사라져간다.

— 「무거움」 중에서[1]

(2)

혼신의 힘을 다해 날아가는 눈송이.

얼마나 힘들었으면, 얼마나 큰 고통을 벗어놓았으면
그 몸무게가 되었나.

얼마나 살아 있고 싶으면
그 몸무게로도 떠 있나.

모멸을 좇는 자여,
나는 그대를 보는 최대로 같이 아픈 자.
최대로 같이 아플 수 있는 자가 나.

(……)

나, 공중에 그대의 집을 짓고 거기 들어가 살으려 한다.
                               ─「나비를 보는 고통 2」 중에서[2]

(3)
하늘하늘 날아다니다가
하늘 바깥을 궁금해하다가
평생을 다 보낸 자

하늘 아래 것을 다 놓친 자

---

1) 박찬일, 『화장실에서 욕하는 자들』(제1시집), 세계사, 1995.
2) 박찬일, 『나비를 보는 고통』(제2시집), 문학과지성사, 1999.

물구덩이에 빠졌다
물구덩이에 하늘이 비치고 있다

나비의 원수는 날개
나비의 원수는 하늘

—「나는 나비의 이름 1」 전문[3]

　인용된 시들을 읽어보면 박찬일이 얼마나 무게에 민감한 시인인지
알 수 있다. 우선 각기 제1시집과 제2시집에 실린 시 (1)과 (2)의 미세
한 차이를 눈여겨보라. 시 (1)에서 시인은 내리는 눈을 보며 조금이라
도 무게를 지닌 것이라면 피할 수 없는 숙명에 대해 사유한다. 여기서
눈이, 비록 떨어져 사라지게 될 것임에 틀림없지만 구태여 "혼신의 힘
으로 떨어"지는 것은 그것이 무게 지닌 것들의 피할 수 없는 운명이라
고 시인이 보고 있기 때문이다. 불가피한 낙하를 자발적 운동으로 읽
는 시인의 성찰 앞에서 눈은 자신의 질량을 고스란히 드러낸다.
　박찬일의 제1시집 『화장실에서 욕하는 자들』은 바로 이 무게 지닌
것들의 숙명에 대한 사유로 가득 차 있다. 이 시집에서 시인은 자신에
대해서도 직접 "나는 결국 무거운 소처럼 끌려가게 될 것"(「추錘」)이라
고 말하고 있다. 그의 첫 시집은 바로 이 실존의 무게를 자각한 이가
그 무게로 인해 발생하는 "영원한 추락"(같은 시)이라는 사태를 앞에 두
고, 그것을 감당하고 있는 마음의 내력을 토로하는 독백들로 가득하
다. 그런 의미에서 볼 때 이 시집에 실린 「갈릴레오」 연작은 이런저런
사회적 정황과 삶의 고단함 속에서도 존재의 무게감을 느끼는 데 골몰
하는 지식인의 모습을 담은 시인 자신의 자화상이 아닐 수 없다.

---

3) 박찬일, 『모자나무』(제4시집), 민음사, 2006. 이하 별도의 언급이 없으면 출처 동일.

그는 "USA의／토마호크,／페트리어트 미사일"이 날아다니고 지구 한쪽에서 "평화유지군"의 이름으로 전쟁이 거행되는 현실 속에서 "과연 그럴까.／나는 제외되어 있는 걸까"(「갈릴레오 5」) 하고 묻는다. 그러나 이에 대한 즉답 대신 그는 "나는 물이 되고 싶다.／나가고 싶다.／나가서／한 이파리를 받쳐주는／무게가／되고 싶다"(「갈릴레오 8」)라고 말한다. 미사일을 날게 하는 수학적 원리와 무관하지 않은 것이 지식인의 삶이다. 그렇기에 그는 결코 "콘스탄티노플을 터는 십자군／장시치"들의 세계로부터 한 발 비켜서 있을 수만은 없다. 지식인의 실존적 고뇌는 이로부터 비롯된다. 그러면서도 동시에 그는 사유의 맨살에 와닿는 온갖 존재자들의 무게감에 대한 근원적 성찰을 포기하지 않고 계속할 수밖에 없다. 그것이 지식인의 천분이기 때문이다. 우주의 온갖 것들의 무게를 예민하게 느끼는 자, 그리고 때로는 심지어 '눈처럼' 가볍게 내려앉는 것들에게서도 어떤 종류의 '필사의 노력'을 포착하는 자로서 시인은 스스로 그것들을 떠받칠 무게가 됨으로써 실존과 천분을 아우르고자 한다. 다시 말해 박찬일의 첫 시집의 진경은 바로 여기서 발원하는 페시미즘에 있다고 할 수 있다. 그는 사유의 맨살로 존재자들의 무게를 느끼고 무게 있는 것들이 낙하하는 곳에서 그것들 고유의 질량을 재고 그것들을 떠받치는 '단위 무게'가 되기를 자처한다. 그것은 이런 방식으로 가능하다.

　　살아 있다는 것은
　　졌다는 것이다.
　　다시 말할까.
　　항복했다는 것이다.
　　한 점의 살, 한 방울의 피까지 다 뺏겼다는 것이다.

겨울이 와도 봄을 기다리지 않는다.
봄이 와도 싹을 틔우지 않는다고 노래 부른다.
모든 바람에게 길을 터주는
그는

노래 부른다.
죽은 나무가 나무다.
영원히 나무다.

—「죽은 나무가 나무다」 중에서

이 도저한 페시미즘은 시의 표면적 발화에 나타나는 것처럼 단지 패배자의 심회를 표현한 것만은 아닐 것이다. 오히려 우리가 이 시에서 목격하는 것은 눈처럼 가벼이 날리는 것에서조차 "혼신의 힘"을 감지하는 이가 스스로 그것들을 받치는 "무게가 되고 싶다"고 말하는 것에서 느껴지는 것과 동일한 어떤 정서이다. 봄이 와도 "스스로 싹을 틔우지 않"고 오히려 "모든 바람에게 길을 터주는" 이의 "노래", 그것이 그의 시가 아닐 것인가. 시인이 "고목(枯木)"에서 읽는 패배와 항복과 죽음은 결국 자신의 인고로 존재자들을 통풍시키는 노래를 부르겠다는 도저한 페시미즘으로 귀결된다. 굳이 형용사가 필요하다면 우리는 이를 그루터기의 페시미즘이라고 부를 수 있겠다.

이야기가 길어졌지만 이제 이 국면에서 다시 저 앞에 인용한 두번째 시 「나비를 보는 고통 2」를 보자. 그러니, 나비를 보는 고통이 무거움에 대한 항명으로부터 온 것이 아니고 무엇이겠는가. 시인의 페시미즘은 두번째 시집에서 미묘하게 전화한다. 자세히 보라. 여전히 "눈송이"는 "혼신의 힘을 다해" 날고 있지만 그것은 이제 "나비"의 몸을 입는다.

나비가 된 눈송이 역시 떨어져 사라질 운명을 지니고 있음은 틀림없지만 나비는 마지막까지 "추락"에 저항한다. 시인은 이제 눈송이 대신 나비를, 그러니까 떨어져 고통을 견디는 세월 대신 "고통"을 벗어놓고 "살아 있고 싶"은 소망으로, '떠 있는' 삶을 생각한다. 눈송이가 하강과 소멸 그리고 인고의 페시미즘과 관계 맺는 것이라면 나비는 '부력'과 상승과 저항과 관계 맺는다. 나비가 나는 일이란 무게에 대해 저항하는 것이 아니고 무엇이겠는가? 그런데 인고의 자세보다 이 저항의 운동이 실은 고통의 질량을 더욱 키운다. 그대로 다시 옮겨본다. "얼마나 힘들었으면, 얼마나 큰 고통을 벗어놓았으면／그 몸무게가 되었나.∥얼마나 살아 있고 싶으면／그 몸무게로도 떠 있나."

그렇기 때문에, 그것은 "모멸"이다. 떨어져 사라짐을 자처하는 페시미즘이 인고의 격조를 지닌 것인 반면, 고통을 내려놓고 살고 싶은 소망으로—결국 떨어질 운명임은 모두 같은 것이겠으나—허공에 떠 있는 존재자가 감수하고 있는 것은 "모멸"이다. 실은, 그게 생인지 모른다. 시인은 눈송이를 나비로 바꿔놓으며 그것을 꿰뚫어본다. "나는 그대를 보는 최대로 같이 아픈 자.／최대로 같이 아플 수 있는 자가 나."

그리고 바로 이런 성찰로부터 박찬일 시의 또다른 모험이 시작된다. 시인은 "나, 공중에 그대의 집을 짓고 거기 들어가 살으려 한다"고 말한다. 첫 시집에서 그가 스스로 무게를 감당하는 '죽은 나무'가 되기를 자처했다는 것을 상기해보라, 그의 소망의 처소가 달라졌다. 그리고 달라진 처소는 달라진 문제를 낳는다. 시 (3)을 읽기 전에 다시 또 한 길을 에둘러 가야 할 이유이다.

사과나무가 불안한 것은 사과가 떨어지기 때문이다. 꼭 떨어지기 때문이다. 불안에는 요행이 없다. 불안은 이루어진다.

— 「사과나무의 불안」 중에서

허공의 처소는 고통을 떨어뜨리고 삶을 지탱하려는 이가 소망 속에서 마련하는 어떤 내적 공간이지만 필연적으로 불안의 처소가 된다. 소망과 불안은 허공에 함께 산다. 무게를 그대로 떠안는 인고의 장소가 지상이라면 고통을 내려놓고 상승하고 싶은 시심이 불안한 소망 혹은 소망스런 불안과 동거하는 곳이 바로 허공이다. 그러니까, 박찬일의 제3시집과 제4시집에 와서 뚜렷이 얼굴을 내미는 저 불안은 바로 이 낙차로부터 비롯된 것이다. 심지어 그는 이렇게 말한다.

불안에 시달리다가 중력으로 끝난다.
—「인생」 중에서

나를 여태까지 키운 것은 불안이었다
—「마음에 대한 보고서」 중에서

"죽은 나무가 나무다"라고 말하는 것이 "시는 세상 사람 사물의 질량 구하기"(제2시집에 붙인 「시인의 말」)라고 선언하는, '무게 다는' 시인의 인고의 페시미즘을 보여주는 것이라면, 위의 구절들에 표현된 불안은 고통을 내려놓고 상승하고픈 시인의 소망 한편에 필연적으로 자리 잡는 부산물이다. 고통은 쉽게 내려놓을 수 없는 것, 고통은 그것을 내려놓았다 생각하고 날아오르려는 이에게 항상 불안의 추를 달기 마련이다. "고목(枯木)"의 그루터기가 무게와 고통의 우듬지라면 허공은 소망과 불안의 우듬지이다. 시인은 위에 인용된 짧은 구절들에서 자신의 생이 바로 이들의 사이에 걸쳐 있는 것이었음을 고백한다. 우리가 미뤄둔 시 (3)은 바로 이런 사정의 전말을 보여준다. 이야기가 길어졌지만 다시 글의 서두에 인용한 세번째 시 「나는 나비의 이름 1」로 돌아가보자.

시인은 여기서 다시 나비를 바라보며 자신의 삶을 돌아보고 있다.

그는 자신을 "하늘 바깥을 궁금해하다가 / 평생을 다 보낸 자"로 규정하고 있다. 그는 자신을, 고통을 벗어놓고 하늘 바깥을 넘보면서 "하늘하늘 날아다니다가" "하늘 아래 것을 다 놓친 자"라고 말한다. "불안은 이루어진다"던 그의 예감처럼 이제 그는 "중력"에 이끌려 '물구덩이'에 빠진 채, 거기 비치는 하늘을 보고 있다. 나비에게 날개가 없었던들 없었을 '추락', 나비에게 하늘이 없었던들 없었을 '전락' 앞에서 그는 자신의 삶을 돌아보며 상승과 하강의 시심이 교차하는 마음 한 자락을 쓰다듬고 있다.

> 하늘에 날개가 닿았다
> 꺼칠꺼칠한 곳이 있었고 말랑말랑한 곳이 있었다
> 말랑말랑한 곳에 걸쳐 앉았다
> 바깥에서 윤전기 돌아가는 소리가 들렸다
> 침을 발라, 구멍을 뚫고, 보니까
> 하늘 바깥에
> 하늘이 있는 또 하나의 세계가 있었다
> 그동안 헛고생한 것이다
> 하늘에 가면 다 가는 줄 알았는데
> 到達이라고 생각했는데
> 하늘 바깥에 또 하늘이 있었다니
> 길 떠나지 말라고 한 선생님이 생각난다
> 선생님은 알고 계셨던 걸까
> 하느님이 둘 이상이라는 것을
> ──「나비를 보는 고통」 전문[4]

4) 박찬일, 『하느님과 함께 고릴라와 함께 삼손과 데릴라와 함께 나타샤와 함께』, 뿔, 2009. 이하 본문에 인용할 경우 『하느님』으로 표기.

박찬일이 '나비를 보는 고통'이란 제목으로 선보인 또 한 편의 근작 시에서도 상황은 비슷하다. 그러나 이 시에는 박찬일의 시가 전회하는 계기가 단적으로 드러나고 있다. 박찬일은 「수리산에서」라는 제목의 연작시에서 한편으로는 "정상에는 정상이 없다"(「수리산에서─노자의 가르침 8」)고 말하면서도, 그럼에도 불구하고 "두려워하지 말고 계속 가라 / 끝나는 곳이 도달하는 곳이다"(「수리산에서─노자의 가르침 1」)라고 스스로를 다그치고 있다. 어렴풋하게 그 귀결에 대한 예감을 떨치지 못하면서도 상승의 시심은 그 끝 간 데를 보아야 전회를 맞기 마련이다. 인용된 시에는 바로 그 전회의 계기가 고스란히 담겨 있다.

시인이 눈송이의 무게를 나비의 활주로 바꾸면서, 인고의 시심으로부터 상승의 시심으로 돌아서게 된 것은 바로 저 "바깥에서 윤전기 돌아가는 소리가 들렸"기 때문이다. 이 세계와는 또다른 메커니즘으로 운용되는 세계에 대한 동경이야말로 인고의 페시미즘으로부터 가장 가깝고도 먼 것이다. 고사목의 그루터기라는 낮은 곳에서 견디는 정신이 저 위의, 이 세계 바깥의 세계에 이끌리게 되는 것은 거의 필연이다. 그러나 그것은 또 얼마나 위험한 모험인지…… 우리는 앞서 그렇게 이끌려 상승한 시심이 바로 그 낙차 때문에 불안을 안게 됨을 보았다. 그러나 "정상에는 정상이 없"을 것이라는 예감에도 불구하고 한번 뒤꿈치를 뗀 발길은 결국은 저 바깥 세계의 '윤전기 소리'의 실체를 확인하는 데까지 올라가지 않을 도리가 없다. 물론, 이런 종류의 예감은 틀린 적이 없기 마련이다. 저 경계에까지 상승하여 조심스럽게 살짝 구멍을 내고 바깥을 보니 "하늘 바깥에 / 하늘이 있는 또 하나의 세계"가 있다. "하늘에 가면 다 가는 줄 알았는데 / 도달이라고 생각했는데 / 하늘 바깥에 또 하늘이" 있다. 이 순간 "길 떠나지 말라"는 계고(戒告)가 생각나는 것은 당연한 일이다. 비밑은 안의 밖에 있기 때문에 바깥이다. 세계는 안의 연속이며 동시에 바깥의 무한이다. 그것은 안에서 하나이며 바깥에서 무수한 것으로 존재한다. 아뿔싸!

눈을 부릅뜨고 쳐다보네
케이블카에 대롱대롱 매달려 있는
추락하는 나를 보네
다시 대롱대롱 매달리는 나를 보네
용을 쓰고 있네
누워서 용을 쓰는 나를 보네

終末은 늘 일찍 오네
케이블카에서 너무 멀리 떨어졌고
나는 다시 날아오르지 못하네
나뭇가지마다 부러지고
내가 좋아하던 평행봉마저 비켜가네

케이블카 창문에 비치는 얼굴들
지상에는 널려 있는 수많은 구경꾼들

終末을 수습하는 것도
나네. 내가 매번 나를 깨우네

—「케이블카」전문, 『하느님』

　그러니, 이제 불안의 현실화가 진행된다. 안과 바깥이 처소나 위계의 경계를 계기로 나누어지는 것이 아님을 직접 목도한 순간 그는 허공에 "대롱대롱 매달려 있"게 되며 이내 추락을 개시한다. 바깥의 맨얼굴을 본 순간 추락하는 이는 이렇게 말한다. "나는 다시 날아오르지 못하네".

이 추락의 현장에서, "지상에는 널려 있는 수많은 구경꾼들"이 이 파문을 지켜본다. 그리고 바깥 세계의 윤전기 소리에 이끌려 '케이블카'를 타고 상승하던 시심이 추락하는 현장을 지켜보는 '지상의 구경꾼들' 앞에서 시인은 자신의 "종말을 수습"한다. 그 양상이 흥미롭다. 바깥을 넘보고 온 이의 '종말'은 이카로스에겐 비참한 것이었지만 시인은 이카로스보다는 '약은' 존재, 그는 이렇게 말한다.

    떨어지는 순간만 견디면 되겠지
    물에 충돌하는 순간만 견디면 되겠지
    허우적대는 순간만 견디면 되겠지
    물이 숨구멍을 틀어막는 순간만 견디면 되겠지
    예수님은 십자가에서 6시간 견디셨다는데

    아프리카에 가지 못한 것이 억울하다
                        ―「아프리카」 중에서, 『하느님』

그러나 우리는 진창에 뒹굴기를 자처하며 "하느님 없는 곳 하느님 아들이 없는 곳 아프리카"(「아프리카 2」, 『하느님』)를 선망하는 이의 이런 '위악'이 다음과 같은 진심을 숨기고 있다는 것을 읽을 필요가 있다.

    나는 180도刑만으로도 충분하다
    만약 예수가 있다면 내가 예수가 아니라는 걸
    어떻게 견딜 수 있다는 말인가
    그러므로 예수는 존재하지 않는다고 말하지 않으리라
    360도도 존재하고 180도도 존재한다고 말하리라

대지가 나의 최선이었다고 말하리라

—「180도刑」 중에서, 『하느님』

　그는 인간에게 왔다가 본래 자리로 돌아간 예수와 달리, 바깥을 넘
본 인간에게 주어지는 형벌이 '180도刑'이라고 말하고 있다. 바깥을 향
해 수직 상승한 시심에게는 '180도刑'이 언도된다. 바깥을 엿본 죄는 상
승에 대한 '180도의 형벌', 즉 추락으로 단죄받는다. 바로 여기서 박찬
일의 최근 시에서 보이는 가장 중요한 전회가 일어난다. 인고의 페시
미즘이 고사목의 그루터기에 자리 잡은 것이었고 상승의 시심이 바깥
의 경계를 넘보는 허공에 깃든 것임을 상기해보자. '180도형'에 처해져
서 낙하하는 것에게 추락 대신 다른 이름을 붙일 수 있을까? 「케이블
카」에서 시인이 "나는 다시 날아오르지 못하네"라고 말했던 것을 기억
해보자. 그는 "종말을 수습"해야겠다고 말했다. 한 사태의 종말, 즉 인
고와 비상, 안과 바깥, 중력과 원심력 등을 가늠해보던 한 시기의 끝에
서 시인은 이렇게 말함으로써 추락을 귀환으로 바꾸어놓는다. "대지가
나의 최선이었다고 말하리라".
　이제 그는 처음과는 다른 지표에 서게 된다.

　　똑같이 시작한 두 개의 검은 종소리
　　하나가 더 내려갔다; 더 늙어버렸다
　　필사적인 노력이리라 하늘 감옥에서 벗어나려는
　　누가 공중에 낙원이 있다고 했는가
　　공중은 空중이었다
　　물半 물고기半 공중정원이 없었다

　　검은 종소리만큼 비어 있는 하늘,

종소리; 흔들면 흔든 만큼 우그러지는 하늘
하늘은 지옥이었는지 모른다; 겸손하게 말한다
하늘은 비어 있었다; 숙연하게 말한다

얼마 안 남았다 조금 더 내려가면 高地다 안심하고
뒹굴 수 있는 大地다
大地에서 大地의 종소리를 부르리
아무 일도 중요하지 않으리
大地 속속 파고 들어가 보리
노란 흙의 송장들; 봉분도 자취를 감추는

정말로 정말로 아무 일도 일어나지 않았으리
종소리를 부르리 종소리를 부르리
송장이 大地이다
영원이 大地이다

—「대지의 노래」 전문, 『하느님』

이제 공중과 대지의 위상이 바뀌었다. 어제의 하늘이 오늘의 대지가
되었다. 시인은 "누가 공중에 낙원이 있다고 했는가" 묻고 "공중은 쏙중
이었다 / 물半 물고기半 공중정원이 없었다"고 말한다. 시인이 과거형
으로 대답하는 것에 주목하자. '공중은 쏙중이다'가 아니라 "공중은 쏙
중이었다"라는 것은 관념이 아니라 체험의 차원에서 그것을 실감한 이
만이 할 수 있는 발언이다. 우리는 앞서 그 체험의 전모를 살펴보았다.
시인은 멀고 높은 데서 들리는 종소리를 "검은 종소리"라고 말한다. 그
리고 다시금 그는 과거형으로 "하늘은 비어 있었다"고 말한다. 바깥은
그 바깥의 실체를 눈으로 확인하고 바깥의 주소지를 확정하려는 이에

게는 "지옥이었는지" 모른다. 바로 그것을 확인하는 저 "高地"에서 '180도 형'을 언도받은 시인은 자신의 형을 추락 대신 대지로의 귀환으로 바꾸어 집행한다. 그는 "조금 더 내려가면 高地다 안심하고/ 뒹굴 수 있는 大地다"라고 말한다. 추락을 귀환으로 바꾸는 기술은 바로 이렇게 대지를 고지로 바꾸는 의지로부터 나온다. 이제 그는 그루터기 주위로 추락하지 않는다. 그는 대지로 귀환한다. 그는 멀고 높은 곳의 "검은 종소리" 대신 "대지에서 대지의 종소리"를 부르겠다고 말한다. "죽은 나무만이 나무다"라고 말하며 인고의 페시미즘을 자처했던 시인이 상승과 귀환의 내력 끝에 다시금 "송장"과 "영원"에게로 귀환한다. 이렇게 다시 만난 죽음은 처음의 죽음과는 지표가 다르다. 기다리고 견뎌야할 죽음이 아니라 "영원"에 가닿는 죽음이기 때문이다. 따라서 시인은 이제 죽음을 견디면서 하늘을 꿈꾸던 대가로 불안을 예감하고 추락을 자초하는 대신 단단하고 낮은 고지에서 하나씩 하나씩 죽음을 살게 될 것이다. 죽음은 이제 장군이 아니라 조건이자 바탕이다. 이제 대지로 귀환한 이카로스는 살아지는 삶 대신 살아낼 생을 노래할 것이 아닐 지……

제5부

시적인 것의 발생과 애도 불발

황지우의 경우

1. 이성적인 것과 도덕적인 것의 간극

'도덕적 행위는 이성적이다.' 이성에 대한 믿음에 기초한 근대 특유의 이 낙관적 윤리관은 일단, 이성의 레테르가 붙은 것들에 대한 의심의 눈초리가 담론의 영역에서 일반적 표정을 이루기 시작하면서 다음과 같은 의문을 수반하게 되었다. 이성적 인식과 윤리적 선택이 바로 등호의 양쪽에 나란히 놓일 수 있는 것인가?

위의 명제를 정초한 쾨니히스베르크의 한 철학자는 윤리학에 관한 그의 주저(主著)의 결론 부분에서 자신의 마음을 늘 경탄과 경외심으로 가득 차게 하는 것은 별이 빛나는 밤하늘과 마음속의 도덕률이라고 말하고 있다. 밤하늘의 별과 마음속의 도덕률이 조화롭게 빛나는 세계는 경탄과 경외심에 값하는 세계임에 틀림없을 것이다. 그러나 모든 사태를 장악하고 이를 체계화함으로써 세계에 대한 지배권을 획득하려는 이성의 기획과 그것이 강제하는 윤리적 선택들이 아무런 매개 없이 '곧' 동일한 것으로 간주될 때, 현실은 오히려 끔찍한 것이 되고 만다는 것을 현대사는 증언하고 있다. 예컨대 아도르노와 호르크하이머가『계몽의 변증법』에서 적절히 지적하고 있듯, 파시즘이 사태를 장악하는 방식 또한 이성적인 것과 도덕적인 것을 곧바로 동일한 것으로 간주하는 메커니즘을 따른다.

　　'정언 명령'에 따라, 더 깊이는 '순수 이성'에 조응해서, 파시즘은 인간을 사물로, 즉 행동 양식들의 총화로 만들었다.[1]

　인용에서 보듯, 이들은 파시즘에 의한 인간의 사물화 전략이 '정언 명령'과 '순수 이성'의 조응에 의해 이루어졌다고 지적하고 있다. 파시즘이 이성에 의해, 그리고 이성의 이상인 체계에 의해 도덕을, 즉 개개인의 행동 양식과 규범 들을 장악하는 방식으로 자신의 목적을 실현해왔다는 지적은 1980년대의 사회와 문학을 다시 돌아볼 때 우리에게 생각해볼 거리들을 던져준다.

　많은 논자들이 지적하듯 80년대 한국시는 광주의 비극으로부터 태동하였다. 시인들에게 광주 체험은 "하나의 원초체험이었으며 원죄"[2]였다. 현실의 폭력성이 전면적으로 노출된 이 사태 앞에서 시인들은 세 가지 질문 앞에 서게 된다. 이 사태는 무엇인가, 나는 무엇을 할 것인가, 시란 무엇인가 등의 질문이 그것이다. 이 질문들 앞에서 일군의 시인들은 이 세 질문의 함의를 한데 묶어 '실천'이라는 단일한 대답을

---

1) T. W. 아도르노·M. 호르크하이머,『계몽의 변증법』, 김유동 옮김, 문학과지성사, 2001, 138쪽.
2) 성민엽,「열린 공간을 향한 전환—80년대의 문학사적 의미」,『문학과 사회』1989년 겨울호.

제출했다. 이때, 현실에 대한 인식과 그 현실 속에서 개개인의 도덕적 선택, 그리고 그것의 미학화 전략은 '실천'이라는 단일한 대답 속으로 취합 혹은 축소되었다. 눈앞에 실재하는 폭력성과 사태의 엄중함 앞에서 작가 개인의 실존적 지위에 대한 성찰, 시 고유의 미학화 전략에 대한 배려 등은 우선적 고려 대상이 아니라는 것, 혹은 후자의 문제들은 최우선 과제인 현실에 대한 이성적 인식과 실천적 변혁 운동에 복속되어야 한다는 것이 이들의 명분이었다. "박해의 시대에 있어서 시인은 우선 싸우는 사람이어야" 했으며 이들에게 시는 "사회적 실천의 산물"[3]이었다. 이처럼 소위 민중시 운동의 주역들은 현실에 대한 인식과 작가 개인의 윤리적 선택, 그리고 시 고유의 미학적 전략을 '전선(戰線)'의 '실천' 속으로 통합했다. 이때, 전선은 이성적으로 각성되고 윤리적으로 무장된 주체의 외부에 가시적으로 존재했으며 인식된 현실과 작가 개인의 윤리적 선택 사이의 간극은 없거나 없어 보였고 시는 참으로 역설적이게도 불행한 사회사적 현실과 창작자의 윤리적 선택 사이에서 의미 있는 어떤 괴리도 없이 '행복하게' 산출되었다. 이 선의(善意)의 시인들에게 현실은 곧 시의 모태였다. 현실은 '행복하게' 시를 수태(受胎)했고 이들의 '실천'이 현실에 대한 이성적 인식에 의해 보증받는 만큼 '적'과 '전선'은 뚜렷하게 목전에 존재했다.

이와 다른 쪽에는 인식과 윤리의 괴리가 있었다. 앞의 시인들의 구호가 "실천"과 "변혁"이었다면, 이들 시인들의 공통 구호는 "부권(父權) 부정"이었다. '실천'의 시인들에도 여러 부류가 있듯 '부권 부정'의 부류에도 여러 종류의 시인들이 있었다. 그중 유독 황지우의 자리는 문제적이다. 황지우는 '실천'과 '부권 부정'의 구호를 함께 외친 시인이다. 그는 한편으로는 기존의 시 형식을 허물고 과감하게 새로운 형식

---

3) 김남주, 「변혁운동을 전파하는 시」, 『문예중앙』 1989년 가을호 특집 '80년대의 정신과 문학', 328~329쪽.

들을 실험함으로써 기성의 형식에 저항했으며, 또 한편으로는 이 형식 허물기를 통해, 은폐된 진실의 일단을 드러냄으로써 폭력 행사에 의해 형성된 권력과 그 폭력에 침묵하는 사회에 대한 비판 작업을 동시에 수행했다. 그런데 우리가 주목할 점은 그가 행한 비판 작업이 소위 '민중시' 계열의 시인들과 상당한 거리를 두고 있다는 사실이다. 이 점은 그가 사회 현실에 대한 인식과 개개인의 행동 윤리, 그리고 예술의 존재 의의와 역할에 대해 그들과는 상당히 다른 견해를 가지고 있었다는 것을 의미한다. '민중문학'을 제창했던 이들이 이성적 인식과 도덕적 명령을 너무 쉽게 동일한 것으로 간주함으로써 그들이 맞서 싸우는 '적'의 문법과 같은 문법을 구사했다는 비판이 제기되고 있는 시점에서 이와는 다른 식의 현실 인식과 윤리, 미학화 전략을 가지고 있었던 황지우의 80년대 시적 행로는 다시 주목을 끈다.

2. 인식과 윤리 혹은 生과 理性, 그리고 詩

한다. 시작한다. 움직이기 시작한다. 온다. 온다. 온다. 온다. 소리난다. 울린다. 엎드린다. 연락한다. 포위한다. 좁힌다. 맞힌다. 맞는다. 맞힌다. 흘린다. 흐른다. 뚫린다. 넘어진다. 부러진다. 날아간다. 거꾸러진다. 패인다. 이그러진다. 떨려나간다. 뻗는다. 벌린다. 나가떨어진다. 떤다. 찢어진다. 갈라진다. 뽀개진다. 잘린다. 튄다. 튀어나가 붙는다. 금간다. 벌어진다. 깨진다. 부서진다. 무너진다. 붙든다. 깔린다. 긴다. 기어나간다. 붙들린다. 손 올린다. 묶인다. 간다. 끌려간다. 아, 이제 다 가는구나. 어느 황토 구덕에 잠들까. 눈감는다. 눈뜬다. 살아 있다. 있다. 있다, 있다 살아 있다. 읽다.

—「527」 전문, 『나는 너다』[4]

많은 논자들의 지적처럼 1980년대의 시는 1980년 5월 광주의 비극, 파시즘적 폭력이 노골적으로 전면화된 바로 그 비극으로부터 자극받았다. 소설이 이 사건을 반성적으로 대상화하기 위해서 일정한 시간을 필요로 했던 것과 달리 시는 그 속성상 그날, 광주에서 있었던 일의 진상을 신속하게 전파하는 역할을 했다. 인용된 시에서, 황지우는 1980년 광주의 참상을 생생하게, 효과적으로 전달하고 있다. 그는 한 산문에서 광주의 비극에 대해 "너무나 원시적인 이 해부학적 비극이 우리의 '현대'였던 것입니다"[5]라고 말하고 있는데 이 시에서 그 "해부학적 비극"을 생생하게 보여주고 있다. 그는 일체의 정황 묘사와 설명을 배제하고 폭력의 행사와 이에 대한 신체의 반응만을 직접적으로 전달하는 동사들로 이 시를 구성했다. 그는 여기서 폭력의 구체적 행사와 그 구체적 폭력에 반응하는 '몸'의 물리적 속성을 일일이 나열하는 것을 통해 1980년 광주에서 폭력이 실제로 행사되었으며 그에 따라 많은 사람들의 구체적 희생이 있었음을 읽는 이로 하여금 실감하게 하고 있다.

　　황지우는 80년대에 발표한 세 시집[6]의 곳곳에서 당대의 현실이 폭력에 기반한 것이라는 사실을 때로는 이렇게 직접적으로 그리고 때로는 과감한 형식 실험을 통한 풍자와 조소의 어조로 고발하고 있다. 그런데 황지우의 세 시집에서 비판받고 조소당하는 대상은 비단 폭력적 권력만은 아니다.

---

4) 황지우, 『나는 너다』, 풀빛, 1987. 이하 제목에 번호만 있는 것은 같은 시집에서 인용.
5) 「끔찍한 모더니티」, 『황지우 문학앨범』, 웅진출판, 1995, 157쪽.
6) 『새들도 세상을 뜨는구나』(문학과지성사, 1983. 이하 본문에 인용할 경우 『새들도』로 표기), 『겨울-나무로부터 봄-나무에로』(민음사, 1985. 이하 본문에 인용할 경우 『겨울-나무』로 표기), 『나는 너다』.

(1)

보성물산주식회사 종로 지점 근무, 34세의 장만섭씨는 산요 리시버를 벗는다. 최근 그는 머리가 벗겨진다. 배가 나오고, 그리고 최근 그는 피혁 의류 수출부 차장이 되었다. 간밤에도 그는 외국 바이어들을 만났고, '그년' 들을 대주고 그도 '그년들 중의 한 년' 의 그것을 주물럭거리고 집으로 와서 또 아내의 그것을 더욱 힘차게, 더욱 전투적이고 더욱 야만적으로, 주물러주었다.

　　　　　　—「徐伐, 셔볼, 셔볼, 서울, SEOUL」 중에서, 『새들도』

(2)

다 뒈져도 나만은 九死一生으로 살아남을 거야/ 하는 심정으로 그날 그날을 살아가는 건지.// 利己心은 얼굴에 철판을 깔게 하고/ 良心은 가슴에 기브스를 하고// 서울 사람들을 세련되게 하는 것은 신경질과 무감각이다./ 심장에 맹장염이 걸릴 수도 있다.

　　　　　　　　　　　　　　—「67」 중에서

황지우는 다른 시에서, 현실이 폭력성에 기반하고 있는 이상 "잘 먹고/ 잘 사는 사람들은 지금의/ 잘 먹음과 잘 삶이 다 혐의점이다"[7]라고 다소 극단적으로 말하고 있는데, 이는 엄연히 상존하는 폭력을 모른 체하는 '태연한' 소시민들에게도 부정적인 현실이 축조되는 것을 방조한 책임이 있음을 지적하는 것이다. 시 (1), (2)에서 보듯, 그는 즉물적인 일상에 묻혀 무반성적으로 하루하루를 살아가며 상존하는 폭력의 구조를 묵과하는 소시민들의 "무감각"에 대해서 비판하고 있다. 그런데 우리가 여기서 주목해볼 점은 이 풍자와 비판이 화자의 도덕적

---

7) 「같은 緯度 위에서」, 『새들도 세상을 뜨는구나』.

우월감으로부터 비롯된 것이 아니라는 사실이다.

> 나의 풍자는 절망으로부터 오고, 나의 절망은 열망으로부터 오고, 나
> 의 열망은 욕망으로부터 오고, 나의 욕망은 生으로부터 온다. 이 生으
> 로부터 理性에 이르는 가느다란 실핏줄이 내 詩의 가계이다. (……) 二
> 世들이여, 너희들 시대는……, 善한 시대이어야 한다.
> ―「그들은 결혼한 지 7년이 되며」 중에서, 『겨울―나무』

황지우의 풍자는 현실에 대한 이성적 인식에 기반한 것이되, 시인의
도덕적 우월성으로부터 비롯된 것은 아니다. 그는 "나의 풍자는 절망
으로부터" 온 것이며 이 절망은 궁극적으로는 "生으로부터" 온 것이라
고 말하고 있다. 계속해서 그는, 풍자가 "생"으로부터 "욕망"과 "열망"
그리고 "절망"을 거쳐 나온 것이라고 언급한 뒤, "이 生으로부터 理性
에 이르는 가느다란 실핏줄이 내 詩의 가계"라고 말하고 있다. 결국, 여
기서 황지우는, 욕망과 절망을 낳는 생(生)의 즉자성으로부터 대상을
반성적으로 인식하고 비판하는 이성적 성찰에 이르게 하는, 그 희미한
통로가 시라고 말하고 있는 셈이다. 이처럼 생과 그로부터 멀리 있는
것으로 보이는 이성을 연결하는 것이 황지우에게 詩의 길이었다. 그런
데 다시 한번 문제는, 생과 이성을 잇는 것, 다시 말해 즉자적 삶과 반
성적 인식을 매개하는 것이 시라는 인식이 곧바로 시인의 윤리적 행동
을 부추기는 데까지 이르지 않는다는 것이다. 오히려 실제 행동의 선
택을 결정하는 윤리 문제에 있어 시인 자신 역시 그가 비판하고 있는
이들과 별다른 차이가 없음을 그는 고백하고 있다.

> 지금 나에게는 칼도 經도 없다.
> 經이 길을 가르쳐 주진 않는다.

　현실과 삶, 그리고 예술의 문제는 80년대에 발표된 황지우의 세 시집에서 여러 가지 이미지들로 변화하며 지속적으로 나타난다. 그 이미지군들 중 하나가 '칼'과 '경(經)'이다. 인용된 시에서 현실적 차원의 문제는 '칼', 그리고 개개인의 선택과 삶의 지침, 즉 도덕적 차원의 문제는 '경'으로 이미지화되고 있다. 시인이 비록 생과 이성의 통로를, 즉 앞서 설명한 것처럼, 즉자적 삶과 반성적 인식의 매개를 찾았다고는 하지만 그에게는 현실을 변혁할 '칼'도, 유력한 삶의 지표로서 '경'도 없다. 이렇게 자신이 '칼'도 '경'도 없는 무기력한 존재라는 인식은 자신이 처한 환경을 돌아보게 만든다.

　(1)
　현실: 꼼짝 못 함. 체형 부동 자세. 경제: 빚더미. 교육: 무지몽매. 예술: 신선한 거품의 OB맥주. 아, 삶: 입구멍·똥구멍·오줌 구멍만 뚫려 있음, 여기저기에 핀 포인팅. 종교: 없음.

　　　　　　　　　　　　—「그대의 표정 앞에」중에서, 『새들도』

　(2)
　대학 근처에 얼쩡거린다는 자책감이 / 나를 찌끈찌끈 찔러댄다./ (……) / 체제여, 지금 내 가방 속에는/ 아이들에게 썰 풀, / 포이에르바하에 관한 테제가/ 들어 있다./ 이 테제도 상품이다. // (……) // 잠에서 깨고, / 학교로 들어가는 문이 꼭 교도소 같다.

　　　　　　　　　　　　—「桃花나무 아래」중에서, 『겨울-나무』

　현실의 폭력성에 대한 인식과 인식의 확실성이 보증하는 도덕적 신넘을 바탕으로, 주체의 외부에 설정된 전선에서의 싸움을 독려하는 시를 쓰고자 했던 시인들과는 달리 '칼'도 '경'도 갖지 못한 시인은 이성적인 현실 인식, 개개인의 도덕적 선택, 시와 예술의 역할 사이에 단숨에 넘기 힘든 간극이 있음을 토로하고 있다.

인용된 시 (1)을 보자. 여기에는 폭력적 현실에 맞선 이들을 독려하고자 하는 목소리가 끼어들 여지가 없다. 세계의 폭력성이야 어찌 되었건 '나'는 그 현실 속에서 "꼼짝 못"하고 있다. 화자는 '전선'에 선 사람들을 독려하기는커녕 자신이 갇힌 일상에서 한 발짝도 앞으로 내딛을 처지가 못 된다. 이것이 현실이다. 그 안에서 삶은 어떠한가? 삶이라는 항목의 세부사항으로 시인은 "입구멍·똥구멍·오줌 구멍"을 나열하고 있다. 이 세 구멍으로 표현된 삶은 두말할 것 없이 최소한의 생물학적 삶이다. 이처럼, 화자를 '꼼짝 못'하게 하는 현실 속에서 시인은 그저 숨이나 겨우 쉬며 연명하고 있을 뿐이다. 이때, 위로가 되는 것은 오직 "신선한 거품의 OB맥주" 한잔뿐인데, 여기에 시인은 "예술"이라는 이름표를 붙이고 있다. 생과 이성을 매개하는 것으로 인식된 예술의 역할은 '칼'과 '경'이 없는 실제 현실 속에서 이렇게 축소되었다.

현실에 갇혀 꼼짝하지 못하는 지식인으로서의 자괴감은 두번째 인용된 시에도 잘 드러나고 있다. 여기서 시인은 "대학 근처에 얼쩡거"리면서 마르크스의 이론을 "상품"으로 팔고 있을 뿐 현실 변혁에는 적극적으로 나서지 못하는 자신의 처지를 냉소적으로 바라보고 있다.

이렇게 황지우는 부정적 현실과 그 현실에 눈감는 소시민의 삶뿐만 아니라, 현실을 비판적으로 인식하고 있음에도 불구하고 곧바로 윤리적 행동을 결단하지 못하는 자기 자신의 모습까지 비판하고 있다.

3. 시를 통한 현실의 수태(受胎)

비판의 시선이 자신에게로 돌아오면 시인 자신이 처한 현실과 그 현실 속에서 시란 무엇인가 하는 문제에 대한 진지한 모색이 이루어진다. 『겨울-나무로부터 봄-나무에로』에 실린 「박쥐」의 한 대목을 읽어보자.

> 나는 시궁창에 살고 있다. 이 편안한 더러움이여. 戰後에 / 태어난 후, 나는 아무것도 믿지 않았으며, 아무도 사랑해 본 적이 없다. / 아무것도, 아무도. / 사랑하는 天敵 : 이상하다, 天敵에게서 묘한 애정 같은 것이 / 생기는 것은, / 내 안에 利敵이 있기 때문이다.

황지우의 현실 인식이 곧바로 윤리적 행동의 촉구로 나아가지 못하는 것은 적이 외부에만 있는 것이 아니라 내부에도 있다는 것을 그가 충분히 인식하고 있기 때문이다. 인용된 시를 보자. 폭력이 기초한 현실 위에서 태연히 일상을 살아가는 시민들의 사회는 여기서 "시궁창"으로 묘사되고 있다. 그런데 황지우는 자신 역시 이미 이 "시궁창" 속에 묻혀 살고 있음을 고백한다. 스스로를 이 "시궁창" 속에 묻혀 살고 있는 "박쥐"로 인식하면서 황지우는 "내 안에 利敵이 있"다고 말한다. 내 안의 이적성이란 무엇일까? "때로는, 유학이나 가 버릴까. / 다시 감옥으로 갈까" 하고 짐짓, 소시민적 지식인의 허세를 부리던 시인은 다시 이렇게 외치고 있다.

> 너, 민중 없는 민중주의자! 가짜! 냄새 나! 꺼져! / 나는 왜 敵에 대해서 말하지 않고, 敵前에서 자꾸 뒤돌아보는가. / 80년대는 막상이냐. / 최전선이냐. / 너 살아 넘어갈래, 죽어 돌아올래.

그 이적성은 시인이 본래 "민중 없는 민중주의자"이며 그렇기 때문에 "敵前에서 자꾸 뒤돌아" 본다는 사실로부터 비롯된다. 그리고 이 경우 시인은, 현실에 대한 인식이 바로 행동에의 요구로 나아가며 인식과 행동의 괴리를 무화시키는 지사적 목소리의 민중시와는 다른 시를 쓸 수밖에 없다.

시는 나에게 性的이다: 매혹과 수치심이 함께 있다. 중요한 것은, 이를 통한 현실의 受胎이다.

적전(敵前)에서 싸움을 독려하고자 하는 시들과 황지우의 시들의 차이점은 바로 여기에 있다. 한쪽에선 현실이 시를 수태(受胎)하는 반면, 다른 쪽에선 오히려 시가 현실을 수태한다. 이때 시가 현실을 수태한다는 것은 어떤 의미를 갖는가? 현실이 시를 낳는다는 견해와는 거리가 있는 이러한 인식은 황지우의 시를 동시대의 소위 민중시들과 구분하는 중요한 기준이 된다. 시에 대한 황지우의 몇몇 산문을 통해 이를 확인해보자.

(1)
나는 시를 쓸 때, 시를 추구하지 않고 '시적인 것'을 추구한다. 바꿔 말해서 나는 비시(非詩)에 낮은 포복으로 접근한다. '시적인 것'은 '어느 때나, 어디에도' 있다.[8]

(2)
나는 한번도 이른바 '실험시'를 쓴 적이 없다. 나는 사실은 리얼리스

---

8) 황지우 산문집, 『사람과 사람 사이의 신호』, 한마당, 1993, 16쪽.

트이다. 일그러진 형식은 일그러진 현실에서 온다.[9]

　황지우의 산문 중에서 그의 시론이 잘 드러나는 것들을 인용해보았다. 인용 (1)과 (2)는 소위 '시적인 것'에 대한 존재론적 의미 부여와 '파괴의 양식화'라는 황지우 특유의 시적 방법론[10]을 해명하고 있는 글이다. 많은 논자들이 황지우 시의 파격적인 형식 실험이 '부권(父權)'으로 상징되는 기성의 권위 일체를 해체하고 부정하려는 전략의 일환임을 지적해왔다.[11] 이에 대해서 설명을 덧붙일 필요는 없을 듯하다. 여기서 재차 인용 (1), (2)에 주목하는 것은 그의 형식 실험이 '시적인 것'을 드러내고자 하는 의도와 관계가 있다는 사실 때문이다. 황지우가 시를 추구하지 않고 '시적인 것'을 추구한다고 말할 때 문맥상 다음과 같은 두 가지 중요한 사실을 읽어낼 수 있다.

　첫째는, 현실이 곧 시를 만들어내는 것이 아니라, 시가 드러내고자 하는 현실을 창조해낸다는 사실, 즉 시를 통해 현실이 수태된다는 사실이다. 현실이 시를 낳는 것이 아니라 시가 "어느 때" "어디에"나 있는 '시적인 것'을 통해 은폐된 현실을 재구성함으로써 일단의 진리를 드러내 보인다는 이런 주장은 시가 현실을 재현 내지는 반영한다고 하는 일군의 시인들의 주장과는 거리가 있다. 이때 황지우의 문제의식의 핵심은 설령 시가, '민중시' 진영의 일부에서 주장하듯, 전형적 상황, 전형적 인물, 세부 묘사를 통해 현실의 폭력적 구조에 대한 폭로와 변혁의 전망을 담아내는 경우가 있다 해도 그것은 결국 시적 주체가 속

---

9) 같은 책, 60쪽.

10) 박철화, 「푸르름의 세계, 그 이후」, 『현대문학』 1989년 7월호, 312쪽.

11) 그 일례로 이경수의 글을 들 수 있다. 그는 『현대시세계』 1989년 봄호에 실린 「80년대의 시대상황과 시」에서 "80년대에 시를 쓰기 시작한 젊은 시인들의 의식을 한마디로 요약하자면 권위와 부권에 대한 부정"이라고 지적하면서 그 예로 이성복과 황지우의 시를 꼽고, 이중 황지우의 실험이 "훨씬 더 전략적"인 것이었다고 설명하고 있다.

한 현실의 뿌리까지 흔들어놓지는 못한다는 것이다. 황지우는 이런 식으로 쓰인 시는 결과적으로, 단지 기존의 "일그러진" 현실을 고스란히 재생하고 있을 뿐이라고 비판하고 있다.

둘째, 같은 맥락에서, 시가 '시적인 것'을 통해 현실을 드러낸다고 할 때, 그 다양한 매개가 되는 형식에 대한 실험은 결국, 주체에 의해 대상화된 바로서의 현실이 아니라 자신이 그 안에 이미 연루되어 있는 것으로 간주되는 바로서의 현실까지 뒤흔들어보고자 하는 의도에서 비롯된 것이라는 사실이다. 이런 의미에서 황지우의 소위 '해체시'가 "내가 그 안에 살고 있기 때문"에 "현실이 바로 자기 현실이라는 것을 고뇌할 때" 그 현실에 대한 "반성과 해체와 갱신"[12]을 모색해보고자 하는 시도의 일환이라는 한 평론가의 지적은 타당하다고 말할 수 있다. 예컨대 황지우의 다음과 같은 발언은 그의 형식 실험이 어떤 함의를 갖는지를 잘 보여주고 있다.

제국주의 문화침투는 문화만이 아니라 우리 삶의 토대 부분에 더욱 결정적으로 침투해 우리의 삶의 꼴을 규정하고 있죠. 우리가 부정할 수 없는 것이 바로 제국주의적으로 규정되어 있는 우리 삶의 토대 위에 얹혀져서 그날그날을 살고 있다는 사실입니다. 그러면 리얼리스틱한 작품이면 작품일수록 제국주의적으로 규정되어 버린, 파편화되고 소외되고 찌들고 왜곡된 이 현실을 드러낸 것이어야 할 것입니다.[13] (강조는 인용자)

이미 삶이 현실의 폭력적 성격에 의해 규정되고 있는 상황에서 그의 형식 실험은 삶의 조건이 되는 지반을 흔들어보고자 하는 의도에서 비

---

12) 정과리, 「80년대 한국시의 전개」, 『오늘의 시』 1989년 하반기 좌담, 35쪽.
13) 「'오늘의 시'에 있어서의 리얼리즘과 모더니즘」, 『오늘의 시』 1990년 상반기 좌담, 40쪽.

롯된 것이라고 할 수 있다. 이 점은 앞서 설명한 것처럼, 당시 '민중문학'을 주장했던 작가들과의 차이점을 명확히 보여주는 것이라고 할 수 있다. 황지우는 삶의 조건이 현실의 폭력에 의해 침윤되어 있기 때문에 당연히 "민중도 병들어 있"[14]다는 전제하에, 시는 혁명에 관여하는 것이 아니라 상처에 관여하는 것이라는 견해를 펼친다.

(1)
　문학은 혁명에 관여하는 것이 아니라 그것의 조짐에 관여한다. 그리고 문학은 반혁명에 관여하는 것이 아니라 그것의 상처에 관여한다. 문학은 징후이지 진단이 아니다.[15]

(2)
　문학은 현실을 묘사하지 처방하지는 않는다. (……) 그것은 토대를 반영할 수는 있을지언정 그것을 통해 토대를 바꿀 수 있는 능력을 갖고 있지 않다. (……) 좋은 문학은 다만 이 현실의 토대가 바뀌었으면 하는 바람 혹은 그것을 바꾸고 싶어하는 욕망을 불러일으키는 쪽에 다가간다. 그것은 암시적이며 간접적이다. 나는 이런 인식이 '민중'이라는 이름으로 교조주의를 정당화하려는 경향이 있는 오늘의 '민중문학' 논의의 내부에서, 그리고 외부에서 받아들여지길 바란다.[16]

　앞서 인용한 글들이 시 형식에 대한 언급을 통해 황지우 자신의 시와, 당대의 소위 '민중시'와의 차별성을 드러낸 것이라면, 위에 인용된 글들은 좀더 명확히, 황지우 시의 지향점이 무엇인지, 그가 생각하는

14) 「황석영과의 대담」, 『사람과 사람 사이의 신호』, 158쪽.
15) 같은 책, 31쪽.
16) 동아일보, 1985년 3월 9일. 같은 책 113~114쪽에서 재인용.

시의 역할과 기능은 무엇인지에 대한 견해를 드러낸다고 할 수 있다. 문학이 "혁명"에 관여하는 것이 아니라 그것의 "조짐"에 관여하는 "징후이며" 근본적으로 "토대가 바뀌었으면 하는 바람 혹은 그것을 바꾸고 싶어하는 욕망"에 기초한 것이지 "토대를 바꿀 수 있는 능력"을 가진 것이 아니라는 언급은, 그의 문학관이, 문학을 변혁의 무기로 간주하고 이를 통한 직접적 실천을 강조하는 '민중문학'의 입장과는 차이가 있음을 보여주고 있다. 이제 이와 같은 문학관에 따른 황지우의 시적 전략이 구체적으로 어떤 시의식과 연결되는지 살펴보자.

4. '부끄러움'의 시적 내력

현실이 폭력에 의해, 그리고 그 폭력에 의한 희생 위에 세워져 있음을 인식하고 있는 시인이 자신 역시 그 폭력적 구조 속의 일원임을 자각할 때, 황지우를 괴롭혀온 '부끄러움'의 문제가 대두된다. 『새들도 세상을 뜨는구나』(1983)에서 『나는 너다』(1987)에 이르기까지 그의 시집 곳곳에 시인의 '부끄러움'이 표현되어 있다.[17] 황지우의 시세계를 이해하기 위해서는 이 '부끄러움'의 내력을 더듬어볼 필요가 있다.

그는 산문 「끔찍한 모더니티」에서 "80년대 한국 시문학의 한 지류를 따라 지금까지 흘러온 저의 시적 연력도 제 고향이 갖고 있는 두 모습, 자연적 아름다움과 사회적 불행을 체화하는 과정이 아닌가 합니다"[18]

---

17) 황지우는 한 시에서 "이 부끄러움의 심층, 멘탈 스트락처를 모르고/나를 올라타 제 살인지도 모르고 찍고 씹고 찌르는/머리가 좀 모자라거나 둔한/괄호 속에 문학평론가라고 꼭 써넣는 자를/나는 동정한다./詩를 휴지 삼아 제 콤플렉스나 제 혐의점을 코 푸는 자도 이와 同"(「62」 전문)이라고 말하고 있다.

18) 「끔찍한 모더니티」, 『황지우 문학앨범』, 149쪽.

라고 말하고 있다. 이와 같은 언급을 참조하여, 황지우의 시에 나타난 '부끄러움'의 연원을 찾기 위해서 다음 시들을 읽어보자.

(1)

朔望 바람이 불어왔습니다. 그러나 바람 속은 저의 死後처럼 더 이상 바람 소리가 나지 않고 木船들이 빈 채로 돌아왔습니다. 해초 냄새를 피하여 새들이 저의 무릎에서 뭍으로 날아갔습니다. 물가 사람들은 머리띠의 흰 천을 따라 內地로 가고 여인들은 還生을 위해 저 雨期의 靑苔밭 넘어 再拜三拜 흰떡을 던졌습니다. 저는 괴로워하는 바다의 內心으로 내려가 땅에 붙어 괴로워하는 모든 물풀들을 뜯어올렸습니다.

內陸에 어느 나라가 망하고 그 대신 자욱한 앞바다에 때아닌 배추꽃들이 떠올랐습니다. 먼 훗날 제가 그물을 내린 子宮에서 燐光의 항아리를 건져올 사람은 누구일까요.

—「연혁沿革」 중에서, 『새들도』

(2)

태어나자마자, 나는 / 부끄러웠다. / (……) / 여러 사람은 나의 공포였다. / (……) / 나는 새빨갛게 부끄러웠다. / 감옥엘 다녀와도 부끄러웠고, / 이후, 나이들고 시인의 아들 딸을 두고 / 지금까지도 하늘을 우러러 부끄럽다. / 살아가는 날들 앞에 두고, 전라도 말로, / 무장무장 여럽다.

—「61」 중에서

이광호를 비롯한 여러 논자들의 지적처럼, 시 (1)에서 묘사되고 있는, 솔섬이라는 공간은 황지우 시의 원적(原籍)이라고 할 수 있다. 이 공간은 뭍으로부터 유기된 공간이며, 폐쇄적인 추억의 공간이다.[19] 황지우 스스로 말하고 있는 것처럼, 이 섬은 "자연적 아름다움과 사회적 불행"을 함께 간직하고 있는 곳이다. 달리 말하자면, 이 공간은 뭍으로부터 떨어져 일종의 신비스런 풍경을 자아내면서 동시에 가난과 고난의 사회사적 불행을 간직하고 있는 공간이다. 인용된 시 (2)에서 타고난 것으로 묘사되고 있는 황지우 특유의 '부끄러움'은, 실은 이처럼 유폐된 공간에서의 유년 체험과 관계 깊다. "여러 사람은 나의 공포였다"라는 구절은 그의 어릴 적 경험이 '부끄러움'과 어떤 관련이 있는지를 시사하고 있다고 할 수 있다.

이처럼, 애초 유년 시절의 환경에 의해 형성된 기질 중 하나였던 이 '부끄러움'은 그의 내지 체험을 통해 하나의 내성적 태도로 굳어진다. 여러 시에서 '초토(焦土)'로 표현되고 있는 '내지'에서의 체험을 통해 '부끄러움'의 기질은 '참회의식'을 낳는다.

참꽃/ 참꽃이여 내 눈이 아프다 그대 만발은 放火 같구나/ 참꽃이여 눈물의 폭탄인가 그대 만개 앞에 내 얼굴이 확확거리고/ 火酒 먹은 듯 내 가슴 확확 불 인다 참꽃이여/ 어찌하여 그대는 나를 참회의 감회로 처넣는가 나는 부끄러워/ 여러워서 차마 그대 만화방창을 다 지켜보지 못하겠다/ 두 눈 뜨고 보지 못하겠다/ 참꽃이여 그대, 아 꽃피는 계절은 참다 못해 터뜨린 대성통곡이구나/ 어찌하여 참꽃이여 그대 온몸으로 깔아놓은/ 꽃밭이 눈물바다인지/ 살아 있어서 그대 혈서 같은 花席을 대하니/ 산다는 게 용서를 빌어야 하는 시절이구나 그러나/ 어제는 오늘을 용서하지 않으며/ 오늘은, 빈 광장이여/ 역사는 부끄러워하지 않는구나/ 역사는 다만 의문이며 참꽃이여 그대 눈 멀도록 저 앞산에/ 만개할 제 역사는 눈부신 匿名이구나/ 역사는 익명으로 나를, 우리를, 호출하는구나/ 저 앞산 작고개 등심재 새새 등성이,/ 등성이에 불붙은 황

19) 이광호, 「초월의 지리학」, 『황지우 문학앨범』, 72쪽.

홀한 참꽃들—/그대 앞으로 나아가 보리라 우리,/꽃 피어나는 것이 더 이상 슬픔이 아님을/참으로 참으로 꽃 피는 참꽃들을 향해.

—「참꽃」 전문, 『겨울-나무』

황지우가 자신의 시적 연혁의 근원으로 꼽고 있는 "자연적 아름다움과 사회적 불행" 체험은 이 시에서도 변주되어 드러나고 있다. 이 시에는 참꽃의 눈부신 아름다움과 그 앞에서 자꾸만 "부끄러워"지는 화자의 모습이 대비되고 있다. 이때 화자의 부끄러움은 "살아 있어서 그대 혈서 같은 花席을" 대하는 것에서 비롯된 것이다. 이 '부끄러움'은 현실의 폭력성 앞에서 "산다는 게 용서를 빌어야 하는" 과정이라는 참회의식으로 이어진다. 이때, 눈여겨볼 것은 참꽃의 아름다움과 불행한 역사의 대비가 시인을 행동의 결단이 아니라 참회의식으로 이끌고 있다는 사실이다. 유신 치하와 광주의 경험을 통해 시인은 폭력성이 전면화되는 현실을 인식하게 되었지만 앞서 「박쥐」에서 살펴본 것처럼, 적이 내부에 있다는 깨달음은 그로 하여금 "敵前"에서 머뭇거리며 뒤돌아보게 만들고, '전장'을 향해 독전의 목소리를 높이게 하는 대신 사회에 대한 반성적인 시선과 동시에 자신에 대한 내사적 시선을 갖게 한다.

이때, "敵前에서" 뒤돌아보는 그의 시선에 포착된 사회의 현실은 그로 하여금 연민을 자아내게 한다. 그는 독전의 목소리 대신 "연민"의 시선을 시에 담고 있다.

(1)
모성의 누이여 용서하라/나는 왜 이러는지 세상을 자꾸만/내려다보려고만 한다 그럴 적마다/나는 왜 그러는지 세상이 자꾸만/짠하고, 증오심 다음은 측은한 마음뿐이고, 아무리 보아노
그것은 수평이 아니다

(2)
엉엉 울어버리던 슬픔이 나를 여기까지 오게 했소. / 세상에서 가장 가련한 나라, 이 나라 슬픔을 횡단하여 오늘, / 나, 무너지는 東海 앞에 섰소. / (……) / 급히 돌아오고 이곳에도 젖은 삶이 있다는 것을, / 고된 그날그날과 아파하는 우리나라 사람이 있다는 것을,

—「46」 중에서

황지우는 「박쥐」에서 "현실에로 열린 나의 시적 통로는 연민이오"라고 말한 바 있다. 현실 인식을 통해 '실천'을 구호로 제출한 동시대의 많은 시인들과 달리 그는 "敵前"에서 머뭇거리며 "연민"의 시선을 통해 현실과 조우하고 있는데, 우리는 인용된 시 외에도 여러 시에서 그의 '슬픔의 횡단' 기록을 찾아볼 수 있다.

그러나 그가 「박쥐」에서 곧바로 지적하고 있듯이 "연민은 도덕적 임포"이자 "혁명의 설사제"일 수밖에 없다. 그의 시가 "敵前"의 긴장감을 그대로 유지하게 되는 것은 그의 시선이 사회로 향할 때가 아니라 오히려 자기 자신에게로 향할 때이다. 시선이 자기 내부로 향할 때, 그는 연민을 통해 분노를 잠재우고 전선을 무화하는 대신 '부끄러움'을 통해 자신의 내부에 새로운 전선을 형성한다. "치열하게 싸운 자는 / 敵이 내 속에 있다는 것을 안다"(「109-5」)는 깨달음은 그의 관심을 내부의 '전장'으로 돌리게 만든다.

5. 전장으로서의 몸 이미지

황지우의 시가 폭력적 현실에 대한 인식과 그 현실에 자신이 깊이 연루되었다는 깨달음, 그리고 이에 따른 행동의 유예에 기초하고 있음을 앞서 살펴보았다. 그리고 '敵前'에서 뒤돌아보는 그의 시선이 외부로 향할 때, '연민'이 내부로 향할 때 '참회의식'이 생겨난다는 것도 지적한 바 있다. 이제 이 '참회의식'이 구체화되는 '전장'인 '몸'의 이미지를 살펴보자.

싸우고 들어온 날은 이렇게 내가 아프다.

—「214」 중에서

외부의 현실이 폭력에 기초해 있고, 시인 스스로가 그 현실에 깊이 연루되어 있기 때문에, 이 현실에 맞서는 전선은 '나'의 외부뿐만 아니라 나의 '내부'에도 존재한다. 이에 따라 나의 '몸'은 '전장'이 된다. '적'과 "치열하게" "싸우고 들어온 날" '내 몸'이 먼저 아픈 이유는 이 때문이다. 이미 '나' 역시 부정한 현실에 연루되어 있기 때문에 현실과의 불화는 '내' 몸의 아픔을 낳는다. 현실과의 '전선'은, 이미 '나'의 내부에 있다. 이제 문제는 이렇게 '내' 몸속에 들어와 있는 전선과 몸속에 들어와 이 전선을 형성하는 타자가 된다. 내 '몸'속의 타자, 이를 어떻게 할 것인가?

빛 속에서 내 몸은 벌레들로 우글우글하다.
이 몸을 바꿔버렸으면 털어버렸으며, 환생했으면!

—「잠자리야 잠자리야」 중에서, 『겨울-나무』

시인은 몸을 바꾸고 싶다.

　　몸이 없어지는 것을 나는 경험했다. 부끄러움의
　　재 한줌.

―「44」 중에서

시인은 몸을 비우고 싶다.

그러나 몸 바꿈과 몸 비움, 즉 주체의 전변(全變)은 소망일지언정 문제의 현실적인 해결책이 되지 못한다. 황지우는 '몸'이 고통과 부끄러움을 낳는 '초토(焦土)'이지만 타자를 안고 있는 '몸'을 모두 고스란히 버리는 것, 즉 주체의 전변을 통해 해결책을 구하지 않는다. 그렇다면 이 '부끄러움'의 몸을 어찌할 것인가? 내 안의 타자를 어찌할 것인가? 80년대 황지우 시의 공안(公案)은 바로 이것이다. '내 안의 타자, 인식과 윤리의 괴리의 결과로 파생된 내 안의 타자를 어찌할 것인가' 하는 문제가 80년대 황지우 시의 중심 문제이다.

6. 나는 너다?

(1)
　　잿더미로 떨어지면서 / 잿더미 속에서 / 다시는 살[肉]로 태어나지 말자고 / 다시는 태어나지 말자고 / 부서지려는 질그릇으로 / 날개를 접으며 나는, / 새벽 바다를 향해 // 날고 싶은 아침 나라로 / 머리를 눕혔다 / 日出을 몇 시간 앞둔 높은 窓을 향해

―「飛火하는 불새」 중에서, 『새들도』

(2)

우리도 우리들끼리/낄낄대면서/깔쭉대면서/우리의 대열을 이루며
/한세상 떼어 메고/이 세상 밖 어디론가 날아갔으면/하는데 대한 사람
대한으로/길이 보전하세로/각각 자기 자리에 앉는다/주저앉는다

　　　　　　　　　　—「새들도 세상을 뜨는구나」중에서,『새들도』

　시인은 몸 바꿈과 몸 비움 대신, "벌레들로 우글우글"하는 '몸', 그리
고 그 '몸'이 은유하는 타락한 도시와 폭력적 현실 너머, 그 바깥을 꿈
꾸어본다. 일찍이 김현에 의해 "남성적 낭만주의"로 지칭된 바 있는 황
지우 특유의 이 '바깥 꿈꾸기'는 한편으로는 '몸'이, 도시가, '이곳'이 타
락했다는 현실 비판 정신을 담고는 있지만, 또 김현의 지적처럼, 단순
한 "도피와 일락"이 아니라 "새로운 삶을 희구하는" 정신을 담고 있기
는 하지만, 그러나 결국 그것은 현실 문제의 환상적 해결책에 지나지
않는다.

　"아무리 아무리 높히,/높히/날어도 새들은/따 우로/나려와 앙근
다/떠날 수 없구나"(「착지」) 아무리 높이 날아 먼 곳을 바라보아도 결
국 새는 땅 위에 내려와 앉을 수밖에 없다. 새보다 무거운 '몸'이 "떠날
수 없"다는 것은 명백하다. "바다" "율도국", 즉 '피안'으로의 비행이 현
실 문제의 환상(幻像)적 해결에 지나지 않으며 또한, 새가 땅과 하늘,
그리고 '이곳'과 '저곳'의 양안(兩岸)을 오갈 수밖에 없듯, 인간 역시 결
국 자신의 자리에 매여 있을 수밖에 없는 존재론적 숙명을 타고난 것
임을 시인은 물론 잘 알고 있다. 그렇기 때문에 이때의 '바깥 꿈꾸기'는
비록 그것이 새로운 세계를 이뤄보려는 열정을 담고 있을지라도 현재
로서는 '낭만적 환상'에 불과한 것이다. 그렇다면, 주체의 전변과 '바깥
꿈꾸기'가 불가능해질 때, 내 안의 타자 문제는 어떻게 되는가?

우리는 세 가지 방법을 상정해볼 수 있다. 우선, 내 안의 타자들을 다시 밖으로 구축해내는 방법, 외화해내는 방법을 생각해볼 수 있다. 예컨대 이적성과 이질성을 한 몸에 안고 있는 존재로서 타자를 산출해 내는 것, '괴물'이자 적인 타자를 만들어내는 것이 그것이다. 황지우가 이것을 택하지 않고 있음은 서두에서부터 지적한 바 있다. 둘째로, 어떤 강제에 의해 내 안의 타자와의 거리 지우기를 시도하는 방법이 있을 수 있다. 그리고 셋째로, 내 안의 타자들과의 공존을 모색하는 방법이 있을 수 있다. 황지우의 모색은 둘째와 셋째 해법 사이에서 이루어진다. 그러나 문제는 바로 이 지점에서 그의 태도가 모호해지며 목소리가 짐짓 격앙된다는 사실이다.

(1)
望月로 가는 길, 그 황토길. 묘비도 팻말도 없는 무덤에게 가는 길/이제 참회하지 말고 나가 싸우라! 돌아오는 그 길은 그렇게 내게 말했다/가자, 내 아픈 식구들아!/이 진창 속에서, 진창 속의 낙원으로.
—「191」 중에서

(2)
가자, 저 중심으로/살아서 가자/살아서, 여럿이, 중심으로/포로된 삶으로부터/상처의 핵심으로/해방의 징으로
—「205-징」 중에서

황지우는 시 (1)에서 "이제 참회하지 말고 나가 싸우라!"고 말하고 있다. "아픈 식구들"과 더불어, "벌레가 우글우글"대는 '진창'에서, 이 "시궁창" 속에서 "싸우라"고 말하고 있다. '진창 속으로'라는 구호는 시 (2)에서 "중심으로/포로된 삶으로부터/상처의 핵심으로"라는 구호와

통하고 있다. 이렇게 '칼날'이 "상처의 핵심"으로 향하고 "해방"이 '경전'이 될 때, 상처 속, 진창 속 타자는 어떻게 되는가?

> 꼬박 밤을 지낸 자만이 새벽을 볼 수 있다./보라, 저 황홀한 지평선을!/우리의 새 날이다./만세, 나는 너다./만세, 만세/너는 나다./우리는 全體다./성냥개비로 이은 별자리도 다 탔다.
>
> —「1」중에서

이 시에서 우리는 우선, 황지우의 예외적으로 격앙된 목소리를 들을 수 있다. 시집의 가장 마지막에 실린 시에 「1」이라는 제목을 붙임으로써, 그는 결국 『나는 너다』로 시적 모색의 한 국면이 일단락되고 있음을, 결국 이제까지의 모색과 고군분투가 이 원점을 향한 것이었음을, 그의 시시계가 마지막에 이르러 "꼬박 밤을 지낸 자"의 "새벽"에 이르렀음을 명확히 하고 있다. 시인은 그간의 "참회"를 떨치려는 듯, "나는 너다" "너는 나다" "우리는 全體다"라고 외치고 있다.

타자의 지평이 슬쩍 바뀌었다. '내' 속에 '타자'가 있고, 타자 속에 '내'가 있으며 이 둘의 합일에 의해 '나'와 타자, 타자와 '나'의 간극을 없애고 하나의 "전체"가 되고자 하는 의지를 담은 이 외침 속에서 우리는 이질적인 것으로서의 타자의 흔적은 찾아볼 수 없다. 그렇기 때문에 이 외침은 격앙된 만큼 위태롭다.[20]

타자와의 거리 지우기가 "우리는 전체"라는 새로운 지평을 열 것인지 혹은 그저 상처의 미봉에 불과한 것인지, 다시 말해 타자와의 미봉적 통폐합이라는 "가면"에 불과한 것인지 의심의 여지를 남겨둔 채, 황지우는 "나는 너다"라는 선언을 통해 "정치적인 것이 시적인 것"이던

---

20) 80년대에 발표된 황지우의 시집 전체를 살펴볼 때, 『나는 너다』 말미의 격앙된 목소리가 차라리 예외적인 경우라는 것은 쉽게 확인되는 사실이다.

한 시대를 마감한다.[21] 그리고 황지우가 이 외침의 배후로 흘려보낸 '내' 안의 이질적 타자들은 다음 시집에서 "화엄 광주로 흐르는 강" 위로 다시 부상한다.

7. '화엄 광주'로 흐르는 강

『나는 너다』의 외침을 뒤로하고, 90년대의 벽두에 발표된 『게 눈 속의 연꽃』(문학과지성사, 1991)에는 이미 "뼈아픈 후회"들이 가득하다.

(1)
나는 벌 받으러 이 산에 들어왔다 / (……) // 슬픔은 왜 독인가 / 희망은 어찌하여 광기인가 / (……) // 가면 뒤에 있는 길은 길이 아니라는 것을 / 우리 앞에 꼭 한 길이 있었고, 벼랑으로 가는 길도 있음을 // 마침내 모든 길을 끊는 눈보라, 저녁 눈보라, / 다시 처음부터 걸어오라, 말한다.
—「눈보라」 중에서

(2)
"아무도 책임지려 하질 않아. 이거 내가 나에게 내린 유배야"
—「영산靈山」 중에서

---

21) 황지우는 『어느 날 나는 흐린 酒店에 앉아 있을 거다』(문학과지성사, 1998)가 출판된 후 한 인터뷰에서 다음과 같이 말하고 있다. "나는 '시가 아니라 시적인 것을 추구한다'라고 말했던 첫번째 시집에서는 '정치적인 것이 시적인 것'이라는 전략을 가졌다면 그다음에는 '선적인 것이 시적인 것'이라는 생각을 했고 이번 시집에서는 '정신착란적인 것이 시적인 것'이라는 사실을 보여주려고 한 거지요."(황지우·박수연 대담, 「시적인 것으로서의 착란적인 것」, 『문학과 사회』 1999년 봄호)

(3)

너도 견디고 있구나

—「겨울산」중에서

인용된 시들 이외에도 우리는 이 시집의 어디에서든지 회한의 목소리들을 한 묶음씩 추려낼 수 있다. 이 회한들과, 타자와의 통합선언 이후에도 재차 반복되는 참회는 「화엄 광주華嚴光州」에 이르러 다시 한 번 일단락된다. 황지우는, 격앙된 어조로 "나는 너다/ 너는 나다/ 우리는 全體다"라고 타자와의 합일을 통한 관계 청산을 외쳤지만, 실은 첫 시집에서부터 곳곳에서 「화엄 광주」에 이르는 길을 이미 마련해놓고 있었다. 첫 시집에서 『게 눈 속의 연꽃』에 이르기까지 한결같이 등장하는, '바다'에 이르는 '강'의 이미지가 그것을 상징적으로 잘 보여준다. "상처의 핵심"에서 "진창" 속의 것들, "1천만 명의 똥물과 하이타이물과 콧물과 정액과 피고름과 함께"(「200」), 크리스테바의 용어를 쓰자면, 이 '앱젝트(abject)'[22]들과 함께 "華嚴의 서해"로 흐르는 강의 이미지는 80년대 발표된 시집의 곳곳에 숨어 있다. 황지우는 "나는 너다"라는 외침의 "가면" 뒤에 또하나의 길을 예비하고 있었다. "華嚴光州"란 상처들, 이질적인 것들에 대한 봉합의 결과로서 제시된 것이 아니라, 이것들과 뒤섞여 함께 흐르는 "進路"의 끝에 놓인 것이다. 결국, 이를 통해, 타자와의 합일을 통한 문제 해결 역시 임시적인 것이었음이 판명된다. 그는 타자들, 이질적인 것들을 끌고 가면서 함께 화엄에 이르는 선적인 길을 90년대의 벽두에 열어 보였다. 이것이 과연 내 안의 타자 문제

---

22) 줄리아 크리스테바는 『공포의 권력』(동문선, 2001)에서 정체성, 체계, 질서를 어지럽히는 이질적인 것들을 '앱젝트(abject)'라고 부르고 있는데 그 구체적인 예로 오물, 쓰레기, 고름, 체액, 시신 등을 들며 이를 매혹과 반감이 함께하는 불쾌한 대상으로 규정하고 있다. 이 앱젝트에 대한 경험이 바로 '앱젝션(abjection, 아브젝시옹)'이다.

에 대한 궁극적인 윤리적 해결책인가 하는 것에 대한 판단은 『어느 날 나는 흐린 酒店에 앉아 있을 거다』의 성패에 대한 평가와 함께 이루어져야 할 것이다. 그리고 이는 또다른 논의를 요하는 작업이 될 것이다.

멜랑콜리아, 역사의 천사 그리고 애도

1. "슬프다 내가 사랑했던 자리마다 모두 폐허다"(「뼈아픈 후회」[1])

　　알브레히트 뒤러의 유명한 동판화인 〈멜랑콜리아 I〉(1514)과 벤야민이 「역사철학테제」에서 자신의 주장의 알리바이로 삼은 파울 클레의 〈새로운 천사〉(1920)라는 그림을 잇대어놓으면 상당히 흥미로운 단상들이 떠오른다. 먼저, 뒤러의 그림을 보자. 한 천사가 르네상스 시기 학자들의 아이콘이었던 망치, 삼각자, 컴퍼스, 쇠톱 같은 기하학 도구들에 둘러싸인 채 턱을 한 손에 괴고 우울해하고 있다. 천사의 머리 위에 놓인, 가로, 세로, 대각선에 쓰인 숫자를 어떻게 더해도 모두 합이 34가 되도록 만들어졌다는 마방진이 상징적으로 예견하는 세계란 근대의 대표적 진리 체계인 수학에 의해 완벽하게 분석되고 계산되고 예

---

1) 황지우, 『어느 날 나는 흐린 酒店에 앉아 있을 거다』, 문학과지성사, 1998. 이하 별도의 언급이 없으면 출처 동일.

측되는 세계임에 틀림없다. 날개를 기하학 도구들 틈새에 묻고 신성을 침해당한 채 우울한 표정을 짓고 있는 이 천사는 수학적, 기하학적 이성이 정초할 이 '신세계가 어찌될 것인가' 하는 생각에 골똘해 있다. 이 천사의 의혹 섞인 우울한 눈빛은 파울 클레의 그림에 이르러 아연실색하는 표정으로 바뀐다. 벤야민이 "역사의 천사"라고 해석한 이 천사는 그림 속에서, 자신을 등 뒤로 떠미는 바람을 정면으로 마주하고 "마치 그가 응시하고 있는 어떤 것으로부터 금방이라도 멀어지려고 하고 있는 것처럼"[2) 눈을 크게 뜨고 있다. 이 천사의 눈에 들어온 광경을 벤야민은 "일련의 사건들이 쉼 없이 쌓이게 하고 또 이 잔해를 우리들 발 앞에 내팽개치는 단 하나의 파국"[3)이라고 묘사하고 있다. 천국으로부터 그의 등이 향하고 있는 미래 쪽으로 부는 폭풍에 천사는 계속해서 떠밀리고 있고 그의 앞에는 하늘까지 치솟는 잔해 더미만 쌓여가고 있다. 벤야민은 이렇게 단언한다. "우리가 진보라고 일컫는 것은 바로 이러한 폭풍을 두고 하는 말이다."[4)

뒤러의 '멜랑콜리'한, 기하학적 이성이 만들어나갈 세상에 대해 우울과 의혹의 시선을 던지던 천사의 우려 섞인 전망은 클레의 천사에게 현실이 되었다. 분석과 종합을 원리로 하며 체계를 이상으로 삼는 이성의 '간지'에 기초하고 있는 진보(주의)가 만들어온 것은 기껏해야 파국의 잔해들뿐임을 클레의 '역사의 천사'는 목도하고 있다, 그 자신, 미래 쪽인 등 뒤로 떠밀려감을 어찌할 수 없으면서도⋯⋯

벤야민의 멜랑콜리는 이에 기초하고 있다. "이 지구상의 모든 것은 덧없이 사라져버린다는 슬픔과 우수, 그리고 인간의 모든 행동은 지금까지 좌절하였고 또 앞으로도 계속 좌절하리라는 체념"[5)이 벤야민의

---

2) 발터 벤야민, 「역사철학테제 9」, 『발터 벤야민의 문예이론』, 민음사, 1983.
3) 같은 글.
4) 같은 글.

멜랑콜리의 주요 내용이다.

"나는 너다"라는 격앙된 어조의 통합선언과 그 바로 뒤를 잇는 '뼈 아픈 후회', 그리고 "화엄 광주로 흐르는 강"이라는 수일한 선적 이미 지를 모두 뒤로하고 황지우는 다시 "슬프다 // 내가 사랑했던 자리마다 // 모두 폐허다"라고 우울해하고 있다. 시간차를 두고 진보(주의) 폐허 더미들을 목격한 벤야민과 황지우. 멜랑콜리한 벤야민에게 '카발라적' 구원이 있었던 것처럼 황지우에게도 '정치적인 것'을 대신해서 '시적인 것'의 자리를 채워준 '선적인 것'이 있었다. "화엄 광주로 흐르는 강"이 라는 화두는 90년대 벽두의 황지우에게 진보의 폐허를 수습할 대안처 럼 보였다. 그러나 그의 신경증은 연원이 깊은 것이었다.

2. "나, 이번 生은 베렸어"(「거울에 비친 괘종시계」)

두 시를 잇대어놓고 또 실마리를 풀어보자.

  (1)
    소비에트가 무너지던 날, 난 / 광주공항에서 일간스포츠를 고르고 있 었지. / 내가 이 삶을 통째로 배신할 수 있는 기회가 / 없어져버렸다고 할 까? 처음엔 내가 마흔 살이 / 되었다는 것을 도저히 받아들일 수가 없드 라고. / "개좆 같은 세기"가 되어버린 거 있지. / 물론 나더러 평양 가서 살라 하면 못 살지이. / 그런데 왜 내가 그들보다 더 아프지? / (……) / 19세기에 태어날걸 그랬어, 이런 미래를 몰랐을 거 아냐.
                                            —「우울한 거울 2」 중에서

---

5) 반성완, 「발터 벤야민의 비평개념과 예술개념」, 『발터 벤야민의 문예이론』 해설.

(2)

비록 사나이 나이 사십 넘어서 "내가 헛, 살았다"는 깨달음이 / 아무리
비참하고 수치스럽다 할지라도, 격조 있게, / 이 삶을 되물릴 길은 내가
아무것도 아니라는 것, / 이것 인정하기 조금은 힘들지만 / 세상에 조금
이라도 복수심을 갖고 있는 자들의 어쩔 수 없는 천함보다야 / 무위도식
배가 낫지 않겠는가!

— 「살찐 소파에 대한 일기日記」 중에서

"소비에트가 무너지던" 해, 1991년 기억을 잠시만 되살려보자. 그해
4월 있었던 한 대학생의 죽음을 계기로 1987년 이후 최고 규모라던 집
회가 매일 시내에서 벌어지고 있었다. 세상은 어떻게든 바뀔 것 같았
다. 6월, 총리가 학생들의 밀가루 세례를 받았다. 매체들은 호들갑스러
웠고 저항하던 이들은 잠시 숨을 고르고 있었다. 8월, 옐친이 소비에트
를 전복했다. "평양 가서 살라 하면 못 살" 많은 사람들이 "더 아프"다
고도 하고 우울하다고도 했다. 그해 가을 김현식의 〈내 사랑 내 곁에〉
라는 노래가 아무 데고 들렸다. 매체들은 "내 사랑 그대 내 곁에 있어
줘……" 어쩌고 하던 이 노래가 1991년 가을, 우울의 물증이라고 또
호들갑을 떨었다. 1991년 한 해는 극적으로 짧았다.

라캉은 셰익스피어의 비극 「햄릿」에 대해 "이 연극의 처음부터 끝까
지, 모든 등장인물들이 말하는 것은 애도이다"라고 말한 바 있다. 프로
이트가 이미 멜랑콜리에 대해 "상실된 대상의 사라짐을 용납하지 못하
는 것", 즉 애도의 절절한 작업을 통해 대상을 떠나보내지 못한 자의
징후라고 지적한 것을 상기해볼 때 라캉이 햄릿의 근본적인 '내면성으
로의 하강'을 애도 부족에 따른 신경증 증상으로 독해해낸 것은 상당한
설득력을 가지며 여러 가지를 생각하게 한다.

설령, 역사적으로 존재했던 사회주의 국가가 현실적으로 여러 가지 모순을 안고 있었을망정 이 세계의 '바깥'을 꿈꾸는 자들에게 반자본주의 이념은 하나의 큰타자로, 부재하며 욕망의 충족을 부추기는 기표인 팔루스로 기능해왔다고 할 수 있다. 이 큰타자의 갑작스런 '폐위'는 주체를 잃게 한다. 이때, 주체가 그것에 대해 정상적이고 충분한 애도 작업을 수행할 여력이 있고 동시에 그에게 애도할 충분한 시간이 주어진다면, 주체는 "상실된 대상의 사라짐"을 현실로 받아들이며 상징계의 구멍을 메우고 다시 자신의 욕망의 기표를 환유적으로 작동시킬 수 있다(햄릿의 문제는 그러지 못했다는 것이다). 그러나 햄릿과 그 신하들이 서둘러 마감된 부왕의 장례식 때문에 충분히 애도 작업을 수행하지 못하고 신경증을 앓게 된다는 예가 보여주듯, 애도의 부족은 주체를 덧나게 한다. 이때, 우울증은 애도의 부족에서 기인하는 신경증의 한 징후이다(햄릿의 우울과 광기를 생각해보라).

"소비에트가 무너지던" 날, "일간스포츠"를 고르고 있던 한 사내가 "그들보다 더 아"픈 이유는 그가 바로 "너는 나다. / 우리는 전체다"라고 격앙된 목소리를 내던 바로 그 사내이기 때문이며 이 사내가 큰타자의 부재 상황에 급작스럽게 직면했기 때문이다. 미처 애도 작업을 수행할 여력이 없는 이 주체의 상처는 시집 곳곳에서 우울증의 형태로 표상된다. 큰타자의 부재와 충분한 애도의 부족이라는 상황으로부터 기인하는 우울증을 앓고 있는 이 주체는 "나는 햄릿이 아니며, 되고자 한 적도 없었다"(T. S. 엘리엇, 「J. 알프레드 프루프록의 연가」)는 태도로 자신을 달래며 수습을 꾀한다. 그러나 "인정하기 조금은 힘들지만" "내가 아무것도 아니라는" 사실의 추인은, 그리고 그것이 낳는 이 우울증은 "내가 헛, 살았다"는, 참회와는 다른 무기력으로 귀결된다.

물론, 이 시집이 "정신착란적인 것이 시적인 것"임을 보여주는 것이라고 항변하는 황지우가 여기서 마냥 무기력하고 우울한 목소리만 내고 있는 것은 아니다. "이번 生은 베렸"다는 푸념은 "아직은 바깥이 있다"는 미련과 짝을 이루고 있기 때문이다. 그리고 그의 말마따나 "죽음 뒤에 정말로 아무것도 없다면" "이거야말로 진짜 큰 문제"(「햄릿의 진짜 문제」)가 될 테니까 말이다. 그러나 이 경우도, 초기 시들에서 보이던 "남성적 낭만주의"가 이처럼 우울한 자의 힘겨운 "바깥 더듬기"로 변모되었음을 확인시켜줄 뿐이다.

'정치적인 것'이 '시적인 것'이던 한 시대에 진보의 폐허 위에 잔해만 쌓여가는 현장을 '참회'하며 지켜보던 이가 '선적인 것'에 안주하려다 '정신착란적인 것'에 귀착되는 이유, 애도 부족 때문이다!

파상적 사유의 성과와 딜레마

1

급기야 우리는 "마음의 레짐(regime)"이라는 용어를 마치 '신식민지 국가독점자본주의 체제' 운운하는 방식으로 규정되는 사회구성체 대하듯 대하기를 종용하는 이의 책을 마주하고 있다. 최근 재조명되고 있는 정동(affect)이나 오랫동안 근대 심리학의 대상이었던 정신(psychē)이라는 용어가 주체의 정서적 반응을 분석하는 데 소용되거나 기하학적 투영법에 의해 내면을 백일하에 도해하는 작업을 위해 사용되었던 것을 우리는 알고 있다. 그러나 그러는 동안에도 마음은 객관이나 과학을 기수로 하는 지성적 운동을 초래해본 적이 별로 없다. 칸트가 인간의 인식 능력들을 구획할 때에도, 스피노자가 『에티카』의 2부에서 정서들의 성립 조건과 작용 양상을 기하학적 방식에 의해 증명하면서 정동을 구성해 보일 때에도, 라캉이 신대륙 개척자들의 도구들로 정신을 대수학적으로 정리해 보일 때에도 마음이라는 불투명한 피사체는 좀처럼 투시나 구성의 대상이 되지 못했다. 근대는 정서와 정동과 정신을 내면 과학의 문지방(threshold)으로 받아들였던 것이다. 덕분에 우리는 실은 마음의 영역에 과학을 받아들이고 과학의 영역에서 마음을 잃었다.

사정이 이와 같기에 우리는 한창 인문과학적 텍스트에 몰두하다가 어느 대목에서 마음이라는 말을 발견할 때 느끼는 이물감을 좀처럼 물리칠 수 없다. 예컨대, "감성은 그리스도교 이전에 정신적으로 규정되지 않고 심적(心的)으로 규정되어 있었다"(키르케고르)는 대목을 접할 때의 아찔함은 감성과 정신과 마음이라는 말의 내포와 외연이 저 기하학적 도구들에 의해 일목요연하게 정돈되지 않고 저마다의 역사를 지니고 있음을 알고 있기에 파생되는 것이다. 저 간단한 문장 하나를 번역하기 위해 마음은 한편으로는 이성 쪽에, 한편으로는 감성 쪽에 수소문하여 인식 능력들의 어휘목록(lexicon)들을 한참 뒤적거려야 할 것이다. 이는 과학의 편에 선 이들에겐 아찔한 일이 아닐 수 없다.

그렇기 때문에, 이런 내력을 지닌 마음이라는 말이 한 사회의 다양한 현상들을 체계적으로 설명하는 근대적 학문의 분과인 사회학과 결합하는 현장을 발견했을 때 독자가 처음 느끼는 아찔함과 이물감은 자연스러운 것이 아닐 수 없다. 그런데, 아마도 『마음의 사회학』(문학동네, 2009)의 저자는 이런 저간의 사정을 충분히 알고 있었던 것 같다.

(1)우리의 사회적 삶은 단순히 제도적 차원으로 환원될 수 없는 행위자들이 공유하는 의미의 세계를 내포하고 있다. (2)특정 사회의 구조적 변동은 이 의미의 세계가 변화하는 것까지를 포함한다. (3) '87년 체제'는 단순한 정치체제가 아니라 그 체제를 살아가는 사람들이 공유하던 가치의 체제, 희망의 체제, 절망이나 눈물의 체제, 고통 혹은 쾌락의 체

제 즉 '마음의 레짐'이기도 하다. (4)이런 '마음의 레짐'을 규정하는 연대기적 단위는 87년 체제나 97년 체제 개념이 내포하는 시간적 분할의 단위와 반드시 일치하지 않는다.[1]

우선, 그는 '마음'이라는 어휘의 의미론적 내포를 여전히 완전히 폐기하지 않고 보유하면서 이 어휘를 일련의 토대 정초론적인 과학주의적 접근법과 차별화하는 계기로 활용한다. 즉 '87년 체제'니 'IMF 체제'니 하는 명명이 물적 토대에 의해 개변되는 사회적 관계의 양상들에 대한 분석을 통해 부과되는 것이라면 '마음의 레짐'이라는 명명은 단지 정치나 경제, 즉 제도적 차원에 대한 분석에서 도출되는 것이 아니라 제도적 변동에 연동되는 사회심리적 '체제'에 대한 성찰로부터 비롯된 것임을 그는 명시한다. 이를 통해 사회학의 대상은 제도적 차원에 그치는 것이 아니라 그에 연동되는 사회심리의 변동에까지 이르게 된다는 것이 그의 주장이다. 두번째로 그는 '마음'이라는 어휘의 외연을 확장하고 이를 자신의 맥락 속에서, 기존에 사용되던 마음이라는 어휘와는 다른 방식으로 변별적으로 재규정함으로써 '마음'이라는 어휘가 초래할 인식론적 혼란을 차단하고자 한다. 그는 자신이 여기서 사용하는 '마음'이라는 어휘가 종교나 형이상학적 의미의 심(心)이나 인식론적 맥락의 마인드(mind)가 아니며 근대 심리학의 무대인 사이키(psychē)도 아님을 명기한다(7쪽). 그리고 바로 뒤이어 그는 여기서 제안하는 '마음'이라는 개념이 '집합적 마음의 구조화된 질서'라는 의미로 사용되고 있음을 밝힌다. 또한 이런 맥락에서 그는 결국 사회학이 탐구해야 하는 최종 영역은 "한 사회의 다양한 현상들을 발생시키는 원형적 에너지인 그 사회의 '마음'"(7쪽)이라고 적시하고 있다. 그러니까, 이때

---

[1] 김홍중, 『마음의 사회학』, 문학동네, 2009, 22쪽. 이하 본문에서 인용할 경우 쪽수만 밝힘.

'마음'은 실정적으로 재규정되는 대신 사회적 맥락 속에서 증강된 의미망을 부여받는다.

이제 '마음'은 제도적 층위와는 다른 층위에서, 제도적 맥락과는 다른 맥락에서 조망되어야 할 사회적 현상의 일부가 된다. 그런가 하면 '마음'은 이제 더이상 개체의 내면에만 한정되어 조망되는 어떤 실체라기보다는 사회적 삶의 총체적 연관관계를 발생시키는 일종의 내면적 구조로 격상되어 엄밀 과학이 조망하는 대상의 반열에 오른다. 저자가 제안하는 '마음의 사회학'은 한 사회의 역사적 변동과정에 대한 연구에 있어, 토대를 주요 변인으로 삼는 분석의 관점으로부터 제도적 변화를 촉진한 '사회의 마음'에 대한 통찰의 관점으로 전환을 요구하는 개념이다. 그러니까, 운동의 방향에 있어 한편으로는 모순적인 지향을 갖는 이 '마음'의 '재영토화'(들뢰즈)는 사실 실정적 규정의 적확성보다는 이 개념이 적용될 때 사회학의 영역에서 발휘되는 효과를 위한 것이다.

우선 '마음'은 인지, 도덕, 미학적 판단의 총체를 포괄적으로 가리킨다는 점에서, 정서적인 동시에 인지적이고 또한 규범적인 차원을 모두 갖고 있는 진정성의 실체를 포착하기에 적합하다. 또한 '레짐'은 그 용어가 환기시키는 정치적 상상력 속에서 집합심리가 개체들을 '통치'하고 '제어'하는 실질적 효과를 직관적으로 파악할 수 있게 해주는 동시에 집합심리의 중요한 기능 중 하나인 '주체의 형성'을 선명히 부각시킨다. (……) 요컨대 '마음의 레짐'은, 푸코의 용어를 빌려 말하자면, 주체를 만들어내는 담론적 혹은 비(非)담론적 요소들의 네트워크이자, 권력의 특수한 요구에 의해서 역사적으로 형성되어 특정 시대에 특정한 방식의 인식과 실천의 주체들을 걸러내고, 빚어내고, 결절시키는 구조를 가리키는 일종의 '장치(dispositif)'라 할 수 있다.(24쪽)

'마음의 레짐'을 이런 방식의 '장치'로 간주할 때, 이 장치가 사회분석 기제로 작동함으로써 어떤 작용과 효과를 낳게 되는지가 인용된 글에 명료하게 제시되어 있다. 저자가 보기에 이 방법의 유용성은 바로 인지, 도덕, 미학적 판단의 총체를 포괄적으로 지시하는 '마음' 개념을 통해 사회의 집합적 심리 현상을 폭넓게 검토하고 이를 통해 한 사회의 '주체의 형성'을 선명히 부각시킬 수 있다는 것이다. 이런 관점에서 저자가 공들여 분석해 보이는 것이 바로 '진정성의 레짐'이다. 생산력과 생산양식 그리고 생산관계에 대한 구조적 분석에 기반한 사회구성체론에 의하면 IMF 이전의 우리 사회는 신식민지 국가독점자본주의 국가일 수 있다. 그런가 하면, 정치적 환경과 민주주의 제도의 발전 단계, 그리고 그것이 생활세계에 미치는 전반적 영향관계 등을 분석하는 시선에 비추어 우리 사회는 '87년 체제'나 '97년 체제'에 속할 수도 있을 것이다. 그러나 '마음의 레짐'이라는 '장치'에 비추어 보니 1997년 이전의 우리 사회는 '진정성 레짐'으로 파악될 수 있다는 것이 저자의 주장이다. 이때 진정성(authenticity)이 무엇인지, 또 그의 이런 분석이 얼마나 설득력을 갖는 것인지 하는 문제는 조금 더 세밀히 따져보아야 할 문제이다. 그러나 '마음의 레짐'이라는 장치를 통해 1997년 이전의 우리 사회를 '진정성 레짐'의 형식으로 분석하는 것은 두 가지 장점을 갖는다. 우선, 그것은 1997년 이후의 주체가 감수해야 하는 고통이 단지 정치경제적 차원의 것만이 아니며 오히려 윤리적 진정성과 도덕적 진정성 ― 김홍중에 의하면 윤리적 진정성은 내성적이고 사적인 '윤리'의 계기에 의한 것이며 도덕적 진정성은 참여적이고 공적인 '도덕'에 의한 것이다 ― 사이의 "화해하기 어려운 간극"(38쪽)으로부터 비롯된 것이라는 사실을 명시한다는 점에서 사태의 본질을 전혀 다른 각도에서 바라보게 한다는 장점을 지닌다. 두번째로, 아마도 첫번째 문제와 연관되어 있겠지만, '마음의 레짐'을 통해 사태를 들여다본다는 것은

1997년 이후 한편으로는 '일중독'에, 한편으로는 '무기력'에 내몰린 주체가 겪는 분열 양상을 '마음의 사실관계'를 통해 구체적으로 증언한다는 장점이 있다. 사적 세계와 공적 세계, 윤리적 성찰과 도덕적 규범의 합일 가능성의 표상인 진정성이 사적 지평과 공적 지평 사이의 (불가능한) 합일이라는 미망을 그 스스로의 운동 경로에 의해 폐기시켰을 때, 달리 말하자면 주체가 저 개별성과 보편성의 합일과 화해라는 경지를 마치 궁정식 사랑(courtly love)에서 구애자가 대상을 높이듯 추켜세우다가 일순 그것의 "요절"(38쪽)이라는 운명 앞에 서게 되었을 때 겪는 내적 지각변동을 '마음의 사회학'은 속속들이 들여다볼 수 있게 해준다는 것이 저자의 주장이다.

2

'마음의 사회학'의 방법적 측면에 대해 살펴보았지만 사실 이 책의 장점은 방법보다는 세부에 있다. 저자는 엄밀하면서도 세밀하게 우리 사회의 '마음의 풍경'(제2부)을 들여다본다. 저자는 책의 여러 부분에서, 앞서 '마음'에 대해 그랬던 것처럼, 기존 개념을 재정의하거나 새로운 개념을 제안하고 있는데 이는 '마음의 레짐'이 보여주는 '마음의 풍경'을 계량하기 위한 적절한 개념들을 세부적으로 배치하기 위한 것으로 보인다. 그가 이 책에서 '마음의 사회학'을 제안하면서 재정의하거나 새롭게 정의하는 주요 개념 중 눈에 띄는 것은 예컨대 이런 것이다.

풍경이란 단순한 미학적 완상의 대상이 아니라 그것을 통해서 풍경의 향수자가 세계를 해석하고 이해하고 구성하는 일종의 '제도적 세계상'이다.(142쪽)

'풍경'을 "사유의 발생 맥락을 규정하는 상징적 풍토와 사유 내부에서 구현된 사유의 이미지"(161쪽)라는 맥락에서 재검토함으로써 저자는 풍경과 사유 혹은 존재와 의식의 관계를 재현의 패러다임이 아니라 표현의 패러다임으로 조망할 길을 터놓는다. 그의 말을 그대로 옮긴다.

상부구조와 하부구조의 '표현적 연관'을 사유함으로써, 상부구조의 특정 현상이 하부구조의 역동적 결정력을 '조형적으로(plastisch)' 표현하는 차원이 경험적으로 접근 가능해지며, 이러한 영상적 상호연관을 지식사회학의 지평에 도입함으로써 연구대상이 함장하고 있는 상징적 의미공간, 요컨대 풍경에 대한 감각과 관심이 촉발되는 것이다. 풍경은 의식의 내부에 깃들인 존재의 표현형식이다.(167쪽)

이런 방식의 재정의를 통해 그는 '풍경'이라는 개념을 사회학의 개념 목록에 등재할 것을 제안한다. 같은 맥락에서 그가 칸트의 상상력 개념과 대비시키면서 제안하는 신조어 '파상력(破像力)' 개념 역시 흥미롭다. 이 책의 거의 모든 부분에서 기저음으로 작용하고 있는 벤야민의 목소리가 저자의 목소리와 가장 효과적으로 공명을 일으키는 대목이 바로 여기이다. 주지하듯, 벤야민은 진보적 역사관에 맞서서 파국의 순간에 기초한 시간의식을 제시하고 유토피아 대신 폐허의 잔재 위에서 파편들을 모아 기원을 새로 짓는 알레고리적 전략을 채택했다. 저자가 새롭게 제기하는 개념인 파상력 역시 이런 맥락에서 이해 가능하다. 파상력이란 이미지를 부수는 힘으로 규정되는데 저자는 이 개념을 사회역사적 모더니티를 급진적으로 넘어서려는 문화적 모더니티의 에토스로 간주한다. 그러니까, 그가 파상력이라는 개념을 제안하는 의도는 기성의 보편을 무너뜨리려는 형상적 사유의 역능을 보여주기 위함이라고 할 수 있다. 누적적 진보 대신 파국과 요소적 재편이라는 비전을 제시했던 벤야민처럼 그 역시 진정성 이후의 주체가, 코제브식 헤겔 이해가 명시한 것처럼, 역사 시대 이후의 동물이나 속물로 전락하지 않고 '희망의 원리'를 처음으로 수복 — 처음으로 다시 찾는다는 것이야말로 벤야민이 제시한 폐허에서의 알레고리적 비전을 증좌하는 표현이 아닐까? — 할 수 있는 또하나의 '장치'로 제시한다.

3

김홍중의 『마음의 사회학』은 기실 새로운 사회학의 출발선상에 놓여 있다고 할 수 있다. 엄밀학의 범주에 들지 못하던 개념들을 재정의하거나 새로운 개념들을 제안하는 것은 기존의 상을 허무는 그의 '파상력'이 발휘된 결과이되, 실정성 대신 여러 논자들의 지시들을 묶어 정황적으로 개념을 구성하는 이런 방식은 엄밀히 말하면, 폐허에서 파편을 모으는 귀납이 전제된 개념적 연역에 의한 것이다. 즉 그의 사유는 (귀납)-연역-귀납의 패턴으로 전개된다. 그가 이 책에서 '대상에 대해 성찰하는 자신을 성찰하는 것'이라는 맥락에서 새롭게 의미 부여를 하고 있는 '성찰성'이라는 용어를 재활용하자면 그의 사유는 성찰적 귀납의 파상력에 기초하고 있다고 말할 수 있겠다. 아닌 게 아니라, 말 그대로 그의 사유는 파상적이다. 토대와 제도의 사유에 대한 점화(ignition)를 부정하여 관계를 역전시키는 파격 대신 그는 양자의 연동에 천착하되 토대와 제도 발생의 기초에 놓인 사회의 집합적 심리 운동에 주목한다. 그의 파상적 시계(視界)에 포착된 '마음의 풍경'은 재현된 구조가 아니라 표현된 기초로 양상을 드러낸다. 그런데, 딜레마가 하나 있다. 그가 여기서 전념하는 것이 시학이 아니라 사회학안 이상 그는 파상력에 의존하는 것에 그치지 않고 예의 상상력—칸트에 의하면 상상력은 개별적인 것들을 보편에 인도하는 역할을 수행한다—을 작동시킬 수밖에 없다. 그것이 개념의 운명이기 때문이다.

『마음의 사회학』은 일련의 제안으로 이루어져 있다. 이 책은 도정을 목전에 둔 책이다. 그렇기 때문에 이 책은 방법이 전경화되어 있는 책이다. '마음의 사회학'의 제안자가 앞으로 파상력을 통해 우리 사회의 '마음'의 상(Bild)을 어떻게 그려 보일지 궁금하지 않을 수 없다. 다만, 책의 3부에 실린 문학 작품에 대한 비평에서 그의 세심함과 정치한 안목에도 불구하고 자칫, 작품이 당대적 사유의 진술문으로, '당대의 마음의 알리바이'로 축소될 위험도 보인다. 작품 속에서 '무엇' 대신 '어떻게'를 정합적으로 읽는 것은 '마음의 사회학'의 오랑캐일까? '사회의 마음'을 읽기 위해 문학을 들여다본다는 것, 그것이 '문학의 마음'에 무엇으로 남을까? 사회학자 김홍중은 파상적으로 사회의 마음을 들여다보기 위해 상상적(구상적)으로 작품을 구성하는 작업의 모순을 어떻게 넘어설 수 있을까? 아니, 거꾸로 이제 문학하는 이는 어떻게 안으로부터 바깥을 내다보아야 하는가?

형태의 삶

　상처는 논다. 놀아서 상처다. 상처는 곧 즉자적으로 현상하는 장소이지만 상처의 언어는 이를 대자적으로 인식하는 하나의 작용이다. 우리는 놀지 않는 상처에 이름을 붙일 수 없다. 그래서일까? 이질적인 것들을 중재하는 지성이 바로 그 상처에 대자적 삶을 부여하는 일이야말로 시가 오래 지녀온 비방(秘方)이다. 성숙한 시인들이 상처의 토로를 앞세우지 않고 오히려 형태의 삶을 관조하는 태도를 취할 수 있는 것은 그것이 견딤의 형식이기 때문이다. 엄살과 과장은 상처의 즉자성에 내몰린 이의 단말마적 탄성이되 그것이 유아론적인 이유는 이해를 구하지 않는 포즈로 굳이 언어를 매개로 한 삶을 건너고 있기 때문이다. 서정이나 반서정, 과거파와 미래파가 따로 있는 것이 아니다. 유아론적 비명이 있고 형태의 삶을 응시하는 이의 숙련이 있을 뿐이다. 유출과 계획이 따로 있는 것이 아니다. 상처에 연한 이의 언어와 상처를 마주한 이의 언어가 있을 뿐이다.

시는 상처를 응대하는 독보적 유산이다. 다행히 우리는 시를 지녔다. 상처의 생장보다 형태의 삶을 먼저 응대하는 기예가 상처를 길들인다. 일찍이 이상이 발설하고 김춘수가 공교화한 명제처럼 고통은 기교를 낳고 기교는 유희를 낳는다. 상처는 형태 속에서 논다. 놀아서 상처다. 그리고 종국에 형태 속에서 놀아서 그것은 시가 된다. 스스로 한 삶을 사는 형태가 제 의미의 진공 속으로 언어를 불러들이는 곳이 시의 현장이다.

미술사가 앙리 포시용이 『형태의 삶 Vie des formes』(『앙리 포시용의 형태의 삶』, 강영주 옮김, 학고재, 2001)에서 누차 강조한 것처럼 형태의 내용은 근본적으로 형태적(formel) 내용이다. 이 책에서 그가 공들여 설명하고 있는 것처럼 형태는 물질과 공간과 정신과 시간 속에서 고유의 삶을 산다. 형태는 그 자체로 의미를 지니고 있지만 그 자신의 '형태 소명(vocation formelle)'에 의해 낡은 의미들을 지우고 새로운 의미들을 만들어간다. 따라서 시의 경우 형태는 상처의 변복이라기보다 상처의 의미 그 자체이다. 어떤 종류의 지형도와도 관계없이, 좋은 시들은 그걸 알고 있다.

다음 시들을 나란히 놓은 이유는 상처가 시 속에서 사는 형태의 삶을 연거푸 보여주기 위함이다.

(1)
희끗한 골목길
간밤에 내다놓은 신문지 한 묶음의 자리가 두꺼운 침묵으로 앉아 있다 사라져버렸다
그 텅 빈 자리가 붕대를 풀어내고 보는 환부 같다 살 밖으로 삐져나온 흰 뼈 같다

비루한 생의 모서리를 스쳐간 걸음이 그 앞에서 고개를 숙인 듯 걸음이 동그랗게 얼어 있다

이 희끗한 삶의 상처를 한번 물리쳐보자고 할머니 한 분이 빗자루를 들고 나오셨다

회색빛 바닥에 스러진 발자국을 눈과 함께 탁탁 털어서 뜯어내고 계셨다

콜록콜록. 전깃줄에서 현기증으로 떨어지던 발자국이 이국의 국경을 넘어가는 걸음처럼

바람 속을 수상히 걷다 오후 늦게 중심을 잃어버리고 저녁노을을 사랑하다

탕! 총을 맞은 걸음이 뇌수를 흘리고 자빠져서 언 발자국을 하나 부축하였다

집에 어서 가지 못하는 걸음이 회색의 길바닥에서 얼어붙는 것 같았다

첫눈은 간밤에 너무 많은 슬픔을 사냥하였다 도처에 내린 눈이 파헤쳐져서 희끗하다

눈이 내린 길바닥은 온통 하얀 붕대를 칭칭 감고 있었더랬다

　　　―이기인, 「첫눈은 간밤에 너무 많은 슬픔을 사냥하였다」 전문[1]

(2)
쓸쓸한 날엔 한 마리 거미가 된다

외출(外出)한다

기억의 모서리까지만 추억은 배회할 수 있으니

---

1) 『서정시학』 2008년 겨울호.

내가 이름 부르는 도시들마다
모두 상처라는 생각에,

오늘은 거미의 가슴으로
환지통(幻脂痛)을 앓는 밤

중심은 언제나 비어 있고
내 길은 이 길의 밖에 있어

내부로 들어가는 내가 있고
외부로 빠져나가는 당신이 있고

어느 교차로에서도 우리는 만나지 않아
낯익은 도시들을 간단없이 순례하는 밤

자정의 내부와
새벽의 외곽을
끝없이 실 뜨는 이 순환도로의 이 밤에

어딘가에 떼 놓고 온 나의 다리들이 각자 아파서
오늘 밤은
징징, 거미가 우는데
초점 없는 홑눈들이 우는데,

내 밖의 먼 중심이 또다시 흔들린다

없는 다리를 가만히 실에 대 본다

　　　　　　　　　　　　　　　　—장만호, 「순환도로」 전문[2]

　인용된 두 편의 시는 상처가 시 속에서 각기 대상의 형태와 언어의
형태로 어떻게 두 번 살게 되는지를 잘 보여준다. 우선, 떠올려보라.
밤새 눈이 쌓인 어느 골목에 "간밤에 내다놓은 신문지 한 묶음의 자리"
가 텅 비어 있는 모양과 그 주위에 이따금 패인 발자국들의 구도를. 그
리고 두번째 시에서는 내부와 외부가 순환도로처럼 꼬리를 무는 어떤
뒤엉킨 환상(環狀)의 형태를. 이 두 편의 시는 이 장면들만으로 이미
자신의 '형태 소명'을 다했다. 여타의 어떤 세세한 설명조차 군말이 될
정도로 뚜렷한 이 두 개의 형태가—그 각각이 물질과 공간, 정신과 시
간 중 어디에 속하는 것인가를 따지는 것은 또다른 지면을 요한다—
각각의 시 속에서 자신의 의미를 어떻게 전개(unfold)하는지를 살펴보
는 것은 그 형태의 강렬함이 주는 인상을 추스르는 것보다 사후적인
일이다. 로르카의 한 구절을 원용해 말해보자. 언어가 상처의 현장에
형태를 낳았다.
　상처는 우선 이렇게 대상의 형태로 한 번 제 삶을 산다. 그것이 시
속에서 두번째 삶을 살고 있다고 한 것은 각각의 시에 사용된 언어의
형태가 다시 그 대상의 삶을 한 번 더 소명하기 때문이다. 우선, 첫번
째 시를 다시 보자.
　우리는 이 시에 제시된 사상(事象)에 '상처의 단면'이라는 별칭을 붙
일 수 있을 것이다. 간밤에 삶의 모든 환부를 뒤덮듯이 눈이 '빽빽이'
내렸다. 눈이 환부를 감싸듯 내린다는 것은 감각적 표현이지만 이 양
상을 파악하는 것은 틀림없이 지성의 소관이다. 눈이 덮는 것이 이 세

2) 『세계의 문학』 2008년 겨울호.

상의 환부라는 것, 아니 세상이 이미 환부 덩어리라는 것을 이처럼 과장과 군말 없이 자연스럽게 표현하는 기량은 쉽게 얻어지는 것이 아니다. 더군다나 세상이 환부 자체라는 것을 드러내는 것이 누군가가 내다놓은 신문지 한 묶음 때문에 미처 덮이지 않은 그 공백 혹은 결여 때문이라고 말하는 입매는 차갑고 순하다. 날카로운 인식이 순한 입매를 빌려 환부의 "흰 뼈"를 드러냈다.

누구나 밤새 눈 내린 다음날 아침을 맞고 누구나 눈이 쌓이지 않은 자리에 눈길을 주지만 그것을, 상처를 미처 덮지 못한 채 환부를 고스란히 드러내는 "텅 빈 자리"로 발견하는 것은 전례가 거의 없던 일이다. 이기인은 눈 내린 다음 날 아침에 생겼다 이내 사라진 바로 이 "텅 빈 자리"의 최초 발견자로 기억될 것이다.

그리고 시인은 신문지 묶음이 놓였던 자리 인근에서 또하나의 대상적 형태를 발견한다. "비루한 생의 모서리를 스쳐간 걸음이" 남긴 흔적이 그것이다. "동그랗게 얼어 있"다는 표현은 직접 어떤 구체적 사건을 연상시키지만 그것은 아무래도 좋다. 문제는 흔적이다. 시인은 바로 이 흔적으로부터 명탐정처럼 어제의 사건을 복원한다. "전깃줄에서 현기증으로 떨어지던 발자국이" "집에 어서 가지 못하는 걸음"을 부축하는 장면이 바로 그것이다. 김지하의 「무화과」가 이 현장에 오버랩된다. 「무화과」에서처럼 서로를 다독이는, "비루한 생의 모서리를 스쳐간" 걸음들이 시간 속에서 만드는 익명의 내력들이 흰 눈 위에 구체적으로 새겨진다. 시인은 현장에서 섬세하게 그들의 내적·외적 사건들을 재구성한다. 발견자가 추적자이자 탐정으로 전화하는 순간이다.

그리고 다시 현재, "이 희끗한 삶의 상처를 한번 물리쳐보자고 할머니 한 분이 빗자루를 들고" "회색빛 바닥에 스러진 발자국을 눈과 함께 탁탁 털어서 뜯어내고" 있다, 무심하게…… '상처의 단면'은 시의 서술 순서와 상관없이 내용적으로 이 장면을 일종의 엔딩 신(ending scene)

으로 삼는다. 그리고 시인은 그 엔딩 신 위로 다음과 같은 내레이션을 적어넣었다. "첫눈은 간밤에 너무 많은 슬픔을 사냥하였다 도처에 내린 눈이 파헤쳐져서 희끗하다".

시인은 자신이 발견한 한 단면의 형태를 시간 속에서 입체화하고 그것이 요구하는 '형태 소명'에 응하기 위해서 그렇게 입체화된 형태 둘레의 사건을 복원하였다. 그리고 그렇게 복원된 익명인들의 시간과 사건을 상처로 이루어진 세계의 부분대상으로 삼아 한 단면의 형태로 전경화하였다. 텅 비었지만 눈부신, 아니 텅 비었기에 눈부신, 결정적인 하나의 형태가 상처의 삶에 또다른 이력을 기입한다. 텅 비어서 환한 이 형태를 뭐라고 이름 지을 것인가.

두번째 인용한 장만호의 시가 어림잡는 사상(事象)은 '뫼비우스적 관계'이다. 이 시의 중심에 놓이는 것은 "내부로 들어가는 내가 있고/ 외부로 빠져나가는 당신이 있고"라는 구절이다. 그러니까, 이 시에서 우리가 우선 떠올릴 수 있는 것은 에스헤르가 자주 그렸던 어떤 형태들이다. 예컨대, 뫼비우스의 띠에서 단적으로 알 수 있듯 이 형태의 특징은 우선 내부와 외부가 이상한 고리에 의해 연결되어 있다는 것이며, 두번째 특징은 그렇기 때문에 이 경로는 단절이나 종결 없이 영원한 순환을 낳는다는 것이다. 이 경로상에서는 등속도를 지닌 것들 사이에서 모든 추적이 실패다. 시인은 속도의 등가성이라는 조건에 상처의 크기를, 무환 순환이라는 운동에 서로의 상처는 혜량 불가라는 인식의 작용을 대어놓는다. 제목이 「순환도로」인 것에는 이런 까닭이 있을 것이다. "어느 교차로에서도 우리는 만나지 않아"라고 그는 적시하고 있다. 그런데, 여기서 또하나의 흥미로운 사실을 지적해야 할 것이다. 에스헤르의 그림에서처럼 개미 대신에 장만호의 시에서는 한 마리의 거미가 바로 이 무한순환의 경로를 일주한다. 왜 거미일까?

내부와 외부가 맞닿아 있는 순환 선상을 '나'와 '당신'이 등속도로 일주한다. 이 경로상에서는 일주가 부동의 현실이며 재회는 항상 성취가 불가능한 소망이다. 그런데 흥미로운 것은 "자정의 내부와/ 새벽의 외곽을" 잇는 이 "순환도로"를 "끝없이 실 뜨는" 이가 바로 거미로 분한 화자 자신이라는 사실이다. "쓸쓸한 날엔 한 마리 거미가 된다" "오늘은 거미의 가슴으로/ 환지통(幻脂痛)을 앓는 밤".

왜 스스로 이 소통불가의 경로를 잣고 있는가? 화자는 "내가 이름 부르는 도시들마다/ 모두 상처라는 생각에"라고 응답한다. 틀림없이 황지우의 "슬프다 // 내가 사랑했던 자리마다 // 모두 폐허다"(「뼈아픈 후회」)에 기대고 있는 바로 이 구절에서 화자는 자신이 섭생한 모든 관계를 상처의 경로로 만드는 데 전력하고 있는 자신의 모습을 발견한다. 정황과 내력과 형태가 모두 드러났다. 이 순환의 경로는 내부를 외부로 펼치는 경로가 아니라 외부를 내부에 가두는 경로이다. 운동으로는 펼치는 것(unfold)일 거미줄 잣기는 작용으로는 외부를 상처의 망에 모두 끌어들이는(fold) 것으로 귀결된다. '당신'과 '내'가 길 안의 "어느 교차로에서도" 만나지 못하고 등속도로 각자의 주행에 열심인 것은 '내'가 '당신'을 '내' 상처로만 풀어내기 때문이다. 거미는 스스로 자신의 길을 짓는다.

따라서 시의 중반부에서 환기되고 마지막 부분에서 다시 토로되고 있는 환지통은 바로 이 무한순환의 형태를 내면화한 결과로 발생한다. 절지(節肢)동물인 거미의 절지(絕肢)라는 흥미로운 정황으로부터 비롯된 이 환지통은 '거미 화자'가 사랑했던 자리마다, 또 이름 부르는 도시들마다, 또 간단없이 순례하며 다녀온 노상(路上)의 어느 지점들마다 부려놓은 흔적들을 고스란히 상처로 되새김질하며 길을 짓는 이의 증상이다. 그러니까, 싱저글 실료 삼는 것이 아니라 관계라는 질료들을 상처로 형질변화시켜 스스로 거듭 무궁동의 경로로 배출하는 이 경

로에서 화자는 아직 헤어날 길이 없어 보이며, 심지어 마지막 행에서
보이듯 그는 여전히 상처를 관계보다 앞세우고 있다고 할 수 있다. 앞
서 언급한 것처럼, 거미는 스스로 자신의 길을 짓는다. 그러니 완강한
이 태도는 평자의 눈 밖에 있다. 하지만 형태 소명에 응하는 그의 숙련
은 독자의 눈 안에 있다.

2009년의 살롱

1. 뚫어라, 시인!

오은이 『호텔 타셀의 돼지들』(민음사, 2009)에서 언어와 지시대상의 간극, 혹은 기표와 기의 사이의 무단횡단을 과감하게 감행하고 있다는 것은 선뜻 눈에 띄는 사실이다. 그는 마치 아직 자신의 쓰임과 계획을 모르는 레고블록을 손에 든 아이처럼 말들을 태연히 쪼개고 붙이며 시를 쓰고 있고(「말놀이 애드리브」), 관용구들이 의미로부터 독립하며 불거지는 현장 주변을 시종 배회하며 일상 언어 체계를 흔들어보고 있다(「환절기」).

무단횡단과 배회라고 했으되, 시인이 이런 운동을 택한 이유는 무엇보다도 우선 길보다 보행 자체를 도드라져 보이게 하기 위함이라고 할 수 있을 것이다. 시적 언어 체계가 일상 언어 체계와 다른 방식으로 성립하는 이유는 그것이 언어 자체를 도드라져 보이게 하기 때문이다.

비슷한 맥락에서 산문이 도보에, 시가 무용에 비견될 수 있었던 것은 시가 목적 없는 도약 혹은 그 자체를 목적으로 삼는 도약이기 때문이다. 그런데, 이 능청스러운 젊은 시인은 오히려 스스로를 목적으로 삼는 도약 대신 차로 위의 보행을 택하되, 목적지에 도달하기 위해 운동 에너지를 소모하는 것이 아니라 스스로 완전 방전될 때까지 언어를 풀어놓고 그 주위를 배회하며 기표와 기의 사이를 횡단하고 미끄러지는 '소란'을 피우는 데 힘을 쓰고 있다. 물론 이것은 자신이 차로 위를 보행하고 있다는 것을 전시하기 위함이다. 교통정리가 아니라면 가투다. 시집 곳곳에서 확인되는바, 오은은 교통정리를 위해 레고-언어를 손에 든 쪽은 전혀 아니다. 그렇다면?

언어가 자신의 내부를 겨냥함으로써 주위 환경과 대비되며 스스로 부조되게 하는 방식 대신 그저 목적지 없이 일주하는 기표들의 스키드 마크만을 드러내 보임으로써 오은은 우선 일상 언어를 건너가는 자신의 운동에 세간의 이목을 집중시키는 데 성공하고 있다. 바로 그런 맥락에서 살펴볼 때 이 시집에 실린 오은의 시들은 대개 세 가지 경향으로 전개되고 있다고 할 수 있을 것이다. 「스프링」「말놀이 애드리브」「환절기」「어떤 날들이 있는 시절」 연작 등은 이 시집의 스키드 마크들이다. 일상 언어 체계의 피막을 미끄러지는 민활한 움직임 자체를 마킹하기 때문이다.

그런가 하면 이 스키드 마크들을 남긴 운동이 일상 언어의 피하에 남긴 물리적 흔적들을 엑스레이처럼 보여주는 시들이 있다. 「0.5」「구체적인 밤」 등이 그것이다. 「0.5」는 0.5라는 숫자를 매개로 그와 관련된 사물이나 현상들의 연관관계를 예의 그 날렵한 언어로 제시해 보인 시이다. 이 시에 새겨진 운동은 단순히 재기의 스키드 마크만을 그려 보이는 것이 아니라 오은이 시어를 운용하는 방식이 일상 언어의 피하에 작용하여 어떻게 구체적인 작용/반작용을 일으킬 수 있는지를 보여준다. 이질적인 것들을 한데 그러모으는 지성의 작용과 더불어 저 횡단은 비로소 일상과 언어의 피막 아래 삶들을 건드린다. 「구체적인 밤」 역시 우리의 일상을 수치들로 계량하여 보임으로써 대번 우리로 하여금 일상의 피하에 대해 생각하게 한다. 역시 성공적인 무단횡단이라고 할 수 있다.

그러니까, 첫번째 경향의 시들이 일상(언어체계)의 피막을 미끄러져 지나가는 반면 두번째 경향의 시들은 그것을 누르고 지나간다. 한쪽은 미끄러지고 한쪽은 뚫고자 한다. 그러나 대체로 두 경향의 시들은 기본적으로 아직 활주에 조금 더 관심을 쏟는 언어들의 개진이라고 할 수밖에 없다. 한 겹 더 들어가면 세번째 경우를 만날 수 있다. 「미필적 고의」나 「호텔 타셀의 돼지들」 같은 경우는 일상 언어에 대한 횡단을 도모하는 이가 단지 무단횡단과 활강의 재미에 들린 것만은 아님을 명시하는 시들이다. 오히려 이 시들은 일상과 일상 언어체계의 피하에 가장 직접적으로 작용하는 피하주사와 같다고 할 수 있다. 태도를 적시하기 때문이다. 물론 이 두 편의 시들 이외에도 시인이 왜 구획된 인도를 버리고 차도로 나오게 되었는지를 직접적으로 보여주는 시들, 즉 태도가 전면화된 시들이 있지만 아마도 성과를 논하기 위해서는 이 두 편의 시를 언급하는 것이 적절할 듯싶다. 「미필적 고의」는 언뜻 보기엔 소품이다. 그런데, 아마도 이 시집 전체를 관류하는 시인의 태도를 추려보려는 독자의 눈에 가장 훌륭한 알리바이로 들어오는 것은 바로 이 한 줄일 것이다.

죽을 먹어서 비가 왔나요?

—「미필적 고의」 중에서

그렇다. 무용은커녕 맨손운동에도 못 미치는 심심한 구절일 뿐이다.

그러나 다시 말하지만 태도를 계량하기 위한 독자의 눈을 찔러오는 풍크툼(punctum)으로 이 구절은 기능한다. 무단횡단에도 규칙이 있다. 인과성 비우선 규칙이 그것이다. 발생에 있어 그럴 수 없는 사태들―「발생하려는 경향」을 보라―그럼에도 불구하고 A부터 Z까지를 인과관계로 감싸려는 설명과 규칙의 베일, 그것으로 점철되는 일상, 그리고 그 일상의 피막을 막음하는 사통팔달의 언어에 대해 오은은 미필적 고의를 처방한다. 이 한 줄에 그의 태도가 외설적으로 드러나 있다. 그러니, 기성과 미성 모두의 질서를 타박하는 표제작 「호텔 타셀의 돼지들」은 이 구절에 비하자면 오히려 덤이다.

그러니까, 우리는 이 시집에 실린 시들에서 방법과 태도를 계량해볼 수 있을 것이다. 무단횡단과 배회라고 했거니와 그것은 결국, 오은의 무단횡단과 배회가 일종의 미끄러짐이되 일상 언어 체계와 관습의 피막 위의 운동임을 적시하기 위함이었다. 미끄러짐 자체가 무용이 되는 시들을 우리는 종종 보아왔다. 오은의 시도가 이와 같은 방식으로 또 하나의 스키드 마크만을 남기는 작업이라면 그것은 흥미롭되 오래 기억할 만한 것은 되지 못할 것이다. 그러나 그것이 피막을 뚫기 위해 피막을 훑는 작업이라면 조금 더 지켜볼 만한 일이다. 「엘리베이터」와 「21세기 어린이」와 같은 시에서 반문화적 안일함을 목격한 독자는 조금 불안하다. 그러니 오은, 오늘은 미끄러지기 위해 뚫는가, 뚫기 위해 미끄러지는가? 뚫어라, 시인!

2. 사랑의 투영법

사랑이 무어냐고 물으신다면 아마도 서동욱은 잠깐 딴청 부리는 표정을 짓다가 슬쩍 도면 하나를 내어놓을지 모른다. 사랑은 눈물만도 씨앗만도 '의'만도 아니라는 것을, 사랑은 그것들 모두이자 그것들의 관계 양상 자체라는 것을 짧은 말로 대답하기보다는 그냥 그것을 시연해주는 것이 최상의 방법이라고 판단한 것일까? 독자가 호기심 가득 담은 눈길로 받아 쥔 그의 도면에서 사랑은 표현되거나 재현되는 대신 투영되어 있다.

서동욱은 사랑을 표현하거나—이 경우 사랑은 왕왕 '눈물의 씨앗' '차가운 유혹' 등이 된다—, 사랑을 묘사하거나—이 경우 사랑도 '사람의 일이라' 사건들 속으로 숨는다—, 사랑을 진술하는 방식—이 경우 사랑은 '언제나 오래 참고 자랑도 교만도 아니한다'—대신 사랑을 일면적으로 전경화하지 않고 그것을 요소적으로 환원하고자 하는 의지로 시집 『우주전쟁 중에 첫사랑』(민음사, 2009) 전체를 떠받치고 있다. 서동욱이 내민 도면은 사물 혹은 사태의 여러 면모에 대한 정보를 한 지면에 동시적으로 담아 독자로 하여금 그것을 구성해내도록 종용하는 시적 투영도이다.

물론 정면에서 사랑은 "광물과 화학과 타액으로 이루어진" "유물론적 수정구슬"(「연애편지」) 같은 것으로 관측될 수 있다. 매장과 발굴, 결합과 전신(轉身), 접촉과 거리낌 같은 것들로 사랑은 표현될 수 있다. 정면에서 저를 응시하는 시선에 저 스스로 여러모로 탈을 바꿔가며 사랑은 육박한다고 할까…… 정면도에서 사랑은 대개 이런 식으로 다루어진다. 움직이는 것은 관찰자가 아니라 사랑이어서 저 변태를 어디까지 꿰뚫어 그것을 도면에 표현해내느냐가 이 투영법의 제1각에서 이루어지는 일의 관건이다.

측면에서 사랑은 관계가 비끄러매진 자리를 비로소 드러낸다. 측면도에서 사랑은 관계를 통해 재현 혹은 진술된다. 일체의 진술을 거부하고 묘사만을 사용해 접촉(?)의 현장을 대담하게 다룬 시 「손」에서 관계는 말의 다른 어의를 통해 자신을 지운다. 관계를 통해 관계의 거리가 사라지는 현장이 바로 관계의 현장이기 때문이다. 그런가 하면 「사랑의 겨울」에 그려진 삽화에서처럼 심드렁한 관계는 세계의 사소한 변화라도 언제든 기화로 삼아 증폭되기를 도모한다. 이런 시에는 서사나 이야기가 아니라 관계의 운동이 있다고 말하는 것이 나을 것이다. 서동욱의 시집에서 가끔 보이는, 이야기를 지닌 시들은 엽편소설이라고도 불릴 수 있을 여타 환상시편들과는 성격을 달리한다. 후자가 설정과 배치와 행마(行馬)를 통해 결국 표현을 목표로 하고 있는 것과 달리 이 시집에 실린 시 중 줄거리를 지닌 시 몇 편은 표현이 아니라 탐색을 목표로 하는 것처럼 보이기 때문이다. 시집 『우주전쟁 중에 첫사랑』에 실린 시 중 일정 정도 서사성을 지닌 시에서 펼쳐지는 것은 행마를 해보는 이의 내면이 아니라 '등장인물'들의 관계 양태들일 따름이다. 달리 말해 그는 여기서 경험을 표현한다기보다 사랑을 낳고 권태와 이별을 낳고 다시 사랑을 낳는 관계의 조건들에 대해 사랑의 측면에서 이를 탐문하고 있다. 그것이 이 투영법의 제2각에서 이루어지는 일의 전모다.

그러니까 말을 달리하자면 서동욱은 사랑에 개입되지 않는 방식으로 사랑을 쓴다고 할 수 있다. 개입 혹은 연루된 이의 열도가 이 시집엔 없다. 차고 넘치고 끓는 목소리는 이 시집 어디에서도 발생하지 않는다. 그리고 이것이 사랑을 투영하는 세번째 각을 낳는다. 「은행나무」 「가을, 담쟁이」에서처럼 묘사와 표현을 치환하거나 「이별 뒤에」와 「분노에 대하여」에서처럼 진술과 표현을 섞는 방식으로 쓰인 시가 이 시집에 없는 것은 아니나 그것은 그의 기량을 보여줄지언정 시집의 대종을 이루지는 않는다. 이 시집 고유의 목소리는 예컨대, 사랑을 변용시키며 그것을 완상하는 대신 사랑을 고정시키고 그것에 정황을 부여하는 장면에서 발생한다. 그는 사랑을 모핑(morphing)시키는 대신 사랑은 두고 정황을 운동시킨다. 사랑은 이 시집에서 돈 주앙이 아니라 로빈슨 크루소로서 산다. 홀연 주어진 정황에 손발이 익숙해질 만하면 그는 어느덧 또다시 낯선 환경 속에 던져진다. 그러니까, 사랑이 변신하는 대신 주위가 시뮬레이트된다. 서동욱은 사랑의 둘레를 운동시키는 시인이지 사랑의 웅변자가 아니다.

사랑을 모핑시키는 이가 시시각각 모양을 달리하는 그것을 부풀려가며 손 안에서 완롱하는 흥분을 결코 포기하지 않는다면 둘레를 변용시키는 이는 정황들에 대응하는 사태가—그러므로 사랑은 이 시집에서 서동욱이 주시하는 여러 사태들의 대표단수임을 이쯤에서 밝히거니와—마침내 제 자신으로 환원되는 때를 기다린다. 로빈슨 크루소를 여행가, 탐험가, 식민지 개척자, 이성의 담지자, 대상 조작(manipulate)의 대가 등으로 여러 번 고쳐부르는 대신 그는 무인도를 주고 그가 환경 속의 개체로 어떻게 돌아오는가를 지켜본다. 표제시 「우주전쟁 중에 첫사랑」에서 우주는 사랑의 은유가 아니라 사랑의 컨텍스트이다. 여기서 우주는 사랑의 스페란자가 된다. 따라서 우주는 사랑의 조건이 초기화된 공간이다. 사랑이 여기서 어떻게 살아남는가를 우리는 시를 읽으며 지켜보고 있다. 이를 통해 개체로서 사랑은…… 환원되어 원형으로서 사랑은…… 하는 말들이 가능해진다.

사태는 저 스스로 웅숭깊다. 사태를 표현하거나 진술하거나 묘사하는 것만으로 사태를 파지(apprehend)할 수 없다. 정면에서, 측면에서 그리고 저 위에서 정황을 부여하고 부감하는 시선에 의해 그려진 도면들이 다시 합쳐져 하나의 도면을 이룬다. 시인은 그렇게 사태의 투영도를 만든다. 이것을 공간 속에서 다시 입체적으로 투영해내는 것은 독자의 몫이다. '웅—' 하니 시집을 돌려본다. 무언가 일어나는 듯도 한데……

그리고 한 가지, 사랑의 한가운데 있는 이는 표현이든 묘사든 재현이든 한 가지 일로도 벅차다. 조영하고 투영하는 이는 이미 대상 안에 있을 수 없다. 담배 한 모금 속에 이 시집의 배음이 있다는 것을 지나치지 말자.

3. 마음의 동물기

남진우의 시집 『사랑의 어두운 저편』(창비, 2009)은 하나의 대륙에 서식하는 것들의 습속을 기록한 도큐멘트로 읽히는 것이 정당하다. 두 말할 것 없이 그것은 마음이라는 대륙이며 번거로울 것도 없이 이 도큐멘트는 단정하다. 정동의 구성을 위해서 스피노자가 『에티카』의 2부에서 채택한 기하학적 증명 방식과 신대륙 개척자의 도구들로 정신을 대수학적으로 정리해놓은 라캉의 작업들이 이 단정한 도큐멘트 앞에서 모두 번거롭다. 아마도 정동이나 정서나 정신이라는 말들이 유혹하는 도구들 대신 마음이라는 말이 재촉하는 기웃거림이 이 시집의 독자에게 가장 어울리는 것이 될 것이다. 이 시집을 읽는 가장 번잡한 방식은 저 대륙을 비유로, 시집에 등장하는 숱한 동물들을 상징으로 읽는 것일 게다. 그들을 그렇게 읽게 두자. '백호랑이'를 찾고 '희망'과 '번영'을 지시하도록 두자.

비유와 상징 대신 사실을 택하는 것이 온당한 이유는 이 시집 어디에서도 들뜸과 간격을 찾아보기 어렵기 때문이다. 우선 이 시집에는 토로와 호소가 없고 다음으로 기호화와 해독이 없다. 시집의 어떤 대목에서도 우리는 누군가가 자신의 정서적 상태 혹은 정신적 연쇄반응을 표현하거나 격발시키는 현장을 지목할 수 없다. 대신, 글자 그대로의 의미에서 3인칭 관찰자의 시선만을 포착할 수 있을 뿐이다. 희한하게도 그 관찰자가 열도 없이 들여다보고 있는 것은 관찰자 자신의 마음이며 그 마음의 성원인 동물 가족들의 생활이다. 마음이 동물 가족들에 의해 생계를 유지한다. 오소리 하나가 조용히 나타났다가 사라진다.

그런 의미에서 우리는 이 시집의 여러 대목에서 소박한 루소와 미니멀리즘이 만나는 현장을 지목할 수 있겠다. 이를테면, 정동을 배제하고 표면의 힘으로 구성을 사실로 전화시키는 루소의 화폭이 더이상 내면의 고백이 되기를 거부하고 최소화하는 언어의 운동과 만나는 현장이 이 시집 곳곳에서 보고되고 있다고 하겠다. 어쩌면 이 시집에 시인은 없다고 말할 수 있는 이유도 그것이다. 조심해서 눈여겨보라. 가장 전통적인 서정시의 언어의 결, 자꾸만 이해를 소급시키는 드러난 상징, 마실 가능한 정도 남짓한 생활의 폭은 이 시집의 리포트가 직접성을 띠자마자, 그리고 그것이 가장 미니멀하게 표현되자마자 하나의 물질적 대륙을 이루는 원소적 차원에서 죄 재편되어 다른 몸을 입는다. 여전히 이것을 상징으로 '해독'하고자 하는 이가 전생에서 헤매는 동안 리포터는 현장과 현재를 보고한다. 전생 체험 대신 기성의, 그러나 잊혀졌던 대륙의 습속을 읽는 것이 훨씬 더 온당하며 흥미롭다.

상상력이 동물적이라고 말하는 것과 동물적 상상력이라고 말하는 것이 공히 이 시집을 설명하기에는 부족한 말이 되는 이유도 같은 맥락에서이다. 동물을 빌려 무언가를 말하려는 의도 대신 동물로 하여금 행동하게 함으로써 얻는 것은 마음은 움직이는 것이라는 대단치 않은 발견이 아니라 마음의 습속이다. 정념은 배어나고 정신은 관장한다. 스피노자는 적분하고 라캉은 미분한다. 정념의 성분을 분석하고 정신의 운동 기제를 밝히는 것과 같은 직종을 마음의 해설자는 택할 수 있다. 그러나 마음의 보고자는 그것에 종사할 수 없다. 바로 이 점이 이 시집에 실린 시들을 고래의 서정시들과 작금의 명상시들로부터 결정적으로 변별할 수 있게 해준다. 그가 스스로 성찰과 지혜 대신 보고를 택함으로써 우리는 저절로 그의 대륙을 우리 자신의 대륙으로 발견한다. 왜 동물인가 하면 일상 대신 습속이기 때문이다. 지혜와 사유 대신 이치가 정히 그러한 행태이기 때문이다.

그렇게 해서 시인은 방법과 내용 사이의 적합성을 얻는다. 마음을 살피는 일은 주관성이 보편의 옷을 입는 일이 되기 쉽다. 왕왕 성찰의 시에서 시차(視差)가 포로가 되는 일을 우리는 종종 목도해왔다. 그런가 하면 사유로 일상을 꿰뚫는 시가 필연적으로 감당해야 하는 것은 목 위의 무게이다. 사랑과 죽음이 성찰과 사유를 피하고 감각의 냉기에도 혹하지 않으면서 시 속에 제 모습을 드러낼 수 있게 하는 방식 중 하나는 그것을 행동주의적 관찰과 소박파 언어의 지레에 싣는 것이다. 사랑에 대해서 너무나 많은 성찰이, 죽음에 대해서 너무나 많은 사유가 있어왔다. 그러나 그것의 대륙에 잠입한 이는 손꼽을 수 있을 뿐, 왜 이제야, 시인이야말로 사랑과 죽음에 대한 성찰과 사유 대신 마음의 대륙에의 잠입과 르포르타주에 적성을 두고 있는 존재들임이 명료해지는 것일까. 사랑과 죽음 자체가 저 남극과도 같은 형이상학의 영역에서 상상되고 사유되는 것이 아니라, 태어날 때는 네 발이며 두 발로 걷다가 종래에는 세 발로 걷는 것으로 생을 정리하는 동물임을 보고하는 이가 왜 이제야 온 것일까? 사랑의 어두운 저편에 신비가 살면 그것은 상징이 된다. 달의 이면에 물이 있고 사랑의 어두운 저편에 무언가가 '가르릉' 숨 쉬고 있다면 그것은 고스란히 신비이면서도 태연하게 섭생한다. 신비에 대해서 눌변이 섭생에 대해서는 최소 언어가 된다. 미니멀리즘이 이 시집의 한 축을 이루는 이유이다.

그런데, 아뿔싸, 사랑과 죽음이라는 중량을 이 시집에 달아주자마자 흰 곰이 등 뒤에서 서평을 읽고 있다. 고개를 돌려야 하나 말아야 하나……

번개처럼 금이 간 얼굴들

　김수영은 '배반'을 강조하는 시인이었지만 '카오스'를 선호하지는 않았다. 김수영에게 '카오스'를 선사하여 그를 불편하게 함으로써 여기 일군의 젊은 시인들은 '배반'의 시학을 살고 있다. '배반'의 시학이 '겹'과 시간성의 시학이라면 '카오스'의 시학은 '폭'과 공간성의 시학이다. '배반'의 시학이 시간차를 전제로 하여 기성의 것을 전복하는 것을 원리로 삼는다면 '카오스'의 시학은 저마다의 미적 편린들을 여러 폭에 걸쳐 공간적으로 펼쳐 보임으로써 한순간의 장엄함으로 독자를 압도하는 '숭고함'을 보여준다. 김수영이라는 이름을 제하고는 어떤 방식으로도 한 폭으로는 펼쳐지지 않는 미학을 지닌 각개전의 시인들이 헌정 시집 『거대한 뿌리여, 괴기한 청년들이여』(민음사, 2008) 안에서는 저마다 자신의 영토 안에서 하나의 뿌리를 더듬고 있으니 참으로 미묘한 풍광이며 거참 기괴한 청년들이다.

　이 시집 안에는 김수영을 거쳐가는 여러 속도가 교차한다. 이 시집에 실린 시에 대해서만 이야기하자면 김수영 시의 영점에 강정이 놓여 있다고 할 수 있을 것이다. 그의 시는 정면으로 김수영을 마주 보고 있다. 그가 보낸 시에는 조사와 넋두리와 다소의 절망이 추모와 질시와 원망의 영점에 정확히 맺혀 있다. 그런가 하면, 현실을 미분함으로써 환영(illusion)의 가장자리를 누구보다 앞서 보여준 바 있는 시인, 따라서 아마도 가장 잰 걸음을 지닌 시인 중 한 명임에 틀림없을 정재학은 외려 가장 신중한 보폭으로 '천천히 그런 천천히는 처음 볼 만큼 천천히' 김수영의 소시민 의식을 관통하고 있다. 그런 의미에서 볼 때 이 시집에서 정재학의 시는 김수영의 '배반'의 시학과 '시간성의 수사'가 구성하는 4분면의 영점을 관통하여 '배반의 정신＝시간성의 수사'라는 직선상의 자취에 놓여 있다고 할 수 있다.

　이 직선의 자취 위로는 아마도 평행선상에서 '정신＝수사＋정서'라고 초기 서정의 값을 높여가는 시인들의 목록이 놓여 있을 것이다. 장석원에서부터, 안현미, 최금진, 심보선 등을 꼽을 수 있을 것이다. 또한 같은 평행선상에서 정서의 값을 마이너스로 갖는 시인들로는 서동욱, 김근, 김민정, 김행숙 등을 꼽을 수 있을 것이다. 전자와 후자는 궁극적으로 시정신과 미학화의 정함수를 근간으로 삼으며 양자의 정합을 언제고 직선상에서 추구한다는 점에서 공통점을 갖지만, 시작(詩作)의 음역을 달리한다고 할 수 있을 것이다. 정신과 수사의 함수라는 관계에서 전자는 성찰과 부정과 전복에 조금 더 초깃값을 많이 부여하고 있으며 후자는 뒤에 오는 언어가 제 앞의 언어를 넘어서 나아가는 국면의 가치를 조금 더 높이 사고 있다. 지면의 한계와 시집의 특성상 이들의 시를 세세히 검토하기는 어렵지만 김수영의 시를 정신과 수사의 정합이라는 기본 원리에서 파악한다는 점에서 이들을 공히 '김수영 정파'라고 부를 수 있을 것이다.

　그런가 하면 1사분면과 3사분면에서 원의 자취를 그리는 시인들이 있다. 다시 한번, 이 시집에 실린 시들만을 기준으로 할 때 전자 쪽에 손택수와 신용목 등을 포함시킬 수 있다면 후자 쪽에 이승원의 이름을 써넣을 수 있겠다. 손택수와 신용목이 그리고 있는 원은 생활이 빚는 설움의 원주로 이루어져 있으되, 이들의 시에서 보이는 슬픔과 설움은 김수영의 것보다 훨씬 더 사위가 둥글다. 반면, 이승원은 정신과 수사가 모두 네거티브인 쪽에서 자신만의 원주를 돌고 있다. 마이너스가 아니라 굳이 네거티브라고 표현한 것은 그의 시가 보여주는 정신과 수사가 반(反)이나 미만의 의미가 아니라 덧칠을 제거하면 드러날 밑그림이라는 의미에서 혹은 사유와 형식 모두에 있어서 김수영과 닮아 있으되 둘 모두가 독자의 시선에 동시에 노출될 수는 없다는 의미에서 그렇다는 것이다. 김경주 시의 자취 역시 3사분면에 놓여 있으되 포물선의 형태로 놓여 있다. 김경주는 김수영이라는 한 초점에서 그어진 두 준선, '배반'의 시학과 '시간성의 수사'라는 준선으로부터 늘 일정한 거리를 유지하되, 사유에서도 형식에서도 같은 거리를 유지하면서도 한편으로는 앞서 언급한 의미에서의 네거티브의 방향으로 열려 있기를 지향한다. 그가 이번 시집에 실은 희곡의 형식은 김수영의 연극성의 핵심인 이질적인 것들의 충돌과 시적 논리에 의한 통일, 그리고 그것들의 재충돌을 극적으로 보여주는 예가 아닐 수 없다. 본래 연극은 갈등의 장르가 아닌가? 두 점근선과의 거리가 같으면서 한 초점에 점근하는 점들의 자취를 이루되 반대쪽으로는 무한히 열린 것이 3사분면의 포물선이다. 그러니 이승원과 김경주야말로 '음한 김수영'이 아닐 수 없다. '김수영 사파'라고 해도 큰 험담은 되지 않을 것이다. '배반'을 자초한 것은 수영 자신이 아닌가 말이다.

두 쌍의 쌍곡선에 대해 이야기하지 않을 수 없다. 이장욱과 이근화와 진은영과 이원이 지 영짐(零點)에서 사유를 확장하는 수사의 방향으로 하나의 포물선을 그리고 있다면, 그 반대편에, 그러나 가장 근접

한 곳에 이영주가 놓여 있고 양가의 방향인 그 위쪽으로는 문혜진이 그리고 음가의 방향으로는 김경인, 김이듬 등이 놓여 있다고 할 수 있을 것이다. 이들은 자신의 실존에 대한 사유로 수사를 밀고 간다. 양쪽은 각자의 자취로는 포물선을 형성하지만 김수영이라는 영점이 정렬하는 힘에 의해서는 묘한 대칭을 이루고 있다. 수사의 방향과 사유의 방향으로 작용하는 힘의 길항이 이들 시인들의 관계에서 발견된다. 다시 말하지만 이 미묘한 '오마주'의 시집에 실린 이들의 시를 통해 김수영 힘점의 자취에 대해서 말하자면 그렇다는 말이다. 그러니 전자를 '김수영 수사파'로 후자를 '김수영 실존파'로 부를 수 있겠다. 혹은 그보다는 오히려 '로코코 김수영파'와 '고딕 김수영파'로 고쳐부르는 것이 조금 더 낫겠다—'바로크 김수영파'가 가능할까?

마지막 쌍곡선이 남아 있다. 기하학적으로 이 자취가 어떻게 표현되는지 알 수 없으나 이 시집에는 2사분면과 4사분면에서 각기 멀리서 영점을 향하고 마주 선 쌍곡선이 하나 현상하고 있다. 한쪽에 조연호를 그리고 다른 쪽에 이준규의 이름을 적어넣을 수밖에 없겠다. 어느 쪽이 조연호이고 어느 쪽이 이준규인가? 이준규 시에 나타난 기표들의 시간적 관계와 지연의 수사를 「꽃」 연작을 비롯한 김수영의 후기 시와 비교해보라. 조연호의 공예가 빚는 조화(弔花, 造花, 「조화 공예」)를 「공자의 생활난」과 「구라중화」와 비교해보라. 2사분면에 조연호의 이름을, 4사분면에 이준규의 이름을 적지 않을 수 없잖은가? 이들을 '김수영 생화파'와 '김수영 조화파'로 칭할 수 있겠다. 김수영의 경우 오히려 생화에는 수사가 조화에는 정신이 담긴다.

그러니 이것이 다 무슨 '카오스'란 말인가? '오마주 시집'이라고는 하되, 이 시집은 김수영에게 수여하는 공로상도 아니며 그를 객석에 앉혀두고 흐뭇하게 미소 짓게 만드는 기념 공연도 아닐뿐더러, 결정적으로 그에게 바치는 헌정앨범조차 아니다. 이 시집에서 김수영은 대상으로서는 흔적 없고 그저 다양하게 현상하는 자취들로서만 '찰나적으로' 나타난다. 그러니, 이렇게 말할 수 있을 것이다. 이 시집은 김수영에게 바쳐지는 것이 아니라 그에게 작용하는 시집이라고, 이것은 '번개처럼 번개처럼 금이 간' 사랑이라고.

제1부

말하라 그대들이 본 것이 무엇인가를! 『문학동네』 2009년 겨울호
경험주의자의 시계 『문예중앙』 2010년 가을호
'서정'이라는 '마지막 어휘(final vocabulary)' 『세계의 문학』 2009년 봄호
불귀 오디세우스 희희낙락 페넬로페—프리휴먼(prehuman)의 시 『자음과 모음』
2008년 겨울호

제2부

사물의 양감과 언어의 시계(視界) 『문학과 사회』 2008년 봄호
어루만짐을 어루만지다 채호기 시집 『손가락이 뜨겁다』(문학과지성사, 2009) 해설
물질과 의지의 시적 평행론 허만하 시집 『바다의 성분』(솔, 2009) 해설
사물과 정신의 공화적 삶 『서정시학』 2009년 봄호

제3부

음사(音寫)된 세계의 문채(文彩)들 조연호 시집 『천문』(창비, 2010) 해설
광장의 오후와 사랑의 형식 장석원 시집 『태양의 연대기』(문학과지성사, 2008) 해설
평면의 음운론과 태도의 아이러니 『시와 반시』 2009년 봄호
악동 라이브 시인의 그래피티 서효인 시집 『소년 파르티잔 행동 지침』(민음사, 2010) 해설
적막의 언어, 파적(破寂)의 언어 강희안 시집 『나탈리 망세의 첼로』(천년의시작, 2008) 해설

제4부

바깥으로의 귀환 마종기 시집 『하늘의 맨살』(문학과지성사, 2010) 해설
진공을 낳는 언어 나희덕 시집 『야생사과』(창비, 2009) 해설
생의 응축과 확산 『시평 6집』 2009년

문학동네 평론집
경험주의자의 시계
ⓒ 조강석 2010

초판 인쇄 │ 2010년 8월 16일
초판 발행 │ 2010년 8월 20일

지은이 조강석
펴낸이 강병선
책임편집 양재화 │ 편집 최지영 │ 디자인 송윤형 한충현
마케팅 방미연 우영희 정유선 나해진 박보람 정진아 │ 온라인 마케팅 이상혁 한민아
제작 안정숙 서동관 김애진 │ 제작처 (주)상지사P&B

펴낸곳 (주)문학동네
출판등록 1993년 10월 22일 제406-2003-000045호
주소 413-756 경기도 파주시 교하읍 문발리 파주출판도시 513-8
전자우편 editor@munhak.com │ 대표전화 031) 955-8888 │ 팩스 031) 955-8855
문의전화 031) 955-8889(마케팅) 031) 955-3561(편집)
문학동네카페 http://cafe.naver.com/mhdn

ISBN 978-89-546-1225-8 03810
* 이 책의 판권은 지은이와 문학동네에 있습니다.
  이 책 내용의 전부 또는 일부를 재사용하려면 반드시 양측의 서면 동의를 받아야 합니다.
* 이 도서의 국립중앙도서관 출판시도서목록(CIP)은 e-CIP 홈페이지(http://www.nl.go.kr/ecip)에서
  이용하실 수 있습니다.(CIP제어번호: CIP2010002978)

www.munhak.com